西幫之實力，動天下商界

白銀谷

成一 著

西幫票號的興衰實錄

晉商崛起背後的權謀與血淚

官場、商業與家族糾葛，一部金融家族的興亡史

目錄

第一章　老夫人之死 ………… 005

第二章　祖業祖訓 ………… 047

第三章　情遺故都 ………… 087

第四章　雨地，月地，雪地 ………… 131

第五章　奇恥大辱 ………… 171

第六章　返京補天 ………… 213

第七章　驚天動地「賠得起」………… 253

第八章　走出陰陽界 ………… 293

第九章　謝絕官銀行 ………… 333

目錄

第十章　尾聲 367

後記 375

第一章 老夫人之死

1

自進入臘月，杜筠青就得了一種毛病：愛犯睏，常嗜睡。大前晌後半晌的，不拘坐著站著，有事沒事，動輒就犯起睏來。掙扎了搖頭眨眼，想扛住，哪成？沒掙扎幾下呢，已經歪那兒迷糊著了。

杜筠青一再吩咐杜牧，見她迷糊了，趕緊叫醒，用什麼法子都成。可杜牧幾個女傭，用盡各種辦法，還是很難驚醒她。每回，也只好抬她到炕榻上，由她睡去。這一睡，就不知要到何時。

尤其令杜筠青惱怒的是犯起迷糊來，常常連澡也洗不成。遇了這種情形，杜牧也只好叫車倌調轉牲靈，趕緊返回康莊。進城的半道上，就愛在車上犯迷糊，歪倒叫不醒。有時，路上掙扎著沒迷糊，到澡堂也要睡著。這真能把她氣死！做康家這個老夫人，也就剩進城洗澡這麼一點樂趣，竟然也消受不成了？

為了不犯睏，杜筠青喝釅茶，學吸鼻菸，居然都不管用。她終於尋到一種稍微管些用的法子：努力餓著自己。人都是飯後生倦意，飢餓時坐立不安。那就餓著你，看你還迷糊不迷糊！尤其進城洗澡時，頭天就不吃飽，第二天更粒米不進。這樣坐車進城，真還迷糊不著。只是空心肚洗澡，除了覺著軟弱無力，實

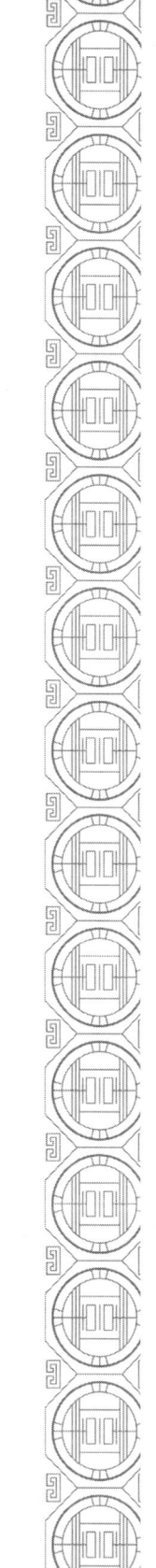

第一章　老夫人之死

忽然這樣愛犯睏，是得了什麼病，還是自己老了？

過了年，這怪症越發厲害了。正月依然天寒地凍的，卻像陷進沉沉的春睏中。她除了愛迷糊，似乎也沒有別的不適，不像生了病。唯有蒼老之感，那是時時都感覺到了。已經給康家做了十多年老夫人，的確已經是很老的老夫人了。只是，她的年齡還不能算老邁……她不過才三十三歲。

老東西見她這麼愛睏，倒也不像以前那樣裝不知道了，過來幾次，殷勤問候：是不是夜裡沒睡好？做噩夢沒有？飲食太素淡了吧？還是有什麼心事？時局就這樣，也不用太熬煎，聽天由命吧。

她日夜犯睏，想失眠而不可得，想做夢也沒有，吃喝也不香，即使有無限心事擱在心頭，也思量不動了⋯⋯心裡一想事，不用多久，照樣犯迷糊，就是再熬煎的心事，也得擱下了。但面對老東西的殷勤問候，她沒有多說什麼，只是說：「睏了，就睡唄，也不難受。」

自入冬起，康笏南真搬回後院這座殿堂似的大正房來住了。多年獨居之後，他的忽然到來，很叫杜筠青恐懼了幾天。還好，他只是白天過來說幾句話，夜晚並不來打擾她的。他住東頭，她住西頭，中間隔著好幾間呢，還算相安無事。只是僕傭多了，這座大冷宮中的炕榻爐火，也較往年燒得暖和了許多。

他搬過來，只是為顯示一下：對她這位老夫人已不再冷落？你就冷落下去吧，我已經過慣了冷宮的生活！現在，我也應該受到冷落了，我已經有了罪孽，已經捅破了你們康家這層威嚴的天！你被尊若神靈，居然至今未能覺察？我不相信。我越來越不能相信了！你一

006

定是知道了,硬撐著裝不知道。你是威名美名遠播的神靈,怎麼能受得了這樣的辱沒!你是在裝糊塗吧?今年冬天,你忽然搬過來住,就是想裝糊塗?你想叫大家相信,什麼事也沒發生,老太爺並沒有冷落老夫人,怎麼會有那種事!你這樣裝糊塗,心裡不定怎樣暴怒呢!哈哈,我就想叫你暴怒,但並不想叫你有苦難言。你應該將暴怒形之於色,趕緊廢了我這個萬惡的老夫人,叫天下人都知道你受的辱沒⋯⋯

只是,杜筠青這樣稍一激動,心上就覺得很疲累,頭惱也發脹,擋不住地又要迷糊。所以,她也不大能深想許多。

在精神稍微好的時候,杜筠青也會懷疑:老東西真能裝得那樣不露痕跡?他到底知道了沒有?

沒出正月,康笏南從城裡請來了一位名醫。這位姓譚的老先生,常來康家出診,都稱他譚先。只是譚先還不曾給老夫人看過病。以前,杜筠青大病也沒得過,偶爾頭痛腦熱的,喜歡叫公醫會的萊豪德夫人來診療。現在,她得了這樣奇怪的毛病,幾次想起萊豪德夫人,可哪裡還能追尋?感世事無常,更生出許多悲涼來。

康家算開明,醫家來為女眷診病,並沒有很多忌諱。所以,杜筠青能面對了譚先。她看譚老先生,倒是一位慈祥的長者。他閉了眼,仔細把過脈,又問了飲食起居情形,就說:也沒有大的毛病,只是陰虛火旺吧,先吃幾服藥,調養調養看。

受父親及萊豪德夫人的影響,杜筠青不大信服中醫老先生。不過,譚先診斷她沒有大毛病,聽了也還叫人高興。

譚先診療的時候,康笏南一直陪坐在側。聽說無大礙,長長出了口氣,又追問一句:「真無大礙吧?」他是做給這位譚先看,

康笏南這樣的關心,杜筠青也是很少享受到了,所以令她驚異,也令她生疑。

第一章　老夫人之死

還是另有用意？

喝了譚先開的四五服藥，杜筠青的嗜睡也並未見好，反倒更重了些似的。康笏南力主再請譚先來，杜筠青不讓。她嘴上說：「哪能那麼快，再多喝幾服，總會見效。」可她心裡卻想：就這樣嗜睡也甚好！那些想不通的、疑心的、酸楚感傷的、久久鬱悶於胸的，都可以丟到一旁，不必理睬。能這樣沉沉睡去，永不醒來，那豈不更好！但沒隔多久，康笏南還是把譚先請來。譚老號過脈，凝思片刻，依舊診斷說：無大礙，加減幾味藥，服些時看看。

每天早晚各一大碗湯藥，又服了四五天，依然沒有多少變化。不過，杜筠青放出話來：「已略有好轉。雖嗜睡依舊，可犯睏時頭腦不很發脹了。」她放出這樣的話，只是不想招譚先來。

譚先來過兩次後，全家上下都知道她病了，似乎還以為她病得不輕吧。二爺、四爺、六爺陸續來看望過她，還都掛著一臉的沉重。尤其四爺，臉上的沉重更甚，他跑得也勤，幾乎天天過來問候。管家老夏，也跑得勤，一天都不止來一趟。還有大娘、二娘、三娘、四娘一干媳婦，也都來過了。

杜筠青不喜歡這樣被抬舉⋯⋯以前眼裡沒有她，見老太爺變了，你們也變！誰稀罕這一套。再說，她還沒病得快死呢。

老東西故意這樣興師動眾，分明是在做給大家看。可他這樣做，真是為了遮醜嗎？他就裝得那樣穩當，一點惱怒露不出來？

現在，她最想見一個人，那就是以前伺候過她的呂布。

去年三喜失蹤以後，呂布的表現就很有些異常。原來那麼精幹，忽然變痴呆了，常常發愣，叫幾聲都不應。問是怎麼了，她總是慌慌地說‥喪父劇痛，一時難以平復。

那時候，杜筠青一心惦記著三喜，也沒太理會呂布。只以為遇了大喪，身心受挫，也是人之常情吧。等康笏南巡歸來，杜牧調過來，呂布調出去照料五娘遺世的孤女，杜筠青也未太留意。杜牧挪位，是因為老東西從江南帶回了一個嫵媚的女廚師。賜呂布去照料不幸的五爺之女，一顯老太爺的體撫之忱，似乎也合情理的。

只是，呂布到五爺那頭不久，就悄悄給辭退了。杜筠青被告知‥呂布早不在了。哪去了？早打發走了。老夫人還不知道？

杜筠青聽了，倒也沒生氣，只是猛然意識到，這是把呂布撞走了！那件事終於敗露了？呂布伺候她也多年了，走時竟不來說一聲？沒有身伺候過老太爺的女傭，無緣無故的，哪能悄悄給撞走？像呂布這樣近身伺候過老太爺的女傭，無緣無故的，哪能悄悄給撞走？呂布是受了連累，那件事敗露了！

杜筠青一直在等待這一天。在她想像中，那件事一旦敗露，康家準會掀起驚天大浪的‥老太爺雷霆震怒，人人都義憤填膺，她這個淫婦當然難逃一死……可局面卻不是這樣‥呂布既已被撞走多日，康家居然一直平靜如常。尤其是老東西，近日並無任何異樣疑問。

那天，杜筠青從五爺家出來，直接就跑去見夏管家。見面也沒客氣，劈頭就問‥「呂布多年伺候老太爺和我，怎麼說打發就打發了？就是該打發，也得說一聲吧？我用慣誰，你們就撞走誰？我怎麼得罪你夏大人了？」

老夏慌忙賠了笑臉說‥「老夫人這樣說，是要撞我走吧……」

「你老夏大權在握，我也活在你手心裡呢！」

「老夫人生這麼大氣，到底為了什麼？」

「說，為什麼把呂布攆走了？」

「老夫人，不是我們攆走她，是她一心想走，攔也攔不下。」

「她為什麼一心要走？」

「家中拖累大吧。長年在此伺候老太爺老夫人，脫身不易。今年終於出了老院，能脫身了，她就一心想歸鄉理家去。一個小戶人家，長年沒女人張羅，家已不成其家了，甚為苦惱。」

「那也不來說一聲？」

「呂布怕老太爺老夫人挽留，不便回絕，不敢往老院辭行。照慣例，呂布也到了手腳不夠俐落的年紀，該外放了。」

再問，也不過是類似的話，彷彿什麼事也沒有，呂布只是正常放出。杜筠青還能怎樣逼問？難道那件事依舊無人覺察？

但她回來思前想後，還是覺得呂布外放太可疑。於是，她就想私訪一次呂布。見了呂布，大概就能明白底細吧。

然而，杜筠青幾次前往尋訪，始終就未見到呂布一面。頭一回，車倌竟會迷了路，把車趕到了別村！後來幾回，雖尋到了呂布的家，人卻總不在…不是走了親戚，就是進城趕集去了。定好的日子，跑去了，人依舊不在。這麼反常，分明是有鬼。不是呂布躲著，就是他們不許呂布出來！

杜筠青假裝生了氣，叫嚷著再也不想見呂布。隔了許久，裝著已經忘了這件事，她才忽然動議，不速

而至。奇怪的是，依然見不著呂布的面⋯家人說她又回了娘家！折騰了一年，又趕上鬧拳亂，終究也未見到呂布。

她現在得了這樣奇怪的病，顯見得無法再去尋訪了。但她已經有些疑心⋯那件事雖已敗露，但他們瞞住了老太爺！要真是這樣，那可是太可怕了⋯她自己白染了一身罪孽，卻沒傷著老東西一根毫毛！老天爺會這樣不公嗎？

所以，杜筠青特別想見一見呂布。見了面，呂布就是什麼也不說，她相信也能看出一個大概樣阻攔著，不叫呂布露面，也能看出一個大概事，當然也想瞞住老太爺。可他們心裡裝著這麼一件捅破天的醜事，早該爆發出來了。可在今年，三爺四爺來見她，除了禮數周到，臉上能那樣不露一絲痕跡？三爺脾氣不好，心裡裝著這種事，早該爆發出來了。可在今年，三爺四爺來見她，除了禮數周到，似乎還多了些和氣，甚而是溫情。四爺更是一個心善的人，他知曉了這等事，還會那樣謙卑如常？

在康家，敢瞞著老太爺，又能夠瞞住老太爺的，沒有幾個人。新當家的三爺、四爺，遇了這樣的醜事，當然也想瞞住老太爺。可他們心裡裝下這麼一件捅破天的醜事，又能瞞得過誰？臉上能那樣不露一絲痕跡？三爺脾氣不好，心裡裝著這種事，早該爆發出來了。可在今年，三爺四爺來見她，除了禮數周到，似乎還多了些和氣，甚而是溫情。四爺更是一個心善的人，他知曉了這等事，還會那樣謙卑如常？

敢不動聲色來瞞老太爺的，恐怕只有老夏、老亭這兩個老奴才。但這兩個老奴才中，最敢做這事的，還是那個冷酷的老亭。有他死守著老東西，那真是針插不進，水潑不出！老夏圓滑，可他沒那麼大膽子吧？

他知道了真相，有老亭攔著，只怕也告不成密的。

杜筠青忽然生出一個新念頭，求一次四爺⋯她病成這樣了，由不得要念想一些舊人。呂布伺候了她多年，近來特別想她，能不能把她找來，見一面？從四爺的應對中，也能看出些徵兆來吧？

這天，四爺又來問候她，她就說：「四爺，你也懂些醫，我這到底是得了什麼病呀？總不見好！」

第一章　老夫人之死

四爺忙說：「老夫人不用多慮。譚先是名醫，他說不礙事，那就是不礙事。」

「老說不礙事，就是不見好！」

「有些小毛病，倒也不好調養，得用慢功，不能著急。」

「四爺，你也給我號號脈，看毛病到底出在哪兒？」

「老夫人，我哪能與譚先比？我只得醫家皮毛罷了……」

「名醫不名醫吧，我還信不過譚先呢！四爺，給我號號脈，看譚先說得準不準。」

「只有我號不準，哪有譚先不準？」

「神仙也出錯呢，何況那個老先生！四爺，我信得過你。」

四爺推脫不過，只好給老夫人號了號脈。號完，沉思片刻，說：「譚先說得不差，老夫人並無大礙，靜心調養就是了。」

杜筠青笑了笑，說：「四爺既這樣說，我也踏實些了。人一病，就愛胡思亂想。近來清醒時，不由念想些故人。唉，我在太谷也沒太近的人，這三天常念想的一個人就是以前伺候過我的呂布。她在我跟前多年，情同家人。四爺，我求你件事，不知……」

四爺忙說：「老夫人儘管吩咐！」

「你能託人把呂布找來，跟我見一面嗎？」

「老夫人放心，這很容易辦到。」

「四爺，你這樣說，我真就放心了。這事，我跟老夏提過幾次，他都沒辦成。這可不是告老夏的狀！我冷眼看，老夏跟呂布像有什麼過節似的，大概他不想叫呂布來吧？四爺，你要成全我，就不要驚動老

2

夏,悄悄派個人,把呂布叫來就成。」

四爺很順從地說:「那就聽老夫人吩咐。」

四爺的應對,很令杜筠青滿意,也更令她相信,四爺也許真的什麼也不知道。說了半天呂布,四爺竟然沒一點異常的神色。

四爺走後,杜筠青還真有了一點盼頭。四爺畢竟是主理家政的,他或許真能把呂布叫來。

然而,三天後,四爺進來回稟說:「呂布被派到天津,伺候五爺去了。」

「什麼時候派去的?」

「早去了吧。天津時局太亂,五爺那裡人手太少。呂布去天津,做男傭。」

呂布被派往天津了。那以前怎麼不明說?去天津伺候五爺,也無須躲躲閃閃吧?今兒說住了娘家,明兒又說進城趕集去了,那是圖什麼?

四爺的這個回話,更叫杜筠青多了一層疑問。但她沒有再難為四爺。她也看出來了⋯四爺也給瞞著呢。

呂布被派到天津,這倒也是真的。只是,派去並沒有多久。

呂布被辭退,又被威脅不許就康家的事多嘴,也不要再見老夫人,這當然都是管家老夏一手操持的。為了唬住呂布,老夏也送了些銀子給她。現在給老夫人趕車的車倌,老夏更唬得緊,有什麼動靜,都得及

第一章 老夫人之死

時通風報信。所以，杜筠青去尋訪呂布，每每撲空，也就不奇怪了。遇了老夫人不速而至，呂布就躲著不出來，由家人出面應付。

即便這樣，這位出格的老夫人還是叫老夏心驚膽顫。那個該死的三喜，已經遠遠地打發走了。只剩了這個知情的呂布，老夫人如此執意要見面，到底是為了什麼？老夏心裡真是沒底。

幸好去年臘月天津捎來話，瘋五爺那頭需要人手。尤其跟去伺候的玉嫂，沒大出過遠門。這趟遠門倒好，一走一年半了，還遙遙無期。老夏想了想，在天津伺候瘋五爺的僕傭，也不便比照駐外字號的規矩，三年才能下班回來。困得時間長了，他們哪還有心思伺候主家！於是就跟四爺說，在天津伺候五爺的，不論武師、男僕、女傭，都按三年折半，也就是一年半一輪換吧。讓誰常在那裡，也難保不搗鬼。

四爺又是連聲說：「甚好，甚好，就照老夏你說的辦吧。」

但將呂布派往天津，老夏卻沒對四爺說。

他將呂布遠遣天津，當然是為了對付杜筠青。呂布呢，被老夏辭退後，不僅丟了可觀的收入，還時常被嚇唬，日子算一落千丈了。所以一聽叫她復工，當然願意。那時天津還在洋人手裡，只是已稍安定。即便在大亂時候，五爺那裡也未受劫。老夏為了攏住呂布，還叫她帶了男人一道去伺候五爺。於是就在臘月，呂布兩口隨了另外幾個男僕悄然赴津了。

及今老夫人竟託了四爺，要見呂布，老夏才慶幸早走了一步棋！要不是早一步把呂布打發到天津，說不定還會惹出什麼麻煩。特別是在這種時候！

進臘月沒幾天，老亭悄然告訴他：「老夫人病了。」

014

他忙問：「什麼病？」

老亭冷冷地說：「還是那種老病。」

老夏聽後，心裡竟咯噔了一下：那婦人終於要走到頭了？從去年請畫師給她畫像後，他就知道快有這一天了，可也沒想到來得這樣快。

他沒多說什麼，老亭也沒再說什麼。

老亭說的「老病」是什麼含義，有何等分量，就悄然離去。

老亭說的「老病」是什麼含義，有何等分量，只有老夏明白。他所以不免吃驚，是因為這件事非同小可！不過，他也早在盼著這一天了。那婦人走到頭，他也不必這樣擔驚受怕了。那婦人做了大孽，也早該叫她得「老病」的。

知道了這個非同小可的消息，老夏才恍然明白：去年冬天，老太爺多年也沒有在正房住過了，去年入冬後執意要搬過去住。老夏還勸說過，要搬，還不等過了年，春暖花開後？今年冬天這樣冷，搬進大屋，尋著受罪呀？當時老太爺竟拉下臉說：「我就知道你們想偷懶！我不過去，正房還住著老夫人呢，都不經心燒炕籠火，想把她給我凍死？」老太爺這樣跟他說話，老夏還沒多經見過，當時真還受了驚，什麼都不敢再說了。現在回想，老太爺原來另有深意。

既是這樣，但願一切順當吧。

這一非同小可的事態既已成真，老夏該張羅的事情那就刻不容緩了⋯康家又將操辦一次豪華而浩蕩的喪事。最遲，這喪事也不會出春三月的。

只是，現在明著張羅棺木、壽衣、墓地，還太突兀。而棺木，已有現成的了。早幾年，已為老太爺備

了一副壽材。材料不很名貴，只是一般柏木。因為老太爺有嚴訓‥他不要名貴壽材。十多年前為他預備過的一副壽材，也是柏木的。那副壽材，老太爺讓給前頭先走的老夫人了。現成的這一副，急用時，也會讓出來吧。壽衣、墓地，也不是太難張羅。

老夏要費心張羅的，是既叫康家上下都知道老夫人已重病在身，又不產生什麼疑心。這個婦人一向體格健壯，幾乎沒得過什麼病。忽然就不行了，即便得了暴病，也總得有個交代吧。

所以，在請譚先來診療以前，老夏也沒怎樣張揚。他只是對四爺說了聲‥「老夫人近來精神不好，疑心得了病了。我看不像，體格那麼好，小災小病還上不了身呢，哪就有了大毛病？四爺通醫，進去安慰幾句。」

四爺聽了，趕緊跑進老院。等四爺出來，老夏就問‥「四爺你看，不像有病吧？」

四爺說‥「老夫人正睡呢。聽杜牧說，別的也沒啥，老夫人近來只是愛犯睏。我們多操些心吧，安康無恙就好。」

老夏說‥「打春了，陽氣上升，人愛犯睏，也難免的。」

頭一回請譚先看過病，老夏也沒大張揚。只是誰問起，他才告一聲‥「也沒多大病，只是精神不好，比往常愛犯睏。是老太爺不放心，叫請來譚先。譚先說了，不礙事。」

不過，四娘聽四爺說請了譚先，就跑過去給三娘通了消息。於是，這兩位主事的媳婦，先進去向老夫人問安探視。跟著，大娘、二娘也進去問候了。後來是各位爺們也都進去問候。

大概都看著老夫人不大要緊，所以事情也未怎麼張揚起來。

譚先第二回來過後，老夏就挨門給各家說了診療的情形‥「譚先見他開的方子，竟然一點不見效，很

不安。趕緊給老夫人仔細把了脈，問了各種情形，依舊沒摸準到底有什麼大毛病。譚先更有些不自在了。倒是老夫人開通，說再多服幾服看吧，大不了就是多睡會覺。可我看，老太爺不該搬回正房去住。」

聽了這樣的消息，誰也不敢不當一回事了，慌忙跑進問候老夫人，安慰老太爺。康家的氣氛真為之一變。老太爺也很不踏實。」

老夏在給三娘通報消息的時候，還不經意間多說了一句：「叫我看，老夫人已經明顯瘦了。」

三娘就問了一句：「為什麼？」

老夏低聲說：「三娘你忘了，老太爺的命相太硬？」

三娘不禁叫了一聲：「啊——」

老夏忙說：「三娘，我是瞎說呢。譚先是名醫，都摸不準病因，太叫人著急！」

老夏這麼一點撥，竟令三娘吃驚起來，是因為她心裡也這樣想過。

可不是嘛，好好一個人，忽然就得了這樣一種怪病，連有本事的醫家也摸不準起因，怎能不叫多心呢。老太爺命硬命旺，這是誰都知道的。可你疑心老夫人莫名染病，是叫老太爺給克的，這種話實在也不便說出口。現在好了，老夏已先點破這一層，再提起來，也有個由頭了。

所以，老夏走後，三娘約了四娘，先進老院問候了老夫人，拜見了老太爺。從老院出來，三娘就把四娘拉到自己屋裡，很神祕地說：「你猜，老夏跟我說了什麼？」

四娘趕緊問：「說了什麼？」

三娘低聲說：「他說老夫人病得這樣奇怪，說不定是叫老太爺給克的……」

四娘聽了，也不由驚叫了一聲，才說：「老夏真說過這話？」

「這是什麼事,我還哄你?他也是猜疑吧。老太爺命太旺,誰不知道!」

「可這些年,老夫人一直沒災沒病的,體格比你我還壯實吧?我都以為,這位開通的老夫人總算服住了。」

「誰說不是呢!這位老夫人雖有時出格些,不大講究老禮數,可也沒壞心眼。對誰也不愛計較,不愛挑剔,也不記仇。這麼一個老夫人,竟也服不住?」

「命裡的事,真是不好說。前頭那位老夫人,也平平安安過了十來年,還生了六爺。誰能想到,說不行就不行了?」

「前頭那位老夫人,到後來體質已不行了,總是病病歪歪的。稟性上也沒有這一位開通,尤其眼高!全家上下,她能看上誰呢?那才叫心強命不強。」

「有十四五年吧?現在這一位,還不到十四五年。」

「他四娘,你知道老夏還跟我說了什麼?」

「說了什麼?」

「老夏說,冬天,老太爺不該搬回正房去住!」

「為什麼?」

「老太爺不搬過去,說不定老夫人還病不了呢。」

「不住一屋,就剋不著了?」

「他四娘,你想呀,這位老夫人自進了康家家門,老太爺就沒在那座正房住幾天。我們還以為老太爺不

018

很愛見這位不安分的老夫人呢，現在回頭看，說不定是老太爺怕剋著她，才避開的。」

「真要是這樣，老太爺也是太疼這一位了！寧肯自家委屈，成年躲在那處小院裡，也不想妨著她。」

「聽老夏說，去年冬天老太爺搬回正房，也是怕凍著老夫人。這冬天太冷，那處大正房就只住老夫人獨自家，哪能暖和得了？加上年景不好，全家都節儉度日，傭人們再趁機不經心燒火，老夫人真得受凍，老太爺這才搬過去了。」

「為了疼她，反倒傷著她了，老太爺更心焦！」

「我看也是。但命裡的事，哪能由人？」

「三嫂，老夫人到底是不是給老太爺克著的呢，我們也是胡猜疑呢。我想起一個人來，她一準心裡有底的。」

「誰呀？」

「大嫂。大哥成年習《易》，老夫人真要到了這種關節眼上，他能看不出來？他看出來了，大嫂能不知道？」

「他四娘，還是你心靈，我光顧著急，連大娘都忘了！」

三娘、四娘當下就去見了大娘。

出乎她們意料，大娘可是平靜如常。她明白了兩位妯娌的來意後，居然說：「聾鬼也沒什麼表示呀？」

四娘就問：「大哥知道老夫人染了病吧？」

大娘說：「知道。我早比劃給他了。」

三娘忙問：「知道了，真沒有什麼表示？」

第一章　老夫人之死

大娘說：「他眼都沒睜一下。我還罵他⋯⋯人家各位爺們都去問候了，你就不能有個表示？說不了話，還不能露個面？你這樣罵他，他倒會拿眼瞪你了！」

四娘說：「大哥既這樣不當一回事，那老夫人的病情真也不大礙事了。」

三娘也忙說：「可不是呢！大哥不著急，我們也可放心了。」

大娘說：「他一個聾鬼，你們還真當神敬？我還正想問兩位呢，老夫人的病到底要緊不？」

四娘說：「大嫂，你問我們，我們去問誰？」

三娘也說：「我又不摸底，才來問大嫂。」

大娘也笑了：「我又不主事，你們跟我訴苦，這不是上墳哭錯了墳堆嗎？」

四娘也笑了：「老四更是做了長工頭，成天聽喝，哪是主事當家？」

三娘笑了，說：「他們當家，也不過多辛苦些，老院的事，他們能知道多少？」

大娘說：「我跟聾鬼世外人似的，能知道什麼？他三爺、四爺當家主事了，我不問你們問誰？」

三娘四娘一心想摸摸大娘心中的底數，大娘只是不肯明說一字。這反倒更引起她們的疑心⋯⋯那種不吉利的話，大娘豈肯說出？

於是，老夫人受克重病，怕有不測的議論，便在康家暗暗傳開。

六爺的奶媽初聽到這種議論，還似乎有一點幸災樂禍。她一直以為，當年正是杜筠青的出現，導致了孟老夫人的早逝。現在一報還一報，終於也輪到了這位杜老夫人！

不過，後來她聽說了杜老夫人的病情，還是暗暗吃驚了⋯⋯這位老夫人的症狀也是愛犯睏？六爺的先母重病時，也是日夜嗜睡。醒著的時候也不糊塗，與常人無異，只是清醒不了多大一會，就要犯睏。怎麼兩

020

位老夫人，都得一樣的病？老太爺命太旺，臨終就得一樣的病？這樣看來，杜老夫人真也不久於人世了？

奶媽忍不住就將自己的這份驚異說給六爺聽。

六爺現在對杜老夫人已經不再反感，聽奶媽這樣說，還以為是她偏心眼，盼杜老夫人早有不測。所以，他不大愛聽，說：

「奶媽，妳也少聽些閒話吧。老夫人病了，倒惹許多人說閒話，豈不是乘人之危？」

奶媽見他這樣，就說：「這位老夫人病得如何，我們再操心，當年你母親病重時，誰肯多操心？」

她說著，已滿眼是淚。六爺忙說：「奶媽，我不是說妳。這個大家，閒話也太多。要圖清靜，就得把閒話關在門外！」

奶媽說：「六爺，我是愛管閒事的？只是一想起你母親，就難受！你母親病重時，誰為她多操過心？醫先說：像是傷寒。一聽說是傷寒，都遠遠躲著了，只怕沾染上。我看她發燒也不厲害，只是嗜睡。醒著的時候，也想吃東西，說話也不糊塗，更沒胡言亂語。可越吃醫先開的藥，越嗜睡。我就給他們說，叫醫先換服方子吧，只按傷寒治，怕不成吧？可誰聽呢！」

六爺就問：「那時請的醫先，也是這位譚先嗎？」

奶媽說：「不是。但也是一位名醫，姓高，都叫他高先。」

六爺耐心聽奶媽說了一番，才把她安慰住。他從小就聽奶媽這樣說母親，也早相信了母親死得很痛苦，很冤屈。母親死後，鬼魂多年不散，他也是深信不移的。他也像奶媽一樣，一直對現在的杜老夫人

第一章　老夫人之死

有種戒心和反感。但他在忽然之間，發現自己並不真正仇恨這位繼母，甚爾有些傾慕她後，似乎再也回不到以前去了。他相信，母親與這位繼母之間，不會有仇恨。她們誰也沒見過誰。當然，他無法想像的要康健得多，但他的不祥之感依然沒有消減。他不明白這不祥之感由何而來，眼見的老夫人比他改變奶媽。她那樣堅貞不渝地守護著母親，也令他感動。

六爺知道杜老夫人患病後，竟莫名地產生了一種不祥之感。第一次進老院去問候，老夫人患病，竟是因為命相上受剋？在奶媽對他這樣說以前，六爺已聽過兩個僕傭的議論了。當時，他很把那兩個僕傭嚴斥了一頓，但心中還是更沉重了幾分。現在，奶媽也這樣議論，六爺心裡當然更不痛快。

那天，他安慰住奶媽，出來就去了老院⋯他忍不住要再見見老夫人，她真是厄運纏身了？但他沒能見到老夫人，她又在昏睡！杜牧說，剛剛睡著。

他問：「近來老夫人好些嗎？」

杜牧說：「還是那樣吧，只是吃喝比以前少了。」

「還是那樣嗜睡？」

「可不是呢？」

「譚先又來過嗎？」

「來過。老先生也有些慌張了，好像依舊吃不準是什麼病。」

「那還不趕緊換個醫先？」

「聽老夏說，在太谷能壓過譚先的高手，也不好找了。老夫人想找個西洋醫先，可趕上這年景，到哪

3

去請？老太爺已傳話給駐外的掌櫃們，留心打聽好藥方。但願遠水能解了近渴。」

六爺還能再說什麼呢？他從老院出來，忽然想去寺院問一次籤⋯⋯為這位老夫人問一個吉凶。只是，一種預感告訴他，他搖到的籤，一定是凶多吉少。與其問下一個凶籤，哪如不問？

但越是這樣預感不祥，越不能放下。六爺終於還是去問了一次籤。要說靈驗，那是該去鳳山龍泉寺的。可他怕太靈了，真問回一個凶籤來，受不了。所以就選了城裡的東寺。在東寺，搖到一個中上籤，不痛不癢，他已經很高興了。老夫人的這場災病，要真是不痛不癢，那與上上籤也無異！

所以，從東寺出來，望見孫家那一片宅第，六爺也不再覺得索然。孫家那位小姐，既然是老夫人舉薦，他不應該太挑剔吧？老夫人真要無大恙，他就來東寺還願，不存奢望，安心娶回孫家二小姐。

關於老太爺命硬克婦的議論，當然不會有人說給杜筠青。但她自己終於也想到了這一層。但此時已進入早春時節。

春光一日濃似一日，可杜筠青的病卻依然不見好轉。她幾乎是整日臥床了，因為她清醒的時候越來越少。食慾也越來越差，人便更消瘦憔悴。進城洗浴早已成為舊事。譚先還是常來，也依然只開方子，不說病名。杜筠青早在懷疑了⋯⋯他們都在瞞她，不肯告訴她得了什麼病。不用說，瞞著她的，一準是不祥之症！

第一章 老夫人之死

就這樣，她將走到盡頭，她的性命真要油盡燈滅了？這是上天對她作孽的報應嗎？

杜筠青對做康家這樣的老夫人已經沒有一點留戀；她走向罪孽，也早預備了去死，可真意識到自己將走到性命盡頭，還是驚慌了。

誰願意被奪去性命！早知道會這樣一步一步被奪去性命，那還不如自己棄命而去。自家棄命，尚有幾分壯烈，而現在她是連壯烈的力氣也沒有了。只這樣一想，也覺自己太可憐了。

但在這種驚慌中，她也並沒有想到老太爺的命硬命旺，想到的只是自己的罪孽。她落到這一步，應該是上天對她的嚴懲吧。她作了孽，本想捅破康家的天，辱沒老東西一回，可上天不叫她稱心，又有什麼奈何？

所以，天氣暖和以後，杜筠青已經不再有什麼想望，也不再想探知老東西是否知道了她的醜行，是否在心底強壓著暴怒。她把什麼都丟下了，只想靜靜地消受這最後的春光。她能感知春光的清醒時刻，也已經越來越短促。在這樣短促的春光裡，還盡想些不稱心的，那真不如早一步棄世而去。

面對令人敬畏的天意，杜筠青極力想平緩下來，但又怎麼能夠做到！她不想掙扎了，但還是停不住要回憶：知道自己行將離世，誰能停住回憶！而她能夠憶舊的清醒時刻因為太短促，許多往事就總是蜂擁而來，叫她難以梳理，難以駐足回味，只是覺得沉重，勞累。一累，就要犯睏，睏了也就什麼都想不成了。

所以，杜筠青想起老太爺的命硬，起先只是無力地流出了眼淚。

她記起了這一層，

當年，一面傳說康笏南命太旺，連克四婦，不是凡人；一面對他的續絃，又是應徵者如雲。杜笏青就此還問過父親：那個老財主的命相如此可怕，為什麼還有這麼多的女人爭著往死路上跑？當時，父親是怎麼說的⋯命相之說可信不信？但是，她意外地被這個老財主選中時，父親，母親，還有她自己，誰也沒有感到恐懼。當時，除了感到意外，好像什麼都忘了去想。其實，她和父母都被一種意外的幸運壓倒了。那是一種什麼幸運？幸運地走向今天的死路？

今天，她無力無奈地躺在這最後的春光裡，除了流淚，還能怎樣？父母的在天之靈，大概已經看見她今天的結局。你們也不用傷心，我不埋怨你們。既然是命中注定的事，也許想逃也逃不過吧。流著淚想了許多次，到底把天意也想破了。天意難違，也無非是去死吧。既已必死無赦，還有什麼可畏可悔？這條死路也快走到頭了，自己的罪孽已經鑄就，再悔恨也無用了。

就是在這樣想的時候，杜笏青終於抓住了一個念頭：懺悔，她可以假借懺悔，把自己的罪孽說出來！

我知道我快死了，有一件事，我必須說出來，不說出來，我嚥不了氣，合不上眼，因為我做下的這件事，對不起老太爺⋯⋯這是一個好辦法，也是她現在能夠做到，更是她最後一次掙扎了。

在得病以前，杜笏青一直就想親口對老東西說出那件事，氣他一個目瞪口呆。只是，每每臨場又總是說不出呀，我跟趕車的三喜相好上了，我早跟他有了私情⋯⋯這樣的話，真是說不出口。

現在好了，改用懺悔的口氣，就很容易說出口了。這樣說出來，老東西也更容易相信吧。他相信了，也才會暴怒吧？他暴怒了，也就說明他被傷著了⋯⋯

這樣一個好辦法，怎麼就沒有早想出來？

第一章　老夫人之死

杜筠青想出這個辦法以後,她的心境倒真正平緩下來。因為只要對康筠南做這樣一次懺悔,她就再也沒有什麼可牽掛的了。無論老東西是目瞪口呆,還是假裝不相信,那都無關緊要了。她真可以平靜地去死了,無憾地為自己的罪孽去死。

所以,在做這樣一次懺悔以前,杜筠青想進城去洗一次澡了。她已經很久沒有進城洗澡了。就是關在這密不透風的屋裡,杜牧她們也不願叫她多洗浴,她們怕她受風病重。她已經太骯髒了。她不能這樣骯髒著身子去死。

杜筠青就平靜地說:「我知道我病得快不行了,趁還能動,進城洗浴一回。只怕這也是最後一回洗浴了。」

這天,趁著清醒時,她對杜牧說:「你去給老夏說一聲,叫他們套好車馬,我要進城洗浴一回。」

杜牧立刻驚訝地說:「老夫人,妳病成這樣,哪能進城洗澡呀?」

杜牧慌忙說:「老夫人是開通人,怎麼也說這種嚇唬人的話呀?」

「我何必嚇唬你?病在我身上,還能不能抗住,也只有我清楚。」

「老夫人,譚先不是說了嗎?能熬過春天,就該大癒了。眼看春天已經來了,你正有熬頭……」

「你不用多說了,能熬過熬不過,我比你知道。你就照我的話,去對老夏說!」

「老夫人,這麼不吉利的話,我哪敢說?」

「杜牧,我真熬不過春天了。生死在天,天意不活我,我也不強求。只是,平生喜愛洗浴潔身,我不能這樣滿身骯髒死去。你把這話說給他們。」

「老夫人想乾淨,我們在家也能伺候妳洗浴。」

026

「在家哪能洗得乾淨?最後了,我得把自己洗乾淨。」

「可是,妳怎能經得起⋯⋯」

杜筠青忽然變了口氣說:「杜牧,我求你也這樣難了?」

杜牧慌忙說:「老夫人,我這就去把老夏叫來!」

「等你把他叫來,只怕我又迷糊過去了。杜牧,叫你傳句話,真這樣難?」

「老夫人,我還能不聽妳吩咐?我這就去見老夏!」

杜牧剛出去,睡意果然又像濃霧般瀰漫過來。等杜筠青醒來,已經是斜陽西照時候,她並沒有想起這件事。直到杜牧伺候她吃過飯食,喝下湯藥,才終於想起來,忙問:「杜牧,叫你見老夏,見到沒有?」

杜牧說:「見到了,見到了,老夫人有吩咐,他哪敢不見!」

「他答應沒有?」

「他們真答應了?」

「老夏初聽了,也不敢做主,趕緊去問老太爺。老太爺斟酌半天,還是答應了,說:『出去走走、洗洗,或許能散散邪氣。只是,你們得萬分小心伺候!』」

「可不是呢。老夏當下就過來了,想問問老夫人什麼時候套車。那時,老夫人又犯睏,睡著了。」

「快去告他,明天一早就把車馬預備妥吧!」

杜牧青真沒想到,他們會這麼容易就答應了。看來,他們也相信她快要死去。不去多想了,臨死前能進城洗浴一次,她已經滿意。

進城的日子,他們推遲了幾天,說是要等她精神好些再出行。進城的那天,她的精神還果真格外好。

027

第一章 老夫人之死

在車轎裡，雖然被包裹得嚴嚴實實，可居然沒有犯睏！馬車一直跑到那片棗樹林，她依然清醒著。

杜筠青湊近小小的轎視窗，望著還未出新葉的那片棗樹林，任心中翻江倒海。

這是罪孽之地。

這也是令她刻骨銘心之地。

她不恨三喜。她依然想念他。這個英俊的車倌，是她這一輩子唯一喜歡過的男人。他也許真的為她而死了。

馬車駛過去了，但她還能望見那片棗樹林。而且，就這樣一直望著，很久了，居然沒有犯睏。

今天這是怎麼了，病也忽然變輕了？

不過，杜筠青還是再次吩咐杜牧：洗浴時，她犯了病，迷糊著，你不用怕，請繼續為我洗浴。只要小心不要把我淹死，別的都不用怕。

做了這樣吩咐以後，她依然沒有犯睏，直到快進城時，才有種睏意慢慢飄來。

這最後一次洗浴，杜筠青沒有留下多少太清晰的記憶。完全清醒後，已經重新躺在那久臥的病榻上。

不過，她感覺到了身體的輕快。

趁著乾淨，趕緊做最後一件事：洗浴是真的。

她問杜牧：「老太爺一直沒有過來？」

杜牧忙說：「老太爺常來。來時，盡趕上老夫人沉睡不醒。老太爺不讓驚動老夫人，但要細問病情，醒的時候長些了？進食多些了？還常坐著等一陣。」

杜筠青問：「老太爺常在什麼時候來？」

杜牧說：「也沒準。」

既沒個準頭，就都趕上她昏睡不醒時候？杜筠青就對杜牧說：「老太爺再來時，你長短把我搖醒，我有話跟他交代。」

杜牧說：「老夫人的吩咐，我記住了。只怕到時搖不醒……」

「那你就用針扎！不拘用什麼辦法，叫醒我就是了。」

杜牧忙說：「我當然聽老夫人吩咐……」

「就怕老太爺不許……」

杜筠青冷冷地說：「杜牧，我求你真這麼難了？」

然而，兩天過去了，杜筠青依然沒見到康笏南。杜牧說，老太爺來過一回，她使了大勁搖，也沒搖醒。後來，老太爺喝住她，不許再搖。

杜筠青沒跟杜牧生氣，只是平靜地說：「那你過去，請老太爺過來，就說我有要緊的話跟他交代。」

杜牧倒是立刻去了，但遲遲不見回來。直等得杜筠青的睏勁又上來了，杜牧才匆匆回來，說：「老太爺不在屋裡，跑出去也沒找見，去問老夏，才知道進城了，說是有……」

杜筠青沒聽完，就睡過去了。

改日清醒時，又吩咐杜牧去請老太爺。這回，杜牧倒是很快就回來了，並說：「老太爺說了，他立刻就過來。」

可杜筠青沒等來康笏南，就又昏睡過去。醒來問起，杜牧說：「妳剛睡著，老太爺就到了，只差一步！」

第一章 老夫人之死

以後幾次也一樣，不是找不見人，就是等不到人，好像老東西已經看透她的用意，故意不見。杜筠青感到自己已經支撐不了多久，因為醒著的時候，分明更短暫。她不能再延誤了。見不著老東西，見到別人也成。挑一位適當的人，做那樣一次懺悔，也會傳到老東西耳中吧。

挑誰呢？

可挑的人，無非是四爺、六爺、三娘、四娘。那件事，說給三娘四娘，她們一定會嚷出去的，尤其一定告訴老太爺。可老東西也許不大相信她們的話，媳婦們說三道四，他一向討厭。三爺不在家。二爺呢？他大概也不愛聽她多說話。還有一個老東西正寵著的人：宋玉。可你能把她叫來？老東西從不許宋玉進這大書房來。

杜筠青挑來挑去，又剩下了那兩個人：老夏和老亭。

老亭是老東西的近侍。但他太冷酷，也太可能瞞下不報。

老夏呢？老夏圓滑，什麼話都聽。他對老太爺更是忠心不二。他知道了這樣的醜事，不敢瞞下不報吧？三喜失蹤，呂布反常，說不定老夏早有猜疑。他更會深信不疑。他也許會對所有人瞞下不報，但不大敢欺瞞老太爺吧？他得給自己留後路。也只有老夏，有可能穿過老亭的防線吧？

杜筠青就這樣錯誤地挑中了老夏。

老夏當然是一叫就來了。杜筠青剛說：「我對不住老太爺⋯⋯我怕快不行了，有幾句話想向老太爺交代⋯⋯」老夏立刻就把杜牧一干僕傭支開了。

老夏瞪著眼聽完，說：「老夫人，妳是剛做過這樣的夢吧？」於是，把那件事說了出來。

030

杜筠青說：「這幾個月，我已經不會做夢了，一睡過去，就像死了似的。這事，你不說給老太爺也成。但我死後，怕不宜進康家的墳地吧？我這樣的人，埋進康家墳地，只怕要壞了他家風水的！」

老夏極力忍耐著說：「老夫人，妳在說胡話吧，我看得趕緊把譚先叫來！」

「我不是說胡話。這件事，老亭已經知道，你依然不知，只怕老太爺會遷怒於你。所以，我才給你做此交代。這件事，於你們誰都無關，只是我一人的罪孽。你要怕受牽連，就在我死前，設法把老太爺請來，我當面給他做交代。」

老夏卻已經在招呼杜牧她們：「快過來，小心伺候老夫人！」

「這是我臨死前的交代！」

「老夫人，妳一定做噩夢了！」

杜牧一進來，老夏匆忙就走。

杜筠青看那形勢，相信老夏是匆匆見老太爺去了。

老夏雖被杜筠青的臨終交代嚇得出了一身冷汗，但跑出來後，卻很快就平靜了。老亭已經知道了那捅破天的醜事？他越想越不像！老亭是個什麼人，他能不知道？老亭要真知道了這件事，即使要瞞住老太爺，也不是現在這種做法了。他會叫這婦人死得更痛快！

老夏留心試探了老亭，沒有任何異常，一切還是依老例進行。

此後三天，杜筠青很想見老東西，看他知道了那件事是什麼表情。可惜終於也沒有見到。她清醒的時刻，也是越發短暫了。

到第四天，她就片刻也沒有醒過來。

031

4

三爺得知老夫人病重的消息正在杭州。

去年臘月，三爺帶著汝梅南下時，最先也是停在漢口。漢口是大碼頭，加之已近年關，漢號的陳老幫極力挽留，他們就留在漢口過年。過罷年，即沿江而下，經九江、安慶、蕪湖、鎮江、到南京，一路都有停留。出正月時，才經蘇州到了上海。

因為戴膺在上海，三爺就多停留了一些時候。

汝梅初到江南，偏趕上一隆冬，外間不算冷，屋裡卻太不暖和。再加上不能習慣的潮溼感，真是不好受。三爺嘴上對她說：「出來就得受罪！這點潮氣就扛不住，你還想到口外？口外，那才叫受罪！」可還是很心疼她，見上海的上等客棧屋裡還暖和些，也就有意多住些時。

出來這一路，三爺所見到的各莊口老幫，都不似孫大掌櫃那樣令人心冷，一個一個既知禮，又不生分，坦誠說事，情同故交，很叫他感到舒服。這才叫他想起邱泰基勸過他的話：多往外埠碼頭跑跑，尤其該多往江南跑跑。所以，他曾想在上海住到春暖時候，再從容往別處去。可汝梅哪能長住得了？沒多久，就又嚷著去杭州。

他們到杭州沒幾天，就得到老夫人臥病的消息。三爺初聽了，覺得很突然，老夫人一向心寬體健的，怎麼說病就病倒了？他看老號發給杭州莊口的信報，說老夫人得的還是一種疑症，只嗜睡，不思飲食，城中名醫亦有些束手無策。各莊口可於本埠尋醫問藥，有驗方祕方速寄回，切切得的還是疑症？

三爺回想這次出遠門前，曾去見過老夫人。那時也看不出什麼異常，只是有些幾分憔悴罷了。怎麼就忽然得了疑症？既已這樣滿天下尋醫問藥，可見病情不尋常。三爺就毅然決定不再往前走，立刻返回太谷。汝梅當然有些不情願，但見父親不容分說，也只好默然了。也幸虧她早催促，來到了杭州！

返回上海，三爺與戴老幫說起來，戴老幫也是驚嘆不已：這位老夫人心性開通，體格也好，怎麼就忽然得了這種病？應該無大礙吧？

滬號的孟老幫，已張羅了幾種昂貴的西洋藥物，託三爺帶回。他也是揀吉利話說，但隱約露出的一種暗示，三爺還是覺察到了⋯「這位老夫人，不會像前頭那一位吧？」前頭那一位老夫人去世時，四下裡都議論：老太爺的命太旺，一般女人服不住。三爺不敢這樣想，可孟老幫的暗示還是將一種不祥之感扯了出來，揮之不去。

匆匆離開上海，趕到漢口時，家中已發來急報⋯老夫人病重，告三爺速歸。陳亦卿老幫感嘆時，竟也無意間流露了與孟老幫相似的猜疑⋯老太爺的命相真是太不一般了。這種可畏的猜疑，居然在各地的字號間流傳開了？三爺越發多了不祥之感。老太爺的命相就真是那樣可怕？但願老夫人不是一般女人，一般命相！

離開漢口後，都是旱路。其時，已處處可見明媚春景。尤其南地的新綠，經水氣湮潤，格外鮮嫩，又格外飽滿。汝梅初見，真是迷戀不已。可父親對此簡直就視而不見，只是一天比一天憂愁。所以，汝梅獨覽春景，也漸漸失去了興致。

老夫人的病情居然也叫父親這樣牽掛？

033

第一章　老夫人之死

汝梅忽然想起為老夫人畫像的事。她就問父親：「老夫人早就病了吧？」

三爺說：「我們走時還好好的。」

汝梅說：「我看，早就病了。」

三爺瞪了一眼，說：「你胡說什麼」

汝梅就小聲說：「去年剛入冬，我就看見請了畫師給老夫人畫像。」

三爺說：「畫像哪能挨著害病！不是也給你畫了一張嗎？」

汝梅更小聲說：「給老夫人畫的那幅，尺寸跟前頭幾位老夫人的遺像一般大小……」

「汝梅！」三爺喝斥了一聲，「你盡胡說些甚！」

汝梅並不害怕，依然小聲說：「爹，你聽我說。」

她就把鳳山尼庵所見，前老夫人遺像上那顆美人痣，以及老太爺的莫名冷淡，都說給了父親聽。她看父親聽得愣了神，以為相信她了。但父親聽完，還是拉下臉來，嚴厲地說：「汝梅，你也不小了，眼看就要嫁人，怎麼還跟小娃們似的，盡胡思亂想，編些嚇唬自家的故事？」

汝梅想分辯，父親喝住了她。一路上，父親就再不許她提起此事。直到快到家了，父親才非常莊重地對她說：「汝梅，你眼看就成人了。有一句話，你得記住：在我們這種大戶人家，你別想什麼都知道。該你知道的，你就知道。不該知道的，就不用刨根問底。在我們康家需這樣，日後你嫁到常家也得如此。大戶人家都這樣。」

父親這句話，汝梅真是聞所未聞。不過這句話，也夠她思索一輩子了。

三爺到家時是二月二十日，老夫人卻已於三天前病逝了。未進村前，遠遠望去，康莊已經是銀裝素

034

裏，他就明白了一切。

日夜兼程，還是沒有趕上。

在老夫人的靈堂上，三爺第一次見到了汝梅說過的那幅畫像，他幾乎驚呆了⋯⋯她宛如真人，而麗質之絕佳又勝於生前，尤其那樣高貴卻難掩幽怨地注視著你，更令人心驚肉跳！她是不想死去吧⋯⋯但在伏身祭拜時，三爺極力鎮靜下來，臉色凝重，不讓太重的悲哀流露出來。

三娘也對他說：「老夫人這幅遺像畫得太逼真，凡來祭奠的都嚇了一跳，以為老夫人又再生了。夜裡守靈，更時時覺得她逼視住你，有話要說。」

三爺聽了，只是淡淡地說：「洋式畫像，就這樣吧。」

三爺回來第二天，就被老太爺召去。去了，見除了五爺外，其他爺們也都應召來到，連一向不出門的大哥也來了。

老太爺明顯有些憔悴，精神也蔫蔫的。他說話也沒了往日的底氣，軟軟的，很無力⋯「早該把你們叫來，說說老夫人的後事，只是想等一等老三。老三到底趕回來了，聽說是日夜兼程⋯⋯」

三爺忙說：「趕上這時局不靖，日夜兼程也沒趕出多少路來。」

老太爺就忽然長嘆一聲，動了情說：「在這種亂世，該死的是我呀，怎麼叫她死？我早老朽了，早該死了，怎麼不叫我死？」

三爺四爺忙加勸慰，可哪裡能勸得住？老太爺越說越激動，老淚都流下來了。二爺也跟著勸說，但他顯然不善言辭，說了兩句，不知該再說什麼。六爺低頭站著，一直沒有說話。聲大爺更是平靜如常，閉目端立。

在一邊的管家老夏，也插進來勸說：「老太爺還是節哀吧，富貴有命，生死在天，不由人呀。老太爺畢竟壽數大了，真不敢哀傷過甚！」

老太爺竟說：「要能死，就叫我死吧，跟她一道走了，也省得你們再辦一回喪事！」

老夏就說：「什麼都是天意，哪能強求呀？還是先議老夫人的後事吧。」

老太爺哀傷地說：「她是受了我的害的，連個親生骨肉都沒留下，叫我怎麼給她辦後事？」

三爺忙說：「後事有定例，該怎麼辦，就怎麼辦吧。」

老夏就說：「老太爺的意思，你還沒聽出來？老夫人沒生養，誰來給她扛哭喪棒？」

孝子是中國葬禮中的主角。照老例，葬禮中當孝子的，理當是子輩中行大的。康家因連喪老夫人，送葬時的孝子就有了問題。行大的聾大爺頭一回做孝子，是為自己的生母送葬，那自然天經地義。到第二回給後母當孝子時，他的年齡已很接近逝者了。再往後，他的年紀更大了，可跟著去世的後母們大限總在三十來歲。年紀大的長子給年輕的後母做孝子，叫世人看著也彆扭。所以，從第三位老夫人起，孝子改由其親出的子嗣擔當。可新逝的杜老夫人不曾開懷生養，孝子就又成了問題。

老夏剛把難題點出來，老太爺緊跟著說了句：「我扛哭喪棒！」

老太爺親扛哭喪棒？這不是亂了倫常嗎？大家知道他是在說傷心話。三爺正想說：按年紀排下來，我該當孝子，可話沒說出，六爺竟先跪下說：

「父親大人，我當孝子。」

更沒有想到的是，四爺竟也跟著跪了說：「六弟幼年已做過一回孝子，這一回，由我來盡孝吧。我料

理家無能，老夫人重病期間也張羅無方，心裡才能稍安⋯⋯」

三爺趕緊順勢也跪了，說：「我常年在外跑動，平日已很少盡孝，老夫人重病期間，我依然南下未歸，連病榻前的一聲問候也沒送達，就由我來盡這最後一份孝吧。我不及老夫人年長，又長於四弟、六弟，也理該由我盡孝的。」

顯然，老太爺沒有想到會出現這種場面，三爺以下居然都願為老夫人做孝子，而且一個比一個說得有理，又一個比一個說得動情！他很沉默了一番，才說：

「都起來吧，老夫人知道你們這樣仁義也能瞑目了。都起來吧。」

老夏忙說：「爭了半天，到底誰當孝子呀？」

老太爺就問：「老夏，你看呢，誰該當？」

老夏說：「我看，三爺與老夫人年紀相彷彿，六爺年少居後，四爺似相宜些。」

三爺忙說：「叫我看，我並不比老夫人年長⋯⋯」

老太爺就說：「我看，老三想盡孝，就成全他吧。再說，老四張羅喪事也太勞累。老六能有這份孝心，也就行了。」

老太爺為老夫人做了這樣的裁定，別人再也不能說什麼了。他選了三爺，當然是因為三爺在外間更顯赫。由顯赫的三爺為老夫人打頭扶靈，會為康家贏來更多讚譽吧。而在三爺心底，他也是甘願這樣送別這位老夫人的。

照陰陽先生寫定的出殯榜，需停靈三七二十一天，到三月初七出殯。

三爺既為孝子，也就挑頭扛起了祭奠、守靈，尤其是接待弔客的重擔。弔客除了親戚本家，更多的是本地大戶和祁太平的大商號，終日絡繹不絕。送來祭席，都只能在靈前略擺一擺，趕緊撤下⋯⋯後面的祭席

第一章 老夫人之死

還等著呢。送來的祭幛，更是層層疊疊掛滿了靈棚。凡有弔客來，三爺都得出面，這可實在不是一件輕鬆營生。好在三爺體格健壯，又心甘情願，倒也沒有累草了。

辛丑年的春天，旱象依然嚴重，祁太平一帶已集聚了許多外鄉逃荒而來的饑民。聽說有大富之家辦喪事，紛紛跑來求乞。康筦南聽說了，就發話說：

「趕緊支起幾處粥棚，凡來的，先發二尺孝布，再進粥棚盡飽喝！」

康筦南還吩咐四爺：一鍋粥下多少斤米糧，出鍋後捨出多少碗，要給他們一個定例。按定例，虧了米糧的，咱給補；餘出米糧，就得罵他們！既做善事，就得圓滿。支了粥鍋，你又越熬越稀，那圖甚，沽名釣譽？

四爺當然是連聲答應。

康筦南似乎還不放心，三天兩頭的，總往粥棚跑，親自檢視粥熬得夠稠不夠稠，掌勺的給人家舀得夠滿不滿。時常還親手掌勺，給饑民捨粥。所以，他一出來，饑民常常跪下一片。

這倒是康家以往治喪沒有過的景象，一時也流傳開了。

5

杜筠青醒過來時，並沒有立刻發現自己是躺在一個陌生的地方，也沒有習慣地呼叫杜牧。她只是覺得頭腦異常沉重，意識也甚遲鈍，幾乎什麼也想不起來了。身上卻軟得厲害，手腳有感覺，沒有多大力氣動

彈。不久就支撐不住,又昏睡過去。

再次醒來,她知道餓了,也知道有人伺候她吃喝過。但那人是誰,吃喝了什麼,仍沒有意識到去分辨。

就這樣,杜筠青不斷醒過來,清醒的時候不斷持久,身上漸漸恢復了力氣,記憶也多起來。有一天,她終於呼叫起杜牧來。

但應聲而來的卻不是杜牧,是一個年長的村婦。杜筠青從來沒見過這個滿臉皺紋的村婦,就問⋯「妳是誰?」

村婦也不搭話,只是問⋯「夫人,有甚的吩咐?」

「妳快把杜牧給我叫來!」

村婦顯然不知杜牧是誰。杜筠青這才將目光移往別處⋯她這是躺在什麼地界?這不是老院那處太太太冷清的上房,屋頂這樣低,也沒吊頂棚,橡梁都清晰可見⋯⋯

「我這是在哪兒?」

村婦仍不搭話,只問⋯「有甚吩咐?」

「妳聽見我說什麼?我這是在哪兒?」

村婦沒說話,慌忙出去了。不久,進來一個人,杜筠青認出了⋯他是老亭,成天跟著老太爺的那個老亭。

「妳是老亭吧?」

「老夫人,妳醒過來,能認出人來,很叫人高興。」

第一章 老夫人之死

「老亭,我這是在哪兒?」

「老夫人,妳還記得吧?過了年,妳就臥病不起,名醫名藥都不頂事,眼看就不行了。記得吧?」

杜筠青真有些記起來了。是呀,她也以為自己快死了。現在,她還沒有死?

「老太爺見請醫先不頂事,就趕緊請來一位深諳河圖命相的老道。人家問了老夫人的生辰八子,又看了宅院方位,就說今歲老夫人行年值星羅睺,有血光之厄。化解之法,除用黃紙牌位寫明『天官神首羅睺星君』,每月初八供於正北,燃燈九盞祭之,還需請老夫人移出舊居,另擇吉地暫避。這裡,便是由道士選定的吉地。」

「這是什麼地界?」

「她們跟來不吉。這裡有人伺候老夫人的。」

「杜牧她們呢,就沒有一人跟來伺候?」

「沒來幾天。看看,真還靈驗,老夫人已經好多了。」

「我來此幾天了?」

杜筠青再問什麼,老亭也是拿這句話擋著。她雖有些疑惑害怕,也無力追問了。原來是叫她來此避凶。可富貴有命,生死在天,憑此道術便能擋住天意?其實她是願意死的。

「老夫人無須多問,能化凶為吉就好。」

杜筠青再問什麼,老亭也是拿這句話擋著。她雖有些疑惑害怕,也無力追問了。原來是叫她來此避凶。可富貴有命,生死在天,憑此道術便能擋住天意?其實她是願意死的。

不過,她倒真是一天一天復原了,不久已能下地走動。能出來走動後,她終於看清了。她住的這地界像獨戶小村,就一個院落,幾處農舍。一問,才知道住戶是康家的佃農。這一帶的地畝,離鳳山已經很近,屬於康家較為遠僻的溝坡地。這幾處農舍,本是為佃戶

040

蓋的地莊子，也即供佃戶農忙時就近食宿的工房。後來，有佃戶就常年在此安家了。此地有何吉利呢？老亭不讓多問，好像是天機不可洩似的。老亭依然是那種面無表情的老樣子，也令杜筠青不願多問。

好在春光正美，雖然天旱，溝坡間還是散滿了新綠。若早春時來，望見的該是一樹繁花吧。鳳山不遠，山脈草木都清晰可見，反觀太谷城池，倒落在一片迷茫中了。

在這世外小村，也許比死後的陰間好些？

三月初七天未亮，杜筠青就被叫起來。老亭說：「今日早起，是要伺候老夫人往寺廟敬香還願。老夫人已近大癒，得及早向神佛謝恩。」

杜筠青就問：「往何處進香還願？」老亭又以無須多問擋過。

登車以後，天色依然未露曙亮。路不好走，上下起伏，顛簸得很厲害。走到天亮時候，車停了下來。

老亭過來說：

「一路顛簸，老夫人受累了。前面莊子有熟人，我們進去稍做歇息？」

杜筠青說：「由你安排吧。」

車馬沒走多遠，果然停下來了。杜筠青被農婦攙扶著走進一處還算排場的院落，讓進上房，卻沒見到任何人。老亭說：叫主家迴避了。

坐下歇息喝茶時，老亭將跟著伺候的農婦支了出去，然後說：

「老夫人，不久有出殯的從門外經過，我們避過再走吧。」

杜筠青就隨便問了一句：「是大戶出殯，還是一般人家？」

老亭平淡地說：「是大戶。」

杜筠青還是隨便問道：「誰家？」

老亭依然很平淡地說：「就是我們康家。」

「康家？」杜筠青不由驚叫了一聲。「誰沒了？」

老亭還是面無表情地說：「誰也沒過世，只是為老夫人出殯。」

「為誰出殯？」

「為老夫人妳。」

「為我？」

杜筠青覺得整個身心都發木了⋯⋯為她出殯？她無論如何不知道這是什麼意思。難道她已經死了嗎？她與康家已經是陰陽兩界了嗎？

老亭依舊平靜地說：「老夫人不必驚慌，這都是為救老夫人性命。眼看老夫人大瘟了，老太爺就想接妳回去。為保萬全，又將那位道行精深的老道請去，要他選一個吉日。哪想到，老道一見老太爺，就是一臉驚愕！他說：萬不可迎老夫人回府。五月，老夫人還有大危厄，遠避尚且不及，豈可近就？別人還沒聽明白老道說的意思，老太爺已經老淚縱橫了，直說：我死，也不能叫她死，我也活夠了，還留著這妨人的命做甚！別人勸也勸不住，老太爺只是問：我死了，就能保住她的命吧？老道默唸片刻，才說：有一法可救老夫人性命。老太爺急忙問是什麼法術？老道命眾人退下，才對老太爺說出了此法⋯⋯為老夫人辦了喪事，即可逃過厄運。」

杜筠青聽得更愈加發木了，只說：「我不怕死，我願意死。」

老亭說：「可老太爺哪能忍心？老夫人真有不測，老太爺怕也真不想活了。他已經剋死四個女人，說起來總覺自家有罪。」

杜筠青木木的，只會說：「我願意死。」

說話間，已有鼓樂隱隱傳來。

老亭說：「出殯大隊就要過來了。老夫人，請去觀賞一下吧。浩蕩的場面，全是老太爺的深情厚誼。」

杜筠青彷彿什麼都不會想了，順從地按老亭的指引，登上了屋頂的一間眺樓。眺樓，是富戶人家為護院守夜所建的小閣樓，居高臨下，俯視全院。而這處眺樓正臨街，大道兩頭盡收眼底。

一上眺樓，杜筠青已經望見了樹林般一片白色旌幡紙紮，鼓樂聲也聽得更分明。這時候，老亭又在說什麼，但杜筠青似乎已聽不見了。她一味盯著殯葬大隊，什麼都不回想了。

大隊已經走過來。最前頭是高高的引魂幡，跟著是兩個撒紙錢的。紙錢很大，像在撒花。接著就是二十來人的儀仗，前頭有扛「肅靜」、「迴避」大牌的，後有舉旗、鑼、傘、扇和鞭、板、鎖、棍的。儀仗所執，雖都是紙糊的仿製物，卻精緻如真。

儀仗之後，是兩具更為精巧的絹製童男童女。

緊隨童男童女之後，就是四人抬的影亭；影亭裡懸掛著的正是杜筠青那幅西式畫像。杜筠青見到了自己畫像，不由一驚，似乎要想起什麼，但又沒有抓住。她只好繼續木木地盯住下面：影亭前，擁擠了太多爭看的鄉人。

其後是鼓樂班。

第一章 老夫人之死

再後是手執法器、口中唸經唸咒的和尚、道士。

接著是一片來送葬的親友賓客，多為商界及本家族有頭臉、有身分的男賓，個個略戴輕孝，手執祭香。

跟著是一片紙紮，都是供老夫人升天後所用的各樣物品，一件件也甚逼真。

後面就該是孝子了。

誰是披麻戴孝、挂哭喪棒的打頭孝子？杜筠青忽然又一驚，意識到了這個問題。她沒有生養，誰會給她當孝子？

看見孝子了，還不少呢，有二三十人吧，大概家族中子孫兩輩都出動了，可打頭的是誰？重孝之下，只能看出是一個高大的男子，別的都看不清。

杜筠青不由問了句：「孝子是誰？」

老亭說：「我看是三爺。」

「三爺？」

她幾乎是驚叫了一聲。三爺居然肯給她當孝子？一定奉了老太爺之命。她聽不到三爺的哭聲，但被人攙扶著的樣子，像是動了真情在哭喪……

後面就是三十二抬的靈柩。只能看見豪華異常的棺罩。靈柩裡躺著誰，或許是空棺……

再後面是哭喪的女眷。

其後還有黑壓壓的送葬人群。

杜筠青又復發木了，幾乎忘記了是在看自己的殯葬場面。

044

從眺樓下來，杜筠青就呆呆地坐著。

老亭一再說：老太爺把葬禮辦得這樣浩蕩、豪華，也對得起老夫人了。逢了這樣不好的年景，依然將老夫人的葬禮辦得這樣體面，真不容易了。

杜筠青沒有說話，她不知道該說什麼。許久，才問了一句：

「都知道是假出殯嗎？」

「幾乎沒人知道。三爺、四爺都不知道。」

「他們都不知道？」

「喪事辦得不真，哪還能為老夫人避得了禍？」

杜筠青又發了一陣呆，才問：「那我也永遠不必回康家了？」

老亭說：「已經為老夫人預備了安妥的去處。」

「去哪兒？」

「進香還願畢，就伺候老夫人去。」

第一章　老夫人之死

第二章 祖業祖訓

1

老夫人出殯後沒幾天，就傳來一個可怕的消息：晉省東天門已被德法洋寇攻破，官兵潰敗而下，平定、盂縣已遭逃兵洗劫。日前，亂兵已入壽陽，紳民蜂擁逃離，闔縣驚惶。與壽陽比鄰的榆次也已人心惶惶，紛紛做逃難打算。

榆次緊挨太谷。彼縣一亂，接下來就該祁太平遭殃了，危急的氣氛頓時如烏雲密布。

三爺先得到這個消息，立刻就回來見老太爺。還沒有說幾句呢，孫北溟和林琴軒兩位大掌櫃也先後到了。

可康笏南精神萎靡，似乎還未從喪婦的悲傷中脫出。他聽三人都在叫嚷時局危急，便無力地說：「該怎麼應對，兩位大掌櫃去跟老三一道謀劃吧。是福是禍，都是你們的事了。我這把老骨頭留著也多餘，誰想要，就給他。」

兩位大掌櫃慌忙勸慰，康笏南也不聽勸，直說：「去吧，去吧，你們去謀劃吧。我聽這種紅塵亂事，心裡發煩。去吧，不敢誤了你們的大事。」

康笏南既這樣說，兩位大掌櫃也不便違拗，又勸慰幾句，退了出來。

三爺忙跟了出來，將兩位引至前頭客廳，吆喝下人殷勤伺候。兩位剛落座，三爺就拱手作揖道：「老夫人新喪，老太爺精神不佳，偏就遇了這危難臨頭。康家興亡，全賴兩位大掌櫃了！我初涉商務，甚不懂事，有得罪兩位的，還望多海涵。尤其孫大掌櫃，年前我有大不敬，更望見諒！」

來不來三爺就這樣說話，想叫孫大掌櫃先接話。今日孫大掌櫃似也失去了往常的威風，見三爺先給了自己面子，也就接了話說：

「三爺不要多心！誰不知三爺有俠義膽？所以我跟三爺說話，也就直來直去。三爺千萬不可多心！」

林琴軒這才說：「都是一家人，有些小小不嚴，快不用提它了！還是先議眼前的危局吧。」

三爺就說：「那就先聽孫大掌櫃的高見！」

孫北溟今日所以謙和許多，是有些被這風雲突變給嚇著了。亂兵將至，遍地洗劫，他一聽這樣的傳言，先想到的就是去年京津兩號遭遇的劫難。京號雖然丟了，但戴掌櫃畢竟臨危不亂，巧為張羅，將櫃上存銀分散出去，顯出高手做派。他真沒有想到，老號竟也忽然面臨了這樣的危難！臨危不亂，巧為張羅，將老號存銀可不是小數目，如何能分散出去？若老號似津號那般被打劫，他這把老骨頭也成多餘的廢物了……所以他慌忙跑來，實在是有些心虛膽怯的。見三爺恭請他先說，也只好說：

「三爺，我哪有高見？去年至今，時局大亂，生意做不成，天成元老號存銀滯留不少。當務之急，是將老號巨銀移出祕藏！」

林大掌櫃說：「在太谷商界，天成元非同小可！你移巨銀出號，還不引發傾城大亂？」

孫北溟說：「號中存銀，當然需祕密移出。」

林琴軒說：「巨銀移動，如何能十分祕密的了？」

孫北溟說：「沒有這種本事，豈能開票號？」

林琴軒說：「我們茶莊可沒有這種本事。茶貨如何祕密移出，還望孫大掌櫃不吝指點呢！」

孫北溟就說：「庫底的那些茶貨能值多少錢？將銀子和帳本移出祕藏就得了。」

林琴軒說：「那東家呢？東家偌大家資又如何移出？移出後，又能匿藏何處？」

孫北溟說：「東家自有東家的辦法。」

林琴軒說：「照孫大掌櫃意思，豈不是大難將臨，各自逃生？既然如此，我們還計議什麼？各自攜銀出逃就是了！」

一些。」

三爺忙說：「孫大掌櫃所說，也是當務之急。兵禍將來，也只能先將銀錢細軟移出匿藏，保一些，算一些。」

林琴軒說：「三爺！以我之見，切不可如此倉皇應對。兵亂未至，我們就領頭自亂，引發闔城大亂，這哪像康家做派？」

孫北溟說：「那就坐以待斃？」

林琴軒說：「去年隆冬，三爺南行不在時，北邊紫荊關、龍泉關也曾軍情危急。老太爺並未慌亂，邀來本邑曹培德、祁縣喬致庸，從容計議，謀得良策。計議畢，曹培德就去見了馬玉崑，探得軍中實情，心中有了數。其後，康家、曹家及喬家鎮定如常，該做生意做生意，該過年過年，全沒有慌亂避難的跡象。人心、市面，也就穩定下來。」

第二章 祖業祖訓

三爺說：「原來已經歷過一次驚險？」

林琴軒說：「可不是呢！當此之時，三爺也該先與太谷大戶緊急計議，共謀對策。這樣的兵禍，畢竟不是我們一家可抵擋。馬軍門仍駐守山西，三爺與馬軍門又有交情，何不先去拜見馬軍門？」

三爺聽林琴軒這樣一說，心裡才有些主意。但他也不敢冷落孫大掌櫃，繼續恭敬地請教應對之策。末了，便說：「當此危急關頭，康家全賴兩位大掌櫃了！只要兩位從容坐鎮，我們闔家上下就不會心慌意亂。」

三爺聽林琴軒這樣一說，局勢真是危急了。

曹培德慌忙將康三爺迎入客廳，努力鎮靜了說：「三爺是稀客，好不容易光臨一回，何故這麼慌張？」

三爺說：「是說東天門失守吧？」

曹培德才說：「真比火上房還急，貴府還沒有聽說？」

三爺說：「可不是，眼看潰兵要來洗劫太谷了！」

曹培德說：「你家老太爺經見得多，器局也大，一向臨危不亂的。今三爺火急如此，莫非局勢真不妙了？」

三爺忙問說：「仁兄難道另有密報？」

曹培德說：「我哪來密報？這不，正要進城向官府打聽真偽呢！」

送走兩位大掌櫃，三爺就要了一匹快馬，飛身揚鞭，往北洸村曹家去了。

曹家當家的曹培德，也得到了同樣的消息，正欲去官府打聽真偽，就見康三爺急來訪。看來，太谷局勢真是危急了。

050

三爺說：「縣衙能知道什麼？我們該速去拜見馬玉昆大人！阻攔潰軍，抗衡洋人，也只有馬軍門可為。」

曹培德說：「我早聽說馬軍門已經接了上諭，要移師直隸鎮守。朝廷早改封馬大人為直隸提督了。此前，與馬軍門一道鎮守山西的四川提督宋慶老帥，也奉旨率川軍移師河南。」

三爺說：「難怪洋寇如此猖獗！守晉重師紛紛調出，難道朝廷要捨棄山西？」

曹培德說：「捨棄倒也不敢。山西為西安屏障，捨晉豈能保陝？調走重師，怕是以為和局將成，可以兼顧他省防務吧。」

三爺說：「天天都在說和局，和局又在哪兒？朝廷將駐晉重師移出，洋寇圍晉重兵卻不但不撤，反而趁機破關而入！朝廷如此軟弱，我看和局也難成！」

曹培德說：「自去年京師丟失，已是人家的手下敗將了，還能怎麼剛強？」

三爺說：「我看洋寇也非天兵天將。自去秋攻晉至今，多半年了，始破東天門。」

曹培德說：「你不說朝廷往山西調來多少駐軍！」

三爺就說：「那我們更得速見馬軍門，代三晉父老泣血挽留！在此危急之時，馬軍門萬不能走。馬師一走，山西亂局就難以逆轉了！」

曹培德說：「三爺與馬軍門有交情，此重任也非三爺莫屬！」

三爺說：「貴府是太谷首戶，仁兄豈能推諉？我願陪仁兄去見馬軍門！」

曹培德就說：「那好，我們就一道去求馬軍門！只是，我們有富名在外，總不能空手去見吧？不說捐助軍餉，至少也需表示一點犒勞將士的薄意吧？」

第二章 祖業祖訓

曹培德說：「這有何難？見了馬軍門，盡可將此意說出，不日即行犒勞！」

三爺說：「都像三爺這樣，自然不難。去年臘月，北邊紫荊關、龍泉關軍情危急，你家康老太爺和祁縣喬老太爺也是怕遭潰軍洗劫，憂慮至甚。我受二老委託，去見馬軍門。馬大人倒是甚為爽快，坦言無須多慮，說他與宋慶老帥即將親赴邊關，揮師禦寇。我當時甚受感藉，便表示年關將近，祁太平商界將湊些薄禮犒勞將士，只是年景不好，怕不成敬意。馬軍門聽了當然很高興，更發誓言…晉省絕不會失。」

三爺說：「仁兄所為，在情在理。」

曹培德說：「當時，兩位老太爺也很誇獎了幾句。張羅犒勞之資，也由二老出面。哪想，此舉竟招來許多非議！三爺也聽說了吧？」

三爺說：「我由南方歸來，就趕上老夫人大喪，實在無暇旁顧的。有什麼非議？真還沒有聽說。」

曹培德說：「最厲害的一種，是說喬家康家又想露富！」

三爺說：「西幫富名，早不是藏露可左右！當此危難之際，仍守財不露，豈不是要結怨惹禍？」

曹培德說：「誰說不是？可沒看透這一層的，真也不少。只怕露了富，招來官兵吃大戶，卻不想一味守財哭窮也將惹來大禍。你家康老太爺和喬老太爺本想促成一次祁太平商界的緊急會商，公議一個聯保對策。可張羅許久，響應者不多。就是公攤一些薄資，略表勞軍之意，也有許多字號不肯成全。還是你家康老太爺器量大，說人家不肯出血，也甭勉強。大不了就我們曹、喬、康三家，也能犒勞得起官兵！喬老太爺也有手段，他張揚著請匠人造了一塊『犒軍匾』，凡出資的都匾上刻名。」

三爺問：「這手段能管事嗎？盡是怕露富的，誰還願留名..」

曹培德說：「你猜錯了，這手段真還管用。」

2

三爺問：「是何緣故？」

曹培德說：「匾上無名的，怕官兵記了仇，專挑他們欺負。」

三爺問：「原來如此。那後來是應者如雲？」

曹培德說：「倒也不是。願跟我們三家一道勞軍送匾的字號，雖也不少，畢竟有限。平幫幾家大號，祁太平商人家另起一股，自行勞軍。祁幫、太幫也另有幾股，自行其是。不拘幾股吧，反正在去年年關，把逼近家門口的洪水猛獸給安撫住了。」

三爺問：「那破關而來的洋寇，也給擋回去了？」

曹培德說：「靈邱、五臺都派駐有重兵，德法洋寇也不敢貿然深入晉境。朝廷也連發急諭，命抵禦洋寇，不能失晉。不過，從龍泉關潰敗下來的一股官兵，一路潰逃，一路搶劫，直到陽曲，才被制住。距省府太原，僅一步之遙了！」

三爺說：「無論洋寇，無論官兵，都是我們商家的洪水猛獸！」

曹培德說：「抵禦這等洪水猛獸，我們也只能憑智，無以憑力。」

康三爺與曹培德剛派出人去打聽馬玉昆的行止，太谷忽然就進駐許多官兵。一問，竟正是馬軍門所統領的兵馬。原來，馬部官兵正欲繞道潞安、澤州，出晉赴直隸，聽到東天門失守的警報，也暫停開拔，將

第二章　祖業祖訓

所統兵馬由太原以北調至徐溝、榆次、太谷、祁縣，向南一字擺開。僅太谷一地，就開來六營重兵，城關周圍駐了四個營，大鎮范村駐了兩個營。

先聽說馬部重兵進駐，三爺和曹培德還鬆了一口氣：依仗馬軍門，祁太平局面還不至大亂吧。但稍作細想，又感蹊蹺：軍情危急之地是在榆次以東，由故關東天門直至壽陽；馬部卻不揮師東去，倒將重兵擺到榆次以南。這是何意？難道要任敵深入，在祁太平這一線關門打狗，做一決戰？

果若如此，祁太平更要遭殃了！戰事一起，還能保全什麼？

意識到這一層，三爺和曹培德更驚出了一身冷汗。幸好探知馬軍門的大帳就設在祁縣，兩人火急飛馬赴祁求見。

馬玉昆很給面子，聽說是康三爺，當下就叫了進去。

三爺和曹培德剛落座，馬玉昆就笑道：「二位給嚇著了吧？」

三爺忙說：「馬大人的兵馬，我們還怕什麼？」

曹培德也說：「我們是代太谷父老，來向馬大人致意的。」

三爺更笑了，說：「看你們的臉色吧，哪能瞞得過我？」

見馬軍門這樣，三爺也不拘束了，直接說：「我們不過是平頭草民，忽遇這樣的戰禍，哪能不害怕！東天門既有天險可倚，又有重師鎮守，竟也被洋寇攻破？」

三爺話音剛落，馬軍門忽然就滿臉怒色，大聲道：

「東天門豈是洋寇攻破？全是這位岑撫臺拱手讓出！」

三爺這才聽出，馬軍門是朝新任山西巡撫的岑春煊發怒，雖放下心來，也不便多說什麼。馬軍門似乎

054

也全無顧忌，一味大罵岑春煊不止。

原來，岑春煊於二月由陝西巡撫調補山西巡撫後，第一要務就是與圍攻山西的德法洋軍議和。為此，他到任伊始，即新設洋務局，由張家口聘來精通英法的沈敦和出任洋務局督辦，主持議和事宜。

沈敦和本是浙江人，曾留洋英國，在劍橋大學研讀法政。歸國後，為兩江總督劉坤一聘用，官至吳淞開埠局總辦，並被保舉為記名出使大臣。後因吳淞炮臺案遭革職，以流罪之身發落到北地東口。去夏京師陷落後，也有一隊洋寇進犯東口。因沈敦和精通英語，就被委任與洋寇交涉。經他說動，洋寇居然撤出東口！此事報到西安行在，朝廷特旨他官復原位。

岑春煊在西安當然聽說了此事，所以一到山西任上，就將這位擅長議和的沈敦和聘請到自己麾下。

進入辛丑年，也即光緒二十七年（1901），原東西洋八國又加比、西、荷三國，共十一國聯軍，與清廷本已就十二款和約大綱草簽畫押，除京津直隸外，洋軍也陸續從各地撤離。唯獨圍攻山西的德法軍隊不肯後撤。德軍統帥瓦德西又是聯軍統帥，德法如此圍晉不撤，清廷也不敢大意。去年洋軍攻陷京津時，這位瓦德西還未來華，他是在秋天才趕來就任統帥的。雖出任統帥了，卻沒有多少侵華戰功，所以攻打晉省，他的勁頭挺大，想趕緊撈一些戰功以服眾。議和全權大臣李鴻章，屢屢與德法交涉，都無結果。對方公使竟以「此係瓦帥軍事機密」搪塞！

朝廷調集各地重兵守晉，仍不斷有危急軍情發生，太后甚感煩心。一怒之下，將錫良開缺，給岑春煊加封了頭品頂戴、兵部尚書銜，調來補任山西巡撫。所以岑春煊知道，盡快與德法洋軍議和，解去山西之圍，當是能最取悅太后的。聘來精通洋務的沈敦和，就是為成就這件事。

可僅憑精通洋務，就能退去德法重兵？想得也太天真。德法從東北兩邊圍晉，已有數月之久，尤其在

邊關山野度過了一個嚴冬，豈肯聽幾句美言好話，就罷兵而去？沈敦和在東口退敵，其實靠的是重賄，竄入那裡的小股洋寇，經數日搶掠，本來已經盆盈缽滿，再得重賄，當然容易勸走。現在是大軍壓境，如何行賄？

沈敦和幾經交涉，也許之以重利，圍攻晉省東天門的德軍一直不答話，只有法軍發來一紙照會：晉省守軍全行退入山西境內，才可議和。

法軍為何提出這種要求？原來山西與直隸交界的東天門，是由故關、舊關、娘子關幾處險要關隘組成。雖有易守難攻的天險之利，可這幾處關隘都在地勢峻拔的石山巔，駐紮不了大隊兵馬，又乏水源。所以，鎮守東天門的大同總兵劉光才，就將大隊兵馬分散駐紮到東天門內外的山谷之間、近河之地。關隘之上築了重力炮位，山谷間布滿大隊援兵和後勤糧彈，互為依託，使關防堅不可破。駐在關隘以外的營地，多屬直隸所轄的井陘地界。久踞獲鹿、井陘的德法洋軍，每每突破瓶頸，都被遍布山谷的晉軍所阻。現在，法軍要求晉軍退入晉境，實在是要斷東天門的天險之威！

所以，馬軍門和劉總兵極力堅持：絕不能答應法軍要求。井陘也不屬法土，何理命我軍撤出可岑春煊為推動議和，奏請西安軍機處後，竟同意劉部守軍撤回晉境。只是要求在我軍後退時，德軍也同時後撤。

法軍見我肯退，就發來新照會：法軍本無意西進，現在與你方兩軍齊退，好像法方害怕你方華軍，恐被西洋他國譏笑，所以萬不能照辦。你方駐軍必須先行退出井陘，才可議和。否則，德法將合兵西進！

法軍分明是得寸進尺，越發不講理了。可岑春煊依然奏報軍機處，言明為避免給洋軍留下藉口，還是同意我軍先行撤退。軍機處竟也批准。

劉總兵和馬軍門力阻不成，只好準備撤軍。東天門晉境一側，多為不宜駐兵的乾石山地，大部兵馬需退至遠離關隘的平定、盂縣城關附近。這幾乎等於將東天門拱手讓出了。

就在劉總兵被迫張羅撤兵之際，法軍五千人、德兵八千人，乘火車出京南下，緊急增援駐紮在獲鹿、井陘的德法軍力。洋寇意圖已再明顯不過。先誘逼我軍後撤，爾後集重兵破關而入！

在京的議和大臣李鴻章得知德法增兵西進，給岑春煊發來急電，告知正就此事與德法交涉，但也難保洋軍將領為邀功貪利，在我撤兵後，破關深入，進犯晉省。望做提防，不敢大意。

可岑春煊居然表示：即便洋軍來犯，也不能再開戰釁。為早日成就議和計，我敗固貽誤，我勝亦貽誤。反正是不能與洋寇交戰！

馬玉昆言及此，早已是怒火沖天⋯「今敵已破關，我軍不戰而潰，平定以下已是局面大亂，也未見岑撫臺去赴死！」

三爺大膽問了一句：「即便敗局難挽，也輪不到岑大人去赴死吧？」

馬玉昆冷笑一聲，說：「沒人叫他赴死，是他誇了海口，要去赴死。他堅令劉總兵撤回東天門，我說劉部先行撤出容易，洋寇撲來追殺就難抵擋了。這位岑大人就慷慨許諾道⋯『如真有此危情，煊唯有身赴敵營，與之論理。如其不聽，煊甘願繼之以死，一路殺掠過來，也未見岑大人身赴敵營，以死阻戰！」

曹培德忽然給馬玉昆跪下，說⋯「晉省局面既已如此危急，我等平頭草民的身家性命、祖業祖產，全繫於馬軍門一身了！今能挽狂瀾於既倒者，非馬軍門莫屬⋯⋯」

三爺也跟著跪下，說⋯「三晉父老都祈盼馬軍門火速揮師東進，抗擊洋寇！我們西幫也願多捐軍餉，

第二章　祖業祖訓

馬玉昆忙叫兩位起來，說：「二位要這樣，算是錯看我了！我豈不想揮師迎敵？只是已有上諭在先，命本部移師直隸。及今也未接新旨，不能妄動。最近布兵於徐溝至祁縣一線，屬撤出晉省的路線。今暫停開拔，即為保晉。洋寇一旦進犯至此，我部以逸待勞，當會撲之！你們盡可放心，無須驚慌的。」

聽馬軍門這樣說，三爺和曹培德心裡越發不安了：以逸待勞，撲而殲之，即便真如此，戰事也還是在祁太平地界。戰事起處，真不敢奢望還能保全什麼！

三爺不由感嘆一聲說：「別地戰事早平息了，洋寇何以這樣與山西過不去？」

曹培德也嘆道：「洋人痛恨毓賢，毓賢也早革職查辦了，為何依然不肯與晉省議和？」

馬玉昆笑笑，說：「二位最應該知道其中緣由的。」

三爺和馬玉昆茫然相視，實在莫名所以，懇請馬軍門指點。

馬玉昆說：「二位真是騎驢數驢！洋寇不肯放過晉省，還不是因為貴省是塊肥肉？如你等這樣的富商富室遍地，就是洗劫也油水大呀！攻入晉省，洗劫一過，再向朝廷追加賠款。晉省既是富省，追加的賠款會少嗎？洋人不傻，他們圍晉多半年，歷盡艱辛，圖什麼？」

三爺茫然說：「洋人也知晉省之富？」

馬玉昆說：「洋行洋商豈能不知你們西幫底細？再說，還有跟在洋寇後面的教民呢，他們什麼不知！」

曹培德就說：「今幸有馬軍門鎮守晉土，也是天不亂晉吧？」

馬玉昆果然昂揚地說：「二位放心，有本帥兵馬在，洋寇一旦深入晉中，便成甕中之鱉矣！」

058

馬軍門說得這樣慷慨昂揚，也難釋三爺和曹培德的驚慌：看來馬軍門依然要將祁太平一帶作為抗洋的戰場。勝負不說，戰事是難免了。馬部兵馬不肯揮師東進，是有聖旨管著，憑三爺和曹培德的情面哪能說動？所以，他二人也只能極力恭維馬軍門一番，驚慌依舊，退了出來。

3

東天門守將劉光才總兵，是在三月初一將大部兵馬撤回故關、舊關的。到三月初五，德法洋軍就集結重兵，撲關而來。

此軍情急電報到西安行在的軍機處，所做處置也不過：一面電旨李鴻章，速向德法公使交涉詰責，一面命晉撫岑春煊查明詳情，及時報來。至於要不要迎敵開戰，卻是語焉不詳！朝廷上下都有一大心病：戰釁一開，攪黃了和局，如何了得？但再失晉省，西安也難保了，和局又得重議。

就在軍機處左右為難的時候，陝西道監察御史王祖同上了一奏摺，為朝廷出了一個主意：

竊自停戰議款以來，我軍遵約自守，未嘗輕動。而洋兵時出侵軼，不稍斂戰。紫荊、獲鹿先後被擾，太行天險，拱手失之，平定一帶岌岌可慮，坐據井陘之塞，當草約畫押後，又迫劉光才以退守，不煩一兵，太原全省也將有震動之勢矣。夫此退彼進，多方誤我，不能力拒，而徒恃口舌相爭，已屬萬難之舉，若並織口捫舌，聽其侵逼，置不與較，以此求和，和安可保？現時中國利權多為外洋侵據，尚賴西商字號緩急流

第二章 祖業祖訓

通。若被搜刮一空,不特坐失巨利,將各省餉源立形困敝,與大局實有關礙。且各國效尤,殷厚之區處處肆掠,伊於胡底!

愚臣以為凡開議後被擾各地,宜查估喪失確數,悉於賠款內扣除,雖得不償失,或可稍資抵制。

臣愚昧之見,是否有當,伏乞皇太后、皇上聖鑑。謹奏。

王祖同這個「扣減賠款」的主意,當然不是高招,更不能算高尚的義舉,但軍機處卻是頗為賞識。見到王祖同奏摺的當天,就代朝廷發電旨給李鴻章:

奉旨:洋兵擅逼晉境,已過故關,殊與前約不符。現聞到處滋擾,即使不任意西趨,亦應力與辯論。如仍似在京津直隸勒索銀兩,掠搶財寶,將來須在賠款內作抵,庶昭允協。欽此。

不能義正詞嚴宣告迎敵還擊,也總得說句硬話吧?扣減賠款,實在是一種恰當的說詞!不過這道電旨的弦外之音,已然要放棄晉省了。

軍機處發出這道電旨是在三月初十,其時不光是平定、壽陽、榆次,就連太原省城及祁太平一帶,也早是傳言紛紛,人心惶惶,外逃潮流幾不可過。

三爺和曹培德見過馬玉崑,於趕回太谷前,往祁縣喬家拜見喬致庸前輩。說起見馬軍門經過,喬老太爺說,他與祁縣幾家大戶,已拜見過馬大人了。但看喬老太爺神態,似不焦急,與平素也無多少不同。

三爺就問:「馬軍門莫非給你們吃了什麼定心丸?」

喬致庸一笑,反問:「馬軍門也不是喬家女婿,何以會偏心我們?」

曹培德就說:「我們是看老太爺無事一般,有些不解。祁太平已危在旦夕,你們倒穩坐釣魚臺,不是心中有數,何能如此消停?」

喬致庸就問三爺：「你家老爺子也驚慌失措了？」

三爺說：「老夫人新喪，家父還沉於傷悲，只說天塌了他也不管。」

喬致庸說：「這就是了，你家老太爺也未驚慌，還說我？」

三爺仍不解，說：「家父那能算不驚慌？我們康家真是禍不單行，老夫人新喪，又趕上這樣的兵禍，家父無力料理，我也力不能勝呀！」

曹培德說：「遇了這樣危難，誰能輕鬆應對？喬老太爺歷世久，富見識，多謀略，還望多指教，以共渡難關！」

喬致庸說：「我多活幾年，與你們能有什麼不同？既無奇兵可出，又無奇謀可施，果真潰軍來搶，洋兵來殺，也只能聽天由命了。想破了這一層，也就無須慌張。慌張也沒用呀！」

三爺說：「朝廷擁天下重兵，尚不敵洋寇。我們無一兵一卒，怎麼抗洋？」

喬致庸說：「喬老太爺是不肯直言。難道我們就坐等殺掠？」

曹培德說：「那我們只有及早逃難一條路？」

喬致庸說：「小戶人家，一根扁擔；中常人家，幾輛馬車，就舉家逃難走了。我們怎麼逃？浩浩蕩蕩一旦上路，更成搶劫目標了！眼下出逃者雖眾，也多為小戶及中常人家。以我之見，我們大戶切不可妄動。在祁太平，我們商家大戶一動，必然傾城都動。到了那一步，敵未至，先自亂，更不可收拾了。」

三爺說：「老太爺是叫我們坐以待斃？」

喬致庸說：「以老漢愚見，現任晉撫岑春煊，諒他也不敢將晉省拱手讓給洋寇。朝廷給他加封頭品頂戴、兵部尚書，難道就是叫他來開關迎寇？」

曹培德說：「聽馬軍門，岑撫臺是寧死不開戰釁的，所以才有東天門之失。」

三爺也說：「洋寇已破關多日，晉省盡陷於敵手，只是遲早的事！」

喬致庸說：「馬軍門的話，我們不能不聽。可你們就沒有聽出來？馬對岑頗多不屑！我們去拜見時，馬軍門大罵岑：『恃才妄為，不聽吾言，逕自撤東天門守軍，惹此禍亂。』我問馬軍門：『何不率部出壽陽退敵？馬軍門竟說：『只待洋寇入晉陷省城，擄去岑大人後，請看本帥克城救彼，易如反掌耳！』聽聽，馬軍門按兵不動，原來是要岑春煊的好看！給你們說這種話沒有？」

三爺說：「倒未這麼明說。」

曹培德說：「兩位鬥法，遭殃的只是我們！」

喬致庸說：「當時我問馬軍門：晉省表裡山河，進來不易，出去也難；攻破東天門的德法洋寇，真敢孤軍深入進來？」

三爺忙問：「馬軍門如何回答？」

喬致庸說：「他說洋夷用兵，別一種路數，魯莽深入也難說。敝老漢不懂兵法軍事，但叫我看，洋軍也不至如此魯莽。即便深入晉境，也須步步為營，留一條能進能出的後路。洋軍大本營在京津，京津至太原千里之遙，又跨太行天險，一路占據，須調多少兵力？所以，我們不必太慌張，自亂陣腳。」

三爺說：「我們一路撤兵降敵，人家也無須多少兵力！」

曹培德也說：「洋軍未到，潰敗下來的官軍，就似洪水猛獸了！」

喬致庸說：「近日收到我們省號賈繼英送來的急報，說他剛拜見過岑撫臺，確知岑大人已派出重兵開赴壽陽，彈壓潰軍搶掠。」

三爺說：「這還算一條好消息。」

曹培德說：「潰軍彈壓下了，洋寇跟著進來！」

喬致庸說：「洋寇真來了，也只能破財保根基吧？我聽賈繼英說，洋務局的沈敦和在東口議和，也無非是敢破財！送洋寇銀數萬兩，羊千頭，馬千匹，牛百頭，鴕百峰，狐裘百餘襲，羊裘千餘件。」

三爺驚問：「我們亦如此，那不是受辱降寇了？」

曹培德也驚嘆說：「去年以來，我們西幫已破財太甚！」

喬致庸說：「除了破財，唯有破命。去年的拳民就是走破命一途，結果如何？如今朝廷都受降議和了，我們還能怎樣？」

三爺和曹培德想了想，覺得真到了那一步，也只能如此了。朝廷官軍無力拒敵，一心議和，商家不受此辱又能如何？只是，破了財，就能保住根基嗎？真也不敢深想。

如何阻擋眼下的逃難風潮，三人計議半天，也無良策，僅止於聯繫大戶大商號，盡量穩住，不敢妄動。

在趕回太谷的路上，三爺和曹培德更看到舉家出逃者，絡繹不絕。此種風潮再蔓延幾日，局面真將不可收拾！所以，兩人一邊策馬趕路，一邊議定：到太谷後，三爺去見武界領袖車二師父，請鏢局派精幹把式，速潛往東天門打探真情；曹培德即往縣衙見官，申明商家願與官方一道共謀安民之策。

三爺趕到貫家堡車二師父府上時，李昌有等一干形意拳高手都在。

三爺向各位武師一一作揖行過禮，就將見馬玉昆的情形略說了說。眾人就爭著問：洋寇到底已攻到哪兒了？是否已攻破壽陽？

063

三爺說：「東路軍情，馬軍門不肯詳告，只說洋寇魯莽深入，攻陷太原，都是可能的。」

眾人也問：「洋寇將至，馬部大軍為何按兵不動？」三爺只說：「馬軍門還未接到揮師迎敵的上諭。」

李昌有便說：「我等正議論呢，看官軍架勢，一準不想與洋寇交手！平頭草民紛紛出逃，就是看官軍指靠不上。可我等是習武之人，難道也似一般民眾，棄鄉逃亡？」

車二師父也說：「去年夏天，義和拳民蜂起殺洋教，我們形意拳弟兄多未參與。洋教在太谷，結怨並不多。幾位教士被殺，也有些過分。今洋軍攻打過來，只是查辦教案，倒也罷了。如濫殺無辜，強掠姦淫，我們形意拳兄弟可就不能再坐視不理！」

李昌有說：「我們不會像義和拳，見洋人就殺。武界尊先禮後兵。洋軍來時，我們潛於暗處，靜觀不動。彼不行惡，我們也不難為他；但凡有惡行，當記清人頭，再暗中尋一個機會，嚴懲不貸！如係大隊作惡，當先刺殺其軍中長官。」

三爺驚慌問道：「車師父你們也要起拳會？」

三爺說：「這與拳會有何不同？」

李昌有說：「拳會是烏合之眾，徒有聲勢，並不厲害。我們不會挑旗招搖。洋軍在明處，我們在暗處，無形無跡，只叫洋寇知道形意拳的厲害！」

武師們的大義，是叫三爺感動。拳師暗殺洋寇，可剿滅拳會不會手軟。拳師暗殺洋寇，也必然要擴大戰釁，祁太平更得陷於水火之中。但三爺知道，他出面阻武師們的義舉，也不會收效的。所以，他也沒有多說，只是照原來目的，請求車、李二位師父，派出高手，趕赴東路平定、孟縣一帶，打探洋寇犯晉的真實軍情。

064

車二師父說:「已經派出探子了,有探報傳回,一定相告,也望及時通氣。」

三爺連聲應承,又隨武師們議論附和幾句,就匆匆告辭出來。

眼看天色將晚,三爺卻無心回康莊去。多少焦慮壓在心頭,回到家中又能與誰論說?以往遇大事,都是老太爺扛著,你想多插嘴也難。現在,老太爺像塌了架,連如此危急的戰禍都不理睬。這真似忽然泰山壓頂,三爺很有些扛不住了。他不由又想到邱泰基。自己身邊還是少一個足智多謀的人,邱掌櫃遠在西安,那位能幹的京號戴掌櫃,也遠在上海。

現在,只有去見茶莊的林大掌櫃。能不能謀出良策,先不論,只是說說心頭想說的話,眼下也唯有林大掌櫃了。

天成元老號的孫大掌櫃,那當然不能指望。

於是,三爺吩咐跟隨的一個小僕,回康莊送訊,自己便策馬向城裡奔去。

林琴軒見少東家摸黑趕來,還以為出了什麼事。慌忙問時,才聽三爺說:「跑騰了一天,還沒有吃頓可口的茶飯。我是跟你們討吃來了。灶房還沒封火吧?」

林琴軒放下心來,說:「三爺想吃什麼,儘管吩咐!灶火還不便宜?」

三爺說:「不拘什麼吧,清淡些,快些,就成。」

林琴軒說:「總得燙壺酒吧?」

三爺就說:「三爺想吃什麼,儘管吩咐!灶火還不便宜?」

林大掌櫃說:「不喝了。今日太乏累,能喝出什麼滋味?不喝了。」

三爺說:「喝口酒,才解乏!難得三爺來一趟,我陪三爺喝一壺。」

三爺說:「既受林大掌櫃抬舉,那就燙壺花雕吧。」

「三爺哪能喝花雕！我這裡有幾壇汾州杏花村老酒。」林大掌櫃轉臉朝身後一夥友說：「快吩咐灶房，先炒幾道時鮮的菜，燙壺燒酒，快點！」

三爺剛盥洗畢，酒菜已陸續端來。與林大掌櫃這樣秉燈對酌，真還不多，可三爺喝著老酒，品出的卻盡是苦味。他將見馬軍門、喬致庸以及車二師父的經過簡略說了說，感嘆跑騰一天，未遇一件如意事！

林琴軒忙說：「三爺也不必太心焦了，大局如此，亦不是誰能左右得了。岑撫臺既已派重兵彈壓壽陽潰兵，這畢竟還是好消息。局面不亂，才可從容對敵。」

三爺說：「洋寇眼看攻殺過來，如何能不亂！」

林琴軒說：「叫我看，洋寇還不至輕易攻殺過來。」

三爺問：「何以見得？」

林琴軒說：「只要馬軍門統領重兵駐守晉省腹地不動，我看洋寇也不敢貿然進來。岑撫臺想成就議和，只怕也會不惜多讓利權，換取洋寇退兵。任洋寇攻殺進來，占去省府，那還叫議和嗎？丟了晉省，西安危急，朝廷如何能饒得了他？太后賞他一個頭品頂戴來山西，也不是叫他來喪土降敵吧？」

三爺說：「但洋寇也不是那麼好哄吧？既千辛萬苦攻破東天門，哪能輕易罷兵？聽馬軍門說，洋夷用兵，是另外一路，很難說的。」

林琴軒說：「我們跟洋夷也多做過生意了，他們可傻不到哪！晉省地形，他們不會不顧及。深入進來，就不怕斷其後路，成甕中之鱉？所以叫我看，大局還是和多戰少。洋人攻入晉境，無非多加些賠款，也就成了和局。」

三爺說：「真如林大掌櫃所說，那還讓人放心些。」

林琴軒說：「喬老太爺說得很對，我們大戶大號千萬不能妄動！我們一動，誰還敢不動？到那一步，局面可就不好收拾了！」

三爺說：「眼下大戶大號倒是都沒動，可外逃潮流不還是日甚一日？照這樣下去，過不了幾天，大號也要慌！」

林琴軒說：「大字號表面未動，暗地裡誰家敢靜坐不動？我跟夥友們也在底下張羅呢！」

三爺說：「所以我說，不用幾天，不拘洋寇攻來沒攻來，祁太平局面必將大亂！百姓傾城蜂擁逃難，駐守的官軍豈肯閒著？他們早視祁太平是肥肉。一想今後幾日情景，就叫人心驚肉跳！」

林琴軒說：「聽三爺說，曹培德正與官衙共議安民之策？」

三爺說：「正是。就怕謀不到良策！岑撫臺頂著兵部尚書的頭銜，尚不敵洋人，縣令出面說話，誰又肯聽？」

林琴軒說：「三爺，我倒有一安民之策！」

三爺忙問：「大掌櫃有什麼良策，快說！」

林琴軒說：「目前局面是人心惶惶，官府貼布告，不會有人信，可稍有傳言，都信！所以，設法散布一些能安定人心的傳言，說不定還管用。」

「散布些安民的流言？」

「這也算略施小計吧。」

三爺立刻振作起來⋯林大掌櫃獻出的這個小謀略，可是今天最叫他動心的了！在馬軍門、喬老太爺及車二師父那裡，都未曾聽到類似的奇謀。自家這位大掌櫃，真還不能小看。

「林大掌櫃，這個計謀甚好！只是，何種流言才能阻擋鄉民外逃？」

林琴軒說：「叫我看，不在編出什麼傳言，而在誰編、編誰！」

三爺忙問：「我沒明白，大掌櫃說的什麼意思？」

林琴軒倒反問：「三爺你說，現在鄉民還敢相信誰？」

三爺竟一時不該如何回答：「也真是⋯⋯」

林琴軒笑了，說：「傳言官軍能抵擋住洋寇，最沒人信！說我們大字號得了密報，議和將成，洋寇將退，只怕市間也是半信半疑。現在唯有一家，鄉民尚敬重不疑。」

「誰家？」

「即三爺剛拜見過的形意拳武師們。」

「車二師父他們？」

「對。車二師父、昌有師父他們，武藝高強，德行也好，在江湖中的名望誰不知道？傳言他們已有對敵之策，鄉民也許會駐足觀望，暫緩出逃的。但凡有一點指望，誰願背井離鄉！

「三爺，你和曹培德就不會居中說合，叫縣衙將形意拳編成鄉勇？新編鄉勇，義和團似的拳會，惹官府疑心？」

林琴軒忽然就擊掌說：「三爺，車二師父他們出面，勢必應者如雲。只是，如此一來，會不會將他們的形意拳傳說成

林琴軒忽然就擊掌說：「三爺，車二師父他們出面，勢必應者如雲。只是，如此一來，會不會將他們的形意拳傳說成義和團似的拳會，惹官府疑心？」

林琴軒忽然就擊掌說：「三爺，你和曹培德就不會居中說合，叫縣衙將形意拳編成鄉勇？新編鄉勇，不說抗洋，只說對付潰兵流匪。如能說成，再勸武師們率眾來城裡公開操練演武。其時，我們商界前往慰勞，縣衙也去檢閱。有了此種氣象，不用多置一詞，鄉民也會傳言紛紛，駐足觀望的。」

三爺一聽，也擊掌說：「林大掌櫃，明日一早，我就往縣衙獻上你的計謀！事到如今，我看縣衙也別

無良策了。」

至此，三爺才來了酒興。對林大掌櫃，他也更刮目相看了⋯林大掌櫃的才具，當在孫大掌櫃之上吧。

4

隔日，在城裡東寺旁的空場上，真聚集了二百來名鄉勇，在形意拳武師的統率下，持械操練。間或，爆出幾聲震天動地的喝叫，傳往四處。聞聲趕來觀看的民眾也就越聚越多。

在場邊，車二師父、昌有師父幾位武林領袖，康家習武的康二爺、曹家習武的曹潤堂等幾位大戶鄉紳，以及縣衙的幾位官吏，正在神色凝重地議論時局軍事。聲音很高，語意明瞭，並不避諱圍在身後傾聽的一般民眾。

他們的話題，多集中在如何對付潰兵流匪上，言語間，對將至的兵匪甚是不屑，又議論了一些擒拿兵匪的計謀。這叫擠在一邊旁聽的鄉民聽得很順心，很過癮。

這中間，也對洋寇來犯，稍有議論。武師、鄉紳們都煞有介事主張：對洋寇須智取，不能硬碰硬。洋寇到時，可殺豬宰羊先迎進來，再擺酒席大宴之；席上只備燒酒，務必悉數灌醉。等洋寇醉死過去，可往洋槍槍管、洋炮炮筒內澆入尿湯；一過尿湯，洋槍洋炮就失靈了⋯⋯這類降敵方法，更令鄉民聽得興味高漲。

後來，知縣大人駕到，檢閱了鄉勇操練，聽了武師、鄉紳的退敵之論，誇獎一番。縣令剛走，幾家大商號又來慰勞。

第二天，在北寺附近也有一隊鄉勇在操練，情形與東寺相差不多。

於是，官衙、武林、商界聯手平匪禦敵的種種消息，就由民眾口口相傳，迅速傳遍全縣城鄉。民心果然稍定，外逃風潮開始減緩。

這幾天，三爺也一直住在城裡的天盛川老號，各方奔忙，一直未回康莊。見局面有了好轉，正想痛快喝一回燒酒，就有僕傭來傳老太爺的話：趕緊回來！

匆匆趕到家，就聽四爺說：這幾天已將年少的男主和年輕的女眷送出去避難了。六爺及各門的小少爺、三爺、四娘及汝梅以下的小姐們都走了。

三爺一聽，就有些急：他四處勸說別的大戶不可妄動，自己家倒紛紛出逃了。他問是誰主張，四爺說當然是奉老太爺之命。不過，都在夜間潛出，又都化了裝，沒多少人知道。

三爺能說什麼，只在心裡說：夜間出逃的並不少，怎麼能祕密得了！

康筠南聽到東天門失守，洋寇攻入晉境，官家潰兵即將至的消息，心頭有些像遭了雷擊：這是上天對他的報應嗎？

因為杜氏的「喪事」剛剛辦完，就傳來了這樣可怕的消息。以他的老道，當然知道這消息意味了什麼：康家的祖產祖業面臨了滅頂之災！太谷真遭一次兵禍，康家的老宅、商號必然成為被洗劫的重頭目標，康家幾代人、歷幾百年所創的家業，就將毀於一旦⋯⋯

這樣的兵禍，不光在他一生的經歷中，就是在祖上的經歷中似乎也不曾有過吧。咸豐年間鬧太平天國，危急時大清失了半壁江山，都以為戰禍將至。那次戰禍，起於南方，亂在南方，這邊慌是慌，畢竟離得遠，逃難也能從容藏準備，結果，是虛驚一場。外埠字號撤了回來，老宅、老號的家產、商資也做了匿

準備的。

這一次，兵禍就在家門口，說來就來了，天意就是不叫你逃脫吧？去年朝廷有塌天之禍，危情不斷，但於太谷祖業終究也只是有驚無險。眼看議和成了定局，怎麼兵禍忽然又降臨到家門口？

這分明是上天的報應！

如果不送走杜氏，就不會有這樣的兵禍吧？

分明是報應⋯⋯

康笏南面對突臨的兵禍，就一直覺不脫這樣的思路。越這樣想，他就越感到心靈驚悸，精神也就垮了下來。他把應對危機的重擔那樣草率地撂給了三爺，實在也是不知所措了。

這在康笏南，可是前所未有的！

不論在家族內部，還是在康家外面的商業王國，康笏南一直都是君臨一切的。他畏懼過什麼！家事商事，就像三爺所深知的⋯別人就是想插手也很難，他哪裡會把事權輕易丟給你？

康笏南給失寵的老夫人這樣辦喪事，也不是第一次。以前，他可沒有這樣驚悸過。經他老謀深算，事情辦得一點紕漏都沒有。日後就是鬧幾天鬼，他也根本不在乎。但這一次似乎有些不同。治喪期間，好像人人都動了真情，為杜氏悲傷，卻不大理會他，彷彿他們已經看穿了一切。所以在未知兵禍臨頭前，他已有些心神不定，恍惚莫名。

老夏和老亭一再說⋯沒有一點紕漏，誰也不會知道真相。他不相信這兩個人，還能相信誰？也許他自己衰老了吧？人一老，心腸就軟了，疑心也多了？

或者，他真應該受一次報應？

時局一天比一天可怕，康笏南也一天比一天感到軟弱。他自認逃不過報應，也只好預備捨身來承受，但祖業還得留給後輩去張羅。所以，他不敢再拖延，決定向三爺交代後事。

對老三，他依然不夠滿意，可還能再託靠誰？

三爺見到老太爺，大感驚駭⋯⋯就這麼兩天，老太爺好像忽然老了多少歲！精神萎靡，舉止發痴，人也像整個兒縮小了⋯⋯他當然不知道父親內心的驚悸，依然以為父親是丟不下新逝的杜老夫人。

父親對杜氏有這一份深情，也難得了。

「三爺一到，康老太爺就把所有僕傭打發開，氣氛異常。

「父親大人，你得多保重！」三爺先說。

康笏南無力地說：「我也活夠了，不用你們多操心。外間局勢如何？」

三爺忙說：「局面已有好轉。近日商界、武林與官衙聯手，已止住外逃風潮，民心稍定。」

「潰軍呢？撫臺派出的洋寇呢，也止住了？」

「聽說岑撫臺已派出重兵，到壽陽彈壓潰軍。退守樂平的大同總兵劉光才也出來剿撫亂兵。」

「洋寇呢？洋寇攻到哪了？」

「父親大人，還得不到洋寇的準訊，只聽說岑撫臺在極力議和。」

「既已攻破東天門，人家能跟你議和？叫我看，洋寇不攻下太原，絕不言和。這一兵禍，那是逃不過了。」

「父親大人，以我看，戰與和，還各占一半。馬軍門的重兵，尚在晉中腹地駐守著，洋寇也不敢輕易

「深入吧？」

「東天門也有重兵鎮守，還不是說丟就丟了？不用多說了，這場劫難是天意，別想逃過去。」

「父親大人，既如此危急，那你也出去躲躲吧。由我與二哥、四弟留守，盡力應對就是了。」

「老三，今日叫你來，就是向你交代後事的……」

康笏南一聽這話，慌忙跪下說：「父親大人，時局真還未到那一步！即便大局崩盤，太谷淪陷，我們也會伺候父親平安出走的。」

康笏南停了停，說：「我哪兒也不去了。這場劫難非我不能承擔，此為天意。我已到這把年紀，本也該死了，但康家不能亡。所以，該出去避難的是你們。我留下來，誰想要，就給他這條老命。你起來吧，這是天意。」

三爺不肯起來，說：「父親大人，這不是將我們置於不孝之地了？」

康笏南說：「這是天意，你們救不了我的。你快起來，我給你看一樣東西。」

康笏南從袖中摸出一頁信箋，遞了過去。三爺也只好起來接住。展開看時，上面只寫著寥寥幾行字，又都是「儀門假山」「偏門隱壁」之類……什麼意思，看不出來。

康笏南低聲說：「老三，這是我們康家德新堂的九處隱祕銀窖。你要用心記住！這九處銀窖，也沒有暗設許多機關，只是選的地界出人意料就是了。總共藏了多少銀錠，我說不清。只能告訴你，這些銀兩足夠支撐康家遍布天下的生意。」

三爺這才意識到了這頁薄箋的分量，默數了一下，是九處。三爺從小就知道家資鉅富，但到底有多富，直到他接手料理商事，也全然不知。現在，家資就全在這頁薄紙上了，只是銀窖所在的確太出人意

料，幾乎都在明處⋯⋯

康笏南問：「記住了沒有？」

三爺忙說：「記住了。」

康笏南便說：「那你就點一根取燈，燒了它。」

三爺聽說是這個意思，忙又看了一遍，才點了取燈，燒著了這頁薄紙。

三爺忙答應：「我記住了。」

「第二樣，這些銀兩永不能作為家產，由你們兄弟平分。這是祖上傳下來、一輩一輩累積起來的商資老底。康家大富，全賴此活水源頭，永不能將它分家析產！你能應承嗎？」

「永記父親囑託！」

「此為不能違背的祖訓。」

「知道了，當永遵祖訓。」

「第三樣，這份商資在我手裡沒少一兩，多了一倍。我一輩子都守一個規矩：不拘商號賺回多少錢，都是分一半存進這銀窖中，另一半做家中花銷；賺不回錢，就不花銷。這規矩，我不想傳給你，但這份老家底在你手裡不能虧損太多。」

「我謹守父親的規矩，賺二花一，不賺不花。」

「世事日艱，尤其當今朝廷太無能，我不敢寄厚望於你。我傾此一生，所增一倍商資，總夠你虧損了吧？祖上所遺老本，你們未損，我也就滿意了。」

074

「父親交到我手上的,我亦會不損一兩,傳給後人!」

「老三,你有此志,當然甚好。但遇此無能朝廷,你也得往壞處想。所以,我交代你的第四樣,就是也不能太心疼這老家底⋯商事上該賠則賠。祖上存下這一份商資,既為將生意做大,也為生意做敗時能賠得起。西幫生意能做大,就憑這一手⋯賠得起,再大的虧累也能賠得起!不怕生意做敗,就怕賠不起。賠不起,誰還再理你?大敗大賠而從容不窘,那是比大順大賺還能驚世傳名。」

「因大敗大賠而驚世揚名?」

「因你賠得起,人家才更願意跟你做生意!當然,不賠而成大事最好。西幫事業歷練至今,也漸入佳境,少有大閃失了。只是,遇了這太無能的朝廷,似也劫數難逃。去歲以來,損失了多少!眼前大劫,由我抵命就是。但以後亂世,就得由你們張羅了。生意上遭賠累不用怕,這些商資老底還不夠你們賠嗎?就是把我所增的那一倍賠盡,也要賠一個驚天動地。先賠一個驚天動地,再賺一個驚天動地,那就可入佳境了。怕的是你們捨不得賠,希圖死守了這一份巨資,吃香喝辣,坐享其成!」

「父親放心,我們不會如此不肖!」

「那我就交代清了。後世如何,全在你們了。」

「父親大人,局面還並不似那麼無可挽回!」

「你不用多說。眼下還有些小事,你替我檢點一下吧。你們兄弟各門逃難走前,不可將珍寶細軟藏匿得太乾淨,宜多遺留一些。無論潰兵,還是洋寇,人家衝殺進來,沒有劫到多少值錢的東西,怒火上來,誰知道往哪發洩?明處的那兩個日常使喚的銀窖,也要多留些銀兩,尤其要存留些三千兩大錠。世間都知道西幫愛鑄千兩銀錠,劫者不搜尋出幾錠來,哪能過得了癮?孫大掌櫃那裡,你也過問一下,天成元櫃上

也不可將存銀全數祕運出去，總得留下像樣的幾筆，供人家搶劫吧？什麼都劫不到，饒不了你。聽明白了吧？」

「聽明白了。」

「檢點過這些事，你跟老四也避難去吧。你大哥、二哥他們，能勸走，也趕緊叫他們走。這裡的老家底，我給你們守著。但願我捨了老命，能保全了家底。」

「父親大人不走，我們也不會走的！」

「你們不走，是想叫康家敗亡絕根嗎？」

5

三爺雖不敢太違拗老太爺，但哪裡會走？本來與曹培德就有約，不能妄動，現在老太爺又將康家未來託付給他，更不能臨危逃走了。

他去勸大哥、二哥，他們也都不想走。大哥還是閉目靜坐，不理外間世界。大娘說，我們也年紀不小了，還怕什麼？二爺日夜跟形意拳武師們守在一起，忙著操練鄉勇，計議降敵之策，正過癮呢，哪會走？

四爺當然也不肯走，反倒勸三爺走。

勸不走，就先不走吧。反正外間的逃難風潮也減緩了。

可就在老太爺交代後事不久，外間局面又忽然生變：馬玉昆派駐太谷的幾營官軍，突然開拔而去。也

並非進軍東路,去迎擊洋寇,卻是移師南去了!由榆次開過來的馬部駐軍,也跟著往南移師。

馬軍門統領的重兵,要撤離山西!

三爺聽到這個消息,又驚出了一身冷汗:朝廷真要放棄晉省了?說好了敵我齊退,結果是我退敵進。官軍前腳撤出關防,洋寇後腳就撲關而來。現在,你想叫洋寇退出晉境,人家又故技重演。馬軍門的官軍一退,洋寇洋兵必定乘虛而來!東天門之失,就是中了洋寇的詭計!

三爺不敢怠慢,立刻去尋曹培德商量對策。

曹培德也沒太堅持,只說:「洋寇真來了,我們也只能殺豬宰羊迎接吧?」

曹培德倒不像三爺那樣著急,說已經派人往祁縣打聽消息去了。若軍情危急,西安軍機處能允許馬軍門撤走?三爺依然疑心⋯⋯一定是岑春煊急於議和,將馬軍門逼走了。

三爺說:「我們殺豬宰羊倒不怕,就怕人家不吃這一套!」

三爺說:「這倒是早該走的一步棋。岑春煊移任晉省撫臺後,祁太平商界還未賀拜過。只是,今日的岑春煊好見不好見?」

曹培德問:「你是說見面的賀禮嗎?」

三爺說:「我看,再邀祁太平幾家大戶,速往省城拜見一回岑撫臺。見過岑大人,是和是戰,如何和,戰又如何戰,也就清楚了。」

「可不是呢!去年,岑春煊只是兩宮逃難時的前路糧臺,寫一張千兩銀票,孝敬上去,就很給我們面子了。現在的岑春煊已今非昔比,該如何孝敬,誰能吃準?」

077

曹培德說：「叫我們不覺寒酸，也就成了。岑春煊吧，又見過多少銀錢！喬家的大德恆在太原不是有位能幹的小掌櫃嗎？該備多重的禮，託他張羅就是了。」

三爺說：「不拘邀誰家，也得請喬家老太爺出面吧？你我都太年輕。」

曹培德說：「喬老太爺年長，人望也高，只是喬家並非祁縣首戶。喬老太爺出面，平幫會不會響應，就難說了。我看，請祁縣渠家出面，比喬家相宜。渠家是祁幫首戶，又有幾家與平幫合股的字號。渠家出面，三幫都會響應。」

三爺說：「請渠家出面，那也得叫喬家去請。」

曹培德說：「那我們就再跑一趟喬家？」

三爺說：「跑喬家，我一人去吧。仁兄還得聯繫武林、官衙，繼續操練鄉勇。官軍撤了，鄉勇再一散，民心更得浮動。」

曹培德就說：「那也好。只是辛苦三爺了。」

二位還未計議完，曹家派出打聽消息的武師已飛馬趕回來了。帶回的消息是：馬玉崑兵馬已全軍開拔，由祁縣白圭入子洪口，經潞安、澤州，出山西繞道河南，開赴直隸；所以命馬部官軍趕赴直隸，準備重新鎮守京畿地界。所以，說走就走了。傳說朝廷有聖旨：和局將成，各國洋軍要撤離，洋寇要撤離？真要是這樣，那當然是好消息；可看眼前情形，誰又敢相信？

三爺反正不敢相信，疑心是軍機處怕開戰釁，使了手段，將主戰的馬玉崑調出了山西。曹培德也不大敢相信，只是以為：若調走馬玉崑，能使三晉免於戰事，也成。但三爺說：

「就怕將山西拱手讓給洋人，人家也不領情，該搶還是搶，該殺還是殺！」

曹培德就說：「馬部兵馬已走，就看洋寇動靜了。眼下，攻入晉境的洋寇到底推進到哪兒了？日前聽知縣老爺說，平定、盂縣兩地縣令竟棄城逃亡，岑撫臺已發急牒嚴飭各縣，再有棄城者，殺無赦。所以知縣老爺說：既不叫棄城逃難，那就開啟城門，殺豬宰羊迎洋寇吧。」

三爺說：「朝廷棄京逃難走了，洋寇還不是將京城洗劫一過！殺豬宰羊迎接，洋人就會客氣？我不相信。車二師父派出的探子，也傳回消息說，壽陽、榆次縣衙已會集商紳大戶，令預備迎接洋寇的禮品貨物。鄉人聽說了，更惶恐出逃。馬玉昆這一走，祁太平一帶的逃難風潮會不會再起？」

二位計議半天，覺得當務之急還是如何安定民心，對付洋寇，賀拜岑春煊倒可緩一緩的。商界的巴結，哪能左右了岑春煊？他該議和還是不是照樣議和！

既不住祁縣遊說喬家渠家，三爺就趕去見車二師父。近日車二師父一直住在城裡的鏢局。一見三爺來，就問：「三爺，來得這麼快？」

三爺不明白是問什麼，就說：「車師父，快什麼？」

三爺說：「康二爺才走，說去請你，轉眼你就到了，還不快？」

三爺說：「我剛從北洸村曹家來，並未見家兄。有急事？」

車二師父說：「那三爺來得正好，正有新探報傳來！」

三爺忙問：「洋寇來犯？」

車二師父一笑，說：「算是喜訊吧，不用那樣慌。」

「喜訊？」

「能算喜訊。」

第二章　祖業祖訓

的確能算喜訊：攻入晉境的德法洋軍，已經撤回直隸的井陘、獲鹿了，並未能大舉西進。原來，三月初一，鎮守東天門的劉光才總兵被迫撤兵時，怕故關、舊關及娘子關的炮臺成孤立之勢，不能持久，就設了一計：密令這三處關防的守將，明裡也做撤退假象，暗裡則將陣地潛藏隱蔽，備足糧彈存水。這樣佯退實不退，為的是不招敵方圍困；洋寇若大意撲關，又能出其不意，迎頭痛擊。

果然，德法洋軍派過來刺探軍情的華人教民，聽信傳言中了計，把關防炮臺守軍也撤退的情報帶回去了。

初四日夜半，法軍撲故關，德軍朝娘子關，分兵兩路西進，企圖越關入晉。因為已經相信是空關，大隊兵馬直接往前開時，無論德軍法軍，都沒有突破瓶頸打算。哪能想到，大軍都擠到關下了，忽然就遭到居高臨下的重炮轟擊！德法兩軍遭遇都一樣，死傷慘重，驚慌後撤。不同的是，德軍從娘子關後退時，又走錯了路，與從故關敗退下來的法軍，迎面相撞。初四後半夜，正是黑得伸手不見五指的時候，雙方未及細辨，就以為遇到了清軍的埋伏，於是倉皇開戰。等明白過來，又傷亡不少。洋寇連夜退回井陘，據說將跟隨他們的教民，殺了不少。教民謊報軍情，洋人以為是有意的。

洋寇吃了這樣大的虧，哪能甘心？初五、初六兩日，連續發重兵，圍攻故關、娘子關及南北嶂幾處關防。雙方傷亡都夠慘重，娘子關也一度失守，但洋寇終未能長驅入晉。此後相持數日，也時有戰事，但已波瀾不驚。到三月十三，德法洋軍都退回獲鹿，連戰死的屍骸也運走了，怕是要放棄攻晉吧。

三爺聽了，當然鬆了一口氣，說：「洋寇息戰，當然是喜訊。只是，東天門關防雖危急，並未盡失，潰軍之亂又從何說起？」

車二師父說：「那是孟縣一幫歹徒趁危興風作浪。娘子關失守後，洋寇並未敢單道深入。可附近一個

鄉勇練長，叫潘錫三，他聽說關防失守，就勾結一幫不良官兵，四處散布洋寇已破關殺來，引發民亂。他們就趁亂肆意搶掠。此亂一起，那就像風裡放了一把野火，誰知道會燒到哪兒！不用說一般鄉民了，盂縣、平定的縣令就先嚇得棄城逃跑了。」

三爺說：「劉總兵機智阻敵在前，拚死守關在後，怎麼也不見張揚？只聽說潰軍將殺掠過來，還以為就是劉部兵馬呢。」

車二師父說：「德法撲關伊始，劉總兵就急報岑撫臺，岑只讓勸止，不許開戰。劉大人只好急奏西安軍機處，岑撫臺知道後，反責備劉大人謊報軍情。這種情形，誰敢為之張揚？派去探聽消息的武友，很費了周折，才得知實情。」

三爺又能說什麼？雖然知道了兵禍暫緩，可以鬆口氣了，但還是更記起父親交代過的那句話：當今朝廷太無能，凡事得往壞處想！

其實，德法肯退兵，到底還是因為岑春煊答應了由晉省額外支付一筆鉅額賠款。這就正如林大掌櫃所預料：破財議和。

6

兵禍暫緩之後，康家逃難出去的也陸續回來。老太爺的精神分明也好轉了。但三爺卻輕鬆不下來：老太爺祕密向他交代了康家的老底，他算是正式挑起重擔了吧。

所以，三爺終日在外奔波，不敢偷閒。但一件棘手的事卻令他想躲也躲不開：兵禍才緩，票莊的孫大掌櫃就提出要告老退位。

這次兵禍雖然有驚無險，孫大掌櫃的表現卻令人失望，一味慌張，沒有主意，哪還像個西幫的大掌櫃？或許孫大掌櫃也真是老邁了。只是，他是老太爺依靠了幾十年的領東掌櫃，三爺哪敢擅自撤換？尤其有去年冬天的那次齟齬，三爺更不能就此事說話了。他剛主事，就叫領東老掌櫃退位，別人不罵他器量太小才怪！

再說，更換領東大掌櫃，畢竟是件大事。要換，也得待天時地利人和俱備之際，再張羅吧？眼前時局，哪容得辦這種事！三爺心裡已有了自己中意的大掌櫃，可他連一點口風都不敢透出。

因此，孫大掌櫃一跟他提起這事，三爺就極力勸慰，直說這種時候康家哪能離得開你老人家呀！天成元遇了這樣的大難，除了你老，誰能統領著跳過這道檻？你老要退位，天成元也只好關門歇業啦。總之，揀好聽的說吧。

可孫大掌櫃好像鐵了心要退位，你說得再好聽，他也不吃這一套。

這是怎麼了？孫大掌櫃是被這場兵禍嚇著了，還是另有用意？以他的老辣，覺察出老太爺已經交代了後事，三爺正式繼位，所以不想伺候新主了？老太爺交代後事那是何等祕密，三爺哪敢向世人洩漏半分？他連三娘都沒告知一字！孫大掌櫃是從他的言行舉止上覺察出來了？近日他是太張揚了，還是太愁楚了？自家就那樣沉不住氣？

三爺躲也躲不過，勸也勸不下，就對孫大掌櫃說，還得老太爺允許呢，這麼大的事，跟我說頂什麼事？」

我自家出趟遠門，去跟我們老太爺說。

孫北溟卻說：「我還不知道跟你家老太爺說？說過多少回了，都不頂事！前年，津號出了事，他說，該叫我引咎退位了吧？他不答應，怕傷了天成元信譽。去年京津莊口被毀，生意大亂，應付如此非常局面，我是更力不能勝了。可你家老太爺依舊不許退位，說留下這麼一個亂局，沒人願接！這不是不講理呀？這麼個亂局，也不是我孫某一人弄成，豈能訛住我不放？現在，洋人退了，議和將成，亂局也快到頭了，還不允許老身退位？」

孫北溟只是說：「這是我們老太爺器重你，離不開你。」

三爺笑了笑說：「他是成心治我！三爺，我求你了。孫某一輩子為你們康家效勞，功勞苦勞都不說了，看在我老邁將朽，來日無多的分上，也該放了我吧？入土之前，我總得喘息幾天吧？你們家老太爺，他是恨不得我累死在櫃上才高興！三爺，你替我說句話，替我在老太爺跟前求求情，成不成？」

三爺現在畢竟老練多了，孫大掌櫃說成了這樣，他也不敢應承什麼，依舊說：「孫大掌櫃，在我們家老太爺跟前，我說話哪有你老頂事？我替你求幾句情？只怕我一多嘴，老太爺反而不當一回事，那又圖甚？以你大掌櫃的地位，有什麼話不能自家去說！」

「三爺，你怎麼聽不明白！我自家說話要頂事，還來求你？我親口說了多少回了，不管用呀？」

三爺笑了笑說：「這能怨誰？只能怨你的本事太大了。孫大掌櫃，我也求你了，先統領天成元渡過眼下難關，再言退位，成不成？」

三爺沒想到，他這句話竟令孫大掌櫃拉下了臉：

「三爺，你也這樣難求？我也老糊塗了，年前竟敢得罪少東家！罷了，罷了，誰也不求了，無非捨了這條老命吧。」

孫大掌櫃竟這樣說，三爺可是有些不知所措……這不是當面說他器量太小，記了前嫌，不肯幫忙嗎？

他慌忙給孫北溟行禮賠罪，說：

「大掌櫃要這樣說，我可是無地自容了！你老是前輩，我豈敢不聽吩咐？那我就照大掌櫃的意思，在老太爺跟前說道幾句。頂事不頂事，乃至壞了事，我可不管了。」

孫大掌櫃倒轉怒為喜，說：「這還像你三爺所說的話！求了半天，總算沒白求。三爺，老身臨危逃避，實在是怕貴府生意再遭傷筋動骨之累！你與老太爺當緊得另選賢能，來挑領東這副擔子。」

三爺就問：「似孫大掌櫃這樣的領軍人物到哪兒去尋？」

孫北溟說：「京號的戴掌櫃，漢號的陳掌櫃，才具都在老朽之上。兩位又多年駐大碼頭，大場面、大波瀾經見得多了，不拘誰，回來領東，都遠勝於我！」

孫大掌櫃所舉薦的這二位，那當堪當其任。但三爺口頭還是說：

「戴、陳二位的出類拔萃，也是有目共睹的，只是不及孫大掌櫃就是了。」

「三爺無須這樣客套，戴、陳二位必能保天成元度過難關，先復興，再發達的。」

孫北溟此次堅辭領東掌櫃的職位，倒不是要難為三爺，他的確早想退位了。庚子之亂以來，北方大半莊口被殃及，這在天成元可是前所未有的浩劫。即便和局成了，如何復興這許多分號？孫北溟每一想及，就不寒而慄。再想想洋人如此得勢，日後國將不國，民生艱難，商業衰微是不可免了。尤其聽說這次賠款竟高達四億五千萬兩之巨！將如許白銀賠給外國，國內哪還有銀錢來流通？在此種國勢下，銀錢業還能維持嗎？

孫北溟畢竟年紀大了，已經沒有了絕境再生的心勁。

西幫商號體制，即使做了孫北溟如此顯赫的大掌櫃，也依舊是商號的託管者。生意是東家的，他感到難經營了，自然要辭職退位。做大掌櫃多年，家資已大富，退位後盡可頤享天年。所以，他才不想戀棧不去，落一個敗名。

三爺看出了孫大掌櫃退意是真。他也答應了替孫大掌櫃說情。可見到老太爺，總不便開口。由他提出撤換大掌櫃，實在怕惹老太爺不高興。比較妥貼的辦法，應該由一位能與老太爺說上話的中間人，先將此事提出；老太爺拿此事來詢問他時，他再出面說話。

可到哪去尋這樣一位中人？說合撤換大掌櫃這樣的事，實在非同小可，此人既得有相當的身分，又沒有太大的瓜葛。誰適宜擔當這樣的重任？家館的何舉人嗎？何舉人說這種事，老太爺多半會一笑置之，不當回事。老夏、老亭？身分不夠，他們也從不就外間商事插嘴。

二爺、四爺呢？他們說話，老太爺也不怎麼當回事。

三爺想來想去，想不出一個適當的人來，就只好叫孫大掌櫃先去求老太爺。一趟不成，再跑一趟。跑得老太爺心動了，把換大掌櫃的話茬提出來，他就好說話了。到那種火候說話，也才頂事。

孫大掌櫃採納了三爺的主意，開始不厭其煩地往康莊跑，軟話硬話都說了，非告老退位不可。但三爺看老太爺動向，卻一直平靜如常，有關孫大掌櫃的事，半個字也沒有提起。

看看，老太爺還是不想換天成元的大掌櫃。

三爺正慶幸自己沒有冒失，突然被老太爺召去。去了，就見老太爺臉色不對。

「你答應孫大掌櫃退位了？」

「父親大人，這麼大的事，我哪敢答應？」

第二章 祖業祖訓

「孫大掌櫃親口說的,還能是假?」

「父親大人,我哪敢答應這種事!孫大掌櫃是求過我,但我說這事非同小可,得由家父做主⋯⋯」

「我能做什麼主?現在,一切是你做主!」

三爺知道,他最擔心的情形,到底還是出現了。眼前盛怒的父親,分明已經從喪婦的悲傷中脫離出來,威嚴如舊。

第三章 情遺故都

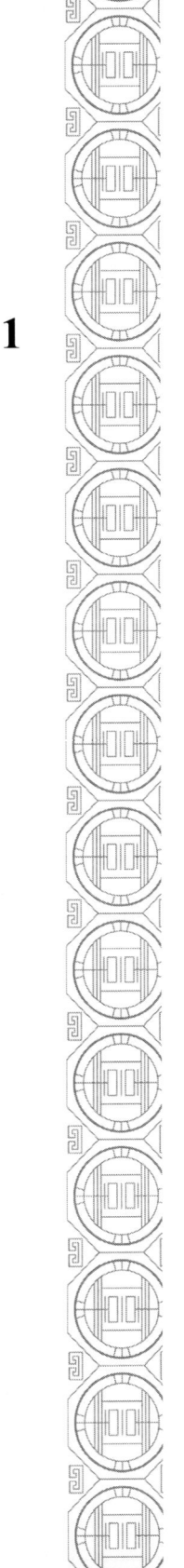

1

三月初八這個日子，六爺最不能忘記了：去年因洋人陷京，朝廷將耽誤了的恩科鄉試，推延至今年的此日開考。

朝廷發此聖旨的時候，還正在山西北路逃難呢，就以為今年三月能雨過天晴？三月是到了，朝廷卻依然在西安避難。議和受盡屈辱，還是遲遲議不下來。德法洋軍倒攻破晉省東天門，殺了進來。不用說，恩科比試又給攪了。

六爺聽到兵禍將至的消息，最先想到的，就是當今皇上的命數，實在是太不濟了。三旬是而立之年。皇上三旬壽辰開的這個恩科，居然就這樣凶禍連綿！看來尊貴如皇上，竟也有命苦的：該著的劫難，逃也逃不脫。逢了這樣的皇上，你也只能自認命苦吧。

本來，聽說發生拳亂的州縣將禁考五年，六爺已經斷了念想，自認倒楣，自認命苦。想不開時，偷偷吸幾口料面，飄飄揚揚，也就飛離苦海了。沒想到，年後從西安傳來消息，說禁考條款只是應付洋人，朝廷已有變通之策：禁考州縣的生員，可往別地借闈參考。山西屬禁考省分，鄉試將移往陝西借闈。京師也

087

在禁考之列，會試將移在河南開封府借闈借闈科考，這是誰想出的好主意？

六爺趕緊振作起來，頭一樣，就是決定戒菸了。進入考場，一旦菸癮發作，哪還能做錦繡文章？堂皇森嚴的考棚裡，吸大菸後，他算知道菸癮是怎麼回事了。只是，戒菸哪那麼容易！菸癮來了，不吸兩口，人整個兒就沒了靈魂，除了想吸兩口，就剩下一樣……想死。

何老爺，你這不是害了我了？

何舉人當然沒有料到朝廷還有借闈科考這一手。但國運衰敗如此，忍辱借闈吧，朝廷無能，賢良入仕又能如何？所以，對六爺的責難，何老爺倒也不在乎。染上大菸嗜好，赴考是有些關礙，可六爺你若棄儒入商，那就什麼也不耽誤。這種話明著說，何老爺不愛聽。

何老爺只是勸慰六爺，說戒菸不能太著急，可六爺你才吸了幾天，菸癮遠未深入骨髓，戒是能戒了，只是不能著急。戒菸也似祛病，病去如抽絲。

六爺聽了這話更著急：「我倒想悠著勁兒戒菸，可朝廷的考期能悠著勁兒等你？三月初八，轉眼就到了，我不著急成嗎？」

當時是正月，離三月真不遠了。

何舉人笑了笑說：「就因為三月初八不遠，才無須著急。」

「著急也沒用，反正來不及戒了？何老爺是不是有什麼妙法，能將菸具料面夾帶進考棚？」

六爺以為何老爺是成心氣他，就說：

088

何老爺說：「六爺，到三月初八若能如期開考，我們真還不愁將菸槍菸土夾帶進去。菸槍可製成筆形，菸土又不占地方，塞哪兒吧不便宜？」

六爺說：「何老爺當年就這麼帶的？」

「那時本掌櫃正春風得意，抽什麼大菸！我染上菸癮，也跟六爺相仿，全因為斷了錦繡前程。中舉後，京號副幫做不成了，還能做甚？只好抽大菸吧。」

「六爺，我勸你不必著急，是因為到三月初八，肯定開不了考！這一屆恩科鄉試，保準還得推延。」

「何老爺你又來了！你不叫我著急，難道真要抽足了大菸，再做考卷？」

「何老爺又得了什麼消息？」

「有消息，沒消息，一準就是推延了。轉眼三月就到了，什麼動靜還沒有。議和還沒有議下來，談何借闈？」

六爺想想，雖覺得何老爺推斷得有些道理，但依舊必須戒菸⋯不論考期推延到何時吧，總是有望參加的。

所以在正月二月，六爺算是把自家折騰慘了。菸癮發作時，牆上也撞過，地下也滾過，頭髮也薅過，一直到杜老夫人重病時，六爺的戒菸才算見了效。老夫人忽然重病不起，使六爺受到一種莫名的震動。震驚中，竟常常忘了菸癮。尤其在探望過老夫人後，好幾天鬱悶難消⋯這幾天就一點菸癮也沒有。

二月十七，老夫人真就撒手西去。從這一天起，一直到三月初七老夫人出殯，三七二十一天中，六爺居然沒發過一次菸癮！除了繁忙的祭奠、守靈、待客，他心裡也是壓了真悲痛。杜老夫人的死，自然叫

第三章　情遺故都

他想起了生母的死。但在心底令他悵然若失的，還有另一層……他是剛剛看懂了這位後母，怎麼說死就死了？他剛剛看懂了什麼是女人，什麼是女人的天生麗質，什麼是女人的優雅開通，什麼又是女人的鬱鬱寡歡……剛剛看懂女人的這許多迷人處，竟會集於後母一身，她就忽然死了。

她剛剛現出真身，忽然就死了！

在這種無法釋化的悲傷中，六爺徹底忘記了大菸土。因為他願意享受這一份悲傷，再濃厚，再沉重，也不想逃脫。

出了三月初七，六爺才忽然想起三月初八是個什麼日子。他的菸癮已袪，延期的鄉試倒如何老爺所料，仍沒有如期到來。時局也未進一步緩和，反而又吃緊。東天門失守，兵禍將至，傳來的都不是好消息。

沒過幾天，六爺跟了何老爺，趁夜色濃重，逃往山中避難去了。

那是一個叫白壁的小山莊，住戶不多，但莊子周圍的山林卻望不到邊。林中青松居多，一抹蒼翠。六爺還是頭一次見到這樣廣袤雄渾的山林，稀罕得不得了。尤其在夜間起風時，林濤呼嘯，地動山搖，六爺被驚醒後那是既害怕，又入迷……似近又遠的林濤，分明渲染著一種神祕與深邃，令你不知置身何處。何老爺對此卻興致全無。他一味勸說六爺，與其在這種山野藏著，還不如去趙西安，那裡才最適宜避難。西安離大谷也不遠！

去西安避難？何老爺真是愛做奇想。六爺也未多理會，只是說：「西安我可不想去，只想在這幽靜山莊多住幾天。何老爺多經見了，這麼壯觀的林子，何老爺多經見了？」

「六爺，你真是氣魄不大。與朝廷避難一城，你就不想經見經見？」

「與朝廷同避一城?」

「你既鐵了心要入仕途,也該趕緊到西安看看。」

「看什麼?」

「看朝廷呀!朝廷整個兒都搬到西安了,又是臨時駐蹕,最易看得清楚!京中朝廷隱於禁宮,與俗市似海相隔。棄都西安,哪有許多禁地供朝廷隱藏?所以朝廷真容,現在是最易看清的時候!」

「何老爺,現在是朝廷最倒運的時候。你是叫我去看朝廷的敗像嗎?」

「朝廷的敗象,你輕易也見不著吧?」

「攛掇我去看敗象,是什麼用意,我明白!」

「我有什麼用意?」

「還不是想敗壞我科舉入仕的興致!」

「六爺,這回你可冤枉本老爺了。我攛掇你去西安,僅有一個用意⋯沾六爺的光,陪了一道去趙西安。朝廷駐蹕西安,敗也罷,盛也罷,畢竟值得去看看。漢唐之後,西安就沒有朝廷了,這也算千載難逢吧!」

何老爺這樣一說,六爺倒是相信他了。只是,跟何老爺這樣一個瘋人出遊西安,能有什麼趣味?所以,他也沒有鬆口⋯

「西安真值得去,眼下也去不成吧?我們正逃難呢,哪有心思出遊?再說,老夫人初喪,也不宜丟下老太爺出門遠行。」

「六爺,到無災無難時,朝廷還會在西安嗎?」

何老爺仍極力攛掇，六爺終也沒有應承。但趁朝廷駐鑾之際，去遊一趟西安，倒真引起六爺的興致。反正考期又推延了，大菸癮也已袪除，正可以出遊。日後借闈開考，也在西安，早去一步，說不定還能搶到幾分吉利吧。

只是，無論如何也不想跟何老爺同去。有他在側，太掃興。但除了何老爺，又能與誰結伴出遊？

六爺也沒有多想，就有一個人跳了出來，浮現在眼前⋯⋯這個人竟是孫二小姐，那位已跟他定親的年少女子。

他這也是突發奇想吧，竟然想跟未婚妻結伴出遊？那時代，訂婚的雙方在過門成親以前，不用說結伴出遊，就是私下會面，也是犯忌的。而自定親後，六爺實在也很少想起這位孫小姐。在老夫人安排下，他暗中相看過對方，看不出有什麼毛病，卻也未叫人心跳難忘。

但在老夫人重病不起後，他開始時時想到孫小姐了⋯⋯她是老夫人為他物色到的女子，那一次在華清池後門，也許並沒有很看清。又是冬天，包裹得太嚴實。不是很出色的，老夫人能看得上嗎？六爺已生出強烈的慾望⋯⋯能再見一次孫小姐就好了。可除了老夫人，誰又會替他張羅這種事？重病不起的老夫人，再不會跟他一起搞這種鬼了。那次搞鬼，真使他感到溫暖異常。

只要一想，六爺就感傷不已。

老夫人病故之後，六爺就更想念這位孫小姐了⋯⋯她是老夫人留給他的女人。記得她也是很美貌的，也是天足，也愛洗浴，也應該很開通吧。她也會不拘於規矩，悄然出點格，搞一次鬼嗎？

在為老夫人治喪期間，六爺就止不住常常這樣想。那時他幻想的是與孫小姐一道，為老夫人守一夜靈。在長明燈下，面對了老夫人那幅音容依舊的遺像，只有他們二位，再沒有別人⋯⋯當然，那也只能幻

092

想。沒人替他張羅這種事。

現在，提到出遊西安，六爺不由得又想到孫小姐。與孫小姐一道出遊，那是更不容易張羅的出格事。但他幻想一次，誰又能管得著！

孫小姐是天足，出遊很方便。她也開通，不會畏懼見人。她甚至可以女扮男裝，也扮成一位趕考的儒生，那他們更可以相攜了暢遊西安。這樣的幻想，使逃難中的六爺想得很入迷。有時候，為了躲開何老爺的絮叨，他就只帶了小僕，偷偷鑽進村外的松林。林子深處幽靜神祕，更宜生發幻想吧。

2

從白壁逃難回來，時局已大為緩和了，鄉試卻沒有任何消息。何老爺就繼續攛掇‥到西安走一趟，什麼消息探聽不到？

剛經歷了老夫人新喪和外出避難，六爺感到窩在家中也實在鬱悶難耐。趁朝廷駐鑾西安，去了，也能開開眼界吧。聽說將在西安借闈科考，所以想早些去西安看看。於是，真就跟老太爺請示了‥

老太爺居然問：「這是何老爺的主意吧？」

六爺一聽就明白了‥這個何老爺，倒先在老太爺跟前嚷嚷過了！大概是未獲贊同，才又攛掇他出面。於是說‥「是我想去，不幹何老爺的事。」

第三章　情遺故都

沒想到，老太爺竟痛快地說：「是你自己的主意，那更好！老六，你早該去西安看看了。朝廷落難時候是種什麼氣象，你早該去看看了！這也是千載難逢啊，西安又離得近，不去真可惜。想去，就趕緊去吧！」

老太爺說的話，也居然和何老爺一模一樣。是老太爺聽信了何老爺的怪論，還是何老爺本來就暗承了老太爺的意旨？不論怎樣吧，六爺的興致大減。他們攛他到西安，不過是為叫他親見朝廷的敗象，以放棄科舉入仕。早知這樣，他才不上當呢。現在也不好反悔了，只好答應儘早動身。

老太爺叮囑：到西安就住到天成元櫃上，多聽邱掌櫃的。邱掌櫃手眼通天，什麼都知道。他們的用意更清楚了。六爺嘴上答應下來，心裡卻想：他才不想聽掌櫃們念生意經，只想遊玩。再說，人在外，還不知會怎麼著呢。

既如此，六爺的那個奇想又跳出來了⋯能邀了孫家小姐一道遊西安，那該是種什麼滋味？

去西安已無阻礙，但結伴同行的，果然指派了何老爺。六爺先興味索然了一陣，轉念一想，倒也覺著無妨⋯何老爺興趣在商事，到了西安準就一頭紮進鋪子，與邱掌櫃論商議政去了。六爺盡可獨自遊玩的，若在以往，六爺才不會做此種非禮的出格之想，現在可不同了。這兩年曆盡大變故，不斷令人喪氣損志，什麼仁義禮信，他也不大在乎了。再加上杜老夫人在他心底喚醒的青春意識，已經再按捺不下。所以他反倒渴望出格！

簡直沒有多想，六爺就奮筆給孫家小姐寫下一信。信中說老夫人的仙逝叫他痛不欲生，困在家中更是處處睹物傷情。近日，他已獲准出遊西安，一面散心，一面還可瞻仰朝廷氣象云云。只在末尾提了一筆，

094

汝敬仰先老夫人，似大有維新氣韻，定也不憚出遊。想已遊過西安吧，可指點幾處名勝否？信寫好，如何投遞？

六爺就想到了初見孫小姐的地界⋯城裡的華清池後門。孫小姐常去洗浴，那應是傳信的好地界。他叫來心腹小僕桂兒，吩咐其到華清池後門守候，設法將信件送給孫家小姐。行事要祕密，又要機靈。

桂兒應命去了，當日就跑回來稟報⋯信已交到了。

六爺忙問⋯「交給了誰？」

桂兒說⋯「當然是交給了孫家小姐跟前的人。」

「接了嗎？」

「一聽是六爺的信，哪敢不接！」

「說什麼沒有？」

「孫小姐還沒從浴池出來呢，一個下人，她能說什麼？只說一定轉呈。」

給孫小姐寫信本是一時衝動，打發桂兒走後，六爺才有些後怕了。太魯莽了吧，孫小姐是不是那麼開通，還兩說呢！人家不吃這一套，翻臉責怪起來，豈不麻煩了？當時就想，桂兒此去撲了空就好了，他後悔還來得及。孫小姐不會天天去洗浴，哪會那麼巧，初去就撞到？

老天爺，真還撞著了！

既已出手，結果如何，也只好聽天由命吧。想是這麼想，心裡可是大不踏實。六爺畢竟是自小習儒的本分人，又是初涉男女交往，當然踏實不了。

他囑咐桂兒，多往華清池跑跑，看孫小姐有什麼回話。

095

第三章 情遺故都

誰料,還沒等桂兒往城裡跑呢,孫家倒派人來了。

那是送出信後第二天,六爺催桂兒往城裡跑一趟,桂兒不願去,說去也是白跑,人家哪能天天去洗浴!六爺也不好再催,心裡七上八下的,坐也坐不住,動又不想動。就在這當口,管家老夏領著一個生人進來,說孫家差人來了,要面見六爺。

六爺一聽就有些慌,只以為真出了麻煩,忙對老夏說:「叫底下人引他進來就得了,哪用老夏你親自張羅?」

老夏笑笑,說:「孫家來的人,哪敢怠慢!」

六爺極力裝出常態,說:「不過是個跑腿的,老夏你也不用太操心,有什麼事,叫他待會兒跟我說吧。」

你要不忙,先坐下喝口茶?」

「不了,六爺你快招呼人家吧,有吩咐的,叫桂兒來告我。」

老夏走了,再看孫家差來的這個下人,也平平靜靜,六爺這才放心些了。便問:「孫家誰派你來的?」

那人低聲說:「我們家小姐。」

他們家小姐?

「派你來何事?」

「送一道信,面呈六爺。」說時,從懷中摸出一封信札,呈了上來。

六爺接住,努力不動聲色,說:「就這事?」

「就這事。六爺親手接了,我也能回去交代了。」

六爺就吩咐桂兒送孫家差人出去。兩人一走,趕緊抽出信來看:老天爺,她怎麼跟自己想像的一模一

096

樣！信中說，接了傳來的私函，驚喜萬分，不敢信以為真；杜老夫人仙逝後，思君更切；出遊外埠名勝，正是她的夙願；與夫君相攜出遊，她已做過這樣的夢了；今遊西安，實在是正其時也；願與夫君同行，乞勿相棄；為避世人耳目，她可女扮男裝……這豈止是開通，簡直是滿紙烈焰！

這樣的信函，竟大模大樣派人直接送上門來！

孫小姐的開通程度，雖然叫六爺大受衝擊，可他還是像抽了料面一樣，忽然精神大振。

女扮男裝的孫小姐會是什麼樣子？更風流俊雅，還是更大膽？

眼看著自己的胡思亂想即將成真，六爺恨不得立刻就能啟程赴陝。急匆匆去跟何老爺商量行期，這老先生，卻正臥在炕榻上。一問，才知是染了風寒，大感不適，渾身上下像被抽了筋了，棉花一團軟。

這叫什麼事兒！平日也不見你害病，到了這種要命的關節上，害得什麼病？既然想害病，何老爺你就踏踏實實病著吧，我也不催逼了，只好先行一步。赴陝一路，辛苦萬狀，等踏實養好病，你再趕來西安也耽誤不了啥。

這也許還是天意，特別將何老爺早早支開，省得他礙眼礙事？

六爺就極力勸說道：「何老爺，上了年紀了，貴體當緊。先踏實養你的病，就是跑口外吧，也該學生獨自去歷練。自古以來，遠路趕考的生員，也未見有為師的陪伴吧？何老爺你從容養病，學生就先行一步，在西安恭候老師隨後駕到。」

何老爺一聽可急了，翻身滾下病榻，直挺挺站定，說：「六爺，我什麼病也沒得！剛才，不過是戲言，嚇唬你呢。即便明日動身，我這裡也便宜。」

六爺看何老爺的情形，卻分明一臉病容，雖努力挺著，身子還是分明在抖。他忙扶持何老爺躺下，可老先生死活不肯挪動，直說：沒病，沒病，什麼時候啟程都便宜。

老先生不是又犯了瘋癲吧？

糾纏了半天，六爺才明白……何老爺實在是怕丟失了這次出行外埠的機會！自從頂了舉人老爺這個倒運的功名，脫離京號，還再未外出過，更不用說大碼頭了。此回赴西安，無論如何得成全了他！「不過是偶感風寒，無關痛癢的。六爺，你可千萬不能將此小恙，說給老太爺知道，切切，切切。」

一旦給老太爺知道，何老爺就去不成西安了？這倒也是擺脫這位瘋爺的一步棋。不過看著他那副可憐相，六爺實在有些不忍心。畢竟是老師呀！

沒辦法，只好等他幾天。

六爺答應了等，還是糾纏著說：千萬不能丟下他，千萬不能叫別人知道他病了。老夏對他一向不安好心⋯⋯

六爺忍不住真生了氣，丟了一句話：「信不過我，你就自個兒去西安！」也不管何老爺如何起急，逕自走了。

六爺說給老太爺，更不能說給老夏！

不能說給老太爺，更不能說給老夏！

該給孫小姐傳一聲回話過去。人家一團烈焰，你倒只顧了與這位瘋老爺生氣！

六爺展箋寫回信時，只覺自己也成了一團烈焰，奮筆疾書下去，什麼顧忌都丟到一邊了。

不久，收到孫小姐回信，依然滿紙激情。

這樣來來去去，倒也顧不上生什麼氣了。五天後，六爺先啟程上路。以他的願望，那當然是想與孫家

同行！與她結伴，這一路長旅將會是何等滋味？他想像不出。但孫小姐說，在本鄉地界畢竟不便太出格，還是先分頭赴陝吧。言外之意，到了西安，才可無所顧忌？於是約定了六爺先行，孫小姐隨後再啟程。

六爺啟程時，自然將何老爺「帶」上了。他說小差已大癒，誰知道呢？

其時已到四月中旬，天氣正往熱裡走。由太谷奔西安，又是一直南下。天氣一天比一天熱，沿途地界也是一處比一處熱，兩熱加一堆，趕路不輕鬆。

六爺心裡還裝著一熱：孫小姐投來的那一團烈焰。被這熱焰鼓舞著，他倒也顧不得旅程之累了。只是這位何老爺，一路不停地念叨自家當年如何不懼千里跋涉，又說前年老太爺南巡時正是大熱天氣，我們受這點熱哪叫熱？彷彿別人都是怕熱怕累，只他有當年練就的英雄氣概。

可剛走了五六天，到達洪洞，何老爺就先病倒了。這回是患時疾，下痢不止，人又成了棉花一團軟，六爺也只好在這洪洞停下來，尋請醫先為何老爺診視抓藥。心裡剛要生氣，忽然一轉念，暗暗叫了一聲好：在這地界多等幾天，不就把孫小姐等來了？

他盡量顯得不動聲色，安慰何老爺不要著急上火，止痢當緊，大家也走乏了，正可乘機喘息幾天。暗中呢，打發了桂兒留意探聽孫家人馬的動靜。

洪洞倒也有幾處可遊玩的名勝，除了盡人皆知的大槐樹，霍山廣勝寺更是值得一遊的一座古寺。可六爺他哪有這份心思！

等了四五天，何老爺的時疾已漸癒，桂兒卻什麼消息也沒打探回來。

「你這小猴鬼！是沒有用功探聽吧？」六爺等得心煩意亂：錯過四五天了，孫家還不動身？

桂兒卻不含糊，說：「洪洞有多大呢？像模像樣的客棧，又有幾家？我早打點妥了，孫家人馬一到，

第三章　情遺故都

準給我們送訊來！除非他們不在洪洞這地界打尖。」

六爺忙問：「不在洪洞打尖，也行？」

「不在洪洞打尖，除非孫家人馬是日夜兼程往西安趕。他們哪能叫孫小姐受這種罪？」

「孫小姐要日夜兼程，底下人也擋不住吧？」

「孫小姐會這樣趕趁？」

「我們也走得太慢了！」

桂兒不過是隨口這樣一說，六爺聽了竟當了真，不敢再耽誤，立刻催攢啟程趕路。陷入情網的公子小爺們，大概都這樣，敏感躁動，又容易輕信。只是，六爺還不大意識到自己已深陷情網：他什麼也顧不上想了。這一路就想一件事，早一天到西安，見到男扮女裝的孫小姐。

3

到西安一進天成元的鋪面，何老爺的精神就大不一樣了，長旅勞頓簡直一掃而空，就連吸幾口鴉片的念想也退後了。

這些年，他最大的念想，就在這外埠的字號裡頭！

西號的程老幫和邱泰基已知六爺一行要來陝，沒料到隨行的竟然還有何老爺……老號來信提也沒提。不過邱泰基對何老爺的光臨，還是有些喜出望外。他知道這位當年的京號副幫那是有真本事的，以前就很仰

100

慕，可惜未在一起共過事。現在忽然相遇西安，他就未敢怠慢，恭敬程度不在六爺之下。

實在說，六爺此時來陝，邱泰基是憂多喜少。他先想到的就是前年五爺五娘在天津出的意外。今年時局比前年更不堪，兵荒馬亂的，哪是出遊的年頭！連尋家像樣的客棧也不容易，去年冬天給三爺賃到的那種僻靜的小院，已難尋覓。西安成了臨時國都，聚來的官場權貴越來越多，好宅院還不夠他們搶呢。

邱泰基極力勸六爺和何老爺，受些委屈，就住在自家字號裡，不夠排場吧，夥友們倒也能盡心伺候。哪知，六爺說什麼也不在櫃上住！住下等客棧、車馬大店都成，就是不想在櫃上住。

邱泰基請何老爺勸一勸，何老爺也不勸，便做主說：「六爺自小習儒，不想沾商字的邊兒，就不用強求了。正好，本老爺是不想在外頭住，就由我代六爺領你們的情，住在櫃上。兩位掌櫃，也不用客氣，由我們各得其所罷。」

邱泰基趕緊將何老爺拉出帳房，悄聲說出了自己的擔憂。

何老爺依然用決斷的口氣說：「多慮，多慮！朝廷在西安呢，滿街都是富貴人，哪能輪到綁我們的票？」

邱泰基說：「官場權貴不敢惹，正好欺負我們商家！」

何老爺依然口氣不變：「邱掌櫃，你聽我的沒錯！有朝廷在呢，誰那麼憨，跑朝廷眼皮底下綁票？京城的行市，我清楚！」

「現在西安就是京都，西安不比京師。眼下西安是什麼局面？天下正亂呢！」

說什麼，何老爺也聽不進去，邱泰基也只好不勸了。趕緊叫程老幫張羅酒席，給二位接風。他呢，親

自跑出去給六爺尋覓客棧。

跑了幾處，都不滿意，就想到了響九霄。受西太后垂眷不厭，響九霄在西安越發紅得發紫。官場求他走門子的，已是絡繹不絕，這麼一點小事，也值得求人家？邱泰基卻是有另一層想法：借響九霄幾間房子住，圖的是無人敢欺負。這比僱用鏢局高手還要保險。在西安響九霄是通天人物，誰敢惹他？

邱泰基親自上門，響九霄還真給面子，一口就應承下來了。邱泰基也說得直率：想借郭老闆的威風，為少東家圖個吉利。畢竟是伶人出身，見邱泰基這位大票號的老幫也低頭求他，心裡還是夠滿足。以前，是他這樣求邱掌櫃！

借到的自然是一處排場的院子。邱泰基就勸說何老爺也住過去，哪想，何老爺來了個死活不去！不過，何老爺倒說得明白：他離開字號多年了，想念得很，給他金鑾殿也不稀罕，只貪戀咱這字號。

話說成這樣了，還能強求嗎？

安頓了六爺，何老爺就纏著他問朝廷動向、西號生意。邱泰基正想有個能說話的自家人，謀劃謀劃許多當緊的事務。西號的程老幫倒是不壓制他，但見識才具畢竟差了許多，說什麼，都是一味贊成，難以與之深謀。何老爺雖離職多年，但畢竟是有器局、富才幹的老手，總能有來有往地議論些事。

何老爺先急著打探的，當然是時局：「邱掌櫃，朝廷議和到底議成了沒有？我們來陝前，山西還彷彿危在旦夕，滿世界風傳洋人打進東天門了，咱祁太平一帶也蜂擁逃難。我和六爺還逃進南山躲避了十來天。跟著，忽然又風平浪靜了。何以起落如此？咱太谷市間有種傳說：洋人在東天門中了咱官兵的埋伏，死傷慘重，敗退走了。朝廷的官兵要真這樣厲害，京城還至於丟了？」

邱泰基說：「現今時局平緩下來，那是和局已經議定。洋軍圍攻山西，不過是逼朝廷多寫些賠款罷了，

102

也不是真想攻進去。」

「和局已議定了？賠了洋人多少？」

「聽說賠款數額加到四萬萬五千萬兩，洋人算是滿意了，答應從直隸京津撤出聯軍，請朝廷回鑾。」

「四萬萬五千萬？」何老爺做過多年的京號副幫，他明白這是一個什麼數額！乾嘉盛世那種年頭，大清舉國的歲入也不過三四千萬兩銀子。其後，國勢轉頹，外禍內亂不斷，國庫支絀成了常事，釐金、新稅、納捐，出了不少斂錢的新招數，但如今戶部的歲入也不過是四萬萬五千的一個零頭！

「聽說就是這個數，少了，洋人不撤軍。人家占了京師，不出大價錢，你能贖回來？朝廷沒本事，只能這樣破財免災吧。」

「破財，你也得有財可破！邱掌櫃，我們是做銀錢生意的，戶部每歲能入多少銀子，大清國庫總共能有多少存底，如今闔天下又能有多少銀子，大概也有個估摸。如今朝廷的歲入，記到戶部帳面上的，也就七八千萬吧，末了能收兌上來的，只怕一半也不到。就按帳面數額計，四萬萬五千萬，這是大清五六年的歲入！依現在的行市，就是把朝廷賣五六回，只怕也兌不出這麼多銀子！」

「誰說不是？甲午戰敗，賠東洋日本國的兩萬萬，已把朝廷賠塌了，至今還該著西洋四國的重債，國庫它哪能有存底？就是存點日用款項，這次丟了京城，也一兩沒帶出。按說，朝廷背了債，也犯不著我們這些草民替它發愁。可天下銀錢都給洋人颳走，不用說國勢衰敗，民生凋敝，就是市面忽然少了銀錢流動，我們也難做金融生意了！」

「朝廷它哪知道發愁？這四萬萬五千萬洋債，無非是分攤給各省，各省再分攤給州縣，嚴令限期上繳罷了。」

103

「攤到州縣,州縣也無非向民間搜刮吧。可近年民間災禍頻仍,大旱加戰亂,本來就過不了日子,再將這滔天數額壓下去,就不怕激起民變?聽說這次也是效仿甲午賠款,將賠款先變成洋債,再付本加息,分若干年還清。」

「老天爺,四萬萬五千萬變成洋債,就限二十年還清吧,只是利滾利,又是一個滔天數額了!洋人的銀錢生意眼,真也毒辣得很!」

「聽說這四萬萬五千萬賠款,議定分三十九年還清,年息定到四厘!本息折合下來,總共是九萬萬八千萬兩!」

「老天爺,九萬萬八千萬?等這筆賠款還清,大清國只怕再無銀兩在市面流通了!」

聽說軍機大臣榮祿也驚呼道:外族如此占盡我財力,中國將成為不能行動的癆病鬼了!但他是大軍機,弄成這樣,好像與他無關?」

「賣身契,賣身契,這是朝廷寫下的賣身契!這樣的朝廷,六爺還一心想投身效忠,憨不憨?」

「何老爺,我早看明白了,無論西洋東洋,不只是船堅炮利,人家那些高官大將,爵相統帥,一個個都是好的生意人!洋人可不輕商。哪次欺負我們,東洋人海戰得了手,不是先以重兵惡戰給你一個下馬威,接下來就布了生意迷陣,慢慢算計你!你看甲午賠款,東洋人海戰得了手,算來算去算出一個滔天大數來,為的就是叫你大清還不大數!他東洋鬼子的艦船槍炮,難道是金鑄銀造的?算出這樣一個滔天大數,你還不起。西洋四國就趁勢插進來了⋯我們可以借錢給你。借錢能白借嗎?西洋人寫的利息,更狠!看看,東洋人的二萬萬一兩不少得,西洋人倒平白多得了一筆鉅額利息!這次庚子賠款更絕,算出一個四萬萬已經夠出奇了,又給人家寫了那麼高的年息,滾動下來賠成了九萬萬八千萬!這麼有利可圖,洋人欺

負我們還不欺負出癮頭來?叫我看,朝廷養的那班王公大臣,武的不會打仗,文的不會算帳,不受人家欺負還等什麼!」

「邱掌櫃,你把這種話多給六爺說說!老太爺打發六爺來西安,也是想叫他見識見識朝廷的無能,丟了科考入仕的幻想。這位六爺,既聰慧,又有心志,就是不想沾商字的邊兒,憨不憨?」

「我說幾句還不容易?就怕六爺不愛聽。」

「在西安轉幾天,親眼見見京師官場的稀鬆落魄樣,我看他就愛聽了。」

「何老爺,你去轉兩天,也就明白了,聚到西安的這幫京中權貴,才不顯稀鬆落魄呢!」

「不稀鬆落魄,難道還滋潤光鮮?」

「反正一個個收成都不差。」

「在西安是避難,哪來收成?」

「可西安畢竟不比京師,能有多少油水?」

「何老爺,你還做了多年京號掌櫃呢,其中巧妙,想吧,想不出來?」

「朝廷一道接一道發上諭,各地的京餉米餉也陸續解到。可因為是逃難,京中支錢的規矩成例都無須遵守了,尋一個應急變通的名兒,還不是想怎麼著,就能怎麼著?再者,臨時屈居西安,門戶洞開,出外搜刮也方便得很。」

「你這一點撥,我就清楚了。生疏了,生疏了,畢竟離京太久了!」

「人年輕時練就的本事,輕易丟不了的。何老爺,櫃上正有件事想請你指點。」

「邱掌櫃不用客氣!」

第三章　情遺故都

「這和局一定，朝廷也該回鑾了。隨扈的那班權貴，逃出京時孤身一個，別無長物，現在要返京了，可是輜重壓身，不便動彈。」

「輜重壓身？」

「要不說一個個收成都不差呢！他們收納的物件，再金貴，在西安也不好變現，就都想帶走。可跟著兩宮隨扈上路，哪敢陣勢太張揚了？所以，就想把收成中的銀錢，交我們票莊兌回京城。銀錠多了，太占地方。」

「為什麼？」

「擱平常，這還不是例行生意嗎？可現今，他們是只探問，不出手。」

「邱掌櫃，硬硬地給他們說：西幫哪能沒京號？朝廷回鑾之日，必定是我京號劫後開張之時！」

「我們的京號遭劫被搶，人家能不知道？現在還沒京號，銀錢能匯兌到？」

「想兒，就給他們兌吧！這也是我們常做的生意。」

「何老爺，老號要有這種硬口氣，那倒好辦了。那些權貴們雖是派底下的走卒來打探，我們也不敢大意，但只能含糊應承：大人信得過敝號，我們哪會拒匯？洋人一撤，京號開張，我們立刻收匯。人家也不傻，一聽是活話口，就逼著問準訊兒：你們的京號到底何時開張？到底何時能收匯？我哪有準訊兒告人家？也只好說：朝廷回鑾的吉日定了，我們也就有準訊兒了。人家說，到那時節，哪還趕得上呀？也是。」

「老號是不大知曉西安近況吧？」

「我們趕緊發了電報，請示老號。老號回電只四字：靜觀勿動。」

「我們三天兩頭發信報給老號，該報的都隨時報了。朝廷在這裡，我們哪敢怠慢？可就回了這麼四個

106

字，何老爺，你說叫我們如何是好？」

「邱掌櫃，你沒聽說吧？孫大掌櫃正鬧著要告老卸任呢，只是老太爺不允。叫我說，朽了，放他告老還鄉，天成元也塌不了！」

見何老爺說得放肆，邱泰基忙岔開說：「老號的事，我們也不便聞聽。何老爺，只求你一解這『靜觀勿動』的用意，教我們如何張羅？」

何老爺又斷然說：「邱掌櫃，我看你也別無選擇，就聽我的，硬硬地應承下來！老號叫靜觀勿動，你們也不能回絕人家吧？既不能回絕，那就得應承；既應承，就痛快應承。京城官場這些大爺，你哪敢模稜兩可的伺候？何況這又是他們搜刮的私囊，你不給個痛快話，他哪能放心？」

「我豈不想如此？可老號不放話，我這裡就放手收了，到時京號不認，或是支付不起，那我們罪過就大⋯這不是叫我們砸天成元的牌子嗎？」

「可你們不應承，也是砸天成元的牌子！這都是些什麼主兒？京城官場的王公大臣，部院權貴！在這非常年頭，想指靠西幫一把，想想，以後還能有我們的好果子吃？」

「何老爺，這其中利害，我能不知道？只是，我們一間駐外分號，哪能做得了這樣大的主？近日，人家都在問⋯到底何時可開京陝匯兌？老號不發話，我們怎麼回答？」

「就照我說的，朝廷回鑾之日，即我天成元京號開張之時！」

「何老爺，日前我們聽說，朝廷已議定在五月二十一日起蹕回鑾。眼看就進五月了，我們也不便再含糊其辭吧？」

「已議定了五月二十一日回鑾返京？」

4

那天說到關節處，何老爺忽然來了菸癮，哈欠打起來沒完，身上也軟了，什麼話也不想再說。

邱掌櫃是交際場中高手，一看就明白了。以前櫃上也備有菸槍菸土，招待貴客。只是這次返陝後，因西安權貴太多，一個個又似餓狼，就盡力裝窮，不敢招惹。尤其給西太后底下的崔玉桂，串通響九霄，敲去一筆鉅款後，更是乘勢趴下，裝成一蹶不振的氣象。來客不用說大菸招待了，就是茶葉，也不敢上好的。現在何老爺來了菸癮，他還真拿不出救急的東西來。

「何老爺，我們真不知你還有此一風雅。怕惹是非，櫃上久未備菸槍菸土了，實在不敬得很……」

「什麼風雅？我這是自戕，是自辱，自辱本老爺頭頂的這個無用的功名！」

「何老爺，叫夥友出去給你張羅些回來？」

「不連累你們了，本老爺自帶糧草呢。請少候，少候。」

邱泰基忙叫夥友扶何老爺進去了，心裡就想，這麼一位商界高手，當日何以要參加朝廷科考？不由想到了六爺。何老爺叫開導六爺，可他和這位少東家沒交往過，性情，脾氣，一些兒不摸底，說

「這還是聽響九霄說的，禁中消息，他可靈通得很。」

何老爺愣住，想了想，忽然擊掌說：「邱掌櫃，有好生意做了！」

「什麼好生意？」

深了，說淺了，都不好。所以，他也不敢多兜攬，只求六爺在西安平平安安，不出什麼意外就得了。六爺要想拜見官場人物，倒可求響九霄居間引見的。

為盡到禮數，邱泰基派了櫃上一個精幹的夥友，過去伺候六爺。萬一有個意外，也便於照應。可這個夥友跟過去沒多久，就給攆回來了⋯六爺高低不叫他在跟前伺候。還嫌不夠精幹機靈？六爺說是老太爺有交代，不能太麻煩櫃上。這是託詞吧？何老爺依舊斷然說，人家是不想沾「商」字的邊兒，就由他吧。

邱泰基還是放心不下。巴結不上倒在其次，為首是怕出意外。住的地界雖然保險，但六爺也不會鑽在那宅子裡不出來。外出遊玩，誰還留面子給他！派個夥友暗暗跟著？

何老爺已經精神煥發地出來了。

「邱掌櫃，好生意來了！」

「什麼好生意？願聽何老爺指點。」

「這是放在明處的生意，邱掌櫃哪能看不見？」

「真是看不見，何老爺就給點明了吧！」

「只要朝廷回鑾的吉日定了，那我們就有好生意可做！」

「什麼生意？」

「邱掌櫃，朝廷回鑾雖說不上是得勝凱旋，也不會像去年逃出京師時那樣狼狽了。皇家的排場，總是要做足的。這是天下第一大排場，那花銷會小了嗎？官府為辦這份回鑾大差，必定四處籌措銀子。所以，從回鑾吉日確定至兩宮起蹕，這段時日西安的銀根必定會異常吃緊，不正是我們放貸的良機？」

「良機是良機，可我們拿什麼放貸？西號本來也不是大莊口，架本就不厚，這一向怕再惹禍，盡量趴

第三章 情遺故都

著不敢動。暗中做了些生意,也撐不起大場面的。尤其老號也不支持,三爺出面都未求來援手。就真是千載難逢的良機,也只好乾瞪眼,動不得。」

「邱掌櫃,你聽我說!我只說了放貸良機,還未說收存的良機呢!」

「收存的良機?」

「邱掌櫃你剛才不說了嗎?京中權貴正想將私囊中的現銀交我們匯往京師,這用發無銀放貸?回鑾花費那是動用京餉官款,權貴們誰捨得動自家的私囊!回鑾之日越近,他們越著急匯出私銀。我們一手收匯,一手放貸,豈不是好生意!」

邱泰基一聽,眼也亮了,說:「何老爺,真不愧是京號老手!我們真是給懵懂住了,看西安就只是滿目亂象,卻瞧不出如此良機!」

何老爺真是得意,說:「邱掌櫃,做票號這一行,你不住一回京號,終是修練不到家!」

「這誰不知道?但才具不夠,老號也不會挑你去。不說這種不該說的話了。只是收匯,老號不發話,我們到底不便自作主張何日?京號何日能開張,也須老號做主。聽說京號被糟蹋得片紙不存,底帳也都被搶走了,一時也怕難以恢復吧?」

「邱掌櫃,你就放心預備做這番好生意吧!老號那邊,本老爺給你張羅!孫大掌櫃聽不進話去,還有康老太爺呢!天成元只要不想關門大吉,就不能不設京號!如今開票號,哪有不設京號的?叫我說,京號實在比老號還要緊。」

「何老爺既這樣深明大義,我們西號也有救了!還望何老爺能及時說動老號,眼前良機實在是不容遲疑了!」

110

「我豈能不知？邱掌櫃你就放心吧。」

邱泰基雖未住過京號，但對眼前這一難逢的商機也已看出來了。只是，老號對西號似乎已有成見，報去的稟帖，再緊急，再利好，也是平淡處理。所以，他才這樣故意裝出懵懂，激起何老爺的興頭，代為說動。何老爺寂寞多年，對商事的激情實在也叫人感嘆。

只是，以何老爺今日之身分能說動老號嗎？

何老爺知道老號的孫大掌櫃不會買他的帳，就直接給康老太爺寫了一封信。信走的是天成元的例行郵路，即交付寧波幫的私信局緊急送達。信報還是先到天成元老號，再轉往康莊。按規矩，外埠莊口寫給東家的信報，老號是要先拆閱的，有權扣押下來。何老爺正是要利用這個規矩，叫老號先拆閱他的信報。因此，他特別囑咐了邱泰基，信皮要與西號慣常信報一般無二，不可露出是他何某人上呈老東家的。

邱泰基就問：「這樣經老號過一道手，就不怕給扣押下來？」

何老爺說：「諒他們也不敢。孫大掌櫃只要讀過我的這道信，他就知道事關重大，絕不敢耽誤；他更會猜想到，老東家見到此信，不會不理睬。這樣一來，他孫大掌櫃對此事也不敢等閒視之了。」

邱泰基笑了：「何老爺到底手段好，想一箭雙鵰？」

何老爺也得意地笑了：「實在說，我這信報主要還是寫給孫大掌櫃的，可不把老東家抬出來，他哪會理睬？」

邱泰基有意又誇了一句：「何老爺真是好手段！」

告急的信報就這樣發走了，回音還沒等到，櫃上就來了犯難的事。

這天，邱泰基和何老爺正在後頭帳房議事，忽然就見程老幫跑進來說：「響九霄派底下人來了，言明有要事求見邱掌櫃。你快出去招呼吧！」

邱泰基沒急著出去，只是說：「看這響九霄，排場越發大了！既有要事，怎麼不親自來？只是打劫我們，才肯親自打頭陣？」

何老爺倒慌忙說：「邱掌櫃，你不想出面，那本老爺出去替你們應付一回！」

邱泰基趕緊拉住，說：「一個伶人派來的走卒，哪能勞動何老爺！」

說著，才出去了。

響九霄底下的這個走卒，居然也派頭不小，見面連個禮也不行，仰臉張口就問：「你就是邱掌櫃？」

邱泰基心裡有氣，面兒上不動聲色，忙行了一個禮，說：「不知是公公駕到，失敬了，失敬了！」

那走卒見此情形，忙說：「邱掌櫃認錯人了，我是郭老闆打發來的……」

邱泰基才故意問：「郭老闆？就是唱戲的郭老闆？」

「對。」

「小子，你把我嚇了一跳！去年，西太后跟前的二總管崔公公親臨敝號，還沒你小子這派頭大呢！人家也還講個禮數，更沒這麼仰臉吊脖子地跟人說話。你這副派頭，我還以為是太后跟前的大總管李公公來了！」

那走卒聽不出是罵他，倒呵呵笑了。

邱泰基拉下臉，厲聲說：「小子！你聽著！我跟你家郭老闆可是老交情了。以前我沒低看他，如今他也沒低看我。今日就是他親自上門，也不會像你小子這麼放肆！郭老闆現在身價高了，你們這些走卒也

1
1
2

得學些場面上的規矩,還生瓜蛋似的,那不是給你們主子丟人現眼嗎?等見到郭老闆,我得跟他當真說說!」

那走卒這才軟了,忙跪下說:「邱掌櫃在上,小人不懂規矩,千萬得高抬貴手,別說給郭老闆知道!」

「怎麼,你們郭老闆也長脾氣了?」

「可不是呢!邱掌櫃要把剛才的話說給我們班主聽,那小人就得倒灶了⋯⋯」

「我還當你小子膽子多大呢!郭老闆派你來做甚,起來說吧。」

「小人有罪,就跪著說吧。我們班主交給我一張銀票,叫面呈邱掌櫃,看能不能兌成現銀?」說時,就從懷中摸出那張銀票,雙手舉著,遞給了邱泰基。

邱泰基接過來細看,是天成元京號發的小額銀票,面額為五百兩銀子。京中這種發票,其實也是一種存款的憑證,只是因數額少,就寫成便條樣式,隨存隨取,也不記存戶姓名。不想,這倒十分便利於流通,幾近於現代的紙幣了,在京中極受歡迎。但這種發票也只是在京城流通,京外是不認的。響九霄在西安土生土長,他哪來的這種發票?是哪位權貴賞他的吧?

邱泰基就問:「這張銀票,是誰賞你們郭老闆的?」

那走卒說:「銀票不是我們班主的,聽說是位王爺託班主打聽,看這種銀票在西安管用不管用?」

「知道是哪位王爺嗎?」

「班主沒交代,小人哪能知道?」

「那你記清了⋯這種票是我們天成元寫出的,不假。可它是銀票,不是匯票。我們票莊有規矩⋯只收外埠的匯票,不收外埠的銀票。」

113

第三章　情遺故都

「邱掌櫃是說，這種銀票不管用了？」

「這張銀票是我們京號寫的，在京城管用，在西安不管用。不是我們寫的票，辨不出真偽，不敢認。」

「你回去告郭老闆，這銀票廢不了，妥為保管吧，等回到京城，隨時能兌銀子。記清了吧？」

「記清了！」

這時，何老爺走了出來，說：「拿銀票來我瞅瞅。」

邱泰基把銀票遞了過去，說：「你看是咱京號的發票吧？」

何老爺只看了一眼，就說：「沒錯，可惜是光緒二十二年（1896）寫的票，那時本掌櫃已離開京號了。」

邱泰基說：「誰呀，逃難還把這種發票帶身上？」

何老爺說：「人家不是圖便當嗎？總比銀子好帶。」說著，就轉臉對那走卒放出斷然的話來：「回去跟你們主子說，銀票我們認，想兌銀子就來兌！」

邱泰基一臉驚異，正要說什麼，搶著繼續說：「按規矩，我們西號不能收京號的銀票，可遇了這非常之變，敝號也得暫破規矩，為老主顧著想。既然朝廷落腳西安，我們西號就代行京號之職，凡京號寫的票，不拘銀票匯票，我們都認！聽清了？」

那走卒也是一頭霧水，瞅住邱泰基說：「聽是聽清了，這位掌櫃是……」

何老爺又搶先說：「本掌櫃是從天成元老號來的，姓何，早年就在京號當掌櫃！小客官，要不把這五百兩銀票給你兌成銀錠？背了現銀回去，也省得你家主子不信我們，又疑心你！」

那走卒忙說：「班主只叫來問問銀票管用不管用，沒讓兌銀子。」

114

何老爺緊跟住就說:「那你還不趕緊去回話!」

那走卒慌忙收起銀票,行過禮,出門走了。

邱泰基早忍不住了,跺了跺腳,說:「何老爺,你不是害我們呀!」

何老爺一笑,說:「天大的事,我們也得到後頭帳房說去,哪能在鋪面吵?」

來到後頭,何老爺立刻一臉正經,厲色說:

「邱掌櫃,我可不是擅奪你們的事權,此事是非這樣處置不可!這張銀票事關重大!」

邱泰基有些不解:「區區一張發票,有什麼了得?」

「邱掌櫃,你忘了眼下是非常之時?」

「非常之時又如何?」

「就我剛才那句話:現在你們西號就是平素的京號!」

「我們哪能擔待得起?再說,老號也沒把我們當回事。」

「邱掌櫃,調你回西安,為了什麼?還不是西安莊口非同尋常嗎?」

「這我知道,我也想將功補過。」

「我告你,眼下就是一大關節處!稍有閃失,就難補救了。」

邱泰基這才忽有所悟,忙恭敬地說:「願聽何老爺指點!」

第三章 情遺故都

5

那時已將近午飯時，邱泰基就叫司廚的夥友加了幾道菜，燙了壺燒酒，還邀來程老幫，一道陪何老爺喝酒。

被這樣恭維著喝了幾盅酒，何老爺也沒得意起來，依然一臉嚴峻。不等邱泰基再次請教，何老爺就指出了眼前的要緊處。

原來，西幫的京號生意除了兜攬戶部的大宗庫款，另一重頭戲，就是收存京師官場權貴的私囊。京官的私囊都是來路曖昧的黑錢，肯交給西幫票號藏匿，自然是因為西幫可靠。首先守得住密，其次存日後就是塌臺失勢了，也不會坑你。所以，京官的私囊黑錢，存入票號比藏在府中保險得多，不用擔心失盜，連犯事抄家也不用怕。西幫原本不過是用此手段拉攏官場，不想竟做成了一種大生意。清時代官員的法定俸祿非常微薄，就是京中高官，真清廉起來，那可是連套像樣的行頭也置辦不齊的。既然不貪斂搜刮不能立身，那貪起來也就無有限度。京師官多官大，西幫京號吸納這種私囊黑錢可謂滔滔不絕！

去年遭遇塌天之禍，京師陷落，西幫京號自然也無一家能倖免。京號遭了洗劫，心痛的就不只是西幫的財東掌櫃，那些存了私囊的官場權貴更心痛得厲害。只是當時局面危急，先顧了逃難保命。現在和局定了，返京指日可待，這些主兒自然惦記起他們的存銀來了。

託人拿銀票來探問，就是想摸摸我們西幫的底細⋯⋯你們還守信不守信？被洗劫去的銀錢，你們能不能賠得起？

程老幫就說：「要摸底，那得去尋京號、老號，我們哪能做得了這種主？」

何老爺說：「我們天成元也是匯通天下一塊招牌！現在尋著你們西號，也就是把你們當京號、老號。你們一言不慎，即可壞天成元名聲，乃至西幫名聲！」

邱泰基驚問：「這麼嚴重？」

何老爺說：「眼下是非常之時，一切都不比往常。就拿今日這張京號發票說，我們一推脫，告人家回到京城再商量，人家準會起疑心：你們天成元遭劫後已大傷元氣，恐怕指靠不上了吧？這種疑心在市間蔓延開來，那會是什麼局面？首當其衝，你們西安莊口就可能受到擠兌！西安一告急，跟著就會拉動各地莊口！我們天成元一告急，很快也要危及西幫各號！當年胡雪巖的南幫阜康票號，不就是這樣給拉倒的嗎？」

程老幫說：「阜康受擠兌，是胡雪巖做塌了生意。我們遭劫，可是受了朝廷的連累，又不是做塌生意了。這回是天下都遭劫，也不至獨獨苛求我們西幫吧？」

何老爺說：「正是天下遭了大劫，人心才異常惶恐，稍有一點風吹草動，都會釀成滔天大浪！尤其這班京官，他們一起騷動，市間還能平靜得了？」

邱泰基說：「這樣說來，不只是我們天成元一家受到試探吧？」

何老爺說：「那當然了。兩位可多與西幫同業聯繫，叫大家都心中有數。在西安，我們西幫票商有無同業會館？」

邱泰基問：「京師、漢口、上海這些大碼頭，都有我們的票業會館，或匯業公所。」

何老爺就說：「以前張羅過，未張羅起來。」

邱泰基問：「何老爺，大家當緊通氣的，該有些什麼？」

第三章 情遺故都

「當緊一條，必須硬硬地宣告，西幫的京號一準要恢復開張！京號舊帳一概如常，不拘外欠、欠外，都毫釐不能差。持京號發票的，如急用，可在西安兌現。」

程老幫說：「都持京號銀票來兌現，豈不要形成擠兌之勢？我們只怕也應對不了⋯⋯」

何老爺說：「眼看要踏上回京的千里跋涉了，他們兌那麼多銀子做甚！何況，當時從京城逃出，大概也沒顧上帶出多少這種發票吧？所以，盡可放出大話去。再者，凡要求往京城匯銀子的，我們盡可放手收匯！匯水呢，也不宜多加。官府來借款，在這種危難惶恐之秋，我們不可積怨於世。」

邱泰基說：「高見，我們就聽何老爺的！只是，還得請你再與老號通氣，老號未必能深察到。」

何老爺說：「這你們不用操心，本老爺會再謀妙著，說動老號。既然和局成了，朝廷回鑾之期也定了，老號張羅京號復業就該刻不容緩。不能叫你們在西安唱空城計呀！」

邱泰基說：「京號的戴老幫還在上海嗎？」

何老爺說：「還在上海。不過，眼前局勢，戴老幫也會早一步看清的，回京如何作為，只怕他也是成程老幫問：「以何老爺眼光看，老號孫大掌櫃真告老退位，京號的戴掌櫃會繼任領東大掌櫃嗎？」

何老爺笑了笑，說：「換領東大掌櫃，在東家也是一件大事，本老爺哪敢妄言？眼下天成元另有一重要人位，我倒是敢預測一番。」

邱泰基就問：「哪一個人位？」

何老爺說：「津號老幫。自前年劉國藩自盡後，這個人位就一直空著。這次津號遭劫更甚，不派個得竹在胸了。」

力的把式去,津號很難復興的。」

邱泰基說:「事變前,老號不是要調東口的王作梅去津號嗎?」

何老爺說:「此一時非彼一時。東口所歷劫難也前所未有,王老幫怎能離得開?東口字號,也並不比津號次要,老號才不敢顧此失彼。所以,津號老幫必然要另挑人選。」

程老幫說:「天津衛碼頭本來就不好張羅,這次劫難又最重,誰去了也夠他一嗆嗆。」

邱泰基說:「何老爺你挑了誰去?」

何老爺說:「要能由我挑,那我可誰也不挑,只挑本老爺我自家。哈哈,哪有這種美事!我是替老號預測:津號新老幫,非此人莫屬!」

邱泰基就問:「何老爺預測了誰?」

何老爺一笑,說:「還能是誰,就是邱掌櫃你呀!」

邱泰基一愣,說:「我?」但旋即也笑了。「何老爺不要取笑我!」

何老爺卻正經說:「我可不是戲言!」

邱泰基也正色說:「不是戲言,那也是胡言妄說了。我有大罪過在身,老號絕不能重用的。何況,這一向孫大掌櫃對我也分明有成見。再則,我自家本事有限,張羅眼前的西號都有些慌亂,哪能挑得起津號的重擔?」

何老爺卻問程老幫:「你看本老爺的預測如何?」

程老幫說:「邱掌櫃倒真是恰當的人選。只是,老號能如何老爺所想嗎?」

邱泰基更懇求說:「何老爺,此等人位安排,豈是我等可私議的?傳出去,那可就害了我了!」

何老爺笑了，說：「此言只我們三人知道，不要外傳就是了。等我的預言驗證之日，邱掌櫃如何謝我？」

邱泰基也笑著反問：「如不能應驗，何老爺又如何受罰？」

何老爺說：「那就請程老幫做中人，以五兩大菸土來賭這件事，如何？」

邱泰基說：「我又沒那嗜好，要大菸土何用？」

何老爺說：「大菸土還不跟銀子一樣！」

說到這裡，何老爺又來了菸癮，也就散席了。

但何老爺的這一預言卻沉沉地留在了邱泰基的心頭。做津號老幫，他哪能不嚮往？只是自前年受貶後，他幾乎不存高升的奢望了。因淺薄和虛榮已自斷了前程。去年意外調他重返西安，心氣是有上升，卻也未敢生半分野心。熬幾年，能再做西號老幫，也算萬幸了。三爺對他的格外賞識，倒也又給他添了心勁。可去做津號老幫，他是夢也不敢夢的。

何老爺放出此等口風，或許是聽三爺說了什麼？

三爺雖接手掌管了康家商務，可真正主事的依舊還是老太爺。這誰不知道！三爺即使真說了什麼，何老爺也敢當真？

何老爺中舉後就瘋瘋癲癲的，他的話不該當回事吧。但何老爺來西安後，無論對時局對生意，那可是句句有高見，並不顯一點瘋癲跡象。

在這緊要關頭，把何老爺派到西安來指點生意，或許是康老太爺不動神色走的一步棋？

那何老爺關於津號老幫的預言，還或許是老太爺有什麼暗示？

120

6

看何老爺那一副瞭然於胸的樣子，也許真邱泰基正要往美處想，忽然由津號聯想到五爺五娘，不由在心裡叫了一聲：不好！他猛然醒悟到，這麼多天，只顧了與何老爺計議商事，幾乎把六爺給忘了！六爺沒有再來過櫃上，他和程老幫也沒去看望過六爺。真是太大意了！

六爺不會出什麼事吧？

邱泰基立刻跟程老幫交代了幾句，就帶了一名夥友，急匆匆往六爺的住處奔去。

到了那宅子，還真把邱泰基嚇慌了：六爺不但不在，而且已有幾天未回來了！

老天爺，出了這樣的事，怎麼也不跟櫃上說一聲？

這次出來跟著伺候六爺及何老爺的除了桂兒，還另有三個中年男僕。何老爺住到櫃上，六爺叫帶兩個男僕過去使喚，何老爺一個也不要。他說住到字號，一切方便，不用人伺候。四個僕人都跟著六爺，但他外出卻只帶了桂兒一個小僕。問為什麼不多跟幾個去，僕人說六爺不讓。

「六爺出去時，也沒說一聲要去哪兒？」

「六爺交代，要出西安城，到鄰近的名勝地界去遊玩。我們說，既出遠門，就都跟著伺候吧？桂兒說，不用你們去，你們去還得多顧車轎，就在店裡守好六爺的行李。我們問，出去遊玩，也得有個地界

121

第三章　情遺故都

吧?桂兒說,出遊還有準?遇見入眼順心的地界,就多逛兩天,遇上沒看頭的,就再往別處走吧。桂兒這麼著,那是六爺的意思。我們做下人的能不聽?」

「你們都比少東家和桂兒年紀大,出門在外,哪能由他們任性!眼下正是亂世,放兩個少年娃出城遊玩,就不怕有個萬一?」

「我們也勸了,勸不住!」

「你們勸不住,跟我們櫃上說一聲呀!還有何老爺呢,何老爺跟來不就是為管束六爺嗎?」

「他們早也沒說,臨走才交代我們,交代完抬腳就走了。我們哪能來得及去稟告何老爺?」

「他們走後,也不能來說一聲?」

「我們覺著不會有事。何老爺總說,朝廷在西安,什麼也不用怕。」

「你們真是!六爺走了幾天了?」

「今兒是第四天了。」

「僱的是車馬,還是轎?」

「跟車行僱的標車。」

「你們誰去僱的?」

「桂兒僱的。」

「帶的盤纏多不多?」

「帶了些,也沒多少。」

再問,也還是問不出個所以然來。邱泰基只能給他們交代:有六爺的消息趕緊告櫃上,但也不用慌

122

張，更不能對外人說道此事。

邱泰基趕回字號說了此情況，程老幫也驚慌了，但何老爺卻只是恬然一笑，說：「由他遊玩去，什麼事也沒有！」

邱泰基說：「處此多事之秋，總是讓人放心不下。萬一……」

何老爺還是笑著說：「只要邱掌櫃在西安沒仇人，就不會有萬一！」

邱泰基忙說：「我和程老幫在西安真還沒有積怨結仇。」

何老爺就說：「那就得了，放寬心張羅生意吧。現在西安滿大街都是權貴，哪能顯出六爺來！再說，既已過去三四天，要出事，也早出了，綁匪的肉票也該送來了，肉票沒來，可見什麼事也沒有。」

程老幫慌忙嚷道：「何老爺快不敢說這種不吉利的話了！等肉票送來，那什麼事也來不及了！」

何老爺只是笑，不再說什麼。

何老爺說的也是，真要出了事，也該有個訊兒了。邱泰基也就不再多說什麼，但心裡還是鬆寬不了，託鏢局的熟人在江湖上打探一下？也不太妥當，萬一傳出什麼話去，以訛傳訛，好像天成元的少東家又出了事，豈不弄巧成拙！他只好暗中吩咐櫃上的幾位跑街，撐長耳朵，多操心少東家的動靜。

然而，又過了兩天，還是什麼消息也沒有。邱泰基再坐不住，連何老爺也覺得不對勁了，不斷催問有消息沒有。

此時的六爺，正離開咸陽，往西安城裡返。要照他的意思才不想回去呢‥正是甜美的時候！但孫小姐怕耽擱太久了，叫人猜疑，主張先回西安住幾天，再出來。六爺也只好同意。

當初，由太谷到達西安剛住下來，六爺就急忙命桂兒去打聽，看孫小姐到了沒有。桂兒經這一路長途

勞頓，動都不想動了，就說孫家一行晚動身，一準還沒到，就說明兒出去打聽，也一準白跑。

六爺連罵了幾聲小懶貨，桂兒還是不動。六爺只好美言相求，桂兒這才不情願地去了。

孫家在西安也有幾處字號，其中一間茶莊尤其出名。這間茶莊字號老，莊口大，鋪面排場，後頭也庭院幽深，地界不小。當時西安講究些的客棧不易賃到，孫家就吩咐茶莊，在字號後頭拾掇出一處小院，供小姐臨時居住。所以，孫家在行前就跟六爺這邊約好了，到西安後去茶莊聯繫。

桂兒尋到孫家茶莊，繞到後門，就按約定對門房說：他是天成元駐西安的夥計，聽說孫小姐要來西安，我們掌櫃叫來打聽一下，小姐哪天能到？討個準訊兒，我們好預備送禮。

「可不是，已經到了兩天了。」

「已經到了？」桂兒吃驚不小……孫家怎麼倒跑到前頭了！

「麻煩稟報一聲，能見一見孫小姐底下的人嗎？」

門房又上下瞅了他一遍，就進去傳了話。

跑出來的一個小僕，桂兒認得，是跟孫小姐的，叫海海。但海海裝著不認得他，繃著臉叫桂兒跟他進去。也沒叫見孫小姐，只停在過道說：「你們走得也太慢了！告你們六爺，明兒到碑林見吧，早些進去，不用叫我們再等。」

說完，也不容多問，就送他出來。

六爺聽說孫小姐早已到了，就罵桂兒。桂兒說：「該怨何老爺，不在洪洞耽誤，我們也早到了！」

六爺心裡倒是興奮異常……孫小姐也急著想來西安！

第二天，六爺哪還敢耽擱，早早就僱了一頂小轎，只帶了桂兒，趕往城南的碑林。在轎中，六爺才忽然想到見了孫小姐，他能認出來嗎？當初老夫人安排他偷看了孫小姐，也只偷看了那麼幾眼，霧裡看花，早沒有清晰的印象。現在又女扮男妝，哪裡還會認得？孫小姐那邊，更是從沒見過他是什麼樣，若這一見面，令她大失所望，還有遊興嗎？

好在桂兒倒是見過孫小姐。有次去送信，孫小姐特意把他叫到跟前，問長問短，很說了一陣話。有桂兒跟著，認不錯人，但畢竟彼此未曾謀面，千里風塵跑這裡，一旦見面後不遂心，算什麼事兒？

孫小姐哪想到會是老夫人給他挑選的女人，總不會令人太掃興吧？

等他下轎時，桂兒已慌忙湊過來低聲說：「人家又早到了！」

他剛抬起頭來，就見一位俊雅非常的書生，步態輕盈地迎了過來，大氣地作了一個揖，說：「六爺，兄弟在此等你多時了！」

六爺哪想到會是這番陣勢，先就慌了，再近看孫小姐，更感光彩奪目，越發慌張了，不知該說什麼。

孫小姐倒笑了，跟著就瞇眼瞅住他，說：「六爺，我看你有些瘦了。」

六爺聽了，這才醒悟過來，忙問：「你我首次見面，就知道我瘦了？」

孫小姐又一笑，說：「我見過你。」

六爺又一驚：「見過我？在哪兒？我怎麼不知？」

孫小姐就說：「以後再告你。六爺，在西安既得這樣喬裝出行，那你我得另借稱呼。」

六爺就說：「怎樣稱呼？」

「自然以兄弟相稱，我長你一歲，只好權且為兄，失敬了。」

「由你吧。」

「謝賢弟大度！」

說完，孫小姐又快意地笑了。

六爺也就順著說：「尊兄的爽直出我意料。」

孫小姐慌忙說：「冒頂一個『兄』字，已失敬，哪敢再妄沾一個『尊』字！千萬不敢，千萬不敢，只稱兄即可。」

「那便稱大兄？」

「也去掉『大』！」

桂兒催促道：「兩位老爺快不用謙讓了，也不看這是什麼地界！」

海海也說：「真是，在文廟跟前還是少說吧，小心叫夫子看露了！」

跟著的僕傭聽得也笑起來⋯⋯雙方跟來的都是心腹。六爺只帶了桂兒，孫小姐那頭除了小男僕海海，還有一個中年老嬤。

大家這才正經起來，進了文廟。

西安文廟是熱鬧地界，只是拜夫子的不多，看碑林的多。可惜此時的六爺，無論對夫子牌位，還是《十三經》古碑，都有些視而不見了，眼中心中就只有這位結伴同行的孫兄。他沒有想到孫小姐原來這樣俊美，更沒想到她這樣開通頑皮，當然也想像不出與未婚妻在一起做遊戲會是如此令他著迷。

自此以後，他與孫兄天天相約了出來，遊覽不過是虛名，為的只是能見面，能相伴了在一起。孫小姐分明也一樣興奮，但倒日漸拘束了，常羞澀不語，不似初時爽直頑皮。六爺問她：「孫兄，遊興已盡？」

孫小姐瞅住他，許久才說：「城中無一處清靜，何不到城郊逛逛？」

六爺立刻說：「甚好，甚好。」

於是各自回去略作打點，會合後僱了兩輛普通標車，一道出城去了。跟著的下人，依然是桂兒、海海和那位老嬤。六爺原想請位鏢局的武師跟著，孫小姐說，弄那麼大排場反倒引人注目。就我們這樣，倆窮酸書生似的，沒人會麻煩我們！

想想，倒也真是。

第一天的去處，原定了臨潼的驪山。行到灞橋打尖時，孫兄說：「一人坐一輛車，悶在裡頭一熬就是半天，枯索之極！如此下去，這不是出來受罪呀？」

六爺就說：「那換作騎馬？騎馬可太辛苦！」

海海卻說：「我倒有個兩全其美的主意，只是怕委屈了兩位老爺！」

六爺忙問：「什麼主意？」

「兩位老爺同坐一輛車上，不就能一路說話了？我們下人擠另一輛上，也能放肆說笑，豈不是兩全其美？就怕老爺們嫌擠。」

孫兄跟著就說：「我倒不怕，就看賢弟怕不怕。」

六爺早聽得衝動了，忙說：「我更不怕！」

重新上路後，孫兄真坐到六爺的車轎裡，桂兒跳到後頭的車馬上。這一變更，旅途的情形就大不同了。這種普通標車，車轎不夠寬敞，兩人忽然擠坐在裡面，都很不好意思。孫小姐先就叫車把式放下轎簾。

第三章　情遺故都

六爺無意間說：「也不嫌熱？」

孫小姐就瞪了他一眼。

六爺一時更尋不著話了，只盯了瞅人家。

六爺小姐更伸腳蹬了他一下，說：「還沒瞅夠？」

六爺臉一紅，但抓到了一個話題，便說：「你說以前見過我，我怎麼不知道？」

孫小姐一笑，說：「叫你知道了，我哪能細看成？你不是也偷偷相看過我嗎？」

「那就明白了！老夫人也跟你一起搗了鬼？」

「哪能叫搗鬼！老夫人沒跟你說過呀？男女相親，不先過自家的眼睛哪成！媒人才靠不住呢。」

「老夫人什麼時候跟你說的？」

「我們常跟老夫人一起在華清池洗浴，什麼話不跟我們說！老夫人還說，西洋男女間是先相處得心意投合了才請媒人提親。定了親的男女，更能自由交往，因為成親前的交往，才更珍貴。哪像我們，見面都算越禮！」

「老夫人可沒跟我說這麼多。」

「那你怎麼想起要約我出來同遊西安？」

「只是忽發奇想吧⋯⋯」

「不是情願？」

「情願，當然情願！」

「也不怕壞了禮數？」

128

「我情願。」

「你白讀了聖賢書。」

「你也看不起我一心讀書求仕?」

「看不起,我會跟你定親?」

說時,她又輕輕蹬了他一下。

自此以後,觀景訪古退於其次,路途擠在車轎裡說親密話倒成了主要節目。六爺不只是沉迷其中,在精神上好像終於有了親密的依傍。他幼時失母,總渴望一種親密的依靠。如此親近的孫小姐,不止長他一歲,在氣質上也開朗、有主見,更有似杜老夫人那樣一種迷人的氣韻,所以叫他感到能夠依靠,情願依靠。

不過,有時在車轎裡,他會叫孫小姐除去男妝,一現女容。有一次,他還磨著要看看她的天足。孫小姐捶了他幾拳,還是讓他如願了。

由他脫去鞋襪後,她紅了臉說:「後悔定了一個大腳女子?」

「我讓老夫人挑的就是天足!小腳女人,哪能相攜了宦遊天下?」

「但願不相負。」

不過,這也是他們間最親密的舉動了。每住客舍,都是各處一室,不敢逾規。

出遊得如此甜美,六爺哪還願意歸去?

129

第三章　情遺故都

第四章 雨地，月地，雪地

1

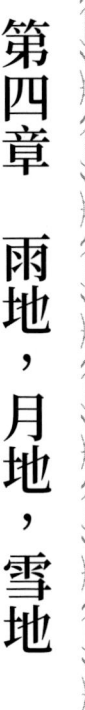

杜筠青初到這處尼姑庵時，木木的，對什麼都沒有反應。這是什麼地界，有些誰，待她如何，乃至她自己如何吃住起居，都木然失去審視意識。

在旁人看，她像靈魂出竅了，跟個活死人似的。

就這樣過了月餘光景，杜筠青才顯出一些活氣來，注意到這是一個生疏的地界，離山很近。不過，這地界倒很安靜，也很乾淨，時時都飄散了一種香火的芬芳，彷彿是仙境氣息。所以，她也不免懵懵懂懂地想：這裡就是死後要來的地界吧？

這裡也不大，沒有許多院落，只是庭院裡都有樹木。綠庇蔭護下的那一份幽靜，的確很生疏。在前院中央，是一方精緻的花池，池中有幾株主幹蒼老、枝葉茂盛、花朵碩大的花木。可惜花正敗謝，落英滿池。供在這樣顯赫的位置，一定是什麼名貴的花卉吧。

這天，杜筠青正在花池前發愣，就有一位跛足的老婦走過來。這位老婦，她好像認得了，就問：「這是什麼花？」

第四章　雨地，月地，雪地

老婦冷冷地說：「給你說過幾次了，這是牡丹。」

「你給我說過？」

老婦冷冷地哼了一聲。

「叫什麼花？」

「牡丹。旁的花，哪能開這麼大？」

「牡丹？牡丹才開這麼大的花？」

「你連牡丹都沒見過？真是枉在京城長大。」

「什麼京城？」

「京城就京城吧，能是什麼？不說了。你的茶飯還吃不吃？才吃幾口，就跑這裡來發愣。」

「茶飯？」

「想吃，就回去吃！過了飯時，可沒人伺候。」

說畢，老婦一歪一歪地走了。

老婦是小腳，又跛了一隻，但走路很有力。杜筠青望著離去的老婦，沒有立刻回去接著吃飯。她也沒記住，池中正敗謝的花木叫牡丹。

這位老婦，正是被三爺跟前的汝梅，去年在鳳山撞見的那位長著美人痣的老尼。她自取了一個法號，叫月地。

她被康笏南神祕廢黜時，也如杜筠青一樣，先是嗜睡，接著重病不治，然後親眼看到了為自己舉行的浩蕩葬禮，最終被送進這座幽靜的尼姑庵。當年她被廢，起因正是這位由京城歸來的杜家女子。如今，杜

132

氏也步了自己的後塵，跌落到這個世外佛界了。月地本該有幾分快意的，但她實在沒有了那份心思。

她心靜如死水。

杜筠青臥病不起時，月地就聽到了消息。她是過來人，一聽便知杜氏在康家的末日也即將到來。那時，她心中生出的只是幾分悲憫：佛性早使她泯滅了嫉恨吧。

杜氏的到來，比她預料得還要早。她原想總要拖延到五月，沒想剛進三月就來了。杜氏也不像想像的那樣憔悴蒼老，這婦人似乎未經歷大悲痛。以前，總是想在近處面對了杜氏仔細端詳一回。現在。終於如願了，卻已經沒有了那一份興致。當時的杜氏也痴痴呆呆的，喪失了喜怒。她與杜氏是冤家對頭吧，終於末路相逢了，卻像誰也不認得誰，平靜如死水。

這是佛意？

當年，月地剛到這裡時，也是痴痴呆呆的，像一個活死人。重病時她是不想死，但也沒給嚇呆⋯天意要你死，你是逃不脫的。可那場浩蕩的葬禮，真把她嚇呆了！她沒有死，但宣告自己死去的大場面葬禮卻那樣隆重地舉行著⋯她無法明白這是發生了什麼事。

當時老亭對她說：這是留住她性命的唯一辦法。隆隆重重假葬一回，她的真命才能留住可那時她已經聽不明白別人說話了，耳沒聾，但一點也解不開老亭的話。

她痴呆了，傻了。

後來她才懷疑，當時傻成那樣，除了大場面的葬禮叫她太受驚駭，可能身上的藥性還沒有退盡吧。經多年參悟，她終於猜疑到⋯當年臨終前那樣嗜睡，昏迷，多半是給她服了什麼藥。

現在，杜氏痴呆得這樣厲害，一準也是藥性在作怪

第四章　雨地，月地，雪地

當年，月地到尼姑庵後，也就痴呆了十天半月光景吧，以後漸漸不傻了，先知道了悲痛。杜氏已經傻了一個多月了，居然還緩不過來，月地就懷疑他們下藥下得太猛，正月病重，二月升天，三月發喪，實在是太急促了。月地自己從發病至發喪，拖延了近半年。這樣急迫地給杜氏下猛藥，大概看她體健心寬，也為時局所迫吧。但這麼下虎狼藥，她若昏迷過去再也醒不來呢？

或者，他們還在暗中繼續給她下藥？

月地的憐憫之情，即由此引出。她注意檢點庵中齋飯，提防暗中繼續給掺了什麼藥。因為庵中米糧菜蔬，還是康家供給。但進食庵中茶飯的，也不只杜氏一人。別人無事，杜氏也該無事吧。這一向，月地吃什麼飯食，也給杜氏吃什麼。但杜氏依舊痴憨著，喚不回靈魂。

月地疑惑重重，無計可施。是佛意不叫杜氏醒來？或者，是佛意不想叫自己打聽六爺的近況？她盼杜氏清醒過來，實在也是存了一份私念：跟杜氏仔細打聽一回六爺。想到六爺，月地才忽然有悟：杜氏原來是沒有牽掛！世間沒有大牽掛撕扯你，可不是喚不醒呢！

當年孟氏清醒過來，最先想起的就是六兒，六爺是她的命，那時六兒才五歲。臨終時候，她割捨不下的也只是六兒。

如果沒有六兒，天意叫她死，她就甘心去死。康家，康老太爺，還有她那做老夫人的日子，實在也不叫她怎麼留戀。偏偏上天給了她一個六兒，那就給了她一個不能死的命。可她的六兒才五歲，上天就要叫她死！她是作了什麼孽，要撕心裂肺受這樣的報應？

就不能容她把六兒守大，等他成人後，再來索她的命嗎？

她的命也不金貴，在康家她實在也不是在享受榮華富貴，其間的屈辱幽怨，世人難知，天當知。就留

她多受幾年罪吧!

一旦六兒自立,她當含笑自盡。

可上蒼不聽她的哀求,好像必死無赦。迷迷惑惑來到尼姑庵,在難辨生死間,是六兒先喚醒了她。臨終的時候,奶媽抱了六兒來。她也想抱一抱六兒,六兒卻不讓,只是生疏地望著她,往後掙扎。

自己是不是憔悴得很可怕了?眼淚已經湧出來。可六兒一點悲痛也沒有。他還不知道什麼叫悲痛吧?

沉重的睡意又壓迫過來,她自己也沒有力氣悲痛了。以後就再沒有見過六兒,也沒見過奶媽:她已到了「升天」的大限。所以臨終前,整個世界留給她的最後記憶,便是不知悲痛的六兒,生疏地望著她,極力向後掙扎,彷彿要棄她而去……

既然沒有死,既然還留著性命,那就得先叫六兒知道,就得先見見六兒!不能見六兒,留這性命何用?但庵主雨地勸她不要去,冷冷地勸她不要去。

後來知道了,庵主雨地原來是五爺的生母朱氏。那時的雨地,雖然冷漠,倒是一臉的善相。四十多歲了,顏面光潔如處子,神情更是平靜如水。

孟氏當時也如今日的杜氏,對眼前的一切都渾然不加審視,也就覺不出雨地是善是惡。她心裡全被六兒占滿了。

她哪肯聽雨地勸?就說:「我得去,一定得去,誰也擋不住。」

雨地淡漠地說:「有人能擋住你。」

第四章 雨地，月地，雪地

「誰也擋不住！」

「你的六爺也擋不住你？」

「六兒？他怎麼會擋我？他不會擋我！」

「你不怕嚇著他？」

「我會嚇著他？」

「你再現身康家，就是鬼魂了。」

「鬼魂？」

「你已經病故發喪，新墳未乾。」

「老亭說，那是假葬。」

「在康家，沒有幾人知道那是假葬。在全太谷，人人都知道你隆重發喪了。你再現身，誰敢將你當陽間活人看？」

孟氏這才驚愕得說不出話來。

「你雖活著，但與庵外世界已是陰陽兩界了。」

「陰陽兩界？」

「你在陽間就只有鬼身，不再有活身。」

「他們說這是假葬，是為了避災躲禍，換我活命……」

「康家那樣浩浩蕩蕩為你發喪，你以為是只圖排場？那是向陽間昭示：你孟老夫人已經升天了。從此，你再現身康家，你的六爺也擋不住你！」

雨地冷笑了一聲，說：「陰間要了結你的陽壽，躲避到這裡，就尋不著了？陰曹就那麼笨，康家一場

136

假葬，便能蒙過他們？若此法靈驗，世間人人都可不死了。」

孟氏又無言以對。

「記著吧，你於庵外人世已是陰陽兩界，儘早忘記外間紅塵。」

「陰陽兩界？我不管！我忘不了六兒，我得去見六兒！」

「聽不聽我的話，由你了。但你把你的六兒嚇出一個好歹，在這陰間世界你也不得安心吧？」

「六兒會認得我，他是我的骨肉，我嚇不著他！」

「六兒年幼，也許還不知懼怕。但你在他幼小的心底就留一個屬鬼的印象，叫他一生如何思念你？」

「六兒會認我，會認出我沒有死！」

雨地又冷冷一笑，不再勸她。

那時候，孟氏真是不相信自己不能重返陽間。

2

明白了自己身處何境，孟氏也冷靜了一些。但她依然義無反顧地給自己的性命定了價：不能見到六兒，不能與六兒重享親情，她就去真死了。她只是為六兒留著這條性命，失去了六兒，在這不陰不陽的地界苟延殘喘，哪如真去升天！

孟氏問過雨地，庵中有什麼規矩。庵主說，什麼規矩也沒有，不強求你剃度，不強求你做佛事功課，

第四章 雨地，月地，雪地

也不強求你守戒，盡可照你在陽間的習慣度日。因為外間大戒已經劃定，想跳也跳不出去了，陽間紅塵早遠離我們而去，想貼近，已不可得。

這叫無須受戒戒自在。

那時，孟氏對罩著自己的大戒還沒有多少感知。既然無須剃度，也不必更換尼僧的法衣，那今之身與往日何異？只設法給六兒的奶媽捎個訊，也就打通重回陽間的路了。奶媽是她的心腹，她就真是鬼身，奶媽也會見的。

但誰能替她送訊呢？庵中除了庵主雨地，再沒有其他尼僧，只有幾位未出家的女僕，都是中年以上的婦人。她們應該容易收買吧？

原來，那簡直是難於上青天的事！她們都賺康家的錢，不便逾規的。更可怕的，是孟氏自己已身無分文來收買別人了。她現在才更明白，自己除了這條性命，什麼都沒有了，以前的月例和私房、首飾細軟，一切值錢不值錢的東西，全留在了陽間。她已無身外之物，拿什麼來收買別人？

庵中一切衣食用度，要什麼都給，只是不給銀錢。就是孟氏自己吃驚了……康家真是知道銀錢的厲害！庵中一切用度，都是康家現成送來。雨地已視銀錢為廢物。可孟氏卻吃驚了……康家真是知道銀錢的厲害！庵中供給一切衣食用度，要什麼都給，只是不給銀錢。就是孟氏自己吃驚了……康家真是知道銀錢的厲害！收買不了別人，那就只能依靠自己吧，那就只能依靠自己吧。雨地已視銀錢為廢物。可孟氏卻吃驚了……康家真是知道銀錢的厲害！

動。沒有車送轎迎，自家還能走路。

她已經辨認清了，這處尼姑庵就在鳳山之下，離康莊不是太遠。鳳山的龍泉寺，她每年都來一兩次。

從這裡往康莊，不過是一路向北，坦途一條。

孟氏便默默開始謀劃：如何徒步暗探康莊。

138

在她看來，一切都不在話下，唯一應該操心的，是選一個恰當的時辰。雨地已經給她點明：外間世界都知道她已經死了。所以，在天光明亮時候，她難以現身。但在夜深黑暗之時，康家也早門戶禁閉，無法與六兒聯繫。那就只能在黃昏時候吧？此時天色朦朧，門禁又未閉。

但再一想，覺黃昏也不妥。康家是大富之家，對門戶看管極嚴。她在康家十多年，知道康家對黃昏時候的戒備，是一天中最嚴密的：就怕強人在黃昏矇混入宅，潛伏至夜間行竊。

那就選在凌晨？康家有早起習慣。尤其是操練形意拳的男人，講究天光未啟時開練，所以大宅的側門早早就能出入了。早起初時，人不免殘留了睡意，迷迷瞪瞪的，警覺不靈。她以一婦人之身出入，不會引起注目吧。而此時，六兒當在酣睡，奶媽崔嫂肯定已經起來了。先見崔嫂，容易說清真相，也嚇不著六兒。

就選在凌晨吧。

孟氏急於見到六兒，只粗粗做了這樣的謀劃，以為一切都妥貼了。她選了身平常的衣服，還暗暗預備了一點乾糧，就決定立即成行。

直到臨行前夜躺下來，才發現必須於夜半就動身……還有二十多里路要走呢。孟氏從來不曾徒步走過這樣遠的路程，也不知需要多少時辰。反正趕早不趕晚，動身也晚了，怕凌晨趕不到康莊的。

可夜半動身，又如何能說通女傭，為她夜半開門？這尼庵在夜間也要門戶緊閉，由女傭上鎖的。她如何能開啟這尼庵的山門？恐怕說不動的……她依然無有本錢來收買女傭。這一夜，孟氏真是徹夜未眠。以前一切都不需要自己張羅，有事，吩咐一聲就得了，自有人伺候。現在，不但得自己張羅，還失去了任何本錢和名分。這裡的女傭，沒人在將她當老夫人看待。真是陰

第四章 雨地，月地，雪地

陽兩重天了。

但她一定要去見六兒。她一定要在這陰陽兩界之間，打通一條路。

凌晨不行，就黃昏？想來想去，終於也悟通了：就無所謂凌晨黃昏吧，就離開尼庵，往北走動。在天光未暗前，不進康莊就是了。只在陌生地界走動，不會有人將你當鬼看。等到天色朦朧時，不拘是黃昏，還是凌晨，能矇混進康宅就成。

反正是橫下一條心，不見到六兒，就不再回這尼庵！在外間遊蕩，討吃，也不怕。天也熱了，在外間過夜，冷凍不著的。

既然去做一件重於性命的事，那一切都不在話下了。

只延遲了一天，孟氏就選在午後，悄然離開了尼姑庵。

其時，鳳山也無多少遊人，尼庵又處靜僻的一道山谷中。走出鳳山的這一段路程，還算順當。未遇什麼人，腳下也還有勁可使。出了鳳山，路更平坦，還是慢下坡。可孟氏就覺著一步比一步沉重起來。再走，更感到連整個身子都越來越沉重，全壓在兩隻腳上，簡直將要壓碎筋骨。

咬牙又走了一程，實在走不動了，只好席地歪在路邊。

很喘歇了一陣，起來重新上路時，竟不會走路了：兩腳僵硬著，幾乎沒了知覺。老天爺，她這雙金蓮小腳，原來是這樣不中用！

孟氏出身官宦之家，從小纏了這樣一雙高貴的小腳，整日也走不了幾步路。到康家做了老夫人，那更不須走什麼路。平時這樣不多走路，也就不大明白自家不擅走路。現在，冷不丁做此長途跋涉，頭一遭陷進這種困境，除了驚慌又能如何？

140

如此狠狠，怎麼再往前走！就是調頭返回尼庵，也不知要掙扎多久吧？

孟氏也只好調頭往回返了，卻依舊能一步比一步艱難。沒掙扎多久，她已是一步三搖，三步一歇。天色雖然尚早，卻已覺得尼庵遙遠無比，到天黑時候還能掙扎回去嗎？

就在這幾陷絕境時，尼庵中一位女傭悄然出現。女傭什麼都沒有說，只是過來攙扶了她，一步一艱難往回走。捱到山谷間，這女傭不得不背了她一程，才回到庵中。

其時，真近黃昏了。庵主雨地也沒有多說什麼，連臉面的表情也是依舊的，彷彿什麼事也不曾發生，只是吩咐女傭，多燒些熱水，供孟氏燙腳。

那一夜，孟氏只覺得自己已經失去了雙腳。不眠之間，只覺剩下了發脹的雙腿，再尋不到腳的感覺。她失去了悲痛之感，沒有想哭。就那樣一直瞪眼望著黑暗，感覺著腿部的脹痛。

她也幾乎沒有再想六兒。

第二天，孟氏更不會走路了。雨地就過來對她說：「想走遠路，需先練習腳腿之力。有一功法，你願不願練？」

雨地太平靜了，孟氏有些不能相信，所以也沒有說什麼。

「這功法也不難，只要早晚各一課，持之以恆，不圖急成，即可練就的。」

「我往庵外遠走，你不再攔擋？」

「我早說了，一切由你，從未攔擋的。」

「量我也走不出去，才不攔擋？」

「你有本事破了大戒，我也不會攔擋的。」

雨地這樣說話，很令孟氏不愛聽。不過，她還是問：「你說的是什麼功法？女輩練的拳術嗎？」

「近似外間拳術，只是簡約得多。」

「由形意拳簡約而來？」

「也許是，我也不識何為形意拳。」

「既由拳術簡約而來，我可不想沾染。我討厭練拳的男人！」

「那還有一更簡約的練功法，常人動作，於武功拳術不相關。」

「這功怎麼練？」

「前院中央的牡丹花壇，繞一周為六六三十六步。你可於早晚繞花壇行走，快走慢走由你自定，以舒緩為好。首次，正繞三圈，再反繞三圈。如此練夠六日，可正反各加一圈。再六日，再加。如此持之以恆，風雨不輟，練到每課正反各走九九八十一圈時，即可到腳健身輕之境，即便雲遊天下，也自如了。」

「那需要練多時日？」

「明擺著有數的，不會太久。」

孟氏想了幾日，覺得也只有練出腿腳來，才能見到六兒，就決定聽雨地的，繞了花壇練功。她沒有想到，那麼魯莽地跑出庵外，走了不過三里路，就歪倒歇了六七天，才緩過勁來。所以，她開始練功時，也不敢再魯莽了，老實按照雨地的交代，一步不敢多走，當然一步也不願少走。

孟氏當年初進尼庵時，已經入夏，所以庵中那池牡丹早過了花期，連落紅也未留痕跡。她天天繞了花壇走，只是見其枝葉肥大蓊鬱而已。沒有幾天，也就看膩了。

第一個月走下來，每課加到了八圈。正反各八，為一十六，早晚各十六，每日為三十六圈，近一千三百

3

雨地叫孟氏練習這種功課，原本是想淡其俗念，不要去做虛妄的掙扎。康家那個老東西所設的這個陰陽假局，周密之至。你妄去衝撞，不但徒勞，還要再取其辱，叫俗世故人真將你當鬼魂驅趕，何必呢？俗世既已負你、棄你，你還要上趕著回去做甚？繞著花壇，如此枯索地行走，乏味中做千思百想，總會將這層道理悟透吧。特別是練到秋涼時候，眼看著萬物一天天走向凋零，即便如花王牡丹，也不能例外，一樣敗落了：睹物思己，還不想看破俗世嗎？

孟氏練到深秋時候，似乎也全沉迷在功法中了。她已很少提起她的六兒，只是不斷說到自己的腿腳已

步。孟氏練下來，倒也未覺怎麼艱難。只是，總繞了一個花壇走，就跟毛驢拉磨似的，在局促地界，走不到盡頭，乏味之極。自然花壇中間的牡丹，也早看不出名貴，一叢矮木而已。

雨地說：到秋天就好了，可細見牡丹如何一天天凋落。到來年開春，又可細看它如何慢慢復甦，生芽，出葉，掛蕾，開花。

要練到牡丹花期再來時，才能練到頭？

雨地這才說了實話：一天不拉，總共得練四百七十四天，才可達九九八十一數。所以，即便牡丹花期再來時，也遠未到頭呢。

原來竟要練這樣長久？

第四章 雨地，月地，雪地

雨地為叫孟氏功德圓滿，也不斷對她說：現在腿腳只不過生出一些浮勁而已。浮勁無根基，只要鬆怠幾日，功力就會離身的，幾個月的辛苦算白費了。只有練到九九八十一數，根基篤定，深入筋骨，那腿腳功夫才會為你長久役使，受用不盡。

孟氏現在對雨地的話，已經願意聽取。如果不出意外，她真會按部就班練到功德圓滿吧。

但意外還是發生了。

那天，孟氏已經在練三十之數，也就是每課正反各走三十圈，全天總共要走一百二十圈，四千三百二十步。小腳婦人步幅小吧，這四千多步也走出四里多路了。如此之量，孟氏仍未覺出分明的辛苦，反而很有些成就感，也有了娛樂趣味。所以，近來她的晚課也提早了許多，花壇在前院，太陽剛落，天光還大亮著，就開練了。這晚開練不久，就見有外間的差役來送菜送糧。庵中司廚的兩個女傭，在影壁那邊接收米糧菜蔬時，不斷與差役說笑，這本已是常態了。但今日她們在影壁那邊，似乎有些反常，只神祕地議論什麼，沒有一點說笑氣ús。

孟氏心境本來已趨平淡，反常就反常吧，俗世情形真與己不很相關了。除了六兒，就是天塌地陷也由它吧。她只是專心練自己的功。

不過，她畢竟凡心未泯，儘管不大理會影壁那邊，還是依稀能覺察到差役走後，兩女傭不趕緊搬運糧菜，卻一直站在山門口繼續那神祕的議論。孟氏就不免留意細聽了聽。這一聽，可不得了，孟氏幾乎把持不住自己，要大叫幾聲，癱坐在地……

幸虧練了這五六個月的功，才終於挺住，未大失態。

144

孟氏聽到了什麼，這樣受刺激？原來那兩個女傭議論的，正是康笏南要娶杜氏做第五任老夫人！而且，那時滿城都在議論這件事了。

這位年輕美貌的杜家女子，隨父回晉之初，以京味揉了洋味的別一番風韻，引起不小轟動，太谷大戶爭相延請，孟氏當然是知道的。康笏南在老院之內談論杜筱青，即便是當了孟氏的面，也無什麼顧忌。康笏南的議論，兩個字可概括：激賞。

作為一個女人，孟氏最能體察出康笏南對杜筱青的激賞，內裡包含了什麼意思，但她並沒有生出多少妒意。進康家雖已多年，孟氏一直不以做商家貴婦為榮。這也不盡是孤高自潔，康笏南在老院之內才肯現出的本相，實在令她難生敬意。何況，大戶人家納妾討小，三房五室的，本也很平常。所以，孟氏曾真心勸康笏南：這麼喜歡那位杜家女子，何不託個體面人物，做一試探，看願不願給老太爺做小？那女子不過小寡婦一個，其父也不是什麼正經京官，她高貴不到哪兒吧？

哪料，康笏南一聽此話，就拉下臉來，冷冷地說：「康家不娶小納妾，這是祖上留下的規矩，你叫我破？」

真是好心不討好。誰想破你家祖上規矩，你最明白吧？你成天老著臉評品杜家女子的姿色，就算守了祖上規矩？看看每說到人家的天足吧，簡直要垂涎三尺了⋯⋯一雙天足，走路也風情萬千？天足也有那樣別緻玲瓏的？

孟氏從此不願破祖上規矩，那當然好。孟氏從此不再多說，康笏南對杜家女子的評品卻未有收斂。

那時候，正盛行大戶人家爭邀杜家父女去做客，康家卻一直沒有動靜。年輕的三爺幾次跟老太爺提

145

第四章 雨地，月地，雪地

出：我們也宴請出使過西洋的杜長萱一回，聽聽海外異聞，以廣見識。但康笏南只是不允，說洋人不善，理他做甚！

孟氏見此，也就更以為康笏南要堅守祖制了。後來，雖也聽說康家的天盛川茶莊曾宴請過杜家父女，但康笏南並未公開出席，只是在隔斷的後面窺視了杜筠青的芳容⋯他畢竟不想越軌。杜家父女大出風頭是在那年的秋冬，到了臘月年關時候，已經平淡下去了。第二年整整一年，幾乎無人再提起杜家父女。孟氏記得，這年她曾向三爺打聽過⋯杜長萱是不是已經返京了？三爺說⋯沒走，還在太谷。三爺似乎不想就此多說什麼，她也就沒再多問。

事情就那樣過去了。

到光緒十三年（1887）春天，孟氏重病不起之時，雖也偶然想到過那位杜家女子，卻也未疑心過什麼。她是疑心過自己病得太奇兀，卻沒有疑心過康笏南。自來到這處尼庵，漸漸明白了自己假死的含義，除了牽掛她的六兒，孟氏已經決意拋棄俗世。至於杜家女子，真已淡忘了。

可現在，這一切都在她面前轟然坍塌⋯康笏南這樣快就要娶杜家女子了！原來她的假葬是為了成全康笏南⋯既讓他娶到垂涎已久的風流女子，又叫他守了祖制，保住美德！蒼天在上，她作過什麼孽呀，叫她陷入這樣一個陰陽假局？為了叫這個男人私慾美德兩全，居然由他攪亂陰陽兩界？她人老珠黃，可以棄之如敝，六爺卻是你的骨肉，叫他自幼喪母？

孟氏無論如何是忍耐不下了，只想立刻向世人揭穿康笏南的這個假局。現在，她能與之訴說的第一人，就是庵主雨地。因為直到此時，她還不知雨地就是五爺的生母朱氏。

當時她衝動異常，跑進去就拉住雨地，語無倫次地說出了自己的驚天發現。

雨地平靜如水地聽著，聽完，問了一句：「你知道我是誰？」

「誰？」

「我就是你前頭的那個朱老夫人。」

孟氏再次被震驚了⋯「你是五爺的生母？」

雨地恬然一笑，說：「你沒有細看過我的遺像吧？」

孟氏怎麼能沒見過前頭三位老夫人的遺像？但遺像與真人，相差實在是太大了。現在的雨地，聖潔如仙，誰會將她與已故的朱氏聯繫起來？

雨地繼續平靜地說：「我被活葬在此庵中，已有十多年。這期間，正是你在康家做老夫人的年月。」

「那你是因我而死？」

「怎麼會是因你？」雨地又恬然一笑，「何況我也未死。要說置我死地的，應是康家當政的那個男人。他想再娶一位你這般官宦出身的女子，就叫我死了。不過，我死前還不知你在何處。罷了，那已是俗世紅塵，不值一提了。」

「我有今天，也是報應嗎？」

「你未作孽，何來報應？倒是得以脫離孽海，應為幸事的。」

「幸事？淪此不陰不陽之境，何幸之有！」

雨地只是平靜一笑。

孟氏卻忍不住追問⋯「你前頭的老夫人，即三爺、四爺的生母，也是如你我這樣死去？」

第四章 雨地，月地，雪地

「她是真死，做老夫人也最短，只六七年吧。康筠南對她思念也最甚。他當年選中我，似將我當作那女人的替身。我哪是？紅塵中事，太可笑。」

「那他的原配夫人呢？」

「當然也是真死了。假葬自我始。」

「不說老夫人的虛榮，只是活生生一個人，忽然給孤身囚於此，你怎麼能容忍？」

「當年初來，亦跟你無異，懵懂可笑。只是庵主為正經出家尼僧，道行深厚，得她及時引渡，也就漸漸悟道，得入法門。」

「這尼僧今何在？」

「法師已移往外地修行，嫌太谷市塵太重了。」

「道行再深，我也不信！別的不說，當初你能不掛念五爺？」

「你正在練的繞壇功法，就是法師當年渡我之法。當年，我也似你，最難割斷的就是與五兒的母子情了。可法師無一語阻攔，只是說重返康家，先須有腳有腿，你的腿腳殘廢已久，何以能至？等我練到九九八十一數，有腿有腳了，卻已經將一切悟透，再不想重入俗世孽海。」

「我才不信！你悟透了什麼？」

「等你練到九九八十一數，就明白了。」孟氏冷笑了一聲。

「我雖有緣引渡你，只是道行不深厚。你既已望穿孽海，還望能將功法練到底的。」

孟氏那時已不再能聽進雨地的話了。

148

4

孟氏知道了雨地就是已故多年的朱氏後，更失去了冷靜。

她以為正是朱氏的遁入佛門，靜無聲息，才更縱容了康笏南！他營造下的這個陰陽假局，既然如此成功，如此滴水不漏，那為何還不再來一局？

她絕不能靜無聲息，就像真死了一樣！

所以，孟氏決然中斷了練功。而此時的她，也覺得自家重新生出了腿腳，就是有千山萬水攔在前面，也不懼怕了。

她開始公然做現身康莊的準備，對雨地及庵中女傭都不避諱。奇怪的是，她們竟也不言不語，尤其是雨地，平靜依舊。

她們是認定她回不到康莊？

這更激怒了孟氏。真就破不了這個假局？她才不信。

現在，她也無須做更多的準備。既是破假，也不必挑時辰了，什麼時候走到，什麼時候進去。需要預備的，是帶一些路途上吃的乾糧。她還沒有走過這段長路，不知道需要走多久。也需帶件禦寒的厚衣吧，已經秋涼了，說不定要在野外過夜。

孟氏用兩天攢夠了乾糧，就毅然走出了尼庵的山門。她沒有向雨地告別，也沒有留意是否有女傭盯著。此時秋陽剛剛升高，將山谷照得金黃一片。山中被霜染紅的林木，點綴在金黃中，別是一番景緻。稍有一些涼意，卻沒有風。

第四章　雨地，月地，雪地

這分明是人間。

孟氏現在果然有種身輕步健的感覺，走路不再是件難事。這還應該感謝雨地。雨地練功既已練到功德圓滿，為何卻不想走出尼庵？既想出世，為何還要苦練腿腳功力？管她呢。不去多想了。

這次走出鳳山，漸漸踏進平川，孟氏一直感到很輕鬆，心情也就好起來。在進入平川後，她就不斷遇到行人、車馬、出工的農夫，可沒有誰停下來看她。可見她沒有什麼異常。

鳳山至康莊，不到二十里路。孟氏快走到時，已是正午了。走過十里之後，她就漸漸覺出吃力來，走得也越來越慢。但她還是鐵了心往前走，不再回頭。原想也許會累死在路上吧，卻沒有累死，就走近了。她分明望見康莊，望見康家那一片宅院時，心裡就想⋯⋯自己已經死過了，所以不會再死。就是想累死，也累不死了。

深秋的正午，已不像夏日那樣安靜⋯⋯白晝漸短，農事也忙了，鄉人不再歇晌。此時康家還歇晌的，也就是康筎南這個老東西吧。

管它安靜還是熱鬧，孟氏只是不停腳地往前走。望見康莊後，她分明重新來了力氣。哼，重回康莊這有什麼難的？抬腳不就走回來了！雨地故作玄虛，說不定不就受了那個老東西暗中託付吧？

就這樣，孟氏昂揚地臨近了康莊。眼看要進村了，迎面走來兩個扛著空扁擔的農夫，一個年輕，一個年紀大些。康莊的農夫，大多是康家的佃戶。所以，還未碰面，孟氏就低下了頭⋯⋯她不想讓這些村夫過早認出她來。

150

但已經晚了!

快走近時,那個年輕的農夫先望了她一眼,倒也沒有什麼表示,繼續走過來。可那個年紀大的,隨後只是抬頭瞟了她一眼吧,突然就大驚失色地厲聲怪叫了一聲,跟著就扔下扁擔,撒腿朝村裡跑去。一邊跑,一邊驚恐萬狀的大呼小叫。

這時,那個年輕的也愣住了,張嘴瞪眼的呆了片刻,才忽然扔下扁擔,撒腿朝村裡跑去。一邊跑,一邊驚恐萬狀的大呼小叫。

當時孟氏沒聽見這後生在呼叫什麼,也沒聽清伏地磕頭的農夫在哀求什麼。她也被這突然出現的事態嚇住了,驚慌失措,什麼也顧不上了。她分明也驚呆了,愣住了!

一路走,她就曾一路想⋯世人會怎樣將她當鬼看?可還是沒料到會是這樣一種場面。而更難以想像的情景,還在後頭呢!

可能就是轉眼間吧,村口已經聚滿了人。人群擁擠,卻沒人敢出聲,只是都押長了脖子,朝她這裡張望。

也沒張望幾眼,這一片鄉人竟一齊匍匐在地,磕起頭來,但依舊沒人出聲。這死寂忽然被打破⋯村中響起了淒厲的鑼聲。一面,又一面,鑼聲四起。狗也狂吠起來,一呼百應。

孟氏幾乎是下意識地逃走了⋯她無力撒腿跑掉,只是鑽了路邊的一片莊稼地。那是未收割的高粱地,能將她完全隱沒。

後來多次回想,也幸虧有這一片高粱地。否則,那天村人將會怎麼驅趕她?說不定會請來什麼和尚道

151

士,施了法,捉拿她?

那天藏進高粱地,可是一直驚魂未定。她不知道村人會不會追趕進來,或者,人不敢進狗來?那就更可怕。此刻,極度的疲累感已經湧上來,特別是腿腳,好像又失去了。她再無力挪動半步。有誰追進來捉拿她,都會易如反掌。

村中的鑼聲和狗吠喧囂了很久才漸漸平息。但一直沒見人或狗衝進來追趕她。莊稼地裡寂靜無聲,因為一點風也沒有。外面,村子那邊,也沉寂了。但太陽當空,外面還是一個明亮的世界,你萬萬不能走出高粱地。等到天黑了再說。

此後整整大半天,孟氏就坐在那片高粱地裡,等待天黑下來。恐懼與疲累也漸漸在消退,但她不敢多想今天發生的一切。後半晌了,才有了飢餓感,翻出乾糧吃了幾口,又吃不下去。

終於熬到日落星出,才發現還有月亮。夜越深,月光越明亮。

這是不讓她走出高粱地吧?

秋夜的寒意越來越重,秋夜的曠野更是死一般的寂靜,月光雖明亮,映照出來的分明也是陰森和悽苦。鬼蜮就是這樣吧?既已成鬼,還有什麼可怕的?陽間的活人才怕鬼。

這樣一想,孟氏終於站起來了⋯⋯她得先回鳳山尼庵。她不能困死在這裡。她已經不能再死了。

往出走時,孟氏才發現:自己衝進高粱地時,竟鑽到這樣的深處?居然費了這樣大的勁才走了出來。

月光照耀下的鄉間大道,此刻空無一人。望了望康莊,已落在一片朦朧和死寂中,只有高處可見幾點燈火在遊動。那是康宅守夜家丁在屋頂巡遊吧。她的鬼魂在村口出現,康家一定知道了。他們會不會告訴

六爺？能不能嚇著他？奶媽一定會聽說這件事，她應該護著六爺，別叫他受驚。

這一趟，來得還是太魯莽？

孟氏不再多想，轉身向鳳山方向走去。此時，她彷彿又來了功力，走路重新有了身輕步健之感。這種有力感，倒漸漸喚起了她的自信。雖然是頭一遭走這樣的夜路，似乎也不是十分懼怕。在夜間曠野，活人所懼怕的，無非是鬼怪吧。她現在已被陽間活人視為鬼怪了。世間如真有鬼魂，她倒想遭遇一回，看看真鬼是何樣面目行止。從此往後，她將以鬼名存世，卻並不知真鬼為何樣德行，也是太可憐吧。

越這樣想，周圍倒越是空曠寂靜，尋不出一點動靜來。

其實，這死一樣的寂靜才是最可怕。

歸途一路，孟氏倒並不覺十分漫長。鳳山漸漸臨近時，她覺自己腿腳依舊有力。自己真是有腿有腳了？她驚異得不大敢相信。

其實，孟氏到達尼庵時，已是午夜了。她一路極度緊張，不斷設法給自己壯膽，哪還能感知別的！她斷定敲不開山門了，預備倚在門洞，坐以待旦。但試著推了推，山門居然就動了，再一用力，就張開一道寬縫。

是雨地特意留了門嗎？還是有女傭一直暗中盯著她的行蹤？

不過，孟氏已顧不及多想⋯⋯極度的疲累彷彿突然甦醒了！她進入尼庵後，才感到一點力氣也沒有了，掙扎回自己的禪房，一頭栽倒了下來。

第二天醒來時，睜眼就看見了雨地。她還是那樣平靜如死水，這使孟氏感到非常不快⋯⋯雨地早料到她

第四章 雨地，月地，雪地

會這樣無功而返？

雨地平靜地問：「腿腳比以往好使喚了？」

孟氏懶懶地說：「好使不好使，我也得去。」

「你把功法練到頭，來去自如，豈不更好？」

「與其驢拉磨似的繞了花壇轉，跑出去處處嘈雜，心裡也慌亂，哪能練得出來？」

「練功需內外都靜，哪如多出外跑幾趟？反正不叫腿腳閒著，總會練出來的。」

「我也不求得道成仙，只求腿腳如村婦鄉姑似的，能隨處走動就得了。」

「只是無人會將你當村婦鄉姑的。你闖康莊這一趟，很快就要傳遍四鄉現身村頭。此流言既經風行，世人將重新記起你，疑心你會隨時隨地現身。請了道士和尚，驅鬼的驅鬼，超度的超度。這就像布下了天羅地網，你豈能再臨近康莊？」

「我才不管這許多，想去，抬腿就去了。既已為鬼身，還受它世間束縛？」

「是你在緊束自己。」

「我緊束自己？」

「你每去鬧一次鬼，那邊就重布一次驅鬼的天羅地網；你去得越多，那羅網就結得越嚴密，你的行動就越艱難。這豈不是緊束自己？」

「你怎麼知道如此清楚？」

「靜心一想，即可了悟的。」

「當年，你也去探望過你的五爺吧？」

雨地恬然一笑，說：「儘早了悟才好。」

孟氏冷冷地說：「我可丟不下我的六兒！我也不想得道成仙。」

雨地依然平靜，說：「我還是勸你練夠九九八十一數。無論入佛門，還是返塵世，自家能來去自如，總是好的。」

雨地離去後，孟氏慢慢回想她說的話，覺得不願聽從，也得聽從。雨地說得很對，康莊這一鬧鬼，真也十天八天冷淡不下去。在這人人怕鬼疑鬼，人人議論老夫人陰魂不散的時候，你真是不能再靠近康莊了。

這一鬧鬼，會嚇著那個杜家魔女嗎？洋夷不敬鬼神，那魔女也會如此大膽嗎？

只是不要嚇著六兒就好。

想到杜家魔女和六兒，孟氏還是不肯罷休的。這一趟往返康莊，她也嘗到了練功的甜頭：腿腳到底大不一樣了。要想見到六兒，還得將功力練到頭的。只練到三十數，便能往返康莊，要練到九九八十一數，也許真能健步如飛，隨心所欲吧？

所以，孟氏暫時安靜下來，聽從了雨地勸說，繼續繞了花壇練起舊功。

在那乏味的繞圈中間，她終於也想起來了⋯自己初到康家時，也有夜間鑼聲四起的情形。她問起，總是說嚇賊呢，沒說過嚇鬼。現在看，誰知是嚇什麼！說不定雨地也有過像她一樣的鬧鬼經歷吧？

雨地也許生性賢淑沉靜，可怎麼能淡忘了她的五兒？

孟氏設法探問過多次，可惜，雨地對此一直不多言一字。

5

孟氏練到九九八十一數，已到中秋時候。臨近功滿時，日走路程已到十二里，即早晚各走六里，來回輕鬆自如。不過這時的孟氏，已無驚喜，她也變得平靜多了。

這期間，她曾得知杜筠青果真做了康笏南的新婦。聽到此消息，雖然也一股怒氣頂上來，衝動不已，但她畢竟沒有失控。所以，練功一天也沒有耽誤。

功法練到頭了，雨地以為她已看淡了俗世恩怨，就問她願不願進入佛門。哪想，孟氏居然說：

「我剃度為禿尼，六兒更認不得我了。」

雨地一驚，問：「你還想重返俗世？」

「不為見六兒，我何苦下這種功夫？」

「只試了一次，就知撞不破。」

「此道間隔，攔在陰陽中間的天羅地網是撞不破的。」

「你也試圖穿越過吧？」

「天長日久，你也會一眼望透的。」

「我一眼望想見的只是我的六兒！」

雨地嘆了一口氣，說：「既然因緣未盡，也只能由你了。」

「那我討教一聲：我臉上這顆痣，割去無妨吧？」

雨地又一驚：「割你臉上的痣？為什麼？」

「這顆痣，是我臉面上最分明的記號。」

「這種痣是不能動的，醫家郎中都不敢動。」

「為什麼不能動？」

「聽說連著命根，割開將流血不止。」

「我們已是鬼身了，還有血嗎？」

說完，孟氏倒平靜地笑了。

有六爺牽掛著，孟氏哪能割斷俗念！但現在她除了牽掛六兒，對世間的一切真是看淡了。跟老東的恩怨，他的新婦杜氏，還有康家興衰，商界官場，她都已撒手丟開⋯⋯不過是一片孽海，你在乎不在乎都一樣了。但她不會丟下六兒。想割去臉上的這顆美人痣，正是為了在陰陽兩界間來去方便。在這大半年的練功中，她不知想過多少次了⋯⋯那次剛到村口，一眼就被認出，只怕要賴這顆痣。如沒了這顆痣，村人即便覺得她像死去的孟老夫人，多半也不敢認吧？所以也下了無數次決心⋯⋯去掉這顆痣！因為從小生了這樣一顆痣，也就早聽說了它連著命根呢，不敢動，更不敢傷著。現在雨地也這樣說，雖附和了俗世說法，只怕也是動不得。魯莽將它割下來，真會失血而死？

孟氏還有一種擔憂：去掉這顆痣，就怕六兒也不認她了！

所以，孟氏已另謀了掩蓋的辦法⋯⋯尋一片膏藥，貼住它就得了。在功法還未練到頭時，她就吩咐女傭，送幾貼拔毒膏藥來⋯⋯膏藥早預備妥貼了。她也早預備了一身尼僧穿的法衣。那一次，穿著上也太大意。雖然只穿了婦人便服，但還是太像大戶

第四章　雨地，月地，雪地

氣象。她看雨地，穿了那身法衣，真與大戶不相干了，冰冷中透著聖潔。這番氣象，鄉人見了既不敢輕慢，也不會害怕剃度出家，雨地還是送了她一套法衣。總之，孟氏是一邊練功，一邊就在謀劃重返康莊。功法練到頭時，一切也早預備齊了。雨地勸阻，她也只是平靜地聽聽而已。

就只等挑一個好日子，從容下山。

八月中秋是個大節慶，孟氏不想在這種時候驚嚇鄉人。所以，她挑了八月十七這天下山。下山前，試穿了那身新法衣，忽然才覺得一個尼姑進了村，也夠醒目了。尤其像她這樣的尼姑，也不醜，又藏不盡頭上蓄髮，必定引人注目。一被注意，就麻煩了。想了想，穿農婦粗衣最佳，可一時也不易得。於是，她就試著向尼中女傭借一身布衣。想了半天藉口，只勉強尋到一個⋯⋯日後要練武功，看穿你們這種便裝是否更俐落？不想，一位女傭倒慨然答應。

十七日正午時候，孟氏就穿了這身女傭服裝，用膏藥貼住臉上的美人痣，從容走出山門，下山去了。

依然未跟雨地告別。

這一次，不到一個時辰就臨近了康莊。只是，她並未直奔村口，而是提前繞了一段田間小路，又趟過幾處莊稼地，藏進了一片棗樹林。從這片棗樹林望過去，百步之外就是康宅正門前那道巨大的影壁。

康莊的前門，開在村子的最南頭，可遙望鳳山。風水上為了聚氣，在大門對面立了那道影壁。

孟氏在康家多年，自然知道這一切形制。不過，她還是經過大半年的尋思，才謀得這樣一個線路。因為心宅漸漸冷寂平靜後，她已經不想矇混著進入康宅了。既然脫出孽海，何必再入其中受玷汙！她只是想見見自家的六兒，在宅外見分明更從容，也更乾淨吧。

六兒畢竟是男娃，屋裡關不住他，宅院裡也不夠他奔跑。奶媽常帶他到康宅之外，跑跑跳跳，護他玩耍淘氣。有時也到這邊的田畝棗林間，掐野花，逮螞蚱。孟氏得閒時，也與他們一道出來。這一切情形，孟氏當然也是熟知的。

所以，左思右想，她選定了隱藏在這片棗林中了，但望過去，影壁那廂卻是一片冷清。已是午後了，還不見有多少人影走動。

現在，已經順順當當來到這片棗林中，死守著，等候六兒出來。在這安靜地界，也便於向奶媽說清真相的。

那老東西是不是得知她已下山了？尼庵的女傭若暗中跟了來，也該跑進康家報訊去了。下山這一路，孟氏已留了心眼，不時回頭觀望⋯⋯並沒有發現什麼可疑處。再說，她現在行動俐落，健步疾行，也不是誰能輕易跟隨得上。

耐心等吧。

六兒從五歲起，已送入家館識字讀書。有塾師管束，也不可能早早跑出來玩耍的。可死死等到天色將晚，也未能如願。孟氏也不氣惱，起身撤出棗林，從容踏上返回鳳山的大路。

哪那麼巧呀，頭一天就見到？

回到尼庵時，月色正好，山門依然留著。她也不甚疲累。吃了齋飯，盥洗過，恬然入睡。

第二天，依然如此。直到第七天，也許感動了上蒼吧。後來，見到一輛華麗的馬車駛過來，但並未停在前門。

那天康宅前門依舊冷清，只是偶爾有村人走過。孟氏這才記起⋯⋯康家前門平時不大開，主客都走東邊的旁門。這樣華麗的車馬，為何不停？孟氏這才記起⋯⋯康家前門平時不大開，只能是往康家，為何不停？

159

第四章　雨地，月地，雪地

守住旁門，也許能更容易等到六兒吧？可旁門開在街巷裡，附近實在不好藏身的。她也只能繼續守候在棗林中⋯六兒總有來前面玩耍的時候。

這天守到後半晌，她已不抱希望了，正想鬆弛一下，起身走動走動，就見從影壁後面走出一個婦人。好像是一個眼熟的身影！

孟氏不由一驚，忙定睛細看⋯那可不就是奶媽崔嫂！

但六兒呢，怎麼不見六兒？

崔嫂走出影壁不遠，就站住了，轉身望著後面，又不斷招手⋯六兒在後面跟著，一定在後面跟著。

可他就那樣被影壁遮擋著，久久不肯走出來！

六兒在影壁底下玩什麼呢？

孟氏真想衝過去。為這一刻，她努力了一年多，一天都沒放棄。現在到底等來了⋯與她的六兒只相隔百步之遙了。

不能錯過！

要在半年前，她可能早衝過去了。可現在，她沒有動⋯她不能嚇著六兒。

崔嫂竟要往回返嗎？

她就這樣閃出來露了一面，連六兒也沒引出來，就要回去了？

孟氏望見崔嫂開始向影壁走回去，真急了，幾乎要喊一聲：崔嫂——，六兒——當然沒有喊出。

也幸虧沒妄動，就在崔嫂往回返時，六兒終於走出了影壁！是的，那就是她日夜牽掛著的六兒！他低著頭，邁著緩慢的小步伐，就像小老頭躞步似的，從影壁的遮擋中走出來，顯然很不高興。

160

他不高興,為什麼不高興?

崔嫂迎過去,蹲下身來哄他。他站定了,不理奶媽。

他是不高興!

崔嫂轉過身,蹲得更低,六兒就爬到奶媽背上。她背負六兒站起來,卻沒向棗林這頭走,竟繼續往回返了,轉眼間就被影壁重新遮擋住⋯⋯

孟氏沒有衝出來,她一動不動伏身在棗林中,一直到天黑。淚流滿面時,都沒有知覺。

回到尼庵過了許久,孟氏也沒有再下山。

六兒的不高興,壓得她太沉重了。臨終時見到的六兒,就是一臉的陌生和懼怕。經過千辛萬苦,終於又遠望了六兒一眼,見到的還是他寡歡的樣子。才多大一個孩子,就這麼鬱鬱寡歡,太可憐了。這都是因為失去了母親。

可她能再見他嗎?能跟他說清真死和假死是怎麼一回事?能說清她為什麼要丟他,自己去假死嗎?這一切,就是跟奶媽崔嫂也說不清的。崔嫂會相信她還活著,而不是鬼身嗎?就是說清了,他們全相信了,她也不可能把六兒帶到這尼庵來常住,她更不可能重新回到康宅的。既如此,何必徒然給他們壓上太重的新仇舊恨?

六兒才多大一個孩子!冒失去見他,多半是什麼也說不清楚,只會驚嚇著他的。

孟氏想起雨地當初勸說她的許多話,就想下決心斷了俗念。至少,是不能再下山相擾六兒了。再退一步,至少要等六兒長大一些,才宜重做計議吧。

只是,孟氏雖不斷下這樣的決心,可哪能真斷了對六兒的掛念!尤其六兒那鬱鬱寡歡的可憐情狀,她

161

第四章　雨地，月地，雪地

是一刻都丟不下。自這次見到六兒之後，孟氏一方面是多了理智，一方面卻是念想更濃。

終於，在忍耐一月四十天之後，孟氏又悄然下山，藏身在一個僻靜處，等候能遠望六兒一眼。這種次數多了，她也摸熟了隱身的門道和六兒的習慣，每次下山總能如願。撲空的時候，被村人發覺而引起騷動的時候，很少有了。

其實，孟氏能如此成功，也是康宅裡面「配合」的結果。正像她曾經疑心的那樣，她每次下山，康宅裡頭豈能不知！為了少引發白日鬧鬼的騷動，那就得盡量滿足孟氏的願望：叫她盡快見一見六兒。當然這「配合」要做得神不知、鬼不覺，尤其崔嫂和六爺是毫不知覺的。暗中張羅這事的老夏和老亭，雖也是高手了，到底也沒料到孟氏會如此倔強。

他們也時時提心吊膽呢。

為了預防意外，孟氏每次下山來，除了盡量叫她如願，在她走後還要有意造一些鬧鬼的氣氛⋯⋯在夜間響起鑼聲，之後傳言誰誰又現身云云。這是怕孟氏萬一被村人撞見，好作遮掩⋯⋯常鬧鬼，撞見鬼也就不稀罕了。也因此，六爺幼時就只記得，母親的英靈常在夜間來看他。

長此以往，這一切似乎也走上了正軌，兩面都相安無事了。

可惜天道對孟氏還是太不公，除了隔些時鬧一次，可憐的一條探子之路卻未能長久走下去。那是她「死」第三年的冬天，特別寒冷不說，雪還特別多。前一場雪還沒有消盡，後一場雪就落下了。只是，鳳山不是怎麼險峻的大山，它又在平川的邊緣，也不是那種深山幽谷。加上有名寺名泉，常年熱鬧來往的大道算是寬闊平坦的，就是進山上山，也僅止於慢坡而已。所以，也無所謂大雪封山的。

但對於孟氏來說，走冰雪覆蓋的大路，就艱難得多了。用現在的道理說，腳小，摩擦力就小，滑倒的可能就大了。孟氏雖然一直沒停止練腿腳的功夫，可征服冰雪還是功力不夠。

十月，下頭一場雪時，孟氏立刻就想到六兒可能會出來玩雪。他喜歡雪。一下雪，他就坐不住了，只想往雪地裡跑。所以，雪還正下著呢，她就下山了。

剛下的雪，鬆軟，滋潤，踏上去很舒服的。下山這一路，孟氏並未費什麼勁。到康莊不久，果然就見到了崔嫂和六兒。雖然依舊是藏在遠處瞭望，但她能看出六兒很高興。他在雪地裡跑，他跑得越快，跑摔倒了，就勢滾幾下，再爬起來跑，快樂得發出了笑聲。

這次，六兒很玩耍了一陣，孟氏自然也看了夠，全忘了雪地的寒冷。這一次下山，也是孟氏最滿足的一次。

三年來，更是頭一回見六兒這樣快樂！

孟氏深信她聽見了六兒的笑聲，清脆的快樂的笑聲。

離開俗世以來，就沒有聽見過六兒的聲音了。

返回的路上，她才發現雪地有些堅硬打滑。車馬行人已經將路面壓瓷實了。所幸的是，半道上有輛農家馬車，見她行走艱難，執意拉了她一程。因馬車去向不同，她在進山前下了車。臨別時，車伕還順手砍下一根樹枝，削成手杖，叫她拄了進山。

有這根手杖拄著，孟氏走雪路算是好多了。但回尼庵短短一段路，還是滑倒好幾次，所幸沒摔著哪兒。

這場雪沒消盡，就下了更大一場雪。從此，整個冬天就被冰雪覆蓋了。

第四章　雨地，月地，雪地

終日望著潔淨的冰雪，孟氏就更想念六兒。幾次試著下山，都因路太滑，未及出山便返回來。她真是乾著急，沒有辦法。

後來，雨地給她送來一雙新「氈窩」，說今年冬天雪大天冷，穿了這種氈窩不凍腳。所謂氈窩，就是擀羊毛氈的工藝，直接擀成的一種氈棉鞋，相當厚，又是整體成形，所以嚴實隔寒，異常暖和。自然，它的外形也就又笨又大。孟氏是小腳，鞋外套了這種氈窩，倒覺走路穩當了許多。特別是走冰雪地界，竟不再怎麼打滑！

這使孟氏喜出望外：有了這雙氈窩，她可以下山去見六兒了。她當然想不到，正是這雙氈窩，永遠斷了她的下山之路。但這並不是雨地有意害她。

原來這種氈窩鞋幫鞋底一體全是厚氈，因為氈底不經磨，又易吸水。孟氏做慣了貴婦，只適宜平日在家穿用，不適合穿了走遠路，更不便雨雪中遠行。

剛踏雪上路時，腳下還蠻舒服，既鬆軟，不滑，又十分暖和。可是走著走著，氈窩就變重了，也開始有了打滑的感覺：氈底吸了雪水，又漸漸凍結，豈能不滑！幸虧孟氏還拄了手杖，能堅持走出山。

但出山後行走在緩慢下坡的大道上，卻開始頻頻滑倒了。新雪覆蓋的路面上，是整個冬天積存下來的堅冰；而她的氈窩底也結成了一層冰。所以，一腳踏下去，稍一不慎，就得滑倒。

她想，再掙扎一二里，就是平路了。何況，自做了鬼以來，可此時的孟氏，卻沒有一點返回的意思。

她得到這雙氈窩沒幾天，又下了一場小雪。又是雪正下呢，孟氏就急不可待地套了氈窩，悄然下山⋯⋯六兒準會出來的。

164

什麼罪沒受過？摔幾跤，能算什麼呢。哪料，正這樣想，竟又一腳打滑，跌倒在地。這一次，雖也未覺大疼痛，卻就勢在路邊滑行不止，剛想慌張，已經滑落到路邊的一道溝裡，右腳踝就猛撞到一塊堅硬的石頭上⋯⋯跟著，椎心的疼痛從天而降！

那道溝並不深。孟氏在那裡也未呻吟多久，就被一位打柴的農夫救回了尼庵。雪還沒停，就請來了捏骨的醫先。但她還是一直躺到來年正月，才能勉強下地。那隻右腳，更是永遠長歪了。經歷這場磨難後，孟氏決定脫離俗世了。她給自己起了一個法號：月地。她第一次失敗地下山，就是在月光明亮之夜結束的。但她並沒有剃去長髮。她問雨地，不剃度成不成？雨地還是說：一切由你。她就留下了舊髮。因為她還是不能斷了對六兒的念想。只是，那已僅是深留在心底的念想了。

6

杜筠青到尼庵一個多月後，神志也漸漸復原。月地就將自己的身分與來尼庵後的一切經歷，全坦然說了出來。

杜筠青聽了，驚駭得不知該說什麼。半天才說：「六爺的情形，還算好⋯⋯」

但月地打斷她，說：「別提六兒，別提。」

杜筠青只好問：「那雨地呢？」

月地說：「死了，真死了。」

第四章 雨地，月地，雪地

「死了？按你說的，她年紀也不算很大吧？」

「前年，五娘在天津遇害，五爺失瘋不歸的消息傳到尼庵後不久，雨地就死了。」

「你不是說她早斷了俗念，修行得心靜如水，聖潔如仙嗎？怎麼竟會如此？」

「雨地死得很突然，也很平靜。頭天還沒有一點異常，第二天大早就沒有醒來。」

「自盡了？」

「不是，我看絕不是。她的遺容就像平靜地睡著了，與生前無異。服毒自盡的，死相很可怕。」

「閉目收氣，就無疾而終了？」

「從外表看，是這樣。但她的死，還是我叫明白了⋯她的心底裡並不像平日露出的神態那樣沉靜淡泊，她也深藏了太重的牽掛！她雖然早就毅然剃度了，可終究也未能真出家。」

「她因為什麼被廢？」

「雨地極少跟我說她自己。她把一切都藏起來了。可我敢說，她被老東西廢棄，絕不是因她有什麼過錯！我有什麼過錯，你又有什麼過錯？你我不是也步了雨地後塵？」

「我沒有怪怨雨地的意思，只是不明白，那個人，那個老東西，他為什麼要設這種陰陽假局？憑其財勢，或妻妾成群，或尋個藉口休了你我，那還不是由他嗎，誰會說三道四？」

「你真是枉為康家老夫人十多年！康家不許納妾，說那是祖制，不能違。大戶人家納妾本來是平常事，他們為什麼要死守了這一祖制不棄？只為敬畏祖上？」

「我看不過是為圖虛名吧！我剛回太谷，未進康家前，滿耳聽見的都是康笏南的美德！」

「你真是枉為商家婦了！他們圖的才不是虛名呢，那是由白花花銀子堆成的實利！商家的一份美譽，

「原來是這樣……你我不能生利，說廢就廢了……」

「這其中奧祕，我一直也懵懂不明。直到臨終前，我還勸過康笏南，既然喜歡杜家女子，何不娶過來？」

「你是說我？」

「那時你正大出風頭呢。他一回老院，就說娶你的話！可一說娶你，他竟大怒了。我那時真不知他何以會如此。直到死後，來到這尼庵修行，才算參悟明白。中間，也受了雨地的點撥。」

「你也來點撥我？」

「一切在你。我及早將心中所藏所悟數傾倒了出來，其實也是為我。我怕像雨地似的，心中藏了太多太重的東西，密存不洩，終於將自己壓死了。」

「雨地葬於何處？我想去祭奠一下她。」

「我也不知她葬於何處。」

「你也不知？」

「你忘了嗎，雨地及你我都是已死的鬼身了。我們早都隆重下葬了，堂皇的墳墓已成舊物，還怎麼再葬？又會有誰來葬你？」

「那她的後事是誰張羅的？」

這話叫杜筠青聽得陰森，驚悸，不寒而慄！

第四章　雨地，月地，雪地

「康家吧，能是誰！只派來兩個下人，乘夜間把人抬走了，一切都無聲無息。我想去送送，沒人敢答應。」

「那我就到佛堂祭拜一下吧。」

「其實，你不妨就到她那座堂皇的空墓前祭奠。順便，你也看看自己的新墳！康家墓地，離這裡也不很遠。」

「你去過？」

「去過，是和雨地一起去的。」

「去祭奠誰？」

「只是去看自己的墓吧。」

「看它如何排場？」

「世間無人能見到自己死後的墳墓，我們有此幸運，為什麼不去看看？」

「我可不想去。既已脫離康家，康家的墓地我也不想沾它！」

「我初到尼庵時，也是你這樣。」

杜筠青已不想再說話。

月地還是說：「但你比我強。」

「強什麼？」

「你沒纏足，有自己的腿腳，想去哪兒，抬腳就去了。哪像我，受了多大的罪……」

「我哪也不會去，哪也不想去。」

杜筠青感到自己心已死，下了決心要真出家。她見月地還蓄著髮，就問：女人出家亦可蓄髮？

月地說，本庵戒律不苛嚴，守戒不守戒，全在各人心。你我修行，本已同俗世無涉了，處於不陰不陽間。大戒既如此劃定，小戒也就無須太拘泥。

那法名呢，總該有庵主賜給吧？

月地竟說：也由自己選。雨地曾交代，當年引渡她的尼僧，即是叫她自選法號，以牢記修行本意：自悟自救。

杜筠青便為自己起了一法號：雪地。

第四章　雨地，月地，雪地

第五章 奇恥大辱

1

自老夫人發喪後，三爺就一直未出過遠門。按孝道，孝子得守喪三年。杜老夫人無後，三爺倒想為她守喪，老太爺卻也沒有叮囑。

這期間，他也就沒斷了到城裡的字號轉轉。到天成元老號，不免留心翻翻西安的信報。這一向西號總是陳說，和局議定，朝廷預備返回京都，官府要辦回鑾大差，我們正有好生意可做。既有好生意，為何只報不做？三爺一細想，才明白了⋯⋯一定是西號屢報，老號遲遲不允。但他對老號的孫大掌櫃也無可奈何的。想來想去，只能去探探老太爺的口氣：能說動孫大掌櫃的，只有老太爺。

自兵禍有驚無險地退去，和局日漸明朗，老太爺似乎也復原如初了。三爺進老院來求見時，他正在把玩古碑拓片。

但三爺還未開口，老太爺就問：「你是來說西安的事？」

「正是⋯⋯」

第五章　奇恥大辱

三爺倒也沒有很吃驚，他推測孫大掌櫃已與老太爺計議過此事。既如此，也就沒有什麼可指望了。孫大掌櫃不想成全西號，老太爺已經知道，那還能再說什麼？

「西安的事，你我不用多操心，有何老爺在那裡張羅呢。」

「何老爺？哪位何老爺？」

三爺真是一時懵懂住了，根本就沒想到家館的何老爺。

「還有幾位何老爺！家館的何老爺帶著老六去西安，你難道不知？」

「知道是知道，只是……」

「只是個甚！何老爺以前也是京號一把好手，張羅西安這點生意，還不是捎帶就辦了。」

三爺當然也知道何老爺以前的本事。老太爺在此時放他去西安，原來另有深意。可西號的難處，不在老幫無能，而在老號不肯成全。邱泰基能看不出眼皮底下的商機？只是說不動孫大掌櫃。何老爺去了西安，孫大掌櫃就會另眼相看嗎？所以三爺就大膽說：

「眼下西安也似京都，何老爺張羅京中商事，當然是輕車熟路。就怕老號仍以閒人看他，不大理會他的高見。」

聽三爺這樣說，老太爺竟哈哈笑了，放下手中拓片，坐了下來。

「你還是太輕看了何老爺！他既下手張羅，豈能眼睛只盯了西安？這裡有他一封信，你看看吧。」

三爺接過老太爺遞來的一紙信箋，細看起來‥

老仁臺大人尊鑑：

此番陪六爺來西安，本是閒差，不關字號商事。只是遊歷之餘，冷眼漫看此間市面，竟見處處有商機！愚出號多年，理商之手眼怕早廢了，故又疑心所見不過夢幻爾。信手寫出，請老仁臺一辨虛實。若所見不假，想必西號及老號早已斬獲，就算愚多嘴了。若真是愚之幻覺，只聊博老仁臺一笑。

……

跟著，略述了朝廷回鑾在即，官府急於籌銀辦大差，而朝中大員又為私銀匯京發愁，這不正是召喚我票家出來兜攬大生意嗎？

因為何老爺所說的商機，三爺已經知道，所以看畢信也覺不出什麼高妙來。便說：「西安商機再佳，也得老號發了話，才可張羅吧？」

老太爺就冷笑了一聲，說：「仍看不出何老爺的手段？」

「何老爺的手段？」

「愚不可及！」

「願聽教誨。」

「妙處在信外。何老爺這封信明裡是寫給我的，暗裡卻是寫給孫大掌櫃看的。此信由西號發往老號，按字號規矩，老號須先拆閱，再轉來。所以，信中抬頭雖然是我，孫大掌櫃卻在我之前先過目了。何老爺信中以局外閒人口氣道來，既不傷老號面子，又激其重看西號生意，豈不是妙筆！」

「原來如此。」

三爺雖覺出其中一些巧妙，但以何老爺目前地位，孫大掌櫃又會重視到哪？所以也未怎麼驚嘆。

173

第五章 奇恥大辱

「我知道你想什麼,此不過小伎倆爾!」

「我可未低看何老爺,只是怕孫大掌櫃不理何老爺的一番美意。」

「那你猜,這封信如何送到康莊來?」

「老號派可靠夥友送來吧?」

「孫大掌櫃親自送來了。」

「親自送來?」

「他還不糊塗。一看此信便明白,何老爺是老太爺派往西安的,孫大掌櫃自然不便等閒看待。既如此,那老號為何依舊沒有動作?三爺就說…

三爺這也才真明白了…何老爺去西安並不是閒差。」

「有父親如此運籌,我們也無須太憂慮了。和局既定,朝廷回鑾在即,京津兩號的復業,孫大掌櫃已開始張羅了吧?」

「你這句話,才算問得不糊塗。京津兩號復業,才是你該多操心的!西安那頭,你不用操心。」

「京號沒著落,西號也無法開通京陝匯路。大宗匯款不敢收攬,西號也難向官差放貸⋯⋯」

「老三,你年紀輕輕,怎麼跟孫大掌櫃似的,一點氣魄都沒有了?孫大掌櫃那日送信來,也是你這等口氣⋯京號難復,收匯宜緩云云,好像活人要給尿憋死!早年遇此種情形,他早發話給西號了⋯你們只管放手張羅西安的生意,京號這頭不用你們操心!如今連句響話也不敢說了!」

「京津莊口復業不是小事⋯⋯」

「連你也這樣說,真是沒人可指望了!」

174

「兩號劫狀非常,都是連鍋端,尤其帳簿,片紙不存,畢竟⋯⋯」

「畢竟什麼!開票號豈能沒有京號?」

「朝廷回鑾未定,也不好張羅吧?」

「等朝廷回京再張羅,只怕更難!不用囉唆了,你就操心京津復業這檔事。孫大掌櫃那裡,還得靠你給他鼓氣!京津復業能有多難?無非是補窟窿吧。京津窟窿係時局所致,與字號經營無關,這窟窿由我們東家填補。你心裡有了這個底,還有什麼可犯難的?」

三爺還想說幾句,老太爺已經攛他走了,也只好退出。

三爺本是來促請老太爺說動老號的孫大掌櫃,現在怎麼倒彷彿和孫大掌櫃站到了一頭,對京津兩號復業畏懼起來?

其實三爺是有意如此的⋯⋯老太爺既已挑明了說孫大掌櫃氣魄不夠,他當然不能趁機將許多怨氣也傾倒出來。若那樣,豈不是氣量太小?

再者,京津兩號復業的確也不是件小事。和局已然議定,朝廷預備回鑾,此種消息在祁太平傳開,各大票號計議的第一件要務,便是京津復業!去歲庚子禍亂,京津淪陷,西幫票號的莊口無一家不被洗劫,但店毀銀沒,損失畢竟有數,而帳簿票據不存,那可就算捅下無底的窟窿了。尤其京號,積存的陳帳太多,又大多涉及官場權貴,失了底帳,那可怎麼應付?借了銀子的,人家可趁亂裝糊塗,存了銀錢的,一定惦記得急了眼,見你復業,還不湧來擠兌!歷此大劫,連朝廷都指靠不上了,誰知你西幫還守信不守信,元氣傷沒傷?在此情形下重回京城,誰肯輕放了你!想想那情景,真不敢大意。

第五章 奇恥大辱

所以票業同仁中就有一種議論：此一劫難為前所未有，又係時局連累，西幫當公議一紙稟帖，上呈戶部，請求京津莊口復業時，能寬限數月，暫封陳帳，無論外欠、欠外都推後兌現，以便從容清理帳底，籌措補救之資。不然，甫一開業，即為債主圍困，任何作為都無以施行了。

三爺也是很贊同此議的。只是，這種事須有西幫的頭面人物出來推動才能形成公議。可至今還沒有一位大廠重視此議。三爺便想給自家老太爺提此事：父親若肯出面，再聯繫祁幫、平幫三五大廠，此事就推動起來了。所以見老太爺時，特意強調京津復業之難，也是想為此做些鋪陳。哪料，剛鋪陳幾句，還未上正題，就給撞出來了。

老太爺叫他操心京津復業，又不願聽他多囉唆，還責他愚不可及⋯分明也沒有十分指靠他。他就是提出公議之事，老太爺也會一笑置之。

三爺就想到了何老爺：何不將此議先傳達給西安的何老爺，再由他上達老太爺，說不定能有些結果。

這樣學何老爺伎倆，三爺倒也很興奮。

但他平素跟何老爺並無深交，只好給邱泰基寫了一封信，請邱泰基將他的用意轉達何老爺。信函口氣平常，毫無密謀意味，只是未交字號走信，而直接交給私信局送達。

剛辦了這件事，忽然就接到縣衙的傳令：美國公理會辦理「教案」的總辦大人，將於六月初八光臨太谷，特榮請貴府康老賢達，屆時隨知縣老爺出城恭迎。

去年拳亂時，幾位公理會教士被殺，人家這是算帳來了。所謂恭迎，不過是賠罪受辱吧，何榮之有？

老太爺當然不能去受這份辱。

2

與洋人議和期間，德法聯軍一直圍攻山西，所以議和案中當然要額外敲山西一槓。德法給山西撫臺岑春煊的說辭是：山西教案太多，和局須另議，否則不罷兵。岑春煊怕晉省失守，不好向朝廷交代，也只好答應另議。

另議的結果，是在辛丑十二款條約之外，山西額外再賠款二百五十萬銀子；這筆額外賠款還必須在德法撤兵之日付清！為急籌這筆罷兵賠款，僅全省票商就被課派了五十萬兩銀子。當時因怕戰事入晉，殃及祖產祖業，各家已忍辱破財。康家天成元是票業大號，出血豈能少？

拳民殺洋人教士是太過分，可因這點罪過，興師討伐在先，索賠鉅款在後，還沒有扯平？何況官府早將拳民中的凶手，追拿斬殺，抵命的拳民比被害的洋教士不知多了多少幾倍！太谷被害的教士教民，已由省洋務局出面，隆重安葬。賠也賠了，罰也罰了，命也抵了，禮也到了，今來辦教案者，不知還要如何，竟給如此禮遇：官府真叫洋人嚇軟了。

接到縣衙傳令，三爺和四爺商量後，決定不告知老太爺。老太爺年紀大了，又喪婦不久，容易藉故推託。四爺的意思，就由他代老太爺去應差，康家無人出面，怕也交代不了官府。但三爺主張誰也不出面，因為有現成的理由：老太爺年邁了，貴體欠佳，出不去；我們子一輩正有母喪在身，本來就忌出行。身披重孝去迎接洋人，豈不是大不恭！

三爺就打發了管家老夏，去縣衙告假。不料，縣衙竟不准允。說洋人習俗不同，無三年守喪之制。還說，這次來的總辦大人，就是十多年前最初來太谷傳教的文阿德。他對太谷大戶望族很熟悉的，康家不露

第五章 奇恥大辱

面,哪能交代得了?

三爺聽老夏這樣一說,還是很生氣:「入鄉隨俗,洋教士來太谷,豈能不顧我們的大禮?守喪之身,連朝廷都可以不伺候,准許辭官歸鄉,洋大人比朝廷還大?」

老夏忙勸說:「我看縣衙的老爺們也是不得已了,很怕大戶都託故不出,場面太冷清。戰禍才息,不敢得罪洋人。」

四爺也說:「我們也不便太難為官府。我就去應一趟差,你們都無須出面。這年頭,連朝廷都忍讓洋人,我們也不能很講究老禮了。」

但三爺還是說:「你們先不要著急,等我出去打聽打聽再說。尤其曹家,看他派誰出面,我們再拿主意。」

還沒等三爺出去打聽,老太爺就傳喚他了。進了老院,老太爺劈頭就說:「你們都不願去,那六月初八我去。」

誰已把這事告給老太爺了?一想,就知道是老夏。老夏最忠心的,當然還是老太爺。

「不用多說,我就告你一聲,六月初八,我去。」

三爺慌忙說:「我去,我去!大熱天,哪能叫父親大人去?」

「你怕丟人,我去。」

「我去。」

三爺說完,忙退了出來。他這才冷靜細想:自己又犯了魯莽、外露的毛病吧?也許四弟說得對,這年

178

頭朝廷都不怕丟人，我們還能講究什麼！

他就對四爺、老夏說：六月初八，我替老太爺去應差。但四爺還是堅持他去：我擔著料理家政的名兒，我去也能交代得了，三哥就不用操心這事兒。爭了爭，四爺依然堅持，三爺也就不爭了。

六月初八，正是大伏天，知縣梁大老爺備了官場儀仗，帶領近百人的隨員、鄉紳，出城五里，到烏馬河邊迎接洋教士文阿德。四爺回來說，穿官服的老爺們，真沒有給熱死，補服都溻透了。四爺也只說了天氣熱，至於場面如何，縣衙的官老爺們巴結得過分，陪著的士紳名流冷場沒有，都沒有提起。

三爺也就不再多打聽，只問：「曹培德去了？」

四爺說：「曹培德去了。」

「曹家誰去了？」

「不過，也就曹家。其他大戶也跟我們似的，只派了個應差的人頭，正經當家的沒出來幾個。」

曹家是太谷首戶，不好推脫吧。但曹培德肯出面，還是出乎三爺的預料：自己還是城府不深？文阿德到太谷不久，居然派了一個人來，向杜老夫人的不幸病故，致以遲到的哀悼。十多年前，文阿德初來太谷開闢公理會新的傳教點，就結識了杜長萱及其令愛杜筠青。杜筠青年輕、高貴的音容笑貌猶在，人竟作古？

被文阿德派到康家來致哀的，不是別人，正是去年從被圍困的福音堂逃脫出去的孔祥熙。他逃出來後，輾轉到天津，投奔了主持華北公理會的文阿德。這次隨文阿德榮返太谷，自然是別一番氣象了。

179

第五章 奇恥大辱

不過這次來訪，康筅南並沒有見他。三爺見他時，也甚冷淡。本來不過是給洋教士跑腿，杜老夫人與洋教扯到一起，三爺哪會給他好臉看？那時的孔祥熙，畢竟只是一個無名的本地小子，居然還想將了洋教，三爺大概不會見他。

然而沒過幾天，就傳出文阿德查辦教案使出的幾手狠招，似乎招招都是朝著商界來的。

頭一招還是洋人慣使的索要賠款，要太谷專門賠公理會二萬五千兩銀子省額外賠款之外！洋人算是嘗到賠款的甜頭了，從上到下，從軍界到教會，都是銀子當頭，層層加碼。這筆賠款又在朝廷賠款和全

第二招就對準了富商大戶，逼迫城裡孟家「獻出」孟家花園，給死難教士做墓地！城裡孟家也是太谷數得上的富商望族，發家甚早，其祖上建在東門外田後宮的孟家花園，那一直是太谷頭一份精緻秀美的私家園林。這花園不僅亭榭山石講究，占地也甚廣。公理會居然要掠去做墓地，這不是要辱沒太谷以商立家的富戶嗎？文阿德敢提出此種蠻橫要求，唯一的藉口就是在去年鬧拳亂時，孟家有子弟交結拳民，縱容作亂。去年那樣的拳亂，豈是孟家子弟所能左右！其實，洋教不過是想霸占這頭一份秀美園林罷了。第三招，更損了：提出要給遇害的洋教士和本地教民重新舉行隆重的葬禮；屆時，上到知縣老爺，下到各村派出的鄉民，中間自然也少不了富商名流，都得披麻戴孝去送葬。這更是要全縣受辱，重辱商界！洋人葬禮中，難道也有披麻戴孝的習俗？

人們盛傳，給文阿德跑腿的那個本地小子孔祥熙，在其中沒少出主意。

三爺聽到這個消息，又一次失去了冷靜。他飛身策馬，奔往北洸村，去見曹培德了。

曹培德也是一臉愁雲。他說，剛從孟家回來不久，孟家請他去商量對策，商量了半天，實在也無良策可謀。

180

三爺就露出一臉怒色，說：「偌大一個花園，也不是什麼物件，你不給他，他能搶去？」

曹培德說：「文阿德那頭說了，不獻花園，就緝拿孟家子弟，當家的孟儒珍那是個格外溺愛子孫的人，他一聽這話就怕了。」

「去年拳亂時，也沒聽說孟家子弟出來怎麼興風作浪呀？圍攻福音堂，有他家子弟在場嗎？」

「聽孟儒珍說，只是去看熱鬧，並未出什麼風頭。孟家子弟還交結了一位直隸來的張天師，曾在他家花園請這位天師練功降神，也是圖一時熱鬧而已。」

「那位張天師，我領教過。那次提刀追進我們天成元，要殺公理會的魏路易，叫我給攔下了。這個張天師，看著氣勢嚇人，其實也不是什麼拳首，一個瘋癲貨而已。交結這麼一位瘋天師，有多大罪惡，就得賠一座花園？照這麼種賠法，全太谷『獻』出來也不夠賠的！」

「誰給你講這種理？人家現在是爺，成心想霸占那座花園，藉口還愁找？」

「那就拱手獻出？」

「孟家當然不想獻出，可官府不給做主，他家哪能扛得住？」

「文阿德不過一個洋和尚，知縣老爺何也如此懦弱？」

「朝廷已寫了降書，一個小小縣令，叫他如何有威嚴？和約十二款，那還不是朝廷畫了押的降書！再說，岑撫臺也是想急於了結教案，對洋教會一味忍讓，文阿德當然要得寸進尺。」

「這樣欺負孟家，也是給我們商家顏色看吧？」

「公理會來太谷這一二十年，我們商界並沒有得罪過他們。」

「但我們也冷冷的，對人家視而不見。」

181

第五章 奇恥大辱

「商家與洋教，也是神俗兩家，各有各的營生，常理就該敬而遠之的。就是對本土自家的神佛道，我們又如何巴結過？」

「在祁太平，正因為我們商家不高看它，才難以廣傳其教。公理會來太谷快二十年了，入教的才有幾人？叫我看，文阿德這次揪住孟家不放，實在是有深意的。」

曹培德忙問：「他有什麼深意？」

「趁此次朝廷都服了軟，先給太谷商家一個下馬威，以利他們以後傳教。在太谷敢如此欺負孟家，以後誰還敢再低看他們？」

「三爺說得有道理！既如此，我們商界何不先給足他面子，或許還能救救孟家吧？」

「我也有此意。文阿德使出的這幾手狠招，分明都是朝著太谷商家來的。頭一招賠款，大頭還不是我們出？霸占孟家花園不用說了，直接拿商家開刀。叫鄉紳名流披麻戴孝，更是重辱商家！太谷的鄉紳名流，除了我們，還有誰！人家既如此先叫板，我們只是不理會，怕文阿德更要惱怒。」

「三爺，我有個主意，只是不便說出。」

「到如此緊要關頭了，還顧忌什麼？說吧！」

「疏通文阿德的重任，我看非三爺莫屬。」

「太谷商界大廠多呢，我有何功德威望，來擔當如此重任？老兄別取笑我了。」

「三爺，這不是戲言。貴府的先老夫人杜氏，與公理會的教士有私交；你們的天成元也一向替他們收匯；尤其在去年拳亂中，三爺挺身而出，救過他們的魏路易。有這幾條，三爺去見文阿德，他會不給你些面子？」

「前幾天，文阿德也曾派了個姓孔的小教徒來康莊，給先老夫人致哀。就憑給我們康家的這點面子，哪能救了太谷商界？」

「三爺，他只要待之以禮，你就可對他陳說利害⋯你們得理得勢了，就如此欺負商家，對以後在太谷傳教何益？洋教不是尊崇寬恕嗎？當此驚天大變，貴教若能以寬恕賜世，一定會深得太谷官民敬仰，商界更會帶頭擁護貴教。然後再相機說出我們的價碼⋯不占孟家花園，不令各界披麻戴孝，太谷商界願再加賠款！」

三爺聽了，覺得值得一試，便說：「為太谷商界，在下願負此命！」

省上的撫臺、藩臺，還有洋務局，按說也應該去奔走疏通，求上頭官府出面擋一擋。但三爺和曹培德商量半天，還是作罷了⋯求也是白求。

回到康莊，三爺靜心思想，深感要想不辱此命，只憑一腔怨氣不成，恐怕得使些手段才好。但身邊找不到一個足智多謀的人。邱掌櫃遠在西安，須刮目相看的何老爺也在西安，京號戴老幫更遠走上海。只好再去見茶莊的林大掌櫃。

倘若杜老夫人在世，那該有多大迴旋天地！

回想去年拳亂方起時，老夫人曾特意跑來，吩咐三爺趕緊出面聯繫各界防備拳亂鬧大。還說他有將才，正可趁此一顯作為。老夫人還說過一句令他永生難忘的話⋯全康家就數三爺你辛苦。

想到杜老夫人，三爺立刻就打發人去叫女傭杜牧。杜牧一直貼身伺候老夫人，老夫人生前如何與公理會交往，她應該知詳的。

杜筠青去世後，杜牧雖然還留在老院，但也只是做些粗活，到不了老太爺跟前了。所以，聽說是三爺叫，老亭也就放她出來。

183

第五章　奇恥大辱

杜牧慌忙跑來，因猜不出為何叫她，所以有些緊張。

三爺實話對她說了，只是想問問老夫人跟洋教士交往的情形，但絕不是追究什麼，倒是想借重老夫人的舊情，去與公理會交涉些事務。

可杜牧還是說：「叫我看，老夫人對洋教士起根兒上就看不上眼！那麼多年，一次都沒去過他們的福音堂，倒是他們的萊豪德夫人常來巴結老夫人。她每次來巴結，老夫人都是說些不鹹不淡的話，不很愛搭理。」

「除了這個萊豪德夫人，還跟誰有交往？」

「早先也記不清了，自我伺候老夫人以來，上門巴結的，也就這位萊豪德夫人。去年拳亂初起時，萊豪德婆姨慌慌張張跑來，向老夫人求助。老夫人說⋯⋯康家在太谷名聲大，出面一張羅，誰不怕？老夫人說：既如此，我也不會武功，那我暫入你們的洋教，給你們當幾天幌子使。」

三爺吃了一驚，忙問：「老夫人入過公理會？我怎麼沒聽說？」

杜牧說：「後來沒入成。」

「為何沒入成？」

「她們不敢叫老夫人入教。」

「為何不敢？」

「我就不知道了。反正老夫人答應入教後，萊豪德婆姨也沒再來。不幾天，城裡的福音堂就給圍死了。」

「老夫人以前提過入教沒有？」

「起根兒上就看不上眼,哪還願意入他們的洋教!萊豪德婆姨為甚常來巴結,還不是想拉攏老夫人入教?老夫人從來就不搭她這茬兒。」

「那這次提出入洋教,真是為了救他們?」

「可不呢,老夫人太心善。」

三爺又問了些情形,還就數這件事有分量。有了這件事壓底兒,三爺也就沒去見茶莊的林大掌櫃。

3

文阿德住在縣衙的驛館,禁衛森嚴,儼然上峰高官的排場。不過,三爺遞了帖子進去,立刻就見那個孔姓小子跑了出來。

「文阿德大人聽說康三爺來訪,很高興。三爺快請吧!」

三爺今天是有求而來,所以對孔祥熙也不便太冰冷,一邊走,一邊就隨便問了幾句⋯「你是哪村人?」

「程家莊,城西的程家莊。」

「祖上是做官,還是為商?」

「家父一生習儒,現為塾師⋯⋯志誠信票莊的領東大掌櫃,是我們本家爺⋯⋯」

「志誠信的孔大掌櫃,是你本家爺?孔大掌櫃赫赫有名!」

「本家是本家,來往不多⋯⋯」

第五章 奇恥大辱

三爺本想另眼看待這位孔姓小子，卻見他羞澀躲閃。正要再問，已到文阿德住的客舍。這是驛館正院正房，裡面鋪陳更極盡奢華⋯⋯真是以上賓對待了。

文阿德就西洋人那種模樣，高鼻凹眼，鬚髮捲曲，妖怪似的。只一樣，臉色紅潤得叫人羨慕。這位老毛子已經滿臉皺紋了，臉面紅潤得卻像少年。

一見面，老毛子一副驚喜的樣子，不知是真是假。不過，他的漢話能叫人聽懂，三爺才放心了一些⋯⋯

「不知康三爺來訪，有失遠迎！」

「請坐，請坐。我記得杜夫人年輕，美麗，體質也甚佳，何以就如此早逝？得了什麼急症？」

「在下是代先老夫人杜氏來向文阿德大人致謝的！」三爺行禮時，盡力顯得恭敬。

「老夫人重病時，我正在上海、杭州一帶，病情不大明瞭。聽說是一種怪症，只是嗜睡。」

「嗜睡？還有什麼症狀？」

「當時我不在家，真是不大明瞭。」

「康三爺，杜夫人也是給拳匪害死的。」

文阿德竟斷然這樣說，三爺很不悅。但還是忍住了，平靜地說：「大人，先老夫人是在今年春天才升天的。」

「知道。但我也記得，杜夫人是相信我們西洋醫術的，有病常求公理會理會的醫療所，一定能醫好杜夫人的病症。在拳亂中遇難的桑愛清大夫，醫術很好。若不遇難，何愁保住杜夫人的高貴性命？拳匪罪惡滔天！」

186

這位老毛子原來在這裡出招,三爺真沒想到。他也只好順勢說:

「大人說的是。老夫人生前,也很關照你們公理會的。萊豪德夫人有事,就愛求我們老夫人。為什麼?老夫人有求必應!」

「老夫人的一大義舉,大人未必知道吧?」

「知道,我知道。」

「什麼義舉?」

「去年拳亂初起時,萊豪德夫人又來我們康家求援。老夫人不避風險,依舊慨然允諾。為壯公理會聲威,老夫人決定立刻加入你們的洋教!在太谷,有我們康家老夫人立身其間,誰還敢輕易招惹洋教?」

「真有這樣的事?」

「面對老夫人在天之靈,我豈敢妄說?」

孔祥熙說:「那時已一天比一天危急,福音堂中忙亂異常,怕是顧不上了。」

文阿德追問:「那為何未入教?」

孔祥熙說:「是聽萊豪德師母說過。」

文阿德又回頭問孔祥熙:「你聽說過此事嗎?」

三爺便緊接了說:「我們老太爺捐有朝廷四品官職,按規矩,老夫人是不能入外國洋教的。可為救你們,毅然出此義舉,捨身護教,真是心太善了!」

文阿德忙說:「杜夫人有此義舉,我們不會忘記的,主也不會忘記。」

三爺就問:「魏路易還記得吧?」

187

第五章　奇恥大辱

文阿德說：「怎麼不記得！他是一位偉大的牧師，竟也遇難，拳匪真是罪惡滔天！」

「在下親手搭救過魏路易。」

「康三爺搭救過魏路易？」

「你問他知道不知道？」三爺指了指孔祥熙。

孔祥熙忙說：「是有這樣的事。三爺勇退張天師，誰都知道。」

文阿德就問：「是怎麼一回事？」

三爺又指了指孔祥熙，說：「叫他說。」

孔祥熙慌忙說：「還是三爺說吧，我也只是聽說，說不詳細。」

三爺才說：「那次我進城，就是受老夫人託付，來張羅提防拳亂的事務。正在天成元跟孫大掌櫃謀劃呢，就聽說前頭櫃上要殺人。趕緊跑出來，見直隸來的那個張天師，已經攔住魏路易，舉刀要砍。幸虧在下練過形意拳，急忙飛身一躍，跳到張天師跟前，把魏路易隔開了！」

文阿德就問：「你當時拿什麼武器？」

三爺說：「慌忙跑出來，哪來武器？」

文阿德又轉臉問孔祥熙：「赤手空拳，刀槍不入？」

孔祥熙說：「康三爺練的形意拳，那是真武功，跟拳匪的義和拳不一樣。太谷人多愛練形意拳，防身，護院，押鏢，都管用。」

三爺說：「我的武藝很平常，僅夠防身吧。但當時我一看那位張天師握刀的樣式，就知道是個沒啥功夫的愣貨。正想明裡揮拳一晃，暗中飛起一腳，將其手中大刀踢飛，忽然轉念一想，覺得也不宜令人家太

丟醜。本來就是一個愣貨，太惹惱了，跟你來個不要命的發潑，也麻煩。所以，當時我只是擺了一個迎戰的架勢，並沒有動他。他又舉刀要砍，我只是笑而不動。這一笑，真還把他嚇住了，高舉了刀，不敢砍下來。沒相持多久，這個張天師提刀退走了。」

文阿德就問：「魏路易呢，是不是已經走了？拳匪會不會再去追他？」

三爺說：「魏路易哪敢走？他早由櫃上的夥友領進後院，躲藏起來了。直到事後，他都不敢獨自回去，還是我們派了武師，送他回到福音堂。」

文阿德說：「感謝康三爺仗義相救！太谷商界若都似康三爺，我會諸牧師也不致全體蒙難了。」

三爺一聽，急忙說：「大人千萬不能這樣說，太谷商界與洋商交往很久了，一向兩相友善的。不僅我們康家，誰家不是有求必應？去年太谷拳亂，實在是由外地拳匪煽動，上頭官府縱容所致。商界雖也盡力張羅，哪能左右得了大勢？在動亂中，我們受累也是前所未有！」

文阿德沉下臉說：「你們受累，去尋你們官府訴說。本人只是來查辦教案，凡曾加害我教士者，必懲不貸。」

三爺真沒想到，自己還盡揀好聽的說呢，這位老毛子竟然就拉下臉來！其實，文阿德已經忍耐了半天。現在終於忍不住了，便直言說：

「大人你誤會了，我豈是來尋你訴苦？在太谷，只有官吏們向我們商家訴苦！近日，縣衙又來向我們商界訴苦。你們公理會索要賠款，他們發愁啊！拳亂以前，你們公理會也是常來找我們商界訴苦、求助、借貸，我們何曾麻煩過你們？」

189

第五章 奇恥大辱

文阿德聽出了口氣不對，但還是沉著臉，反問：「你這樣說是什麼意思？」

「大人既問，我就明說了吧。在下今天來，一是代先老夫人向你們道謝，二來代太谷商界順便問問，貴公理會了結教案後，要從此永別太谷了吧？」

「什麼意思？」

「辦完教案，攜了賠款，一走了之，從此再不來太谷⋯貴會是這樣打算吧？」

文阿德有些被激惱了，大聲說：「放肆！誰說我們有如此打算？」

三爺笑了，說：「我們商界只會以商眼看事。大人來太谷辦教案，所使出的三大招，在我們商家看來，那分明是做一錘子買賣。」

「一錘子買賣？」文阿德回頭問孔祥熙：「什麼叫一錘子買賣？」

孔祥熙當然能聽出三爺話中的刀鋒，又不敢明說出來，一時語塞，不知該如何解釋。

三爺又一笑，說：「一錘子買賣還不懂？就是交易雙方，為了爭一次生意的蠅頭小利，不惜結下深仇大恨，從此老死不相往來！」

文阿德怒喝了一聲：「放肆！」

孔祥熙也幫腔說：「文阿德大人來辦教案，是依朝廷的議和條款行事。」

三爺立刻瞪了孔祥熙一眼：「你也不是洋人，能輪著你說話？」

文阿德厲聲說：「我們嚴辦教案，正是為了日後的事業。真沒想到，康三爺竟也有仇洋驅教之念！」

三爺換了一副笑臉，說：「我也沒想到，文阿德大人竟會如此忘恩負義！我康某若仇洋仇教，何不坐觀張天師怒斬魏路易？我冒死搭救你們的教士，就為大人賞我一頂仇洋驅教的帽子？」

文阿德冷冷地說：「你既不仇洋，為何非議本總辦？」

三爺毫不相讓，說：「我剛才說的，不是一己之見，實在是太谷商界乃至全縣鄉民的一致議論：公理會是要出口惡氣，撈些銀子，溜之大吉！」

文阿德沒有再發作，仍冷冷地說：「辦案嚴厲，是本總辦的行事風格。太谷發生如此慘案，我們不加嚴辦，日後也難在貴縣立足吧？」

三爺冷笑了一聲，反問：「公理會如此辦事，以後還想在太谷傳教？」

文阿德又忍不住了，厲聲說：「本教事務，豈是你可非議！」

三爺依然冷笑說：「太谷商界與貴會，一向井水不犯河水。若不是貴會趁此次危難，訛詐商界，我們也無暇多管你們的閒事！」

「發生如此慘案，我會六位偉大的教士全部遇難，怎麼是訛詐？」

「貴會教士被拳匪殺害，我們也是甚感悲憤的。可因為這一類教案，你們東西洋十多國，出兵犯華，已殺害了多少中國人！以至京師陷落，朝廷逃亡，我晉商在京津的字號，悉數被搶劫。這一切，居然還是抵不了你們被害教士的命！為求議和，朝廷答應賠款四億五千萬兩銀子；山西更倒楣，在四億五千萬之外，還得另賠二百五十萬。這四億五千萬另加二百五十萬，是賠給誰呢？與貴國無關，與貴公理會損失無關嗎？」

「怎麼能說無關？但每一椿教案，都務必具體查辦！」

「那照大人行事風格，查辦每一椿教案，豈不是還得額外再賠一次款，再割一次地嗎？以此法查辦全國教案，豈不是要再多賠一個四億五千萬，再割走幾個行省？」

第五章　奇恥大辱

孔祥熙忽然插進來說：「三爺，帳不能這樣算。」

三爺立刻怒斥道：「你一個太谷子弟，不學算帳為商，卻來給洋人跑腿！你懂什麼叫算帳？」

文阿德忙壓住三爺說：「本總辦只是公理會神職人員，僅限查辦本會教案，與賠款割地何干？」

三爺說：「殺害貴會教士的拳民，官府早緝拿法辦，抵命的人數，幾倍於遇難教士。省洋務局也將六位教士隆重安葬。因這樁教案，太谷商界已被省衙重課了十多萬賠款，還將被禁考五年！可這一切處罰賠償，對你們似乎都不算數？查辦才幾天，就又索要賠款，更有甚者，還要霸占孟家花園！這不是額外賠款割地是什麼？……」

文阿德還是冷冷地說：「兩萬賠款，是賠福音堂之損失。孟家花園，只是做死難先賢的墓地而已。」

三爺知道這位老毛子難以說動，早不想多費口舌，但一口怒氣嚥不下去，竟慷慨直言，說了這許多。

悶氣既出，也想收場了，就放緩了口氣說：

「文阿德大人，你來華多年，大概還沒聽說過中國民間的一句俗話：得理且饒人。我聽老夫人生前也說，皈依基督的洋教，最崇尚的是寬恕，饒恕，仁愛，是普愛天下每一個人。貴會如執意照大人風格查辦教案，恕我直言，那必定要自斷後路！在這場塌天大禍中，貴會因蒙難而如此報復，與基督教義真是相差了十萬八千里！太谷人重商敬商，大人這次又偏偏與商界過不去，那將意味著什麼，大人就沒想嗎？」

文阿德沉著臉，只冷冷地說了一句：「你豈配說偉大的基督！」

三爺笑了笑，說：「我是不懂基督，但你是基督的使者，你的所作所為就在昭示什麼叫基督！拳亂以前，貴會來太谷傳教十七八年，得教徒僅百人而已。何以會如此冷清？就因太谷敬商不敬教。今結怨商

界，以後貴會只怕連冷清亦不可得！山東、直隸為何教案頻仍，激起如此烈火似的拳亂？以前我不甚明瞭，今觀文阿德大人來太谷數日的所作所為，算是明白了！」

文阿德惱怒地喝問：「你想煽動新的拳亂？」

三爺大笑一聲，反問道：「基督令你靠什麼傳教？寬恕，仁慈，普愛眾生，還是恃強凌弱，趁火打劫，貪得無厭？」

說畢，行禮作別，揚長而去。

4

就在康三爺失去控制，激揚舌戰文阿德的時候，太谷第一大票號誌誠信的孔慶豐大掌櫃，也正在為此事謀劃對策。因為志誠信的財東員家，聽說要沒收孟家花園，也慌了，生怕殃及自家田產。這時的志誠信雖仍為太谷第一大票莊，但其財東員家已露敗象。這一代員家當家的已經是不理商、也不懂商的一代人，只是會坐享商號的滾滾紅利。員家弟兄中，又沒有特別出類拔萃者，可以壓得住臺。於是兄弟間無事生非的故事就不斷上演了。老九和老十因小小一點分利不均，就釀成驚天動地的一場訴訟，生生靠銀錢鋪路，一直把官司打到京城。兩邊比賽似的扔掉的銀子市間傳說有百萬兩之巨！即便富可敵國，也經不住這樣敗家吧？

遇了庚子、辛丑這樣的亂局，員家就沒了主心骨，一切都得仰仗字號的領東大掌櫃。這真是兄弟鬩於

第五章 奇恥大辱

牆，又怯於禦外，內外都不濟。

孔大掌櫃把東家幾位爺安撫回去後，自然得考慮如何禦外。洋教倒是尋不到藉口來霸占員家田產，但這次對太谷商家的羞辱，孔慶豐也是怒不可遏。給公理會賠幾個錢倒也罷了。竟然要拿孟家開刀，還要太谷商界有頭臉的人物披麻戴孝給洋鬼送葬！西幫立世數百年，還未受過這樣的奇恥大辱！志誠信是太谷排行在前的大字號，這場羞辱也得首當其衝了。

但孔慶豐畢竟是商界成了精的人物，外面上沒露出多少痕跡。

這天，字號的協理，也即俗稱二掌櫃的，又在孔慶豐跟前提起孔祥熙。文阿德掏掏耳朵。公理會如此糟蹋商界，以後還想不想在太谷立足了？

二掌櫃忙說：「我又不是當本家提他！眼看公理會要糟蹋商界，能跟文阿德那個老毛子說上話的太谷人就數這個孔祥熙。他既然想高攀大掌櫃，何不教他做件正經事？」

孔慶豐見又提孔祥熙，終於忍不住，勃然大怒了：「你又提這孫子做甚？他與我何干？」

「大掌櫃，外辱當頭，還是以西幫尊嚴為重吧。孔祥熙一個毛小子，何必跟他太計較了？」

「太谷商界再沒本事，也不能去求這孫子！你們求這孫子疏通洋人，也不能由我出面！他滿世界跟人說，志誠信的孔大掌櫃是他本家爺，我這一出面，不等於認了他？我這孔門跟他那股孔門，八竿子打不著。他投洋不投洋，我也不能認他！」

「你們天下孔門是一家，都認孔聖人。」

「他孫子投身洋教，早背叛了孔門！」

194

孔慶豐這麼與孔祥熙過不去，實在也不是自眼前始。

孔慶豐祖居太谷城裡，孔祥熙則祖居太谷西鄉的程家莊，本來也是八竿子打不著的兩支孔門之後。城裡孔家，老輩雖也算不上太谷的望族，家勢可比程家莊孔門興旺得多。到孔慶豐做了志誠信的領東大掌櫃，其家族已躋身太谷大戶之列，孔祥熙父子卻仍掙扎在鄉野寒門。孔父習儒落魄，靠鄉間教職營生，又染了鴉片毒癮，家境可謂一貧如洗。所以，兩孔家隔了貧富鴻溝，分屬兩個世界，即便同宗同姓，實在也沒有來往。

孔祥熙從十歲起，投身公理會免收學資的福音小學堂，在太谷孔氏中間，並沒有引起太大注意：那時他太卑微了。五年後，孔祥熙以福音小學堂第一名優等生畢業，公理會要保送他去直隸通州的潞河書院深造，這才引起孔氏眾族人的非議。潞河書院是美國公理會最早在華北辦的一所教會中學，為的是在華人中培養神職人員。可晚清時代，尊孔依然是國朝大制，即便在商風熾烈的太谷，孔姓也依然被視為天下第一高尚姓氏。孔聖人之後，竟要皈依洋教，賣身去司夷邦神職，這豈不是褻瀆孔門，背叛祖宗，大逆不道嗎？譴責最烈的，當然是程家莊的孔氏族人。但他們一樣地位卑微，孔家父子哪肯聽從！孔父因習儒潦倒，見兒子能有出路，也顧不上孔聖人的面子了。尤其孔祥熙，他從教會學堂得到的智慧和讚賞，比虛榮的孔姓不知要實在多少倍。所以，少年孔祥熙竟對族人放言：不讓姓孔，我正好可取個西洋姓名！這更了不得了。程家莊的孔氏只好來求孔慶豐。孔慶豐是太谷孔姓中最顯赫的人物，借其威勢，或許能壓住孔祥熙父子。當時孔慶豐並不想管這種閒事⋯他哪想認這許多窮本家？但經不住這幫人的磨纏，就答應叫來說後生兩句。

一聽是志誠信的孔大掌櫃召見，孔祥熙趕緊跑來了。可還沒等問幾句話呢，這位正做西洋夢的少年，

第五章　奇恥大辱

竟興頭昂然，眉飛色舞，給孔大掌櫃講解起中國人供偶像、拜祖宗、女纏足、男嗜毒的害處來。孔大掌櫃說訓斥的話都沒說一句，就將孔祥熙當生瓜蛋攆了出去。一個十五六歲的後生，誰敢這樣對他孔大掌櫃說話？僅僅是那種講解的口氣，孔慶豐就惱了。

這孫子既然連祖宗都不要，你們還要他做甚！

這是孔慶豐第一次知道孔祥熙，第一次就厭惡之極。

此後，孔祥熙當然是執意去了通州潞河書院。在那裡，因為他有中國這個高尚的姓氏，似乎也得到了校方的格外垂青：孔聖人之後皈依公理會，這是基督在中國的一個小小勝利吧。

到庚子年，孔祥熙在潞河書院也將近五年了。哪想到，沒幾天太谷的拳亂也起來了。他被圍福音院，幾乎丟了小命。京津拳變一起，書院不得不遣散避亂，孔祥熙也只好躲回太谷。

這次跟隨文阿德重返太谷，孔祥熙很有一點大難不死，衣錦還鄉的感覺。但作為一個太谷人，在心底裡還是想攀附孔慶豐這樣的富商：他畢竟是被商風燻大的。何況在西洋人眼中，商人並不卑賤。所以，他不計前辱，還是到處跟人說：志誠信的孔大掌櫃是他本家爺。

這話傳到孔慶豐耳中，先還只是勾起淡去的厭惡。後來就傳說文阿德使出的幾手狠招，小作用。這一下，孔慶豐除了怒不可遏，真替孔門臉紅了。在此情狀下，堂堂孔大掌櫃怎麼可能出面去求一個叛祖事敵的狗東西！

孔慶豐在志誠信，雖也至高無上，他還是善聽屬下進言的。可這一次，二掌櫃費盡口舌了，大掌櫃依然是毫不鬆動。

其實協理的意思，也並非要孔大掌櫃低下頭去求孔祥熙，更不是叫他去認這個本家子孫，只不過給孔

196

祥熙一點面子，不妨叫桌酒席請一次，以便正經陳說在太谷得罪商界，會有什麼後果。說不定，孔祥熙還正是因為你這個同姓大掌櫃，看不起他，才偏使壞，糟蹋商界。這關乎西幫尊嚴，商界名聲，不能只顧跟這麼個不肖晚輩慪氣的。

但好說歹說，孔慶豐還是不見孔祥熙。二掌櫃只好提出，那就由他代大掌櫃出面請一次。孔慶豐勉強同意，但不許太抬舉那孫子！

這位二掌櫃姓劉，在商界也是位長袖善舞的人物。他本想再聯繫幾位大字號的協理，把招待的場面弄大點。再一想，覺得也不妥：孔祥熙這後生的心病，分明在孔大掌櫃這廂，扯來別的大頭，也不見得管用。於是決定，只以志誠信的名分來宴請，並從財東員家搬一位少爺出來做東。這也算把面子給足了。

員家少爺一輩，也是些平庸子弟，志誠信的掌櫃們很容易搬動。

孔祥熙那頭，也果然如劉掌櫃所料，志誠信的帖子送過去，很爽快就答應下來。可孔祥熙如約來到醉樂園，卻未見孔慶豐大掌櫃在座。劉掌櫃早有準備，沒等孔祥熙問出話來，已搶在前頭說：

「這桌酒席，本來是孔大掌櫃做東的。可我們東家聽說了，也要出來做陪。大掌櫃見東家肯出面，當然也覺臉上有光，就說：東家既出面，那就做東吧，我們字號的掌櫃欣然作陪。東家一聽，又不忍叫大掌櫃陪坐副座：大掌櫃輩分大呀。就改由這位四少爺出來作陪，還叫大掌櫃主持席面。四少的年紀、輩分，都跟舍兒你相當。」

舍兒是孔祥熙的乳名。劉掌櫃事先特意打聽來，就為以此稱呼能給孔祥熙一種本家的感覺。

197

這時，員四少爺就照劉掌櫃事先吩咐，站起來對孔祥熙說：「我們頭回見面，不要見外。」又轉臉對劉掌櫃說：「舍兒既不是外人，也不用太拘老禮了。」

劉掌櫃才接住說：「舍兒你是不知，我們大掌櫃可是最重禮數的人！說即便是四少出面，也不能亂了主臣呀？財東為主，字號為臣，這是商家大禮。有東家出面，無論長幼，大掌櫃還是不便主席。我看兩頭都為守禮，謙讓不下，就出了個主意：反正舍兒你也不是外人，這頭一次，就成全了四少，由他做東，我作陪；等過幾天，再選個好日子，由大掌櫃和東家一道出面做東，宴請一次文阿德大人。所以，今天就這樣了。到時候請文阿德大人，舍兒你還得出力！」

劉掌櫃這樣一圓場，孔祥熙也沒有怎麼計較，忙應酬了幾句客氣話。他畢竟是頭一回出入富商大戶的這種交際場面。

席間，劉掌櫃一面殷勤勸酒，一面只是扯些閒話：在洋人書院讀什麼書，吃什麼茶飯，睡火炕不睡，在潞河想不想家，快二十歲的後生，也該說媳婦了，有提親的沒有，如此之類。跟著，問起西洋人娶親如何娶，過生日如何過。

孔祥熙哪還有防備，早來了興頭，有問必答。論及洋人習俗，更是眉飛色舞，侃侃而談。

於是，劉掌櫃輕輕提起葬禮：「舍兒，那西洋人辦白事，也與我們很不同吧？」

「當然，西洋人的葬禮，也甚是簡約。」接著詳細說起西洋人葬禮中，教會如何做主角。

劉掌櫃耐心聽完孔祥熙的解說，才又不經意地問：「那西洋人辦白事，並不披麻戴孝？」

「當然，穿身黑禮服就算盡孝了。」

「擱我們這裡，哪成！辦白事，不見白，不哭喪，哪成！」

「中西習俗不同，還是西洋人的婚喪習俗比我們文明！」

聽孔祥熙這樣一說，劉掌櫃已有幾分得意。只是仍不動聲色地說：「我看也是。我今年五十多了，託祖上積德，父母不但健在，身子比我還硬朗。這是福氣，我就盼二老能長命百歲。只一樣，到那時我也老邁了，如何有力氣給二老送終？一想發喪期間，那磕不盡的頭，哭不盡的喪，真也發愁呢。」

「要不，我說西洋人比我們文明？」

「舍兒，只空口說人家文明，誰能相信？」

「誰叫太谷人不愛入洋教！」

「這次叫你們辦教案，何不做個現成樣兒給鄉人看？」

「做什麼現成樣兒？」

「聽說要給遇難的洋教士，再發一次喪。洋人照洋禮發喪，不正好叫鄉人看看如何文明？」劉掌櫃輕輕帶出藏著的用意。

孔祥熙似乎仍無覺察，仍然興頭高漲地說：「這次不是再發喪，是要舉行公葬。六位公理會先賢，為神聖教職蒙難福音堂，直接凶手雖為拳匪，而拳匪作惡係官府治理不力所致。所以舉行全縣公葬，也是理所當然！公葬非同家葬，那是需異常隆重才上規格。此亦為西洋文明也！」

劉掌櫃沒料到這後生會提出公葬一說，但還是照舊平靜地說：「不拘公葬家葬，顯出西洋文明就好。公葬更無須披麻戴孝吧？」

孔祥熙似乎明白了劉掌櫃在說什麼，便嚴肅說：「公理會諸位先賢死得太慘烈，所以公葬須重祭。請各界戴重孝送葬，即是重祭的意思。」

199

第五章 奇恥大辱

劉掌櫃還是從容說:「重祭也該按西洋之禮吧?」

「正是按西洋之禮,才要求官府政要、各界名流、民眾代表都來祭奠送葬。」

「舍兒,你不是說西洋喪事中並無披麻戴孝之禮嗎?」

「這是太谷各界要求。」

「舍兒,你是太谷子孫,該知道太谷各界哪有比商界大的?志誠信也不是商界的小字號,我們竟不知誰人有此要求?」

「那是官府說的。劉掌櫃不信,去問縣衙。」

「舍兒,你信了洋教,也還是中華子孫吧?你也該知道我中華葬禮中披麻戴孝是什麼意思。」

「孝為何義?」

「就是戴重孝呀。」

「生者祭奠死者。」

「這我可得說你兩句了!虧你還頂著孔姓呢,竟忘了何為孝?孝為人倫大禮,豈止及生死!喪葬中戴孝有五服之別;披麻戴孝是子孫重孝。讓官府政要、各界名流、鄉民代表都披重孝,那豈不是要太谷闔縣給洋鬼當子孫!洋教士死得冤枉,給予厚葬,各界公祭,商家也無異議的。但叫各界去給洋鬼當子孫,這哪是重祭死者,分明是重辱各界!」

「文阿德大人可沒這樣的意思。」

「那就更是你的罪責了!文阿德他一個洋人,不很懂我邦禮儀,可你是中華子孫,為何不提醒他?難道甘願陷文阿德於不仁不義,為太谷萬夫所指嗎?」

200

孔祥熙竟一時語塞。

「還有洋教欲霸占孟家花園一事，你為何也不做勸阻？先不說當不當霸占，首要得講風水吧？搶別人陽宅做陰穴，豈不是又陷死者於不仁不義？諸位冤魂在九泉之下也將永不得安寧！這是厚葬，還是惡葬？」

「洋人有洋人習俗……」

「墓地既在華土，豈可逃避風水！再者，一旦以我邦披麻戴孝之禮發喪，受風水報應就鐵定了。」

孔祥熙支吾說：「我人微言輕，查辦教案大事，哪容我多嘴……」

劉掌櫃正襟正色說：「舍兒，我們不把你當外人，才怕你背了惡名，累及孔門。文阿德一個洋人，辦完教案，遠走高飛了。你亦能飛走？令尊呢，祖宗呢，也能飛走？孟家花園，洋人能霸占，亦不能攜帶了飛走吧？」

劉掌櫃雖然始終以禮相待，孔祥熙也終於明白了這桌酒席的分量。

5

孔慶豐並沒有出面宴請文阿德，他只是約了天成元的孫北溟，曹家礦金德帳莊的吳大掌櫃一道去拜見了知縣老爺。

與其求洋人，不如求官府。

第五章　奇恥大辱

今任知縣徐永輔，倒是沒有怠慢這三位商界大廠，但也只是一味訴苦。一提洋人教案，徐老爺就把話頭轉到他的前任胡德修身上：「胡老爺的前車之鑑在那裡放著呢，本老爺哪敢不留心？」

太谷發生了福音堂教案，當時的知縣胡德修自然被罷官查辦。上頭軍機處的意思，起初就是殺無赦。因為像這種低等小官，殺了既不可惜，又能為嚴懲凶手得分。但實在說，胡德修在拳亂初時，還是出面保護過公理會。不是省上毓賢的威逼和插手，慘案也許還能避免。他被查辦後，華北公理會曾出面為其求過情。可直到現在，也只是緩議，吊在生死未卜間。

「幾位大掌櫃想必也與胡老爺有些交情。胡老爺今日陷入生死難料之危境，實在也不是咎由自取。拳亂當時，哪一樣能由得了他？撫臺要滅洋，他敢不滅？朝廷向著義和拳，他更不敢彈壓拳民。結果，鬧出亂子，要他抵命。不怕各位見笑，今日查辦教案，只怕依舊是一樣也由不了本老爺。」

徐老爺先撂出這麼一番大實話，明顯是想堵三位大掌櫃的嘴。

吳大掌櫃就先說：「徐老爺的苦衷，我們能不知道？查辦教案，這是朝廷聖命，太谷商界會盡力成全徐老爺的。」

孫北溟跟著說：「公理會索要賠款，雖有過分，我們商家也會分擔大頭。」

孔慶豐也說：「聽說索要兩萬來兩銀子？也不是大數。」

縣老爺立刻低聲叫道：「你們還是財大氣粗呀！快不敢這樣張揚！本老爺在文阿德跟前，可是一直替你們哭窮。省上岑撫臺也有諭令：嚴防洋教無理濫索，凡賠付，都須與之痛加磨減，萬不能輕易允許。我為給你們哭窮，嘴皮也快磨破了。你們倒好，口氣還這麼大？」

孔慶豐當然看出了縣老爺的表演色彩，只是不動聲色地說：「我們再窮，也不敢在徐老爺跟前哭窮。」

202

經這次禍亂，太谷商界所受損失絕不比公理會少，生意上的大虧累不說，志誠信駐外夥友也有遇難者。」

吳大掌櫃插進來說：「去年關外淪陷，曹家駐遼瀋的夥友，僅被俄國老毛子殺害的，也不止六人！」

孫北溟也說：「在動亂中，我們商界兩頭都沒惹，倒是兩頭受搶劫，拳民過來搶劫了一水，洋人過來又搶劫了一水。到頭來不但沒有人賠我們，反倒叫我們賠別人！」

徐老爺急忙攔住，賠了笑臉說：「本老爺跟文阿德交涉，你們這些話都說到了，有過之，無不及。自始至終都一口咬定，經此事變，太谷已無幾家富戶，賠款只得緩議。賠少了，貴會不答應；陪多了，我們付不出，只得緩議。」

吳大掌櫃就問：「是不是將賠款壓得太狠，洋教才想奪去孟家花園做補償？」

徐老爺忙說：「孟家花園與賠款無關。孟家子弟有把柄在洋教手裡……」

孔慶豐忍不住說：「有什麼把柄？殺過洋教士？還是殺過教徒？無非藉機訛詐吧！」

徐老爺竟說：「我看也是！只怕文阿德早已盯上了孟家花園。交涉中，別的都能殺價，唯有這孟家花園殺不動。各位大掌櫃足智多謀，有何應對良策？」

孫北溟就說：「無非多加些賠款，令其另置墓地。」

孔慶豐說：「孟家花園做陽宅既久，忽然改做冤鬼陰穴，就不怕亡魂永世不得超度？」

吳大掌櫃也說：「就是！在我華土，墳地最需講究。霸人陽宅做墳地，對洋鬼的子孫後代更不吉利！」

徐老爺說：「各位說的這幾手應對之策，本老爺也都試過了，不頂事！增加賠款，陰陽風水，都使過，不頂事。文阿德咬定，賠款與孟家花園無關。人家洋教也不信我們的陰陽風水。」

孫北溟說：「那就由著這樣大人欺負商家？」

第五章 奇恥大辱

徐老爺說：「本老爺也著急得很！懇請各位謀一良策。」

吳大掌櫃說：「洋教分明是要羞辱太谷商家！太谷拳亂發端，在城北水秀村。要懲罰，該先在水秀徵用田畝做洋鬼墓地。水秀之後，生亂的地界還多呢，哪能輪到孟家花園？」

孔慶豐說：「將洋鬼埋在太谷最出名的花園中，那不是成心羞辱全縣？首當其衝受辱的，便是徐大老爺！」

吳大掌櫃說：「聽說發喪時候，徐大老爺也得披麻戴孝？大老爺是朝廷命官，豈能給洋鬼戴子孫重孝？」

徐老爺說：「文阿德此項要求，本官還未答應。」

吳大掌櫃說：「絕不能答應。官府答應了，恐怕也沒幾個人能從命。這是背叛祖宗，辱沒家門啊！在下寧可不做領東大掌櫃，也不能去給洋鬼披麻戴孝！」

孫北溟也說：「我也這麼大年紀了，去給洋鬼披麻戴孝，何以面對子孫？真躲不過，孫某告老還鄉就是了。」

孔慶豐說：「一二日之內，我即起身赴西安去了。為伺候朝廷回鑾，我得坐鎮西安莊口。」

徐老爺又慌忙說：「各位這不是要本官的腦袋嗎？披麻戴孝一事，本老爺真還沒答應。我也是上有祖宗，下有子孫呀！還望多獻良策，共同應對洋人。在太谷沒有商界捧場，本官真也得掛冠而去了。」

孔慶豐說：「洋教也是看準了商界，非要重辱我們不可！」

徐老爺忙說：「我們共謀良策，共謀良策！」

三位大掌櫃早看出來了，這位大老爺應對他們的只是滿口軟言虛語，什麼都應承，什麼也不做主。或

許他真是一樣也做不了主。所以,也沒再多費心思,略做陳說後,就告退了。

從官衙出來,孔慶豐又邀吳、孫兩位大掌櫃來志誠信小坐。計議良久,仍無好辦法應對。官府指靠不上,僅靠商界自家,實在也難以左右時局。庚子辛丑兩年,西幫商家一再陷入這種無可奈何的困境。洋槍洋炮惹不起,受了數不盡的劫難後,眼下是連小小的公理會也惹不起了。

現在,這三位大掌櫃,對去年義和拳民何以會一夜之間席捲城鄉、滅洋怒氣何以會似燎原烈火燒起來,也能理解了。洋教名為替上帝行善,但其在華料理俗務,實在是太霸道,太貪婪,太愛做斷子絕孫的事了!

惹不起,還躲不起?吳大掌櫃就問孔慶豐:「你說要躲到西安去,是嚇唬縣太爺呢,還是真有此打算?」

孔慶豐說:「我說的是真話,不日就動身。」

吳大掌櫃就說:「那我步你後塵,到山東走走。」

孫北溟說:「你們一走了之,把東家撂下受辱?」

孔慶豐說:「東家想東家的辦法。」

吳大掌櫃說:「我叫了少東家一道走。」

孫北溟說:「我老了,只好就近躲到南山,避兩天暑吧。」

第五章　奇恥大辱

6

商界的一切努力，果然是白辛苦了一場。六月十七，縣衙發了布告，文阿德提出的那幾款，款款都白紙黑字爬在上頭了⋯賠款兩萬五，霸占孟家花園，全縣重孝公葬。未了還有一款⋯省洋務局奉頭品頂戴、兵部尚書銜、山西巡撫岑大人諭令，凡有抗阻查辦教案者，嚴懲不貸。

此布告釋出前後，孔慶豐、吳大掌櫃以及另幾家大字號的領東掌櫃，也果然悄然離開了太谷。

孫北溟見康笏南沒有走，只是在布告出來後，去了一趟康莊。

見到康笏南，他提了孔慶豐幾位大掌櫃外出尋個涼快地界的事。康笏南便說：「大掌櫃你也該出去躲躲吧？」

孫北溟笑笑說：「那老太爺跟我一搭出去尋個涼快地界，避幾天暑。」

康笏南笑笑說：「想避暑，你去，我留下給洋鬼送葬。」

「你這是不叫我走？」

「沒那意思，只是我這張老臉也不金貴了。」

孫北溟一聽康笏南這樣說，不敢再多勸⋯老太爺分明不主張躲避。於是說：「要躲，我也早走了。躲了和尚，躲不了廟，天成元反正得出人。」

孫北溟說從老太爺那裡出來，三爺留他吃飯。席間，三爺聽說曹家帳莊的吳大掌櫃竟也躲走了，就問：「曹培德呢？他走沒走？」

孫北溟就說：「吳大掌櫃原先倒說過，要跟少東家一搭走。可近來聽說，曹培德還常進城來走動。」

「那孫大掌櫃你也出去躲躲吧，字號聲譽不能玷汙。」

孫北溟笑了，低聲說：「老太爺不許我走。」

三爺便說：「到時託病回家住兩天，也成。字號不用再出人，我去頂槓。」

三爺說：「三爺正當年呢，不能去受這種羞辱。我老邁了，老臉也厚了，三爺不用多操心了。」

孫北溟說：「大掌櫃臉面，就是天成元臉面！到時還是託病躲一躲吧。」

三爺說：「三爺能這樣說，老夫更感慚愧了。字號的事，三爺就不用多操心了，我們想辦法吧。」

孫北溟說：「那就託付給孫大掌櫃了。」

自去年冬天他與孫大掌櫃發生不快以來，這算是兩人最融洽的一次小聚了。雖大辱臨頭，兩人還是小酌得頗為盡興。

送走孫大掌櫃，三爺就想一件事：曹培德不走，卻將吳大掌櫃放走，用意為何？是不是真如自己所想：此次大辱既無法逃避，那就先保全字號，東家出面頂屎盆子？

三爺留心到城裡做了打聽。果不其然，大字號的領東掌櫃，凡沒走的都在悄然做躲避的準備。他就趕緊先去了天盛川茶莊，吩咐林大掌櫃出去躲一躲。林大掌櫃說，他也正好要往湖北茶場去，那就早動身了。

三爺再到天成元勸孫大掌櫃時，孫北溟只是笑笑說：「三爺放心，到時我自有辦法，反正躲過披麻戴孝就是了。」

三爺就問：「大掌櫃有什麼好辦法？」

孫北溟說：「三爺就不用操心了。」

三爺也不好再問，不過心裡倒是放心了一些。

第五章 奇恥大辱

跟著就傳來消息：公理會已經僱了民夫，開始在孟家花園挖墓築墳，而且要挖三十多座！

福音堂教案中，遇難的洋教士不過六人，連上八名一道遇難的本太谷教徒，也只十四人。多餘的那些墓坑，要埋葬誰？

後來打聽清了：在汾陽教案中遇難的公理會教士教徒十七人，也要葬到太谷的孟家花園，而且還和太谷的洋鬼一道發喪、下葬！太谷也沒欠了汾陽洋教什麼，為何竟把死人都埋過來？唯一的理由，就是文阿德在汾陽也傳過教。

三爺本來決定了，為了保全自家字號的名聲，到時就出面披麻戴孝一回。這已經忍讓了一萬步，竟然還不行？還要給汾陽的洋鬼當一回哭喪的子孫？

聽到這消息，太谷各界對文阿德更是恨得牙根都癢了！

這不是明擺著嗎，太谷各界還得給汾陽的洋鬼們披麻戴孝！

一股怒氣衝上來，三爺要飛馬去見車二師傅。四爺聞訊，跑來攔住了他。

四爺說：「三哥，不敢意氣用事。到時，還是我去吧。」

三爺說：「如此重辱，怎麼可能眼不見為淨！」

四爺說：「四弟你去給洋鬼戴孝，就不是辱沒康門了？祖訓不與官家爭鋒，此時也不能忘的。」

三爺說：「唉，既如此，那還是由我去頂樑吧。」

四爺說：「不必爭，還是我去。三哥宜趕緊外出。」

三爺說：「我出面，既是財東，又可代替字號，一身二任。」

四爺說：「一人出面，哪能交代得了官府？我以東家出面，字號不拘誰再出個人，也就對付過去了。」

三爺說：「字號去頂了這個屎盆子，在外埠碼頭還能立身嗎？字號不能出人！」

四爺說：「我有個主意，不知可行不行？」

「什麼主意？」

「大膳房有個老廚師，不是長得很像孫大掌櫃嗎？到時候，就叫他披了孝袍去頂替孫大掌櫃，不就得了？」

三爺真沒有想到，老四竟也會謀出這樣的辦法！洋教欺負人如此決絕，真叫好人也學壞，把啞巴都逼得說話了！

「四弟，你這辦法成！」

「叫下人頂替，也是擔著天成元的名譽。」

「我們不會將偷梁換柱的故事，偷偷散布到外埠碼頭嗎？」

「孝袍一披，孝帽一戴，誰能看清誰？」

「四弟，露不了餡兒吧？」

不料沒幾天，天成元就傳來消息，說孫大掌櫃外出中途，忽然從轎裡滑落下來，現已臥床不起。三爺聽說後，趕緊跑到城裡。見了孫大掌櫃，他卻朝自己笑呢。三爺這才明白了，大掌櫃是在演苦肉計。忙說：

「大掌櫃這麼大年紀了，為字號名譽，還得受如此苦痛！沒有傷著筋骨吧？」

孫大掌櫃哈哈一笑，坐了起來，說：「四爺，我要真從轎裡滑下來，豈不弄假成真了？我們只是瞞了

第五章　奇恥大辱

一個周圍沒人的機會，虛張聲勢鬧騰起來，然後一路叫嚷得令市間知道就是了。我連轎也沒有下，哪能傷著身子？」

三爺聽後也笑了，說：「還是大掌櫃足智多謀！見大掌櫃不肯外出躲避，四爺都著急了，已經為你謀了一個冒名頂替的辦法。哪想大掌櫃倒先演了苦肉計！」

孫大掌櫃忙問：「怎麼冒名頂替？」

三爺就說了老四想出來的辦法。

孫大掌櫃聽了就說：「四爺這法子甚好！早說出來，也省得我這樣折騰了。」

三爺說：「還是大掌櫃這辦法省事。」

孫大掌櫃說：「城裡知道我孫某是出不了門了。可到時字號還得出人吧？」

三爺說：「那再找個像二掌櫃的下人去頂替。」孫大掌櫃說：「四爺之法倒叫人開了竅。也不必東家府上派人，更無須像誰不像誰，到時不拘誰來吧，字號派個夥友去應差就是了。」

三爺問：「不拘誰都行？」

孫大掌櫃說：「可不是呢！」

三爺還是問：「為何？」

孫大掌櫃說：「四爺不是說了嗎？到時孝袍一披，孝帽一戴，臉前再遮一塊哭喪布，誰能看出是誰來！」

三爺忙說：「此法雖為四爺謀出，還是大掌櫃才看出妙處！」

孫大掌櫃說：「三爺巴結老夫做甚？」

三爺的確是用了心思，讓孫北溟高興。於是兩人商定，到公葬那天，就由四爺帶一位字號夥友去孟家

花園應差。

辛丑年六月二十五，也即西洋公曆1901年8月9日，在西幫重鎮太谷縣，破天荒舉行了一次西洋式的公葬公祭。但上至知縣，下到普通鄉民，最多的是商界名流卻被強迫披戴了中國家葬中最重的孝服，參祭送葬！

商家名流中，像康家那樣揭了鬼的雖然不少，但受辱的羞恥豈可洗刷得了！

後來傳說，太谷首戶的當家人曹培德，這天也是挑了一位體貌相仿的家僕，披掛了重孝，赴孟家花園冒名頂替的。但曹家披麻戴孝為洋鬼送葬的恥辱，也依然流傳了下來。

孟家花園也從此成為美國公理會的一塊飛地。孔祥熙因協助文阿德有功，太谷教案了結不久，即隨文阿德去美國歐伯林大學留學去了。六年後，孔祥熙學成歸來，就是在這處孟家花園開始開辦西洋式的銘賢學校。所謂銘賢者，並不是銘記孔孟聖賢，而是銘記埋葬在此處的美國公理會洋教士。

民國年間孔祥熙發達後，忽然又要脫洋入儒，曾親往曲阜續寫「孔子世家譜」。但他並未念及孔孟聖學的一脈相承，想過要退還孟子之後的這處孟家花園。可見，孔孟之於孔祥熙，也常常只是一件飾物罷了。

當然，這是閒話。

第五章　奇恥大辱

第六章 返京補天

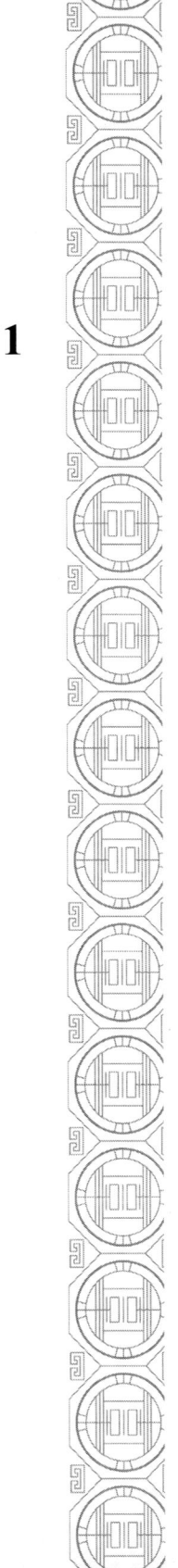

1

太谷的知縣徐大老爺，前腳送走公理會的文阿德，後腳就收到省上撫臺岑大人的一份緊急公文：

接戶部來文稱：和局已定，列強撤兵，聖駕回鑾在即，而京師市面蕭條異常。市面流通，全視票號、爐房以資周轉。珠寶市爐房二十六家，去年五月被火，現將修葺完竣。在京西幫號商自去夏悉數輟業回籍，至今未有返京者。山西撫臣應速飭該號商盡快到京復業，以便利官民云云。今特飭祁太平等各知縣，速諮會眾號商，令其及早到京復業，重興市面，迎聖駕回鑾……

徐老爺看完急帖，頭就大了：為了結教案，剛剛得罪了滿城富商，這還沒喘口氣呢，就轉過臉來飭令動員票商返京復業，不同於派差派款，人家覺得現在返京無利可圖，可以尋找無窮藉口推諉的，何況又剛受了這樣一場重辱！

商界？誰買你的帳？

但上鋒諭令不能違，這又關乎朝廷回鑾，弄不好也是掉腦袋的事。

徐大老爺雖然愁頭，卻也不敢怠慢，只好把臉面放到一邊，去會商界大頭。在文阿德那個老毛子跟

213

第六章 返京補天

前,也已經把臉面丟盡了。朝廷沒臉面,叫他這個小小縣令到哪找臉面!想起前不久那三位大掌櫃曾來見他,就趕緊給這三位寫了禮帖,邀請到衙門閒敘。帖子上就先帶了一句:「前理教案,知有委屈商界處,容當面致歉。」

哪想,衙役送帖回來報導:志誠信的孔大掌櫃,已去西安坐鎮生意;礪金德的吳大掌櫃,則往山東巡視字號;唯有天成元的孫大掌櫃在,卻臥病炕榻多日了。

徐老爺一聽就頭大了……看來真是把商界得罪到底了。躲的躲,病的病,商界唱的這出戲,分明是朝縣衙來的。難道這幾位大掌櫃自己已揣算到了⋯官府遲早得來請他們返京?不管怎樣吧,徐老爺知道自己已經沒有退路。往前走,頭一步唯有向商界服軟。他換了身便服,又叫衙役僱了乘民用小轎,悄然往天成元票莊去了。

這時候,孫北溟早離了炕榻,正在帳房議事。忽然有個夥友慌慌張張跑進來,說:「縣太爺徐大人,微服來訪!」

孫北溟吃了一驚。縣太爺官雖不大,卻是從不進商號的,怕有失朝廷體統;徐老爺微服而來是為了什麼?他只顧吃驚,就忘了裝病。

底下夥友慌忙驚說:「大掌櫃,還不趕緊上炕躺著!」

「上炕躺著?」

孫北溟這才定過神來,匆匆脫鞋上炕躺下來。

「外面誰不知道,大掌櫃正臥病在床!」

這廂剛假裝妥貼,那邊徐老爺已經挑簾進來了。孫北溟故作驚慌狀,欲起身下炕跪迎。徐老爺忙說⋯

「躺著吧,躺著無妨!本老爺聽說孫掌櫃有恙,過來問候一聲。」

孫北溟就朝底下的夥友喝道:「還不快給徐大老爺看座!」其實,一位夥友早搬動座椅恭候了。

徐大老爺坐了下來,說:「孫掌櫃,無大礙吧?」

孫北溟說:「畢竟年紀大了。近日下痔又犯,坐立都難。前幾日坐轎外出,因疼痛難忍,掙扎中竟失身從轎上跌下來,幾乎將這把老骨頭摔散了。」

徐老爺驚問:「竟有如此意外?」

孫北溟說:「那日,滿大街人都看見老夫出醜了。」

「孫掌櫃吉人天命,已無大礙了吧?」

徐老爺這才乘機點題,說:「我看孫掌櫃面色甚好,有望不日大癒。眼下,貴字號面臨佳期,也離不開孫掌櫃的。」

孫北溟平淡地說:「敝號劫數未盡,倒楣受辱接連不斷,哪來什麼佳期?」

「孫掌櫃,本老爺才接到撫臺岑大人的公文:說洋軍即將撤出京師,去年過了火的珠寶市爐房,也快修蓋完畢。京師商界正翹首等待貴號這等大票莊,返京復業,以便銀錢流通。戶部已有急帖發到撫臺岑大人處,催西幫票商儘早返京,重振市面,迎聖駕回鑾⋯⋯」

孫北溟這才明白了徐老爺的來意。難怪呢,縣太爺肯如此屈尊,原來是領了這樣的新命。想起前幾日商界苦求縣衙的無奈情景,孫北溟在心裡冷笑了:徐大老爺,前幾天怎麼就沒留後眼,你以為再求不著商界了?給你說在太谷得罪商界,沒好果子吃,哼,你只是不信!這才幾天,就活眼現報。但他面兒上卻不

第六章 返京補天

著痕跡，故作興奮狀，問：

「徐老爺，真有這樣的公文？」

「本老爺哪敢假傳上鋒諭令！」

「那真是佳音！自去年京師陷落後，我西商無時不在盼望這一天。尤其我們票莊，丟了京號，等於失了耳目。」

徐老爺沒有想到，孫掌櫃對返京竟如此殷切，心裡踏實了許多。便說：「京師官民都巴望西商歸去呢，他們離不開我們！」

孫北溟不動聲色，輕輕將話鋒一轉，說：「只是，這次我們在京津受了浩劫，店毀銀沒，片紙不存。北方各地莊口受虧累也甚巨。加上去年孝敬過境的朝廷，今年又屢屢被官府課派賠款，我西幫財力之損傷，實在是創業數百年以來所未有！別家不知如何，我天成元是一蹶不振了。昔日天成元還勉強忝列西幫大號間，今日只怕連中常都不及。是否仍設京號，還得與東家仔細計議。」

徐老爺這才聽出些刀鋒來，忙說：「孫掌櫃，西幫所受損失，戶部及撫臺岑大人哪能不知？然西幫財力更為天下共知！這次劫難雖大，西幫渡此難關當不在話下的。」

「別家也許如此。尤其人家祁幫、平幫，在京津外埠受了虧累，在自家老窩可沒受教案拖累。我們比人家額外賠了銀子、獻了花園不說，還披麻戴孝受重辱！即便回到京師，誰還看得起我們？」

「孫掌櫃，辦理教案中本老爺的無奈，你們也是知道的。洋教蠻橫，上鋒又不大撐腰，本官兩頭受氣，其中辛酸難向外人道出！所幸太谷商界忍辱負重，成全大局，才算了結教案，過此難關……」

「徐老爺，要再過眼前這道難關，你得去求別家。我天成元實在是淪為小號了，不足以返京補天的。」

216

「孫掌櫃，本老爺也是奉上頭意旨，勸說你們返京開業。你們的難處，本官也會如實向上稟報的。」

「我票商返京，最大難處當然是財力不足。還有一大難處，是京號帳簿被毀了。一旦京號開業，人家該你的帳，不用指望討要回來；可我們該人家的，必定蜂擁來討要。事態如此，我們哪能開得了門？所以，商界曾有議論，希望戶部能先發一諭令：在我票商返京復業後，寬限時日，容業界稍為振作後，再結算舊帳。」

「此議很合情理，本官一定如實上報！」

「此議詳情，還望徐老爺能聽志誠等大號陳說。我們天成元日後設不設京號，實在沒有議定。徐老爺知道孫大掌櫃話裡藏刀，但也不敢太發作，只好裝糊塗，極力軟語勸慰。

找志誠信？志誠信的大掌櫃還不知在哪兒呢！徐老爺送來的消息，實在非同尋常！從去年京津陷落以來，的確是無日不在盼望這一天。和局議定後，業界議論返京更甚。不過都以為要到朝廷回鑾的行期擇定後才會允許西商返京復業吧。哪想到戶部會這麼著急？

送走徐老爺，孫北溟不敢再躺著，趕緊叫了乘小轎，悄然往康莊去了。

這廂裝病的孫北溟，是一點面子也沒給徐大老爺。

孫北溟到康家後，自然是先見了老太爺。

康笏南一見孫北溟，就故作吃驚狀，問：「大掌櫃不是摔得不輕嗎？不躺著養息，跑來做甚？」

孫北溟一笑，說：「年輕時，我也練過形意拳，還經得起摔打。」

康笏南就說：「經摔打，也不值得那麼摔！無非是給洋鬼送一趟葬吧，還用那麼費心思躲藏？」

孫北溟說：「各家都躲，我們何必出那種風頭，不躲？」

「別家想不開，你也想不開？」

「怎麼想不開？」

「自去年棄京出逃以來，朝廷已經把天下的臉面丟盡了！所以，我們本來已經沒了臉面，你們還要白費心思。又是躲藏，又是裝病，又是找替身，這能護住多少臉面？」

「能護多少算多少吧！」

「白費心思。」

「那就甘心受辱？」

「受辱也是替朝廷受，丟人也是丟朝廷的人！」

「要這樣說，我們是有些想不開。不過，也快熬出頭了。」

「快熬出頭？官府令我們返京復業了？」

「老東臺真是成了精了，怎麼猜得這樣準？」

「這不明擺著嗎？和局定了，賠款也漲上去了，教案也了結了，接下來就該朝廷回鑾了。京城一片蕭條，哪成？」

「老東臺的眼睛太毒辣，什麼都叫你先看透。我來請老東臺定奪的，正是返京復業的事。戶部已發了急帖下來。」

「此事重大……」

「這是生意上的事，大掌櫃你拿主意就得了。」

2

孫北溟終於從老院出來時，三爺剛剛從外面趕回來，滿頭大汗。

孫北溟就說：「三爺回來得正好，晚一步，我還得再跑一趟。」

三爺說：「我就是聽說大掌櫃到了，才潑了命往回趕！」

三爺怎麼知道他來康莊？孫北溟就問：「三爺到櫃上去了？我來時怎沒碰上三爺的車馬？」

「我沒進城，只是往龍泉寺走了一趟，想消消暑吧。」

看來，是老太爺暗中派人把三爺叫回來的。他猜得不差⋯⋯這回，老太爺是要看看三爺的本事。

孫北溟忙說：

「三爺先洗浴更衣，喘口氣再說。你既回來，我也不著急了。」

三爺哪能從容得了，匆匆洗了把臉，就跑了出來。

「那你跟老三商量去，我不管外間商事了，家政也不管了。我能替他們管到什麼時候？不管了，都不管了。」

怎麼能不管！這次京津兩號的大窟窿，得東家掏大額銀子填補，你老太爺不管，誰能管得了？但任孫北溟怎麼說，康笏南也不搭茬兒。孫北溟也只好作罷，正想退出來去見三爺，老太爺卻拉著他說古道今，盡扯閒話。焦急間，孫北溟才忽然有悟⋯⋯當此重大關口，康老太爺是要看看三爺的本事吧？

第六章 返京補天

孫北溟先將縣太爺微服到訪的經過交代了一遍，才對三爺說：「這不是件小事，所以得和東家仔細計議。尤其京津兩號遭劫後留下的窟窿太大。」

三爺就說：「這樣大的主意，當然還得老太爺拿。大掌櫃見過我們老太爺了吧？」

三爺說：「見是見過了，可老太爺說，他早已不管生意上的事，讓三爺你拿主意。」

孫北溟忙說：「大掌櫃你還不知道呀，我哪能拿得了這樣大的主意？還請大掌櫃進去勸勸老太爺。」

三爺說：「我沒把嘴皮磨破！可你們老太爺高低不理睬，只是說：『我都這麼大年紀了，能替他們管到什麼時候？不管了，不管了。三爺，要勸，你進去勸吧，老身無能為力了。』」

三爺說：「大掌櫃都說不動，我更不頂用。那大掌櫃先拿個主意，我再呈報老太爺。」

孫北溟聽這樣說，就覺三爺老練些了，便說：「三爺，不是我推託。字號該拿的主意，我拿，東家該拿的主意，我可不能多嘴。」

三爺說：「東家該拿的大主意，無非是填補窟窿吧？這倒好辦。老太爺早放過話：京號、津號及各地受害莊口，生意賠損係時局連累，與字號經營無關，所以不拘窟窿多大，如數由東家填補。大掌櫃也知道，西幫為商之道中，無人能企及者，就在一個『賠得起』。」

孫北溟沒料到三爺會說得這樣痛快，便說：「東家既拿了這樣的大主意，京津莊口復業，也就沒有大難處了。」

三爺卻說：「近來同仁間議論的是要求戶部能寬限時日，暫封舊帳，待京津字號有所復原後，再清還舊債。否則，復業之初，我們勢必被債主圍困，連門也開不了！遭遇了如此浩劫，京中官民誰不急著用銀錢？」

220

孫北溟說：「此議好辦。寫一個呈帖，遞往撫臺衙門就得了。」

三爺說：「誰來寫這件呈帖？誰來收攏西幫大號一哇聲附議這件呈帖？總得有人挑頭張羅吧！」

孫北溟說：「太谷那得志誠信出面，人家是老大。」

三爺說：「祁縣、平遙那頭呢？」

孫北溟說：「他們也不會閒著。跟他們聯繫，我看得三爺出面。」

三爺忙說：「我哪成！」

孫北溟說：「志誠信的財東，哪有堪當此任的？太谷首戶曹家，它又不開票莊。你不出面，還能叫誰出面？」

三爺說：「我閒不著。太谷商界的事，由志誠信的孔大掌櫃張羅，我也得幫襯。返京在即，自家字號裡更有一大攤事呢。」

孫北溟說：「孫大掌櫃，你得出面！」

孫北溟極力鼓動三爺出頭露面，也是想叫他露出些本事來，令康老太爺稱心。一輩子了，孫北溟還能摸不透康笏南的心思？

三爺見孫大掌櫃這樣抬舉他，也就答應下來，說：「那我就多跑幾趟腿。」

三爺說：「還有件事，也得三爺拿主意。」

三爺問：「什麼事？」

孫北溟說：「京號復業，當然還得戴膺老幫領莊。除了他，別人真還擔當不起。可津號復業，派誰去做領莊老幫，就叫人頗費躊躇了。」

221

第六章　返京補天

三爺立刻說：「字號駐外老幫的人位安排，那是大掌櫃你的事權，我絕不敢多嘴！」

孫北溟說：「三爺別說這見外的話。生意畢竟是你們康家的，遇了難處，你能袖手不管？我年輕淺薄，跑腿還成，別的真不敢多嘴！」

三爺說：「我不是見外。遇眼下這種歷劫復興的大關節處，更得仰賴大掌櫃呢。這幾句話，叫孫北溟聽得很舒坦。他倒也不是有意試探三爺，看懂不懂規矩，津號老幫的人位，實在也叫他犯難。尤其前年五娘受害後，津號本來就叫他發愁。便說：

「三爺既不見外，就先聽我說說津號的難處。去年津號受洗劫最烈，不必多說了。前年因老身用人不當，令五爺五娘受害，也不多說了。但自劉老幫出事後，津號領莊老幫一直未安排妥當。原擬將東口作梅調往天津，王掌櫃還沒來得及挪位，拳亂就起來了。東口也是大碼頭，去年受禍害也不輕。東口的字號復業，只怕除了王作梅，無人能擔當。津號復業，難處不比京號小，非戴膺、陳亦卿這等高手扛不起來。可京號、漢號哪能離得了他們？」

三爺心裡已經跳出一個人來⋯⋯西安的邱泰基。但他不能說出。只好說：「物色津號老幫這等大事，還得大掌櫃拿主意！前年天津出的意外，不用老放在心上。」

孫北溟面露難色，說：「現在津號這步棋，真別住馬腿了！」

三爺低聲說：「要真有難處，還得去求老太爺。」

三爺也老練了。

第二天，三爺備了一份禮，先往祁縣拜訪了喬家的當家老太爺喬致庸。喬家因慷慨出資接濟逃難的朝廷，名聲正隆。西幫真有什麼上呈的帖子，由喬家出面遞送，應是最恰當的。

見到康三爺，喬老太爺就問：「你家老爺子怎麼不來？」

三爺忙說：「家父這一向精神不大好⋯⋯」

「怎麼，還沒從白事中脫出來？」

「老夫人不幸早逝，畢竟令家父痛楚不已。人老了，更怕孤單。」

「真嫌孤單，他早出來走動了。叫我看，你家老爺子窩在家，不知又謀什麼高招呢！」

「家父真是精神不大好。」

「你回去告他，我才不管他精神好不好，反正得來趟喬家堡！不能老叫我往你們康莊跑！」

「一定轉達喬老太爺的盛意！」

「你告他，我可不是要探聽他謀出的高招，只想跟他說說閒話。我們這種老不死的，別人都討厭。兩個都是老不死，誰也不嫌誰，說話才對心思。」

見喬老太爺一味閒聊，三爺忍不住說：「眼看外頭大軍壓境了，喬老太爺還在此談笑風生。不用說，你們的大德通、大德恆早有破敵良策了。」

喬致庸笑問：「何來大軍？洋軍，還是官軍？」

「向我們討債的大軍呀！」

「你是說京號復業吧？」

「可不是呢！喬老太爺善遠謀近慮出奇兵，一定已有應對之策。」

「哈哈，康三爺，你巴結我這老朽做甚！你家老爺子謀出什麼高招了？能露幾句不能？」

「我們有高招，還用這麼大老遠抬了禮盒，來求你老人家？」

第六章 返京補天

「那你趁早把禮盒抬走！」

「老太爺是嫌我輩分低，不肯多搭理？」

「可不是呢，快去叫你家老爺子來！他來了，我能叫他的小名兒。康三爺，你的小名兒，我可不敢叫。」

「我的官名，只怕你還記不住呢，小名兒你更不記得。」

三爺看出來了，今日喬老太爺的興致好，只想說笑，也就不再強往正題上扯，乾脆一味陪了閒說逗樂。

說笑了一陣，喬致庸才終於想起問起：太谷縣衙宣諭戶部公文沒有，太谷同業有何打算。三爺就說出了太谷同仁想上呈戶部，請求在西幫返京開業時，諭了戶部及撫臺岑大人發下的急帖，說：「也算英雄所見略同。祁縣同業，也是一片這種議論。前日，縣衙宣了頭彩，現今西幫到了一大關節處，喬家理該出面與官府交涉。我說，你們吃大戶，也吃不到喬家，祁縣的首戶是城裡的渠家！」

三爺說：「誰叫你們喬家拔了頭彩！應該。戶部借了你們三十萬兩銀子，還能不給你喬老太爺面子？」

喬致庸說：「真是牆倒眾人推，連康三爺你也想欺負本老漢！」

三爺說：「這是抬舉你們喬家！」

喬致庸說：「不拘是抬舉還是欺負，反正推脫不過，只好領命吧。再說，究竟也是為西幫請命。西幫票業領袖在人家平幫，日昇昌或蔚字號，他們要肯出面請命，本老漢不就推脫了？昨日，就趕緊往平遙跑了一趟。」

三爺說：「看喬老太爺今日神采，日昇昌、蔚字號也推舉你們喬家出面代西幫請命了？」

喬致庸說：「哈哈，康三爺，做西幫領袖就那麼值得高興？」

三爺說：「那是日昇昌、蔚字號願意出面張羅了？」

喬致庸說：「你猜的這兩樣都不是。」

「那結果是什麼？」

「誰也不出面。」

「誰也不必出面？」

「無需求官府護市，還用推舉誰出面？」

「無需求官府護市？」

「對，無須出面求官府。」

喬致庸感嘆了一聲，說：「到底人家是西幫領袖！在此大關節處，日昇昌、蔚字號到底比我們厲害！」

原來，昨日喬致庸到平遙後，先拜見了日昇昌的大掌櫃郭斗南。剛提請求官府出面護市，郭大掌櫃就反問：

「本來一哇聲要求官府護市，怎麼忽然又不求官府了？」

喬致庸忙說：「你們喬家出借了御債，也不至於掏空老底吧？大德通、大德恆在京津的窟窿又能有多大？就值得求官府出面護市躲債？」

喬致庸忙說：「這倒也不是我們喬家自個兒的事，祁縣同業都有此意。」

郭斗南接住反問：「你們祁幫竟無力補窟窿？誰信！就說渠家，可不比我們財東李家差。尤其你們喬家，去年挑頭露富，今年怎麼又要裝窮？」

第六章 返京補天

喬致庸倒也沒大在意郭斗南說話難聽：日昇昌一向便是這種做派；他笑了笑說：「祁幫是不能跟你們平幫比，但填補京津窟窿，還是力所能及的，無非砸鍋賣鐵吧。我們所慮，是京津字號復業之初，天天被債主圍困，如何能做得了生意？再說，西幫這次大劫，全係時局拖累。我們西幫這次大劫，全係時局拖累，日後課派賠款，西幫還得受拖累。總得叫官府明白，我們西幫不是朝廷的搖錢樹！」

郭斗南說：「你們想得是不差。我們平幫中也早有此議。但經歷這次大劫難後，對朝廷、戶部、下頭的官府，我們還敢有什麼指望？一切禍根還不是朝廷無能？向它叫幾聲疼，又能如何？它給列強寫下那樣一筆滔天賠款，不向民間課派，又能向誰課派？求官府既不頂事，何必去求？叫我說，戶部即便能出面護市，我們也不能求！」

「為何不能求？」

「此次塌天之禍，既是一場驚動天下的大劫難，劫後復興也必為天下所矚目。我西幫一不靠官護，二不靠借貸，卻能從容填補了這塌天的窟窿，守信於當今亂世。西幫『賠得起』的名聲，還不傳遍天下！由此西幫聲譽必將空前隆盛。聲譽大隆，復興還有何難？」

「郭掌櫃說的倒也是西幫本色。只是京津蕭條兩年了，官民都是囊空如洗，我們一旦復業，還不被持票的債主圍困死？」

「想圍困就圍著吧。這樣一圍困，西幫在京師就更受人矚目了。」

「受圍困，也能出彩？」

「可不是呢！我們又不是不認票，不還債，只是銀子運不過來吧。整個京師圍著看西幫終日源源不斷往字號運銀子，那還不是出彩是什麼？」

郭斗南這幾句話，才真正打動了喬致庸。日昇昌到底眼睛毒辣，竟能在危急處看出彩來！不過，喬老太爺也未形之於色，只說：「你們日昇昌財大氣粗，有銀子源源運京。我們就是砸鍋賣鐵吧，能支撐幾天？」

哪料，郭斗南竟擊掌叫道：「喬老東臺，你這『砸鍋賣鐵』四字好！我再加四字：傾家蕩產。」

「砸鍋賣鐵，傾家蕩產？」

「到時候，一面悠著些勁往京津調運銀子，一面就張揚說：我們西幫可是砸鍋賣鐵、傾家蕩產補窟窿。世人聽了，尤其京師官民聽了，誰能不信賴我西幫？」

喬致庸開了竅，不再提及求官府的事，轉而議論起復興的舉措。後來，他又去拜見了蔚泰厚的大掌櫃毛鴻瀚。毛大掌櫃與郭斗南幾無差別，只是口氣更傲慢些。

喬致庸回來，跟祁幫的大戶一說，大家也有種豁然開朗之感。聽了喬老太爺的平遙之行，三爺也豁然開朗了。他也不再多逗留，匆忙返回太谷來。

3

六月二十八，戴膺在上海收到老號發來的電報，命他赴京張羅復業事。戴老幫倒也不很意外，他估摸著，也到了該返京的時候。去年六月二十九，他帶領京號夥友撤出京城，及今整整一年。

五月間，朝廷曾降詔天下，擇定七月十九日由西安移鑾回京。滬上一片議論，說朝廷此詔不過是做給

第六章　返京補天

洋人看的，兩宮未必急於回鑾。但戴膺斷定，朝廷回京是為期不遠了。

戴膺來上海這七八個月，天成元滬號業績雖也大進，但漂亮的生意實在也沒做成幾筆。西幫票號生意的優長處，在南北大碼頭間的金融排程。北方生亂，只剩了南方一頭，再有本事，也尋不著用武之地。所以，戴膺在協助滬號孟老幫張羅生意之餘，心思大多用在了考察西洋銀行上。

經這次劫難，他早已預見到，日後東西洋銀行在華勢力必將大盛。西幫不做改制銀行的打算，即便渡過此次難關，以後也再沒有多少好戲可唱了。經親身考察，戴膺才明白，往日說不動老號及財東改制，實在是因為連自己也不大明瞭洋式銀行為何物。票號與銀行，原來是互有異同的，並不是形同水火。說異，也說同，也許更容易打動老號及東家吧。

戴膺離滬返京時，心裡想的還盡是改制銀行的事，對京號復業的難處，實在也未做細想。他畢竟在京號領莊多年了，臨危出智，力挽狂瀾，也不知多少次了。老號電報上已言明：在晉京夥友即將上路，叫他直接赴京就是了。他在滬號本也沒有多少牽掛，說走便能走。

唯一要斟酌的，是此番北上返京走陸路，還是走海路。陸路其實也是走水路，租條客船，輕槳細波，假運河北上。因為一上船，竟遇見了蔚豐厚的京號老幫李宏齡。他也幸好選擇了海路！因為一上船，竟遇見了蔚豐厚的京號老幫李宏齡。自去年來滬後，聽說李宏齡到了西安，哪能料到竟會在這海輪上突然重逢！兩人的驚喜，可想而知。於是趕緊去找船家，兩人合住了一間客艙。

安頓下來，戴鷹才問李宏齡：「子壽兄，這一向你也在滬上嗎？」

李宏齡說：「我是剛從浙江處州趕到上海，只歇了兩日，就上這海輪了。此去處州，是專門看望公子？」

「去年冬天，我就來上海了。想起來了，你將一位公子送到浙江處州趙翰林的家館課讀。靜之兄一直在滬上？」

「這等小事，靜之兄還記得？」

「這能算小事？就是西幫中的大戶，又有幾家送公子來文運隆盛的江浙課讀？」

「你是沒見我這個小子，太文弱了，不是做生意的材料，只好叫他讀書吧。」

「既來看望公子，為何選了這樣一個緊急時候？」

「去年拳亂平息後，我就到了西安，幫襯著張羅那邊生意。今年一開春，老號又叫我來江南巡視碼頭。早想就便去趟處州，一直未能成行。日前聽說和局定了，洋軍即將撤出京津直隸，就知道我西幫票商快返京了。這才趕緊去了趟處州。到處州還沒幾天，老號發到杭州的急電果然就攛過來。」

「我們老號也催得急！看來戶部一定發了公文，命西幫回京開業。」

「可朝廷回鑾的吉日，還沒擇定吧？朝廷不回鑾，京餉就聚不到京師。只靠我西幫攜資返京，就能救活京市？」

「子壽兄，你我伺候戶部多年，它哪有幾個會理財的！諭令西幫返京，無非想遮去京市的蕭條，以迎聖駕吧。」

「但我們西幫帶回的商資，哪能遮去京師蕭條？現在的京師，可是一貧如洗了。」

「要不我說戶部無人會理財！」

「官家還用得著理財？既能仗勢斂財，恃權搜刮，無本萬利，那還理什麼財！朝廷缺錢花，就跟各省要；官吏缺錢花，就跟子民百姓要，都是唾手可得。」

戴膺就放低聲音說：「子壽兄，你正點到朝廷的要命穴位了。」

李宏齡忙問：「朝廷的要命穴位？」

「可不是呢！這次由拳亂洋禍引發的塌天小耳朵，朝廷吃虧吃在何處？就吃在這個穴位上：只知斂錢花錢，不知聚財理財。」

「這是不差。但朝廷吃虧，還是沒有堅船利炮。」

「不會聚財理財，哪來堅船利炮？這一向我在滬上考察西洋銀行，結識了幾位洋人。相熟了，彼此說話也就少了遮攔。說起這次戰禍，他們也覺出乎意料。」

「出乎意料？是得了便宜賣乖吧？」

「我一個生意人，他們值得朝我賣乖？他們大感意外的，是清廷竟如此不經打，還沒怎麼呢，就一敗塗地了。津京陷落之速，尤其出人意料！一國之都，竟形同一座空城！」

「這倒也是。朝廷養了那麼多官軍，也沒見調重兵去守城護駕，稀裡糊塗就把京師丟了。」

「洋人說他們也沒調來重兵，總共也就一兩萬人馬，更未正經結為聯軍。等攻下京城，八國還是八股軍，各行其是。直到快入冬了，德帥瓦德西才來華歆任聯軍司令。」

「洋人兵馬雖少，但人家是洋槍洋炮。」

「子壽兄，我先也是這樣想。可銀行那幾位洋人卻說：堅船利炮，洋槍洋炮，固然厲害，可軍費花銷

「他們這是譏笑大清國貧吧？」

「自家貧弱，不叫人家譏笑也難。但這幾位是銀行中人，看世論事必先從銀錢財政著眼。以彼之見，列強動用堅船利炮，遠渡重洋來攻中華，全憑各國政府有雄厚財政，說用軍費，就能撥出軍費。也十分巨大！」

「國富，自然花錢容易。」

「但以這幾位洋人的眼光看，大清即便大富，朝廷手中也不會寬裕。」

「怎麼會如此？」

「我先也不信，但經人家一指點，我才恍然大悟。真是旁觀者清！」

「洋人怎麼指點的？」

「子壽兄，康熙以明君傳世，留下一條『永不加賦』的鐵詔，你不會生疏吧？」

「『永不加賦』，當然知道⋯⋯」

「這道鐵詔是康熙五十一年所立，及今近二百年了，滄海桑田，什麼都變了，只田賦錢糧不變，朝廷手裡那能寬裕得了？」

「洋人眼睛是毒辣！可朝廷不加賦，也未能藏富於民，子民百姓依然恓惶。」

「這也正是洋人視大清財政無能的地方。朝廷死守了『永不加賦』的鐵詔，可又管不住各省、各州縣明裡暗裡加賦加稅，更管不住大小官吏中飽私囊。天下財富再多，也只是聚到各級官吏的私房中，國貧依舊，民窮也依舊。突遇國難，朝廷可不是要抓瞎！」

「這真是一點不差！經乾嘉百多年盛世，大清國勢也算強盛了。可到道光末年太平天國一起，朝廷高

231

「戶部歷年所收的京餉，哪一年夠花過？平常年景尚且支絀，遇了戰事，可不要抓瞎。洋人敢譏笑大清財政為無能財政，就是看透了為朝廷理財的戶部，只管斂錢花錢，不管聚財生財。戶部徵收天下田賦錢糧，只為養活朝廷，並不管天下民生各業。尤其最易生財的工商業，竟被視為卑賤之業，實在匪夷所想！洋人更覺可笑的，是皇上總以為天下之財，即朝廷之財，常年不留積蓄，國庫不存厚底。遇了國難，才臨時斂天下之財，哪還能來得及？」

「東西洋列強，難道正是看透了大清的這種無能財政，才屢屢來犯嗎？」

「那幾位洋人，是有此論。他們戲言：大清自詡為泱泱大國，初不以為然；後居華多年，才誠信斯言。大在何處？貴國官吏人數之龐大浩蕩，實在是舉世無雙；而官吏的假公肥私之普遍、之貪婪、之心安理得，更是世所罕見！貴國朝廷若能以正當賦稅形式，將舉國官吏假公肥私的龐大收入，繳納入國庫中，那大清就真成了當今一大強國。以如此殷實的國庫做支撐，何愁抵禦外敵來犯？以如此殷實的國庫扶持農工商，又何愁民生百業不興？民生百業興，賦稅便易徵繳，國庫也愈殷實。」

「人家這譏笑之言，倒也是實話。」

「東西洋列強的財政，都是如此運作。人家國庫常保有可觀的財力，用於養活政府及其官吏的花費，只占小頭；大頭用於扶持民生各業。如此天長日久運作下來，國家哪能不強大！」

「洋式財政雖能強國，卻要斷絕舉國官吏的財路，誰願意效仿！戊戌變法就殷鑑不遠。」

「可大清財政不變，就永遠給東西洋列強留下了一個致命的穴位。什麼時候想欺負你，點住這穴位欺負你，結果必定是賠款割地！越賠款越窮；越窮，你這穴位就越要命。」說至此，戴膺來。

戴鷹說：「我也不是愛管閒事。在上海，我本是想了解洋式銀行的定製、規矩，人家卻說你了解了也無用。我就問：怎麼，我們華商就比洋商笨，學不來你們的銀行？他們說：洋式銀行須在洋式財政中才能立足。由此引出議論，評說國朝財政。」

李宏齡忙說：「你我生意人，免談國事吧。」

放低聲音說：「若再來一次庚亂，恐怕清廷就無銀可賠，只好舉國割讓⋯⋯」

「洋人當然不想讓我們仿辦銀行。」

「這倒也是。這幾位洋人一面數落大清財政無能，一面又說：這種無能財政於貴國無利，但於你們西幫卻是最有利！」

「怎麼能這樣說？」

「他們說：朝廷戶部不會理財，才使精於理財的西幫有了生財的海闊天空！本該聚到國庫的銀錢，卻聚到你們西幫的銀窖裡了。」

「洋人眼睛是毒辣，可我們受的欺負，他們哪裡知道？」

「我可是對他們說：朝廷這種無能的財政，於你們東西洋列強才最有利！這一次事變，你們只派了一兩萬人，用了一年多工夫，就賺走我們九萬萬兩銀子，這種好生意更是曠世罕見！」

「靜之兄，你也不怕惹惱洋人老毛子？」

「我也是戲而言之。」

「還是不談國事吧。」

第六章　返京補天

4

那時代由滬赴京，海路雖比陸路快，但也依然得熬過漫漫旅途。這一路，大體上還算風平浪靜，但也因此顯出枯索單調來。

戴鷹與李宏齡真也再沒多談國事大局：不是不敢多談，實在是再無那種談興了。京號復業倒是議論得多，只是對這兩位京號高手來說，也不存太多畏難憂慮。只要東家肯補窟窿，別的都好張羅。

到天津上岸後，戴鷹想在津號停留一二日，便與李宏齡分手了。

津號前年出事，去年又遇如此浩劫，復業擔子只怕比京號還重。也不知老號選了誰，調來津號領莊，幾乎不見修復開業者。街面上連行人也稀少，許多邊邊角角，竟蓬勃生出蒿草來。明知遭了浩劫，但親眼見了這一片瘡痍，戴鷹還是吃驚不已。

自家津號，劫狀更慘。店鋪除了房屋框架尚存，再無一處可見原貌，用一句『體無完膚』形容，實在不過分。作為票號老幫，戴鷹很快看出了這體無完膚的含義：在津號被棄的這一年多時間裡，真不知有多少人、多少次來此鑿砸、翻找、挖掘，他們都想在這昔日的銀號遺址尋寶淘金。他們一定也想看看，西幫票號內那神祕的銀窖。大概也因此，被棄的津號雖已體無完膚，卻未被放一把火燒毀。

這也算不幸中的萬幸了。但將津號修復如初，不是一件小工程。

津號副幫楊秀山及其夥友，都已經到達，暫住在附近一個客棧。

楊秀山見到戴鷹，張口說的頭一件事，就是他們這一班津號舊人剛到，就被聞訊跑來的許多人圍住，

幾乎動彈不得。

戴膺就問：「那是些什麼人，圍你們做甚？」

楊秀山忙說：「我們的舊客戶、老債主，都手持天成元的匯票、銀折、發票，逼著要我們兌銀子！」

對此，戴膺顯然有些意外，幾乎是自語，說：「這麼快就來擠兌？」

楊秀山說：「他們一貧如洗，當然急著想兌出銀子來。」

戴膺就問：「這些來要求兌銀子的，是商家多，還是官吏多？」

楊秀山說：「只是一些零星的散戶吧，大些的商號及官吏，還沒動靜。」

戴膺便正色說：「楊掌櫃，我看這些來打頭陣的，說不定受了什麼人的派遣，來試探我們，千萬不敢大意！」

楊秀山一時不解其意，問：「受人派遣？受誰派遣？」

戴膺放低聲音說：「叫我看，很可能是那些在我們字號存了私錢的官吏。他們的私錢，大都不便公開。所以，他們最心焦。」

楊秀山就說：「還是戴老幫眼力厲害。我們只顧應付，也未做細想。」

戴膺說：「楊掌櫃，你們千萬不要慌張！不拘任何人，凡是持票兌現的，一律熱接熱待！更要口氣堅定，許諾人家一旦店鋪修竣，復業開張，本號的舊票舊帳一概兌現！」

楊秀山說：「我們也是這樣說的，但許多人只是不信。」

戴膺斷然說：「人家不信，我們更得這樣做。我們敢回京津，就表明我們不怕算老帳。想賴帳，我們還會回來？一面不斷給人家說這道理，一面加緊修復鋪面，局面總會好轉。」

235

第六章 返京補天

楊秀山說：「但願如此。過幾天，新老幫到津後，也許更能穩住人心。老幫空位，也宜讓客戶生疑的。」

戴膺就問：「新老幫？還是東口的王作梅要來津號嗎？」

楊秀山說：「是調西安的邱泰基來津號任老幫。王作梅仍留東口。戴老幫還不知道？」

戴膺真有幾分意外，說：「西安的邱泰基？我真是不知。我到上海，已經七八個月了。」

楊秀山說：「邱泰基倒是有本事的掌櫃，只是⋯⋯」

戴膺打斷說：「東家、老號對邱泰基這樣有本事的駐外掌櫃，有過嚴責，貶罰不留情；有功也不抹殺，該重用還重用，甚好！由邱泰基來領莊津號，復業振興，也是恰當人選。」

楊秀山放低聲音說：「聽說是康老東臺點的將。」

戴膺說：「老東臺一向不糊塗。天津碼頭不一般，你們還得多幫襯邱掌櫃。」

楊秀山說：「我們也盼在新老幫料理下，一掃津號近年來的晦氣！」

戴膺就問：「邱老幫幾時能到？」

楊秀山說：「他從西安動身，比我們還早。不出幾日，也該到了。」

戴膺說：「那我就多等一兩天，看能不能見他一面。」

正說時，有夥友跑進來說：「客棧外，又圍了不少客戶。」

戴膺便站起來，說：「我出去見他們！」

邱泰基接到老號調令時，何老爺依然在西安。想起何老爺先前的預言，他是既驚喜，又驚異。

津號雖遠不及京號顯赫，但那是真正的大碼頭，也歷來是西幫的重鎮。所以津號老幫的人位，也一向

為多數駐外老幫所嚮往。邱泰基自然也早想到天津衛碼頭露一手，可惜孫大掌櫃總不肯將這個要位給他。前年受貶後，他本來已經斷了一切高就的念想，只想埋頭贖罪了，卻忽然峰迴路轉。只一年，就從口外回到西安；在西安又只一年，竟要高就津號老幫，他怎麼能不驚喜！

叫邱泰基感到驚異的，是何老爺的預言為何這樣準確？來西安前，只怕何老爺真得了康老太爺的暗示。前年，他剛遭了老東臺那樣的嚴責，今年竟又受如此重用，實在叫人不敢相信。

這次老號的調令用電報發來，明令：「邱速赴津領莊，萬勿延誤，西號交程、何二位。」可見事情緊急。

程老幫要擺酒席歡送，邱泰基堅決阻止了⋯如此張揚，叫人知道了還以為他舊病復發。可不敢如此張揚！

程老幫也只好作罷。但何老爺卻不肯答應：「邱掌櫃，你可不能悄默沒就走了！沒忘吧，還該我五兩大菸土？」

「五兩大菸土？」

「看看，還沒怎麼呢，就翻臉不認人了？」

邱泰基這才想起來⋯何老爺預言他將做津號老幫時，曾以五兩大菸土作賭。他就說：「何老爺，我們的號規你也清楚。我邱某私人手裡，哪來買五兩大菸土的銀錢？」

「你借債，還是典當，我不管，反正得借給我五兩大菸土！」

「我身無長物，拿什麼去典當，誰又肯借債給我？這五兩大菸土，等回了太谷再兌現吧。」

「我出來自帶的菸土，已燒得差不多，眼看要斷灶了。」

「你貴為老爺,是可以在字號舉債的。」

兩人正說笑,程老幫已令廚房炒了幾個菜,灌了壺燒酒,擺到帳房來。其時已入夜,程老幫說不是酒席,只算宵夜。邱泰基也只好就範。

程老幫與邱泰基相處這一年,深感這位出名的老幫並不難處。有本事,又不張揚,這就難得。實在說,號內一切大事難事,全憑人家扛著,但時時處處又總把他這個虛名老幫推在前頭。這樣有才有德的人,另得高位那是應該的。只是,他真有些捨不得邱泰基離開。

交情上的感傷不說,邱泰基一走,西號就失了棟梁!尤其當此朝廷欲走未走的關口,誰知還會出現什麼樣的難局?

所以,喝了幾盅酒,程老幫就一味訴說這份擔憂。

邱泰基心裡明白,老號敢急調他走,是因為有何老爺在西安。電報上也點明了這層意思:「西號交程、何二位。」收到電報,邱泰基曾當何老爺的面,對程老幫說:「你看,老號也言明了,叫何老爺幫襯著張羅西號的生意。他再不能白吃白住,悠閒做客了。」當時何老爺喜形於色,只是嘴上說了句:「孫大掌櫃豈能給本老爺派工?」這不過是虛飾吧。他來西安後,張羅生意都張羅得入迷,程老幫竟看不出來?

邱泰基喝了幾盅酒,也就當著二位的面,盡量把事情挑明:

「眼下的西號,依然比京號、津號要緊。在這吃勁時候,老號調我走,是因為有你們二位在。想必程老幫也早看出來了吧?何老爺屈尊來西安幫襯我們,是看了誰的面子?我看是天成元兩位大廠!孫大掌櫃先求了康老東臺,康老東臺才出面請何老爺出山的。何老爺,我推測得不差吧?」

何老爺先哈哈一笑,說:「邱掌櫃,你想賴帳,不賠那五兩大菸土,才編了這種奉承話吧?程老幫,

你不用聽他的！」

程老幫說：「何老爺當年的本事，我當然知道。」

邱泰基見程老幫似乎還不十分開竅，便換了種手段：不再多說西號事務，而是就京津官場商界事，向何老爺誠心請教。他邱某還如此崇拜何老爺，你程老幫還不趕緊依靠人家？真心說，忽然給壓上重振津號的重擔，邱泰基也很想向何老爺討教的。一說到張羅京津生意，何老爺就像新吸了大菸，談興陡漲，妙論不絕。所以，這次三人夜話，到很晚才散。

第二天，邱泰基即輕裝簡行，踏上了赴津的旅程。

5

戴膺在天津並未多住，便匆匆離津赴京了。津門的擠兌局面，令他想到京師也會很緊急。於是不敢多耽擱，打消了等待邱泰基的想法。

那天，戴膺出面會見圍在客棧外的津門客戶，真也叫他出了一身冷汗。無論他如何虔誠，如何對天許諾，如何從容鎮靜，那些客戶只是冷冷看他表演，絲毫不為所動。他竭力表白了半天，人家始終不改口，就那一句話：「嘛時候能兌出銀子？」

戴膺還提及前年津號也曾受擠兌，我們不是源源從京號調來銀子，救了急嗎？這次雖受了浩劫，但本

第六章　返京補天

號有財力補起窟窿，不會叫你們虧損毫釐的。西幫立身商界數百年，什麼時候失信過？若不想守信，我們還回天津衛來做甚？

但任你怎麼說，人家終是一臉冰冷，一股腔調：「說嘛也沒用，還是快兌銀子吧！」

戴膺不敢再逞能，重申許諾後，退了回來。

回京的一路，他還不時想到那個可怕的場面。京師客戶想來更厲害！

到京後，叫戴膺感到有幾分意外的，是京城市面似比天津稍好些。首先，街面上的行人車馬，也多了許多。

被砸被燒的店鋪，有些已在修繕中。但開門復業的，卻也沒有幾家。凡票莊，無不是千瘡百孔，體無完膚！不用說，自家的京號也是被洗劫了一水又一水。戴膺見此慘狀，忽然回首遙望前門樓子：它被火燒後的殘敗相，也是依舊的。

回想前門起火當時，硬了頭皮挺著，沒棄莊逃走，以為躲過了一劫。誰能料到沒挺幾天呢，朝廷竟棄京逃走了。真是一場噩夢。

拐進前門外打磨廠，那裡的慘狀已與津門無異了。戴膺見此慘狀無奈，叫戴膺感到有幾分意外的，是京城的副幫幫梁子威，帶領其他夥友，已到京多日。在梁子威的領料下，已僱了一班工匠，趕趁著修復京號。見戴老幫也到了，大家自然很高興。

戴膺就問梁子威：「你們剛到京時，有沒有驚動舊客戶？」

梁子威說：「怎麼沒有！我們先腳到，人家後腳就圍來了。都是問什麼時候開業，以前的匯票、發票還能不能兌銀子？」

戴膺說：「也是如此？我路過天津時，津號就是成天被舊客戶圍著，生怕我們跑了似的。」

240

梁子威說：「可不是如此！尤其對我們天成元，更不放心。」

戴鷹吃了一驚，忙問：「天成元怎麼了，叫人家更不放心？」

梁子威無奈地笑了，說：「京號被棄後，不知有多少人來翻騰過。有人想揀銀錢，也有人想看看我們的銀窖有多大，又是如何隱藏的。戴老幫你也知道，他們哪能尋見我們的銀窖？京號真給他們掘地三尺，翻騰遍了。越尋不見，越想尋；越尋，越失望。所以，京市已有一種流言，說我們天成元原來連銀窖也沒有，多少年來只是在唱空城計！」

戴鷹聽後也笑了：「我們在唱空城計？」

梁子威說：「可流言無情，人們自然格外對我們不放心。連銀窖也沒有的票號，能兌得出多少銀子？」

戴鷹沉吟了一下，說：「你們沒有做什麼辯解吧？」

梁子威說：「我還看不出來？眼下我們說什麼，人家都不信。所以，就對夥友們說了…自家不要多嘴。」

戴鷹說：「你如此處置，甚好。」

梁子威說：「可日後如何去除市間對我號的疑慮？」

戴鷹放低聲音，說：「等店鋪修竣，復業開張後，我們再對外間說…本號棄莊一年多，銀窖竟未被尋出，存銀帳簿幾無損失，真不幸中萬幸。此言一出，局面就會不一樣了。」

梁子威問：「人家會信嗎？」

戴鷹說：「到時候，我們只要源源往出兌銀子，誰還不信？人們心存疑慮，是怕你無力兌現，既能兌現，誰還跟你記仇。於是便說…「還是戴老幫老辣！」

第六章 返京補天

戴膺說：「現在還不能大意。此手段也暫不能對第三人說。夥友們，你還須叮囑：對外間一切都不要多嘴！」

梁子威說：「知道了。」

天成元京號，早年是有隱祕的銀窖。但戴膺領莊以來，由於精於運籌，巧為排程，講究快進快出，鉅額現銀已很少滯留店中了。即便一時有大額銀兩留存，戴膺也採取了一種化整為零的保管法：將現銀分散到多處存放。京號中，除學徒外，人人都得分擔保管現銀的責任，當然規矩很嚴密。採用這種保管法，主要為減少風險。沒有集中的銀窖，大盜也失去了目標。即便失盜，也丟不了多少。

但這是天成元京號內的高度機密，外間哪能知道？經歷這一次浩劫，字號一切暴露無遺。銀號居然沒有銀窖，外界實在難以理解。戴膺畢竟是金融高手，他能將市間這種疑慮視為一大懸念，只等適當時候，給出意外答案。這不但是略一婉轉，化險為夷，還有些像形意拳中的借力發力，外界疑慮越大，將來帶給外界的驚奇也就越大。

戴膺去年帶夥友返晉時，所攜帶的京號底帳也被劫匪搶走了。不過，老帳已做了補救。西幫票號實行總號獨裁制，外埠莊口所做的大宗生意，都要及時發信報詳告老號，記入總帳；小生意在月報、年報中也有反應。所以，在去年劫難中遺失帳簿的外埠莊口，老號帳房已一一重新建帳。京號當然在其中，戴膺也因此敢說不是唱空城計。

只是，今次這種大塌底的局面，戴膺也未經歷過。能否如願，他心裡也沒有底。顯出樂觀勝算的樣子，也是為鼓舞本號同仁吧。

去年棄莊前，天成元京號的存銀雖損失不大，但它歷年收存的款項、發行的小額銀票，尤其是替京師

官場收存藏匿的私銀黑錢，那可不是一個小數目。如果這些客戶都來要求兌現，那京號真是招架不起！梁子威已經給他說了，離開太谷前，老號的孫大掌櫃明白交代：京號塌的窟窿，東家補；虧多少，補多少。歷此塌天之禍，康家也不能壞了西幫「賠得起」的名聲。東家如此英明，那當然好。但擠兌一旦出現，你就是有銀子，也來不及運到京城！越不能及時兌現，來擠兌的客戶就越多。尤其存有可觀私銀的京師官場，擠兌危急時，他們會如何動作，真難預料的。

所以，戴膺深感西幫京號的滙業公所，該儘早集議一次，共謀對策。只是不知各號老幫是否都到京了？

戴膺到京的第二天，正要去草廠九條見蔚豐厚的李宏齡，忽然就有夥友跑進來說：「大內禁宮的那位小太監二福子，要見戴老幫，見不見？」

戴膺說：「是常來的那位二福子嗎？」

「就是他。」

「你怎麼跟他說的？」

「我說戴老幫要外出辦急事，不知走了沒有？」

「那你趕緊出去對二福子說：戴掌櫃剛走，請您稍候，我們已經派人去追掌櫃了。外頭的事再緊急，也不能叫您白跑一趟。就這樣說。我稍等片刻，就出去見他。」

戴膺及其他夥友，這時也暫在附近的客棧住著。等夥友將小太監引進一間客舍，他便悄然溜出客棧，在街市間稍作逗留，才又匆匆返回。

進來見了小太監，忙說：「不知二爺要來，實在怠慢了！」

二福子倒也不見怪，只是說：「能見到戴掌櫃，回去就好交代了。上頭公公聽說戴掌櫃回來了，立刻

第六章 返京補天

就打發我來。要見不著戴掌櫃，我回去還不得⋯⋯」

戴膺忙打斷說：「哪能叫二爺白跑一趟？我真是往珠寶市爐房有急事，已經快走出打磨廠了，有夥計追上來說二爺您到了。我一聽，就趕緊往回折！再急的事，也得給您讓道呀。」

「我們倒也沒多著急的事。上頭公公聽說戴掌櫃回京了，就叫我來瞅瞅。這一年來的，你們逃回山西，沒受罪吧？」

「我們不過草民百姓，叫裡頭的公公這麼惦著，哪能消受得起！逃回山西，實在是不得已了，期間驚濤駭浪，九死一生，也不用多說。你們留在大內，也受了罪吧？」

「可不是呢！洋夷老毛子，連大內禁宮也給占了。看我們這些人，就像看稀罕的怪物。也不管願意不願意，楞按住給你拍攝洋片！不堪回首呀。」

「真是不堪回首！我們東家和老號幾乎遭了洋軍洗劫！」

「洋人沒攻進山西吧？」

「山西的東天門娘子關都給破了，你們沒聽說？」

「真還沒聽說。」這時，二福子忽然放低聲音說：「上頭公公打發我來，就問戴掌櫃一句話：『我們以前存的銀子，你們沒給丟了吧？』」

戴膺立刻硬硬地說：「二爺，你回去對你們主子說：存在我們天成元的銀子，就是天塌地陷，也少不了一釐一毫！」

二福子臉上有了笑意，說：「這回跟天塌地陷也差不多，所以上頭公公天天唸叨：山西人開的票號，準給搶走了。我說，他給我們丟了，那得賠我們。上全遭了劫，沒留下一家。我們多年累積的那點私房，

頭說，遭了這麼大的劫難，他們拿什麼賠？我說，人家西幫老家的銀子多呢。上頭說，他們就是賠得起，遇了這麼大劫難，還不乘風揚土，哭窮賴帳？我說，他賴誰的帳吧，敢賴我們的？上頭說，咱這是私房，又不能明著跟人家要⋯⋯」

戴膺笑了笑，說⋯「也不能怨你們公公信不過我們，這次劫難真也是天塌地陷。二爺回去跟您主子說⋯⋯就是砸鍋賣鐵，傾家蕩產，也要守信如初！」

存在天成元的銀子，絕對少不了一釐一毫！我們老號和財東，雖也不會屙金生銀，這次又受了大虧累，但二福子說⋯「有戴掌櫃這番話，我回去也好交代了。再順便問一句⋯你們字號什麼時候開張呢？」

戴膺說⋯「鋪面一旦修竣，立刻就開張！鋪子給糟蹋得千瘡百孔，正日夜趕著修補呢！」

「那就好。鋪子都毀了，銀子得從山西運京吧？」

「敝號一旦開張，一切如舊，存兌自便。」

「那就好。這一年來，我們困在閒宮，少吃沒穿，銀子更摸不到！」

「當然！一切如舊。」

「一開張，就能兌銀子？」

戴膺一笑，說⋯「調集銀兩來京，本號一向有巧妙手段。除晉省老號支持，江南還有許多莊口，一聲招呼，就會撥銀來京的。這一年來的，南方該匯京的款項甚多，一旦匯路開通，京號來銀用不著發愁。」

小宮監懂什麼金融排程？只是聽戴膺說話，像有本事人那種口氣，也就放心了，說⋯「戴掌櫃，那我回上頭⋯人家天成元字號說了，一旦開張，就來兌銀子？」

戴膺說⋯「就這麼說！」

二福子又低聲問：「你們給我立的那個小摺子，沒丟了吧？」

戴鷹也小聲說：「二爺放心吧，哪能給您丟了！去年棄莊前，敝號的帳本、銀折，早祕密轉移出京。護不了帳本，還能開票號？」

二福子更高興了，說：「那敢情好！我也不耽誤你們的工夫了。」

戴鷹忙說：「二爺著什麼急呢！太后、皇上沒回鑾，宮裡也不忙。」

二福子說：「哪能不忙？太后皇上快回鑾了，宮裡成天忙著掃除規置，不得閒了。」

戴鷹乘機問道：「兩宮回鑾的吉日，定了沒有？原擇定的七月十九，眼看就到了，怎麼還不見一點動靜？」

二福子就低聲說：「七月初一剛降了新旨：回鑾吉日改在八月二十四了。」

「八月二十四？倒是不冷不熱時候。不會變了吧？」

「宮裡也議論呢，八月二十四要再啟不了駕，就得到明年春暖花開時候了。」

打聽到新消息，戴鷹才送走小宮監。

看看，連大內裡頭的宮監也不敢相信西幫了。如若朝廷今年不能回鑾，西幫京號的復業，將更艱難。

因為天下京餉不聚匯京師，西幫所受的擠兌壓力就不會減輕。

第六章　返京補天

246

6

戴膺到京後沒幾天，邱泰基竟意外出現。因為戴膺估計，邱泰基為了及早到任，多半直接赴津了，不大可能彎到京師來。

戴膺也有許多年沒見這位新銳掌櫃了。忽然見到，真有些不大認得。風塵僕僕，一臉勞頓不說，早先的風雅伶俐似乎全無影蹤了。但這給了他幾分好感：西幫中的好手，是不能把本事寫在臉上的。他忙命櫃上夥友，仔細伺候邱掌櫃洗浴、更衣、吃飯。邱泰基日夜兼程趕路，的確是太疲憊了，洗浴後只略吃了點東西，就一頭倒下睡去。

第二天一早起來，他才不好意思了，對戴膺說：「也沒人叫我一聲，一頭就睡到現在！本該在昨晚請教過戴老幫，今日一早就起身赴津的。」

戴膺笑笑說：「既彎到京師，也不在乎這一天半天。我從滬上回京，剛剛路過了天津。津號復業的事務，都上路了，你盡可放心。」

邱泰基忙說：「戴老幫做了安頓，我當然放心了。我彎到京號來，也是為討戴老幫及京號同仁的指點。天津是大碼頭，又趕上這劫後復興的關口，敝人真是心裡沒底，就怕弄不好，有負東家和老號。」

「老號挑你來津號，就是想萬無一失，扭轉以往頹勢。」

戴膺正色說：「邱掌櫃，現在不是說客氣話的時候。此往津號，你有何打算？」

「戴老幫你也知道，我哪是那樣的材料？有些小機敏，也常常成事不足，敗事有餘。京號諸位一定得多多指點。」

247

邱泰基仍然客氣地說：「我正是一籌莫展，才來京號討教。」

戴鷹就厲聲說：「既一籌莫展，竟敢領命而來？」

京號掌櫃的地位，僅次於老號大掌櫃。戴鷹這樣一變臉，邱泰基才不敢大意了。其實，他也不盡是客氣，倒是真心想討教的。於是說：

「此番調來津號，太意外了。所以，真不知從何下手。匆匆由西安北上，走了一路，想了一路，也妄謀了幾招。但須就教京津同仁後，才知可行不可行。」

「我也是想聽實招，虛言以後再說。」

「津號前年出了綁票案，去年又遭此大劫，我看最大損失不在銀子，而在我號的信譽。去年棄莊時，津號的帳簿是否也未能保全？」

「可不是呢。津號夥友棄莊回晉時，重要帳簿都帶出來了。但半路住店，行李被竊去，帳本全在其中。」

「戴老幫，那我到津後的第一件事，便要演一齣『起帳回莊』的戲。」

「怎麼演？」

「這種敗興事，誰去張揚！」

「這件事，未張揚出去吧？」

「不過是僱輛車，再多僱幾位鏢局武師，往一處相熟的人家，搬運回幾隻箱子，順便稍作聲張而已。」

「邱掌櫃，你這辦法甚可行！天津就有現成一處相熟的人家。」

「誰家？」

「五爺呀。五爺失瘋後，一直住在天津。這次劫難，瘋五爺的宅子居然未受什麼侵害。那裡長年守著一位護院武師。」

「那這出戲就更好演了。戴掌櫃，這雖為雕蟲小技，可於津號是不能少的。津號連受兩大劫難，人死財失，那是無法掩蓋的。如若叫外間知道，我們連護帳的本事都沒有，想再取信於市，那就太難了。」

「甚好。你這一招，點中了津號的穴位。再說，津號帳簿，老號已翻查總帳，重新建起，由楊秀山帶去了，你也不唱空城計。別的招數，也不必給我細說，你酌情出手就是了。津號的楊秀山副幫，也是有本事的人，你不要委屈他。」

「謹記戴老幫吩咐。我已不再是以前那個輕薄的邱泰基了，會誠心依靠津號同仁的。」

這天午間，戴鷹擺了酒席招待邱泰基。席罷，邱泰基就動身赴津而去。

原來，邱泰基走後不久，蔚泰厚京號的李宏齡親自出面，屈尊致歉，好話說盡，客戶依然是冰冷一片。

這局面，戴鷹在天津已領教過了。

戴鷹就說：「你們日昇昌、蔚字號是老大，自然首當其衝。跟著，就該輪到我們了。只是，這次擠兌先就朝了你們老大來，連『京都日昇昌匯通天下』這塊金招牌，也不信了？這真叫人害怕！」

李宏齡說：「可不是呢，擠兌來勢深不可測！來京這一路，你我還自信從容，以為西幫既敢返京，便已取信於市大半。要想賴帳，我們回來做甚？」

「前幾天,我一到津號,就知道我們過於樂觀了。」

「我們西幫數百年信譽,怎麼就忽然無人認它?」

「這與京城局面相關!去年七月間,京師稀裡糊塗淪陷,想必對京人刺激太大。一國之都竟如此不可靠,人家還敢相信什麼?」

「回京這幾日,我是越來越感到,京人之冷漠,實在叫人害怕。」

「京人對我們冷漠,我看還有一層原因:這次朝廷賠款,寫了四萬萬五千萬的滔天大數。誰還預見不到日後銀根將奇緊?所以,凡存了銀子在票號的,當然想趕緊兌出來!」

「靜之兄,我看西幫大難將至!」

「所以我早有一個動議:京號滙業公所,得趕緊集議一次,共謀幾手對策。眼看山雨欲來之危勢,我們不聯手應對,再蹈滅頂之災,不是不可能。」

「我和梁懷文也有此意。跑來見你,也正是為這件事。但大家集議,也無非善待客戶,盡力兌現吧。現在朝廷未回鑾,京師市面如此蕭條,我們一旦復業,必定只有出銀,沒有來銀。即便老號全力調銀來京,肯定也跟不上兌付。越不敷兌付,擠兌越要洶湧,那局面一旦出現,可就不好收拾了。」

「子壽兄,我最擔心的,還是各家京號歷年開出的發票。我們天成元散落京中的發票,即有三十多萬兩的規模。你們蔚字號、日昇昌只怕更多?」

「我們有五六十萬吧。」

「西幫各號加起來,有一兩千萬之巨!」

「都持票來兌現,我們如何支付得及?」

「可叫我看,最易掀起擠兌風潮的,便是京中這些持發票者。我們的發票早在市間流通了,即便為應付眼前窮窘,也會有眾多持票者來兌現。」

「真是不堪設想。」

「那還不趕緊集議一次?」

「你們老號知京中這種局面嗎?」

「我天天發信報稟告。」

「這次應付京市局面,全靠老號支持。老號稍有猶豫,我們就完了。」

「我們財東倒是放了話,京津窟窿,他們出資填補。」

「我們平幫的財東好說,他們聽老號的。我最怕的,是老號大掌櫃過分自負。近來我們老號一味交代,不要著急,不要怕圍住大門,不要多說話。如何調銀來京,卻未交代。」

「這次返京開局,非比平常。哪家老號也不敢大意的。」

「但願如此。」

第六章　返京補天

第七章 驚天動地「賠得起」

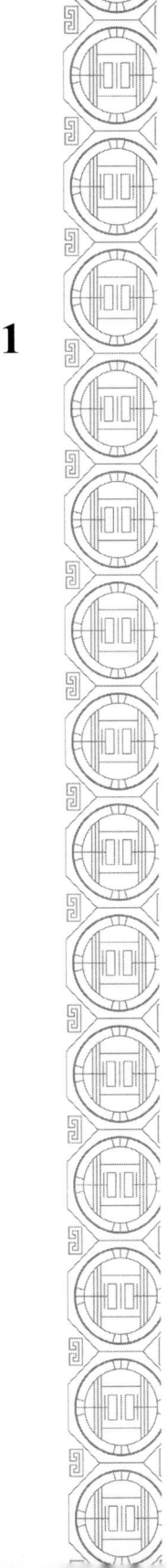

1

快進八月時，天成元老號的孫北溟大掌櫃，接到西安何老爺親筆寫來的一道信報。

信報上說：前不久皇上、太后各下聖旨、懿旨一道，豁免回鑾駐蹕所經過的陝西、河南、直隸三省沿途州縣的錢糧。太后還另降懿旨，賞給陝西人民十萬兩內帑。看來，朝廷擇定的回鑾吉日，不會再推延。

另外，何老爺還告知，近來西號已大量收進朝中官員匯京的私款，望京號早做準備。

孫北溟接到何老爺這封信報後，立即將第一批現銀十萬兩，交鏢局押送京師。另發運十萬兩往天津。

他挑了十萬兩這個數，倒也不是有意與太后比較，而是京津復業所必需。

雖然東家已放了話，要填補京津窟窿，但老號自前年合帳後，存銀還怎麼調動出去，支持京津尚有餘力。再說，東家增資進來，也不是白增。合帳時，那是要分利的。所以，孫北溟就先自己張羅運籌，不驚動財東。

但這二十萬兩銀子起鏢沒幾天，志誠信的孔慶豐大掌櫃就突然來訪。孫北溟知道此來非同尋常，立刻讓進後頭密室。

第七章　驚天動地「賠得起」

孔慶豐也沒顧上客氣，就問：「你們的京號開張沒有？」

孫北溟說：「運京的銀子剛起鏢，銀到，就開張。怎麼了？」

「我們早開張了幾天，可調京的十來萬兩銀子，只支撐了不到三天，就給擠兌空了。但持票來求兌的，還似潮水一般！這陣勢，還了得嗎？」

一向深藏不露的孔慶豐，已顯出幾分驚慌。

孫北溟受到感染，也有幾分不安，但還是說：「京市困了一年，就如久旱的田畝，乍一落雨，還不先吸乾了？挺些時候，西幫各號都開業，總會穩住吧。平幫幾家大號，還未開業放款吧？」

「日昇昌、蔚字號，都已經開業，受擠兌更甚！」

「他們也受擠兌？」

「你們京號的信報，就沒有提及京市危局？」

「倒也提了。我還以為他們誇大了叫嚷，想逼老號多調些銀子進京。」

「我也怕他們危言聳聽，所以來問問貴號的情形。」

「平幫、祁幫情形，也該打聽一下吧？」

「我已派人去祁縣、平遙了。京中擠兌風潮如不能止住，只怕也會延及其他碼頭。尤其北方，歷此大劫，哪裡不是一貧如洗！」

「康家倒是早放了話，填補京津窟窿，要多少，出多少。貴號財東員家，更是聽你孔大掌櫃吩咐，要多少，給多少。」

孔慶豐嘆了口氣，說：「如今的員家，哪能與康家比！盡是些只會享福，不能患難的子弟，臨到這樣

孫北溟就說：「你們志誠信底子厚，不驚動財東，也能應付自如的。」

「這次風潮，來勢不尋常，絕非一家所能應付！貴號也是大號，至今仍未開業，很容易叫京市生疑的。」

「生什麼疑？」

「疑心貴號無力復業，存銀要黃了。天成元這樣的大號都失了元氣，京人對西幫票號還會相信幾家？」

「哈哈，哪有這種事！我們康老東家雄心還大呢，哪捨得丟了京號！京號一丟，別處的莊口也立不住了，我還有臉在這裡坐著？我們京號，不過是損壞太甚，修復費時而已。」

「孫大掌櫃，我還不知道你們的底子？我是說，京市擠兌既起，任何風吹草動，都可能釀成驚天大浪！別說你們天成元這樣的大號，就是有一家西幫小號倒了，也說不定引來什麼大禍。金融這一行，歷來就是一家倒塌，拉倒一片！當年胡雪巖的阜康票莊倒時，拉倒了多少家？我們西幫也受了連累。所以，現在到了我們西幫同舟共濟的非常時候了。孔某今天來，並不為催你們京號開張，是想拉了老兄一道出面，趕緊促成一次祁太平三幫集議，公定幾款同舟共濟的對策。至少是西幫票號一家也不能倒，真有無力支者，各家得共同接濟。」

「孔大掌櫃，我和康三爺也議論過此事。今有你出面，我們當然全力幫襯。西幫集議，是刻不容緩了。」

兩人就如何聯繫平、祁兩幫，略作計議，就匆匆作別。

送走孔慶豐，孫北溟才覺自己出了一身冷汗。

早在十多天前，京號的戴膺就天天發信報，催老號儘早調銀進京。因為京號滙業公所已有公議：西幫既已返京，就應及早開業，越拖延，市間生疑越多。京中對朝廷能否於八月回鑾，疑慮重重，這很影響京

第七章　驚天動地「賠得起」

人情緒。在這一片疑慮中，京號遲遲不開業，實在是授人以柄，引發疑雲聚集。

津號的邱泰基，也是不斷發信報來催促，說津市對我天成元疑慮最甚，搶在別家之前開業，才是上策。

京津兩號越這樣催促，孫北溟越不想早做決斷……在這種時候，我們何必出那種風頭？在志誠信之前。在西幫中，我們無須搶在平幫之前，尤其不必搶在日昇昌、蔚字號之前。在太谷本幫，也不必搶在志誠信之前。

孫北溟固然沒有了爭霸的銳氣，但在心底裡還是有幾分對邱泰基的不大信任，更隱藏了前年津號綁案的疼痛。那幾乎是一種覺察不到、而又不能抗拒的情緒：他不大想讓邱泰基在津號大出風頭。

調邱泰基去津號，那的確是康老東家點的將，似乎邱泰基非邱泰基莫數。老太爺竟然還說了這樣的話：「大掌櫃要信不過邱泰基，那信得過我吧？派老漢我去津號當幾年老幫，成吧？不用邱泰基去津號了，我去，成不成？」

孫北溟領東一輩子了，還未見康笏南對字號人位做如此干預！

他還能說什麼呢？看老太爺那架勢，再不答應派邱泰基去天津，真能把他這領東大掌櫃給辭了。孫北溟倒是真心想告老還鄉，可也不能這樣離號吧？

他答應了，只是順口說了句：「要不是前年出了綠呢大轎那檔事，我本來也要把他派到津號的。」老太爺一聽，竟應說：「那還是不如派我去津號！我去吧，不用派邱泰基！」

按康笏南意願，邱泰基去了津號，孫北溟心裡自然有些疙疙瘩瘩。因為這點因素，又影響到對京號的決斷，似乎京津兩號這麼快就聯手來難為他。這本是老年人的一種多疑，但在辛丑年這樣的金融風潮中，很可能會釀成一種大禍。孫北溟畢竟是在金融商海中搏戰了一生的老手，聽了孔慶豐一聲喝，真如醍醐灌頂，驚出一身冷汗！

這時,他也才明白,老東臺如此強行選派邱泰基去津號,說不定會將京號拉倒。京號一倒,那可就不能想像了!

天成元京號落在別家大號後,遲遲未開業,原來也令京市生疑?難怪戴鷹那樣著急⋯⋯京市危局得讓東家知道,否則,萬一生變,他也擔待不起的。

孫北溟越想越坐不住了,感到必須立即往康莊跑一趟。

剛吩咐了夥友去僱轎,就見三爺匆匆趕來。

三爺進來就說:「孫大掌櫃,京市危急,你知道了吧?」

孫北溟就說:「這不,我正要去康莊,給東家通報京中情形!三爺已知道了?」

三爺說:「祁幫喬家派人來康莊了。他們的大德通、大德恆在京雙雙受擠兌。十幾萬銀子放出去,連點響聲都沒有!」

孫北溟說:「剛才志誠信的孔慶豐大掌櫃也來過,他們的京號也如此,擠兌如潮。我們商量過了,要立即去同祁、平兩幫聯繫,儘早實現三幫集議⋯⋯」

三爺不等孫北溟說完,就掏出一份帖子來,一邊展開,一邊就說:「三幫集議怕也來不及了。這不,喬家送來的這份急帖,便是日昇昌的郭斗南和蔚泰厚的毛鴻瀚聯手寫的幾款應急守則,要祁太平三幫各號立即去同祁、平兩幫聯繫,儘早實現三幫集議⋯⋯」

孫北溟一邊接帖子,一邊說:「日昇昌與蔚字號兩大頭聯手?聽了都叫人害怕!」

三爺說:「當此危急關頭,兩家再不聯手護幫,哪還配做西幫領袖?」

孫北溟忙說:「我也是此意。郭毛兩位大頭都聯手了,可見危局不同尋常。」

第七章 驚天動地「賠得起」

展開帖子，是專致太谷幫的…

太幫各號財東總理均鑒：

近來京師銀市擠兌洶湧，危急異常。兌付吃緊，不是一家兩家，凡我西幫票家，均受重壓。此係時局拖累，與我西幫作為無關。但稍有不慎，勢將危及我百年實業！郭毛愚笨，亦覺到了祁太平三幫聯手護市的緊要關口。理應邀三幫各號執事大人公議對策，唯怕時不待我。郭毛只得冒昧做斷如下：一日凡有京號未復業者，應盡速開張，不許撤關拒兌；一日不論京號底帳保全與否，以往放出的匯票、銀折、發票，一概認票兌現，不許拒兌；一日一旦有力不能支者，各家都得盡速援救，不能袖手，不能有一家倒塌。以上四款，萬望太幫同仁與平、祁兩幫同守。另，津中銀市亦有擠兌跡象，若步京市後塵，也望遵上款應對……

孫北溟是票界老手，當然知道郭毛二位提出的這幾款都是必不可少的。只是，第一款就似乎首當其衝朝他來了！真沒有想到，他稍一遲疑，竟受到全幫所指……不過，孫北溟此時已無委屈，看過急帖，便對三爺說：

「郭毛二位果敢行事，也是西幫之幸。只是，我老邁遲鈍，未能敏捷調銀，支持京津兩號及早開業……」

三爺忙說：「各家有各家脾氣，早一天，晚一天，又能怎樣？我們無礙大局就得了。」

孫北溟說：「這次非同尋常！西幫各大號都爭先恢復京號，唯我拖累天成元，以令京市對我號生疑，實在……」

三爺打斷說:「生什麼疑?要多少,有多少,它生什麼疑!前兩天,老太爺還對我說呢…多學學孫大掌櫃,遇事要沉得住氣。」

孫北溟說:「那是老東臺著急了!」

三爺說:「大掌櫃要老這樣自責,我也要急了!」

孫北溟才說:「不多說喪氣的話了。調往京津的銀錠,已走了三天。銀子一到,兩號即可開業。」

孫北溟就問:「發了多少銀子去京津?」

三爺說:「各發了十萬兩。現在看,是發得少了。」

三爺說:「那我們趕緊再發一批!前頭十萬兩兌付還未告罄,這後一批就到了。如此源源不斷,也算後發制人的一種陣勢。」

孫北溟立即說:「甚好!三爺,我這就立刻張羅,再往京師發十萬兩銀子!」

三爺就說:「局面如此危急,老號也不能太空虛了。我這就回康莊,先起四十萬兩,交大掌櫃調動!」

孫北溟說:「老號尚有餘銀,還用不著東家填補呢。再說,我也正想從南方調銀北上。這一年來的,南邊莊口存銀不少。」

三爺說:「大掌櫃,也許我沉不住氣…我看還是先不敢調南銀北來。京津銀市危情,很快也會傳到南邊的。那邊起了風浪,我們就是救急,也是遠水解不了近渴。」

孫北溟說:「三爺所慮不謬。不調南銀,我這就回康莊起銀,你趕緊安排起鏢!當此關口,還是趕早不趕晚吧。老太爺已經放了話:這次填補京津窟窿的銀資,不必寫利息,日後原數收回就得了。這是救急!」

第七章　驚天動地「賠得起」

孫北溟說：「寫利不寫利，再議吧。」

三爺交代將平幫郭毛的急帖，先給志誠信的孔慶豐看看，再通告太谷各號同仁。之後，就匆匆趕回康莊。

2

三爺趕回康莊，還不到黃昏時候，他便去見老太爺。

但老亭出來擋住說：「三爺，來得不巧，老太爺正睡覺呢。」

正睡覺？午間已過，入夜尚早，這是睡的什麼覺？三爺便說：「有件緊急的事，要稟告老太爺，也不宜叫醒嗎？」

老亭說：「近來老太爺夜間睡得不好，昨夜更甚，幾乎沒闔眼。熬到現在，剛入睡……」

三爺就說：「那就再說吧。只是，近來京市危急，老太爺不拘何時醒來，都給說一聲，我有急事求見。」

老亭滿口應承下來。

三爺從老院退出來，一直焦急地等待著。這是要從銀窖裡起銀，不經過老太爺辦不成。偏趕上老太爺剛睡著，這麼不巧！近來老太爺夜間失眠，只怕也與京津危市有關吧。老太爺什麼沒經歷過，這次居然憂慮不安了，可見京津局面嚴峻異常。去年京津失陷時，老太爺似乎也沒這麼憂慮過吧？

260

一直候到深夜時分，老院仍無動靜。三爺終於也不再等候了…在此緊急關口，老太爺安睡如此，是福是禍，他也實在無奈。一切還得等到明天。

三爺決定睡去，卻無一點睡意。京津局面令他不得安寧，這不用說了。這一向叫他異常興奮的，還有一件事，那就是邱泰基去津號領莊。這是他想過、卻不能提出的一項重大人位安排。老太爺不但主動提出，而且竟那樣強橫，真是太叫三爺意外了。

意外的驚喜！

不過，三爺畢竟老練了一些，他未讓自己的這一份驚喜，露出一點痕跡。

京號有戴掌櫃，津號有邱泰基，不管局面如何險惡，總還是叫人放心一些。老號支援京津如此緩慢，是否同邱泰基的人位有關？孫大掌櫃是不想派邱泰基去天津的。只是，在這緊要關口，還是裝糊塗吧…孫大掌櫃不能得罪。

這樣想著，也就湧上幾個止不住的哈欠。正要盥洗了睡去，忽然有小僕進來說…「老亭要見三爺。」

三爺慌忙提了件白府綢長衫，就跑了出來。

「老太爺醒了？」他一邊穿長衫，一邊問。

老亭卻湊近了，低聲說：「請三爺換件黑顏色的衣裳。」

三爺不解其意，就說：「老亭，你說什麼？我沒聽清。」

老亭就支開其他僕傭，小聲說：「請三爺換身黑顏色的衣裳再出來。」

「為甚？」三爺已發現老亭就穿了一身黑。

「出來就知道了。」

第七章　驚天動地「賠得起」

三爺換了一身黑出來，外面更是黑得伸手不見五指。他才意識到⋯正是月初時候。在黑暗中他還是發現，老亭並未帶他去老院，卻來到後院，又走近擋著側門的那座影壁。三爺這才忽然意識到⋯這是要開啟一座平時不動的祕密銀窖吧。春天，老太爺向他交代家底時，九座祕密銀窖，此處居其一。

老亭低聲對他說：「去見過老太爺吧。」

三爺努力向黑暗中看去，影影綽綽發現有四五人在近處。唯一坐在椅子上的應當是老太爺。

他剛走近，就聽見老太爺極其低沉的聲音：「站住看吧。」

老太爺話音一落，四個人影就動起來了。

漸漸地，三爺能大致看清眼前的一切了⋯那是四個身強力壯的家僕，正迅速地拆除影壁腳下的那個花池。花池周邊，原來就是用青磚活壘起來的，拆開幾無聲息。池中正盛開的西番蓮，扒去池邊的土，竟被一簇簇搬走⋯原來都是栽在花盆裡，被土淺淺掩埋了。

移去花盆，四個家僕又伏下身子，用手扒拉殘留的池土⋯不用鍬鏟一類傢伙，顯然是怕有響聲。

此時，眼已看慣了，不再覺著四周太黑，但暗夜的寂靜卻似乎變得越來越沉重⋯三爺只怕這寂靜被忽然打破。舉目四下裡望望，除了滿天星斗，就是宅院高處的眺樓裡那守夜的燈光。景象依舊，寂靜也依舊。

幾個家僕小心移動墊在花池底下的石板時，發出了輕微的響聲。

三爺是頭一回經歷這場面，心不由收緊了一下。可老太爺那裡，沒有任何反應。

移開石板，就露出窖口了⋯一個像井口似的黑洞。祕密窖口，隱蔽得就這樣簡單？他也才鬆了口氣。

這時，老太爺交給老亭一件什麼東西，應該是銀窖的鑰匙吧。老亭接過來，就快速地下到窖裡，不見了。等老亭出來後，就有兩個家僕下到窖裡，另兩個留在上頭接應⋯一個似從井裡汲水一般，開始往上吊取銀錠，一個就往庫房搬運。

這一起銀，就起了將近兩個時辰。因為快到黎明時候了，才停下來。停下來，又將窖口的花池復原，才算收工。

自始至終，老太爺一直端坐著未離開，三爺當然也不敢動。老亭沒閒著，在窖口張羅著幫忙。還有一人，先是站在老太爺身後，起銀開始便走了⋯那是家裡的帳房先生，他顯然在庫房收銀。

收工後，老太爺跟到庫房，三爺就勸他先補著睡會兒覺再說，老太爺卻說⋯「前半夜我已經睡夠了。你沒睡，也只好吃虧。天亮以後，你得去見孫大掌櫃，叫他趕緊往京城起鏢運銀。」

三爺本來也打算如此，也不說句慰勞的話？老亭，叫他們進來吧！」

說話間，就見進來四位中年漢子。正要走，老太爺叫住說⋯「先不要著急走，你也見見這幾位。人家辛苦了大半夜，也不說句慰勞的話？老亭，叫他們進來吧！」

說話間，就見進來四位中年漢子。不用說，這就是剛才起銀的那些家僕。三爺在燈光下看他們，自然覺得更強壯，只是沒有一個很臉熟的。忙說⋯

「各位辛苦了！」

四人都沒有說話，只有老亭說⋯「三爺也辛苦。」

老太爺就說⋯「今兒就由三爺陪你們吃飯，我累了。」

那四人就退了下去。老太爺也由老亭扶著，回老院去了。這時，帳房先生過來說⋯「三爺，這批銀子大多是光緒初年的官紋銀。還有幾包，是墨西哥鷹洋。」

第七章 驚天動地「賠得起」

三爺就說:「那還得交爐房重鑄嗎?」

帳房低聲說:「老太爺起這批銀子,我看是有用意的。」

「什麼用意?」

「這批銀子原樣運進京,京市就會知道我們已動了老底,誠心救市。」

「那就原樣起鏢?」

「自然。」

這天夜裡,康家從此處銀窖起出二十萬兩銀錠。此後,連著起了三夜,共六十萬兩銀子。

老太爺對三爺說:「養兵千日,用兵一時。我看現在到了用兵的時候了。我們備足了兵馬,就看字號的掌櫃老幫如何調兵遣將,布陣擒敵。你給孫大掌櫃、京號戴掌櫃、津號邱掌櫃交代清楚:擠兌再凶險,咱銀子也跟得上;窟窿再大,咱也賠得起!」

有老太爺這樣的氣魄,三爺當然不再憂慮什麼。這三天中間,他說服孫大掌櫃,接連往京津又發去兩批銀資。發運京師的,每批二十萬兩;發往天津的,每批十萬兩。

3

各號這樣緊急往京津調銀,鏢局的生意自然也興隆得很了。但就在康家接連起鏢發銀不久,傳來太谷鏢被打劫的消息。這不但叫康家焦急不已,也震動了祁太平三縣的商界和武林。

因為太谷鏢被劫，這可是太罕見了。

祁太平一帶的鏢局，在票號興起後，並沒有怎麼衰落。有了票號，異地交易雖然走票不走銀了，但也因此交易量劇增。月終、季終、年終結算找補，銀錢的調動量還是很大。尤其祁太平，從各碼頭賺到的銀錢，那是要源源運回老號的。這種走銀，沒有可靠的鏢局，當然不成。

祁太平一帶的鏢局，由於收入不菲，因此能吸引武林高手來做鏢師輩出，也是因為投身武界出路好，不論押鏢護院，都有穩定而又體面的飯碗需求，武藝自然越發精進。練一身武藝，浪跡天涯，四方擺擺，一門心思爭天下第一，那不過是寫武俠小說的文人，藉以演義一種狀元夢吧。夢醒處，還是「學得文武藝，售予帝王家」。形意拳武師，將武藝售予商家，有價交換，穩做了專職武人，倒也能從容涵養自家的性情。這是閒話。

那時代鏢局走鏢，所經過的沿途地面，即俗稱江湖者。那是要經過拜山、收買以至憑藉高強武藝較量、征服，踩出一條熟道來。祁太平鏢局，因鏢師武藝好，走鏢又頻繁，熟道摺不生，所以在他們的江湖上，一般無人敢輕易劫鏢。尤其因為他們財力跟得上，該打點的，打點得大方，重大走鏢，極少有失。久而久之，江湖上便有了「祁太平鏢，天下無敵」的名聲。

咸豐初年，因怕太平天國北進，西幫在京的票號、帳莊都及早歇業回晉。那次西幫由京攜帶回來的銀資就有數千萬兩，以至引發了京城的銀荒，即今天所謂的金融危機。這數千萬銀子，如何在京晉間平安轉移？就主要是託靠了祁太平自家的鏢局。京晉間運銀走鏢，本來就既重要又頻繁，早踩成了最穩當的一條江湖熟道。所以，數千兩銀子源源緊急過境，幾乎未出什麼閃失。說是奇蹟，不過分；說祁太平鏢局本來就該做這樣漂亮的活計，也不過分。

第七章 驚天動地「賠得起」

去年京津突然陷落，傾城逃難，各號來不及託靠自家鏢局，加之京晉間拳亂大盛，踩熟的江湖也亂了套。這次西幫由京撤晉，損失空前。西幫受損，晉省鏢局也覺臉上無光。近來祁太平的鏢局武林重整江湖，只想挽回往日的聲威。所以，為開啟舊道，很下了功夫。本來走鏢已暢通無阻了，怎麼又忽然出了劫鏢案？

京市危急萬分，偏偏走鏢又受阻，這不是天要滅我西幫嗎？

三爺聽說有太谷鏢被劫，頭髮都豎起來了。他認定是自家的銀子遭了劫。雖不是很心疼自家的銀子，但覺走鏢受阻，這幾天幾夜算白忙乎了！自家的京號本來開業遲，現在銀子又接濟不上，處境會怎樣，真不敢想像。

三爺聽說打劫太谷鏢，那也不會是一般毛賊。

他囑咐四爺、老夏，先不敢將這消息告訴老太爺。然後就騎了匹快馬，飛奔進城。在廣義堂鏢局尋見李昌有師父，三爺劈頭就問：「這是出了哪路神仙，竟敢劫太谷鏢？」

昌有師父笑了笑，說：「三爺不必著急。要知道是哪路神仙，還能叫他劫成道？打發了幾路探子，去打聽了。」

三爺說：「昌有師父，你說我能不著急？京津那頭，水漫金山了，緊等這頭的救兵呢。怎麼偏偏就半路殺出這樣一路神仙？」

昌有師父說：「剛經亂世，摸不準江湖了。你們康家這兩批貨，前頭一批，應該過去了，不會受堵；後頭這一批，只怕堵在了壽陽，但不會遭劫。」

三爺聽了，才稍安心一些，忙問：「那是誰家的鏢給劫了？」

昌有師父說：「雖不是廣義堂押的鏢，但總是太谷鏢！既劫成一家，別家他也敢劫。太谷武界都憋了一口氣！」

三爺說：「誰能不憋氣！有什麼要商界辦的，你們說話。」

昌有師父說：「商界正吃緊時候，我們武界偏失了手，臉面上都掛不住。」

三爺說：「商界武界本來是一家，不用說見外的話！」

昌有師父說：「三爺稍忍耐一二日吧。鏢道不通，我們武界才著急呢。已經去請車師父了，要商量速戰速決的辦法。」

三爺聽了，也就趕緊告辭出來。

送走三爺沒多久，車二師父果然匆匆趕來。他顯然不相信竟有敢劫太谷鏢的。敢劫太谷鏢，那就是敢跟他車氏門派形意拳打擂。多少年了，真還沒幾個敢這樣打上門來的。所以一見李昌有，就問：

「太谷鏢真給劫了？」

「前响，有從壽陽過來的信差說，東天門外頭出了劫鏢的，劫的還是太谷鏢！好幾撥走鏢的，都停在壽陽了，不敢再往前走。」

「真有這樣的事？劫了誰家的？」

「詳情還不知道。廣義堂、公義堂、興義堂幾家大鏢局，都派了急馬去打探。」

車二師父一聽，就跺腳說：「出了這種事，還能坐在太谷乾等探子回來？等回探子，再商量對策，再招呼兵馬往東天門奔，什麼都誤了！尤其『太谷鏢失手』這種消息，早傳遍江湖了。快招呼一幫高手，先奔壽陽吧！」

第七章 驚天動地「賠得起」

「先奔壽陽？」

「能直奔娘子關，更好！越靠前，越好張羅。」

「那就聽師父的！我這就去聯繫各鏢局。」

「昌有，我也跟你們去壽陽。」

「哪用師父出動！師父出動，也太抬舉這幫劫道的毛賊了。」

「毛賊敢劫太谷鏢？」

「說不定還是一幫生瓜蛋。」

「盡往好處想！就衝你們如此輕敵，我也得去！」

李昌有說服不了車二師父，只好先去聯繫鏢局。

鏢局老大一聽車二師父的點撥，才像忽然醒悟⋯前晌是慌了。乾等著探子來回跑，真要誤事。但各位老大也不同意勞車二師父大駕，車師父一出動，太引人注目，好像太谷鏢真要敗落，連老師爺也抬出來車師父還是在太谷坐鎮為上。

當天傍晚，李昌有和另十來位形意拳高手，帶了數十位一般的拳手，騎馬飛奔壽陽。

康二爺聽說太谷武界要去壽陽打掃江湖，也趕到城裡。但鏢局老大哪會叫他去？

李昌有一班武師趕到壽陽時，天還未亮。他們也顧不及喘息，就尋受阻在此的太谷鏢師。

這些鏢師已將東天門外的劫鏢案打探清楚了，派人回去搬兵了。一見李昌有這一幫高手，還以為援兵已到，只是驚奇如此神速。等這面把來歷說清楚了，大家又讚嘆起車二師父來⋯車師父好像算準了壽陽急等援兵！

268

但李昌有問清了前頭的敵情,並沒有輕鬆下來。

原來,在晉省東天門之外,也就是直隸井陘一側的深山中,隱藏有一幫流匪。匪首不是別人,正是今年春天德法洋寇圍攻東天門時,散布流言,引發逃難亂局的那個潘錫三。此人當時是盂縣的一個鄉勇練長,有些武藝,但品行不良。乘娘子關危急時候,勾結了官軍中一幫兵痞,四出散布洋軍已破關入晉,官軍大潰。他們本來不過是想製造一點混亂,趁機搶劫一把。哪想,他們的散布的謠言,竟引起雪崩效應,娘子關鄰近的平定、盂縣,連知縣大老爺都棄城逃跑了,一般百姓更是舉家逃命。潰逃大潮波及壽陽、榆次,連祁太平一帶也人心惶恐。潘錫三雖搶到了不少財物,但局面安定後,受官府通緝,只好逃匿到井陘深山中。近來見官道上鏢車來往頻繁,就跑出來搶劫了一趟。

鏢師們打探到,潘錫三一夥僅十來個人,也沒有武藝太高強的。但這夥人手裡握有幾桿洋槍!他們劫鏢成功,就因為放了幾槍,打中一位鏢師的小腿,血流不止,其他武師拳手一時也慌了,為救受傷鏢師,只好棄鏢上馬逃走。

手裡有洋槍,真還不好對付。你武藝再好,到不了他跟前!

「這夥強人,哪來的洋槍呢?難道他們有本事打劫洋軍?」李昌有無意間問了一句。

一位鏢師說:「據我們打聽,東天門附近因德法洋軍圍攻了好幾個月,長短洋槍遺失當地民間不少。」

潘錫三他們不是從民間搶來,就是收買的。」

另一位鏢師就說:「昌有師父,我們不妨也收買幾桿來!」

李昌有就說:「買來吧,我們誰能舞弄了它?潘錫三他們,也沒有請洋人操練吧?我看他們也不過放出響聲來壯膽,也是瞎舞弄!」

第七章 驚天動地「賠得起」

李昌有聽了這位武師的話，忽然有悟，忙問：「遭打劫的那幾位鏢師，還在不在壽陽？」

「還在。傷了腿的，腫得厲害，不敢走了。」

李昌有就趕緊去見他們。

這幾位是合義堂鏢局的武師。合義堂在太谷不是大的鏢局，他們那次也沒押太多的銀子，陣勢上就顯得單薄。潘錫三頭一次劫鏢，就選了他們這家軟的欺負。

李昌有看了看那位鏢師的傷腿，說骨頭沒傷著，趕緊拔毒吧。然後問當時劫匪放洋槍的情形。

幾位都說，當時聽到頭一聲，還以為是甩響鞭呢，只覺奇怪，以為是放羊漢，吆喝著解悶。也就朝他們吆喝：爺爺們押的就是銀子，想收劫道錢，趕緊過來取！跟著又是一聲響鞭，但也沒傷著誰，牲口也沒傷著。我們又笑罵那些雜種，他們又甩了一鞭。這樣來回好一陣，才忽然傷著大哥的腿。見了血，我們也才醒悟了⋯⋯這幫雜種，放的是洋槍！

李昌有忙問：「洋槍放得不密集？」

「要密集，我們幾位都得傷著，牲口也得傷著！隔半天，叭──放一聲，隔半天，叭──放一聲，稀拉得很。」

「放了多少聲，才傷著你們？」

「啊呀，很放了一陣，少也有十大幾聲吧？」

李昌有不問了。去年太谷的義和拳圍攻福音堂時，他不在場。聽人說，福音堂裡就只有三桿短洋槍，李昌有不問了。去年太谷的義和拳圍攻福音堂時，他不在場。聽人說，福音堂裡就只有三桿短洋槍，但人家放一槍，外頭拳民就死一個。所以只是死人，久攻不下。聽京號回來的掌櫃們也說，去年京師陷落

270

前，官軍攻打洋人的西什庫教堂，就厲害在遠遠放一槍，便能要你性命。潘錫三他們手裡既有洋槍，怎麼放了十大幾槍，才傷著這邊一條小腿，連牲口也沒放倒一頭？

可見這幫劫匪也不會舞弄洋槍！

李昌有斷定了潘錫三他們不大會使洋槍，心裡也才踏實了。他參照車二師父的交代，很快就謀出一個擒匪的計策。

當下，他將所有滯留在壽陽的太谷鏢師都召集起來，與自己帶來的武師拳手匯合成一股。略做交代後，就立刻開拔，向東奔平定而去。

所有押往京師的銀鏢，也都起運同行。因此，也無法行進太快。到天黑時候，趕了近百里路，終於到達平定城。

鏢師們按昌有師父吩咐，分頭做了安頓，才歇息下來。

第二天一早起程時，鏢師們已一分為二了：四名鏢師還是照常打扮，押了一股小額銀鏢，插了「太谷鏢」旗標，走在前後。其餘大隊鏢師拳手，已改扮成駄炭的腳伕，臉上手上都抹上了煤黑，所騎的馬匹，也也改扮成高腳幫的駄馬。押運的銀錠也都放進裝炭的駄具裡，只在上層偽裝了炭塊。他們分成四五人一幫，陸陸續續跟在那四位鏢師後面。

這一帶煤窯多，這種駄炭的騾馬幫隨處可見。

這一帶山路也更崎嶇，加上扮了駄炭馬幫，也不宜急行。不過這天也行了八九十里，到天黑時終於到達東天門最險要的關隘故關。

第七章　驚天動地「賠得起」

李昌有也沒多做交代，只命大家飽吃一頓，美美睡一夜。因為明天就要跟劫匪交手了。

這天又行五六十里路程，到後半晌時候，才算出了東天門，進入井陘境內。這裡依然山勢險峻，即便是官道，也崎嶇難行。路上空空，未見任何行人車馬。

鏢師們都提起精神，預備迎敵。

但一直寂靜無聲。不斷朝山坡張望，綠樹野草間也不見任何動靜。

這一帶正是前幾天遭遇劫鏢的地界。劫匪不出來，是直接往前，還是誘敵出來？前頭鏢師令趕牲靈的馬伕，借吆喝牲口，給後頭傳出暗號。

但仍然沒有什麼動靜。

他們只好繼續往前走。進入一個山谷後，依然平靜無事，大家已經鬆了心，以為不會遭遇劫匪了。這麼興師動眾，白跑一趟，也叫人掃興。

前頭的鏢師正這樣想呢，就突然聽見一聲鞭響。響聲在寂靜的山谷間顯得極其清脆，並迴盪著，傳往遠處。他們立即意識到，這是劫匪放的洋槍。

劫匪終於出來了！

按事前昌有師父的交代，他們故作驚慌狀，勒住牲口，欲調轉頭往回逃跑。跟著就又傳來一聲槍響，一位鏢師趕緊佯裝中彈，倒在路邊。其他鏢師馬伕只顧吆喝牲口往回逃跑，更顯得一片慌亂。又響了兩槍。有一頭馱鏢的騾子，這次真中了彈，狂奔了幾步，倒下來。鏢師、馬伕有三四人，也乘機躺倒在地。

李昌有就跟後頭，有幾十步遠。聽到前頭的暗號，也用暗號回應：停下來，歇一歇。後頭馱炭的馬幫也陸續歇下來。喧囂聲開始在山間迴盪。

272

剩下的鏢師馬伕，逃跑了幾步，未等劫匪再放槍，也陸續倒地趴下。以現在的眼光看，這些鏢師的表演色彩也太明顯了，洋槍才響了幾聲，就打倒了四個鏢師、五六個馬伕、一頭騾子？從另一面說，他們也太英勇，竟敢在槍彈飛舞之下，從容做這種表演！但這番演出，在當時可以收到了預期效果。

就在他們做這種表演的同時，跟在後頭的馬幫，也顯出驚慌狀，喝住牲口，匆忙將煤炭連同馱具一道卸下，只牽了馬向後逃去。他們做出了馬幫遇匪時應做的反應：丟棄貨物，保馬保人。

這邊潘錫三一夥匪徒，見鏢師、馬伕都給放倒，馱著銀鏢的騾馬也站住不跑了。跟在後頭的馱炭漢們更倉皇四散，以為他們又一次劫鏢成功，興奮異常。誰還去管放了幾槍，該打死幾人？只是攏住馱銀子的騾馬，喜滋滋翻開馱具看時，裡面裝的怎麼也是炭塊？

劫匪們正在驚奇，已有數十人騎馬衝過來⋯不用說，這是李昌有率眾鏢師拳手，衝殺過來。剛才他們佯裝驚慌，卸下馱具，正是為了騎馬衝來。

與此同時，佯裝倒地的幾個鏢師也躍身而起，持械鬥匪。

結果是可以想見的，潘錫三一夥匪徒被悉數擒拿。鏢師這邊無論武藝、人數都占優勢，又設了這樣一個誘敵計謀，當然該拿下的。劫匪那邊，的確也不怎麼會舞弄洋槍，而且在衝下山時，早得意忘形，洋槍都就地擲下，手中沒有洋槍，他們哪是鏢師對手！

成功擒匪後，凡押有銀鏢的，就繼續往京師趕路。與李昌有同來的武師，有幾位護著鏢隊，又往前送了一程，到獲鹿。李昌有與其餘武友，押了潘錫三一夥，返回東天門。

第七章 驚天動地「賠得起」

這次打掃鏢道，工作做得算漂亮，也就很快在江湖間傳開。此後，西幫由晉省急調巨銀接濟京津，再未受阻。

4

但就在井陘鏢道受阻這幾天，京師銀市竟因此又起驚濤。

本來，西幫票號在京師復業伊始，就陷入擠兌風潮中。幸虧各號未十分慌亂，一面緊急由老號源源調巨銀來，一面誠懇安撫客戶，雖為守勢吧，還算能守得住。尤其鏢局押銀一到，便悉數兌出，漸漸給了京市一點信心：西幫似有兌現實力，只是千里運銀，快捷不了。

加上西幫的大小京號，不但全都復業，而且在擠兌風潮中還沒一家倒下。這也給京人多了信心：西幫真要傾家蕩產、砸鍋賣鐵，不負客戶？

可此時京號老幫們都清楚，擠兌風潮還沒有一點衰頹的跡象！多少現銀兌出去了，持票求兌者依然蜂擁而至。這麼多銀子，就是丟進江海中，也能聽到不小的響聲吧？丟進京市，真是連一點響聲都沒有！

這次擠兌之迅速、慘烈，京號老幫中的精明人物也不曾料到。

票號領袖日昇昌、蔚字號，原還想在這次危局中出彩，但撐到此時，也心裡沒底了。京師的銀市到底水有多深？張羅了一百多年金融生意，現在竟吃不準了？這不能不叫人害怕。經歷這一年浩劫，京城銀市是枯竭見底了，但眼下市面也還未見覆蘇，生意也不大好做，放那麼多銀子進去，也流通不起來吧？

擠兌風潮中，最見聲勢的，果然還是小額銀票。金額雖小，持票者卻甚眾，天天來堵門的，大多是求兌發票的。票號本來也不大做小額金融生意，哪能料到平時為了方便官場，隨手開出的這種臨時便條，竟掀起如此驚濤！發票，發票，西幫發票？真是誰也說不清楚。但各號已有約定，對發票一定要優先兌付，不敢大意。西幫發票失信，必然積怨京師官場，非同小可啊！可惜努力這許多天了，京人依然持發票爭兌不止！人們還是對西幫財力有疑？

就在危局正處於這種微妙時刻，傳來西幫銀鏢被劫的消息！激起驚濤，一點也不意外。京晉之間鏢道不通，西幫兌現的諾言還何以實現？甚至有流言稱：此劫鏢案，說不定還是西幫與江湖串通了編出的故事。他們不是財力不濟，就是太心疼銀窖裡的銀子，才編出了這樣的故事，敷衍銀市。此類流言太長，說話間就跑遍京城，擊碎了人們的微弱信心。於是，驚濤拍岸，誰又能阻擋得了？

由於老號的遲疑，天成元京號的處境，就更加嚴峻。

這驚濤再起時，天成元京號本來就因晚開張而出師不利。雖經戴膺老幫極力張羅，被動局面也未轉過來。

開張前，按照戴膺謀劃，已悄然散出消息：「天成元京號廢棄一年，銀窖竟未被尋出，真是隱祕之極。裡面密藏的銀錢帳簿，完好無損。」這消息，真還如預料的那樣，一時滿城傳頌。這本來是利好的開業局面，但老號就是遲遲不調銀過來！同業中的別家大號，都爭搶似的先後開張，戴膺也只能乾著急，沒法跟進。

這麼利好，卻遲遲不開門，又要出什麼奇招？連蔚豐厚的李宏齡，也跑來打聽了。戴膺能說什麼？只好含糊其詞。

第七章 驚天動地「賠得起」

客戶可就不耐煩了，連連追問：存銀、帳簿既無損，為何拖延不開業？戴膺又能說什麼！只好說：為尋銀窖，鋪面給損壞得太厲害，修復費時。

但這樣能敷衍多久？沒過幾天，剛散布出去的利好消息，就變成了災難⋯⋯什麼銀窖完好無損，還是唱空城計！天成元京號未開張，就被擠兌的怒濤堵了門。

後來第一批十萬兩銀子終於押到，緊跟著還有四十萬兩，將分兩批運到。這也不奇怪。金融生意全靠信用，稍有失信，但京市反應卻甚冷淡。銀子嘩嘩兌出，擠兌之勢仍然強勁。這雖有些後發制人的架勢，加倍也難挽回。何況又是在這種非常時候！

更叫戴膺震驚的，是第二批二十萬援兵前腳到，後腳就傳來鏢道受阻的壞消息！字號已將「四十萬兩現銀即將源源運到」的準訊，鄭重釋出出去。話音未落呢，倒要打一半的折扣。這不是成心叫你再次失信嗎？

真是人算不敵天算！天不助你，你再折騰，也是枉然。

戴膺仰天長嘆，真是心力交瘁了。他在京師領莊幾十年，還是頭一回面對這樣的危局。現在是京師票業全線危急，你想求救，也沒處可求！祁太平三幫雖然有約，不能有一家倒閉，可現在誰家能有餘力救別人？

戴膺倒還沒想過天成元京號會倒，但已經不敢有力挽狂瀾的自許了。

就在此時，副幫梁子威領著一個人進來見他。

「戴掌櫃，這位是德隆泉錢莊的蔡掌櫃。」梁子威介紹說。

蔡掌櫃忙施禮，說：「戴掌櫃，我是常來貴號的，只是難得見您一面！德隆泉是小字號，受惠於貴號甚多。今日來見戴掌櫃，只是表達一點謝意。」

276

戴膺真記不得見過這位蔡掌櫃，看他這般殷勤樣子，還以為是來拆借銀子，心裡頓時有些不耐煩⋯⋯也不看看是什麼時候！不過，面兒上倒沒露出什麼，只說：「蔡掌櫃，不必客氣。」

梁子威似乎有些按捺不住，搶著說：「蔡掌櫃是來還銀子的！」

「還銀子？還什麼銀子？」戴膺不由問了句。

蔡掌櫃就說：「去年貴號棄莊前，你們梁掌櫃將兩萬兩銀子，交付我這間小字號。我與梁掌櫃是多年交情，也沒推辭。梁掌櫃雖有交代⋯⋯陷此非常險境，這兩萬銀子不算拆借，你可隨意處置。但我還是當作老友重託，做了妥善隱藏。不想，京城局面稍為平靜後，這兩萬銀子還真頂了大事！」

「頂了大事？頂了什麼大事？」戴膺又不由問了一句。

「京師陷落後，市面當然是蕭條之極。京華不見了，京人還得吃飯穿衣哪！不花大錢，小錢畢竟不能少。到去年冬天，市間的小商小販很不少了。敝號也就悄然開張。今年一春天，也做了好生意。為何敢開張？就因為有貴號的這兩萬銀子壓底！從入冬到臘月，敝號真做了好生意。京市銀根太奇缺了！」

戴膺明白是怎樣一回事了，忙說：「蔡掌櫃，不該你來謝我們，是該我們謝你！去年京師陷落前，那是何等危急的時候，蔡掌櫃肯受託藏銀，我們已是感激不盡了。我當時就有話交代敝號夥友：櫃上存銀就是分贈京城朋友，也比被搶劫去強得多。蔡掌櫃，眼下京師銀市仍危急得很，哪能叫你還這筆銀子！等日後從容了，再說吧。」

蔡掌櫃說：「正因為貴號這樣危急，梁掌櫃也沒來討要過一回，我才更坐不住了！」

梁子威說：「我們戴老幫有吩咐⋯⋯這筆銀子是我們主動送出，今天再危急，也不能去討要。」

戴膺說：「眼前危機，是時局引發，家家都如此的。」

第七章　驚天動地「賠得起」

蔡掌櫃卻說：「我雖是張羅金融小生意，也知銀市脾氣。這兩萬兩銀子，用於貴號兌付，頂不了什麼事。但在這擠兌堵門的時候，我們反倒押銀來還債……」

蔡掌櫃沒等蔡掌櫃說完，就長嘆一聲，說：「蔡掌櫃，那我們就更應該謝你了！你這是及時雨！」

蔡掌櫃忙說：「對你們這等大字號，我這能算幾點雨！只是多年受惠，略盡一點力吧。」

戴膺說：「在此危急時候，幾句議論的話流傳開，說不定也會改變局面的！」

梁子威插進來說：「戴老闆，先不要謙讓客氣了，運銀子的橇車還在門口等著呢！」

戴膺又一驚，忙問：「銀子已經運來了？」

梁子威說：「可不是呢！」

戴膺一聽，就鄭重給蔡掌櫃作了一揖，說：「蔡掌櫃的仗義，我們是不會忘的！」

蔡掌櫃說：「戴掌櫃快不要見外，還是我們求貴號的時候多！」

三位走出天成元京號鋪面，門外圍的客戶依然不少。兩輛運銀的橇車，更被人們圍住。戴膺出來，也沒有多張揚，只是指點夥友們往店裡搬運銀子。蔡掌櫃見戴膺這種做派，也取了低調姿態，對圍觀者的問話，只做了極簡練的回答。但那回答，卻是畫龍點睛之語：

「以後還得靠人家，不敢得罪！」

要在平時，蔡掌櫃說的也不過是句大實話。那時代，錢莊雖也是做金融生意，但與票號比，規模就小得多。它的主業，起初是做銀錢兌換，也就是銀錠與銅錢之間的兌換，後來雖也經營金融存貸了，但生意也僅限於本埠範圍，所以它沒有外地分號，金融吞吐量也就有限了。錢莊資本小，遇到較大用項，就常找票號拆借。而票號主業，是做異地碼頭間的金融會兌，銀款來往量大，週期也長。常有閒資，也就放給錢

莊、當鋪，及時生些利息。在這種依存關係中，當鋪危機嚴重的時候，票號受的壓力也就比錢莊大得多。此時蔡掌櫃說這樣一句話，也就比平時值錢得多：在擠兌堵門的時候，生意不錯的德隆泉錢莊，還依然巴結天成元，敏感的銀市絕不會熟視無睹的。

繼德隆泉錢莊後，又有幾家錢莊、當鋪來幫襯天成元。跟著鏢道打通的消息傳來，二十萬銀子又押到，天成元所受的壓力才終於減緩下來。戴膺和梁子威也終於鬆了口氣。

不久，西幫各家京號開始源源不斷收到西安匯票。這些匯票，都是即將回京的那班隨扈權貴匯回來的西巡收成。按說，這麼一大批匯票新到，西幫的兌付壓力會更大。奇怪的是，這批匯票一到，京市的擠兌風潮竟很快消退了。

到這時，京號老幫們更明白了：站在暗處攪動這場擠兌風潮的，不是別人，正是那些留京的官宦之家。在去年的塌天之禍中，他們親睹京師大劫，能不擔心歷年暗藏在西幫票號的私囊？西幫一返京，他們自然要做試探：私銀還能不能支出來啊？所以擠兌風潮中，興風作浪的主要是發票：發票大多在官宅。現在，得知西安隨扈的權貴們信賴西幫依舊，他們才終於放下心來吧。

不過，以現代的眼光看，西幫京號在辛丑年所遭遇的這場金融危機，實在也是難以避免。遭受這樣的擠兌，不是它的信譽出了問題，而是因它的金融地位引發。那時京師還沒有一家官方銀行，更沒有現代意義上的央行。一國之都，經歷庚子年那樣的大劫，要復甦，需要多少貨幣投入！官方既無央行，戶部又無力管這樣的事，壓力便落在民間的金融商家身上。西幫票號勢力最大，受壓自然首當其衝了。

第七章　驚天動地「賠得起」

西幫遵照「賠得起」的經商理念，開啟祖傳的祕密銀窖，源源往京師投放現銀，雖然意識不到是在行使央行之職，卻將自家的信譽推上了巔峰。

5

京號穩住陣腳，戴膺這才想起津號。就問有沒有津號的信報，信房說：有幾封，已及時交給戴老幫您了，還沒有拆閱呀？

戴膺忙在案頭翻找，果然，放著幾封，竟未拆看。這一向竟慌亂如此，戴膺自己也有些吃驚了：是危局前所未有，還是自己也顯出老態？

他一一拆開看時，由驚到喜，也鬆了一口氣。他也終於承認，邱泰基畢竟不是平庸人物。

這一向，天津也似京師，西幫各票號復業伊始，即陷擠兌重圍中。但津門畢竟不是京師，西幫面臨的危局也就大不相同。

天津沒有京城那麼多衙門和官吏，所以也就沒有發票之災。但津門是北方第一大商埠，票號的重頭戲是在商界。津號開張後，湧來擠兌的也主要是工商客戶。他們人頭不算眾多，但求兌的數額卻大，求兌的又都是逾期的存款，不好通融。老號調十幾萬兩銀子過來，實在也打發不了多少家。

西幫老號本來已經調出血本，在傾全力支持京津復業，只是鏢局運銀要費些時日而已。可津門商界卻不願等待！為了爭奪兌現，各家競相將銀票貶值，票面百兩，只求兌現七八十兩，能兌到就成交。

商家如此貶值兌現，是急於恢復商貿。津門劫難甚於京師，議和既成，復甦在即，商家都想搶先機。誰先籌到銀子，誰就搶到了先機。可如此將銀票貶值，西幫各號都不願意。因為票號在津門的金融放貸，遠遠大於收存。存單貶值，借據也要貶值，兩相沖抵，西幫吃虧太大。

尤其票號中老大日昇昌，珍惜自家百年聲威，帶頭放出響話：「日昇昌銀票，無論收支，一文不貶！」緊跟了，平幫蔚字號也放出同樣的話。不久，西幫各號也都跟進了。

這樣一來，外面雖有擠兌，票號倒也從容了。從容由老號調銀，從容足額兌付，儼然端起了金融界老大的架子。

但津市畢竟是商貿大碼頭，市面很快就有了應對的招數：西幫銀票既不肯貶值，又不能及時兌現，那就直接拿它流通了⋯⋯商機不等人！一時間，西幫銀票與現銀一樣管用，形同流通貨幣。又因津門大額銀票多，為做小額商貿，持票者又臨時開出「撥條」，也即現在所說的「白條」。影響所及，那些與西幫無涉的商家，也以開「撥條」方式，開展商貿。只是，這種與西幫不沾邊的「撥條」，就不大值錢，百兩僅值七八十兩以下。

津市復甦之初，就這樣出現了銀票、撥條滿天飛。其中最受搶手的，當然還是西幫票號開出的銀票、匯票。但西幫之票在流通中，也被商界分成了幾等。財大氣粗的大號之票，自然是足額流通。實力稍差，但信譽好的，銀票也稍打折扣。字號小，或信譽出了問題的，銀票便如「撥條」似的，流通時要貶值很多。

天成元在天津本是大號，老號也在源源調現銀來接濟。自然就緊跟了日昇昌、蔚字號，公告商界⋯⋯「本號一切銀票、匯票、銀折，無論收支，一文不貶！」但邱泰基很快就發現⋯⋯天成元銀票在津市竟然也是打折流通的！貶值雖不到一成，但比日昇昌、蔚字號、大德通、志誠信等大號，已低了一等。

第七章　驚天動地「賠得起」

這就是說，在津市，天成元票莊已被劃出一流大號之列？他當然不能接受。不過，他到天津以來，並未做錯什麼事。他是力主搶先開業的，可惜老號不成全。但僅僅是開業遲了幾天，也不至於被津市這樣看扁吧？

顯然，天成元在天津被低看，還是因以往的兩件塌底事：前年五娘被綁票，去年字號被打劫。這兩件事雖與邱泰基無關，但不盡快掃去其陰影，天成元津號真要淪落了。

邱泰基就此給京號寫了信報，誠懇請教戴鷹。但一直沒有回音。自己夜夜苦思，也謀不出好辦法。那天去拜訪一家洋行，偶爾聽到一句話，忽然有悟，就趕緊跑了回來。

一回到櫃上，就去見副幫楊秀山。邱泰基到任以來，一直對楊秀山恭敬有加。凡關號事，都要先與楊秀山商議；楊秀山有高見，一定照辦。這樣，楊秀山漸漸對邱泰基也有了好感。

楊秀山見邱泰基今日興沖沖的，便問：「邱老幫，有什麼喜事嗎？」

邱泰基說：「哪來喜事！我只是忽然生出一個主意，也不知可行不行，才趕緊跑回來，請教你。」

「邱老幫老這麼客氣，我可不敢多嘴了！」

「楊掌櫃，你在津門多少年了，我來才幾天？我不請教你，請教誰？」

「快不用多說了，先說你謀出一個什麼主意？」

「我先問你，天津的西洋銀行中，有沒有你熟慣的人？」

「有倒是有幾位。找他們有何貴幹？」

282

「我先問你,這幾位熟人,你熟慣到什麼地步?」

「再熟慣,也只是方便談生意吧,人家畢竟是洋人。」

「方便談生意就成。今日我在洋行聽了一句話,很有用。」

「聽了一句什麼話?」

「我正跟洋行打聽,西洋銀行開出的票,兌現不打折吧?你猜洋行怎麼說?他們說,洋人銀行才沒心思管眼前生意!我就問,那他們心思在哪兒?」

「在哪?」

「洋行說,都在忙著兜攬大清賠款!」

「他們倒是著急!議和的十二條還沒正式生效吧?」

「那是一筆大生意呀!這數億賠款,都要經洋人銀行匯往各國,誰家不想多搶一份?」

「這與我們相關嗎?」

「怎麼不相關?你忘了甲午賠款嗎,各省分攤的份額,還不是由我西幫匯到上海,轉交西洋銀行嗎?這次,也例外不了。國內這樣大宗的金融會兌,也只有我西幫能做。」

「邱老幫,我明白了,你是想搶先下手,與西洋銀行早聯手,兜攬賠款?」

「你說對了一半吧。眼下,我們最當緊的,還是重振天成元在津門的聲譽。聲譽不振,以後兜攬賠款也要吃虧。現在津門金融界,誰的腰桿也比不了洋人銀行硬。如有幾家洋人銀行,並不低看我天成元,津市也會跟著另眼看我們。」

「連津市都低看我們,洋人會高看我們?」

283

第七章　驚天動地「賠得起」

「要不我說兜攬賠款呢！我天成元在津門有所失手，但在其他行省還是大號。洋銀行兜攬賠款，能不求我們？」

「原來是這樣，邱老幫想跟洋人銀行借力發功？」

「我只是有此願望。能不能借來力，那就全靠楊掌櫃與洋銀行的交情了。」

「我先推薦一個人吧。戲還得全憑邱老幫來唱。」

「楊掌櫃主唱，我幫襯。」

「楊秀山推薦的這個人，是英國麥加利銀行天津支行的一位買辦，叫沙克明。外國銀行的買辦，也就是它聘任的華人代理。西洋銀行中能直接操漢語的洋人畢竟太少。所以在華做生意，大多依靠這種買辦。由楊秀山陪同，邱泰基與沙克明見了一面，居然就有了意外收穫：天成元津號，竟從麥加利銀行借出五千兩現銀！

要在平時的津門，從洋人銀行拆借這點現款，並不是大事。但在眼下銀根奇缺的非常時候，能辦成這件事，可是真露了臉。不但從洋銀行借出現銀，寫利也不很高，連票號同仁也在猜測：這位邱泰基又使了什麼奇招？

其實，邱泰基也只是預料正確而已。他雖然擅長應酬，可與洋人交流畢竟不同。同沙克明見面後，他剛說自己是從西安新調來，對方就問：「那你同陝西官府不生疏吧？」

邱泰基一聽，就知道自己猜得不錯。於是便說：「同現任巡撫端方大人還算相熟吧。端大人在做陝西藩臺的時候，我們就常有交往。」

沙克明聽後，就開始陳說麥加利銀行來華如何早，信譽如何好，與西幫票號交往如何愉快。

邱泰基趁機提出拆借現銀的要求。

沙克明竟痛快答應。

事情辦得這樣簡捷，邱泰基、楊秀山也有些意外。

趁此順利，他們又找了兩家洋人銀行，居然也都拆借成功。很快，津市對天成元也不敢低看了。

與這幾家洋人銀行交往，邱泰基也明白了：洋人看銀市，有許多與津人不同處。天成元津號雖出過那樣兩件大事，但洋人並不把它當作生意上的失手。而近來西幫返回京津，能這樣源源運現開市，洋人比津人還驚訝！西幫實力出人意料，如此愛護自家信譽，更令人不敢輕看。所以，洋人肯借力給你，實在也不只為兜攬賠款。

沙克明說：在天津，西幫大號最可信賴。看來，此言也不全是客套。

戴膺剛剛在上海考察過洋人銀行，所以對邱泰基能想到向西洋銀行借力振市，就特別有好感。尤其邱泰基以往背有胡雪巖做派的名聲，這次向西洋銀行借銀，居然也不避嫌，這就更令人感動。胡雪巖最後就是栽在西洋銀行的債務上。

津號得此好手，京號不但可以安心，甚而還可有所依託。

看過津號信報，戴膺當下就給邱泰基寫去一封誇獎的信。同時也致信老號，說津號由邱泰基領莊復業，開局甚好。

6

津號頹勢稍有挽回,邱泰基這才從容來探望瘋五爺。

他剛來津時,曾演了一場「起帳回莊」的戲。但那次怕太張揚,他未出面。而且「起帳」的地點,也未選在五爺的住處。雖然京號的戴老幫提議選五爺住的宅院,但他回來細想了想,還是選了別處。為演這麼一場戲,給五爺引來麻煩,也不好向東家交代。

因為這中間提到過五爺住處,更提醒他一定要去探望瘋五爺。

這天,由櫃上一位夥友引著,來到五爺住處時,敲了半天門,才終於敲應。先出來開門的,是武師田琨。未開門前頗不高興地叫罵著,等開門看見是津號新老幫,才忽然慌張了。

邱泰基已有些不耐煩,但沒流露出來。陪著來的夥友早發話了:「大白天的,門關這死做甚?」

田琨似乎更慌張了,說:「這一向都如此,五爺夜間不睡,白天才睡。我們也只好跟著黑白顛倒。邱掌櫃快進來吧!」

「五爺正在睡覺?」他隨口問了一句。

邱泰基進來,見這座兩進宅院倒也拾掇的乾淨俐落,只是一路寂靜無聲。

田琨忙說:「可不是呢!我進去,看能不能將他搖醒。」

邱泰基叫住說:「快不用折騰他了。他睡他的,我進去看我的。」

進了裡院正房,果然見一個人橫躺在床榻上,張了大嘴在酣睡。

跟著的夥友先說:「邱老幫,這就是五爺。」

田琨已經過去將五爺的身子搬正，一邊吆喝：「五爺——有人看你來了，字號的邱掌櫃，五爺——」

邱泰基忙止住，說：「不用折騰他了，由他睡吧。」

邱泰基以前有機會去康莊，是見過五爺的。眼前這個酣睡的人，卻無一處像五爺，也許是睡相不雅吧。好在周身上下還算整潔，臉色也不錯。

「田師父，聽說你對五爺甚為盡忠⋯⋯」

邱泰基忙打斷說：「唉，再盡忠，也救不了五爺！都是我惹的禍！」

邱泰基就說：「以前的事，不用多說了。五爺成了這樣，也是個可憐人，我們一道多操些心就是了。」

「那我就代五爺謝邱掌櫃了！」

「不要說見外的話。在這裡伺候五爺的，還有些誰？」

田琨又有些慌似的，說：「也沒幾個人！都不想在這裡久住！眼下除了我，還有位呂嫂，是老太爺親自打發來的。廚師，兩個雜工，都是從本地僱的。要不要叫呂嫂出來？」

「不必了。」

邱泰基又簡略問了問當年綁票情形，就告辭了。

送走邱泰基，田琨忙進來見呂布。

呂布已穿好衣服，嘲笑似的說：「看你還是一臉驚慌！哪如我出來應付他們？」

田琨說：「邱掌櫃的心思，全在五爺身上，不會太看我。所以我早不驚慌了。」

呂布說：「這位邱掌櫃還那麼驕橫？當年擺譜坐綠呢官轎，沒讓老太爺把他奚落死！」

第七章　驚天動地「賠得起」

田琨說：「我看這位邱掌櫃也是心善的人，很可憐五爺。」

呂布又是一臉嘲笑，說：「你的心思才全在五爺身上！」

田琨忙賠笑說：「現在，就把心思都放你身上，還不成嗎？街門二門，我都關好了。」

呂布說：「今天拉倒吧。叫這麼一攪，我可沒那心思了。你還是把街門開了吧，省得那幾個雜工回來，又擂鼓似的敲。」

呂布來這裡，也才大半年吧，就與田琨攪到一起，實在也是把後半生看透了。

她被逐出康家後，就知道自己觸犯了東家太深的忌諱。她被放在老院多年，東家深處的東西知道得太多。平時辛金優厚，可一旦被疑，下場也可怕。她能被打發到天津伺候五爺，辛金依舊優厚，而且准許帶了男人來，起初她還很慶幸。

可男人一開始就不想出來。好不容易拽著上了路，只走到平定，這個沒良心的東西就高低不往前走了，說什麼也要回去。也不等多勸說，半夜趁她睡著時，竟不辭而別。

呂布也知道，靠她的辛金，男人在村裡過著吃香喝辣的富貴日子。說不定還為下了相好的女人。但她身在康宅，每三個月才能出來歇半月假。當年受老東西寵愛時，連這半月例假也保不住。因離不開你，才不叫你走，你也不好愣走。所以，她也不便多計較男人。

可現在她走下坡路了，男人也不體諒，依然只戀著自己那坐享其成的舒坦日子，不肯一道出來共患難。自家孤身到千里之外賺辛金，養活你在家裡吃香喝辣？呂布的心裡真是涼到了底。

到了天津，伺候的又是這樣一位瘋主子，你再盡心，他連一句知情達理的話也不會說。

除了瘋五爺，在這裡當家的就是這位田武師了。田武師年紀比五爺大，人也精明，尤其對瘋主子，那

真是盡忠之極。五爺的吃喝起居、喜怒哀樂，他都操了心管。瘋人本來就喜怒無常，可五爺一不高興，田琨就坐不住了，千方百計哄，誰的話也不聽，直到他傻笑起來。哄他洗臉，哄他吃飯，哄他睡覺，那更是家常便飯。一時見不著田琨，更了不得，不是發抖，就是哭。

這位傻五爺呢，見田琨如此仁義，心裡還是很感動的。一個武人，有如此善心，又有如此耐心，很難得了。

呂布初來時，見田琨如此仁義，心裡還是很感動的。

只是，她自己對這位瘋五爺，卻生不出很多憐憫。也許因她對老太爺了解太多吧，總覺五爺成了這樣，分明是對老東西的一種報應。而且，真的，瘋五爺好像不喜歡她，更不許她靠近他。她一走近，他就亂喊亂叫，像見了強盜似的。在康宅時候，呂布也沒得罪過五爺。她現在的樣子，就那麼可怕？

她問過田琨：「五爺這是什麼毛病，怕見女人？」

田琨說：「是玉嫂嚇著他了。玉嫂那人不仁義！五爺五娘好時，她多會巴結？見五娘沒了，五爺成了這樣，她就不耐煩了，成天哭哭啼啼只想回太谷。你心裡煩悶，也不能朝五爺發洩呀？他已經成這樣了，你還冷了臉指桑罵槐，發了火挑剔埋怨，也真忍心！」

五爺五娘跟前的玉嫂，呂布真沒有多少印象。她就問：「難道我長得像這位玉嫂？」

田琨斷然說：「不像，不像，一點都不像。」

「那我是太難看，還是太冰冷？」

「都不是，都不是。你千萬不能跟五爺一般見識！他是給玉嫂嚇的，跟你無關。你先讓著他些，以後我能叫他喜歡你。」

第七章 驚天動地「賠得起」

那次，呂布就順嘴問了一句：「那叫你看，我也不難看吧？」

奇怪的是，當時田琨竟很爽快地說：「呂嫂你要難看，天下真沒好看的女人了！所以我說，五爺不是怕你，是還沒認得你呢。」

「我就這麼看呀！」

「我是問你呢，又扯上五爺！」

呂布不相信他說的是真話。真話不會這樣說，就像喝涼水似的。但當時她也沒追問，訂正。其實，她也不希望他改口。

有一次，她就問田琨：「你這樣操心，是為了五爺，還是為了我？」

田琨說：「為了你，也為了五爺。」

她追問了一句：「到底為了誰？」

田琨的回答，真沒把她氣死！他竟說：「呂嫂，我是想叫你救五爺。五爺畢竟年輕呢，有呂嫂你這樣的女人疼他，說不定能把他的靈魂喚回來。」

經田琨耐心調理，瘋五爺倒真不害怕呂布了。漸漸的，五爺也願意聽她的話，願意由她擺布。

呂布立刻拉下臉，厲聲說：「好呀，你原來安的是這心！拿我使美人計？你是我什麼人，主子，還是男人？竟要拿我去討好這個瘋人？先看看你自己是誰！」

田琨顯然沒料到會這樣，頓時慌了，忙說：「呂嫂，我不是這意思，不是這意思，你誤會了！」

「我誤會了？我一個女人，不往別處誤會，專往這種事上誤會？那我成什麼女人了？你先看清我是誰，也先記著你是誰！」

290

田琨更慌了，連忙賠罪，呂布已憤然而去。

呂布發這樣大的火，也是因為田琨的話觸到了她的疼痛處。那樣盡心伺候老東西，落了一個什麼下場！不用說富貴了，現在是連家也不能歸，鄉也不能回。你伺候的，竟也不把她當人！她伺候了老東西，再伺候這個小東西？東家不把她當人，你田琨也不把她當人，仁義呢，真是看錯了人！

田琨呢，他實在也沒有惡意。五爺住進這處宅院，已經是第三個年頭了。越住，這裡越似一個孤島，出息的貴婦一般，佳人一般。呂布真比玉嫂好看得多。這樣一個女人，如能和和氣氣守在這處宅院中，說不定真能把瘋五爺的靈魂喚回來。五爺五娘的恩愛，田琨是知道的。他一直以為五爺失瘋，就是因為猛然割斷了這份恩愛，他的靈魂尋五娘去了。你能把五爺的靈魂喚回來，是做了善事，也是做了他的再生父母。

所以，呂布一來，田琨除了高興，也得趕緊巴結。而實在說，呂布雖比玉嫂大些，可人家多年放在老好人都憋悶，瘋人他能舒坦了？玉嫂在時，她不仁義，成天慪氣哭啼，還嫌他煩她。可她一走，這裡清寞冰冷得簡直叫人害怕。那段日子，五爺倒是不哭鬧了，可彷彿更憨傻。

這有什麼不好呀？

可呂布是真生氣了，整整兩天閉門不出。田琨嚇壞了…她不會尋了短見吧？於是，使出他的武功，把她的房門卸了下來。

她還活生生坐在屋裡，卻是一身盛裝打扮。

田琨一見，更慌了，不由驚呼…「呂嫂，你真要尋短見……」

第七章　驚天動地「賠得起」

呂布怪笑了一下，說：「可不是呢。晚一步，我就尋五娘去了。」

田琨忙說：「呂嫂，我不會說話，真沒那意思！」

呂布又一笑，說：「除非你答應我一件事。」

田琨忙說：「十件也成！」

呂布說：「那你先站起來吧。」

田琨站起來，說：「要我答應什麼，說吧！」

呂布說：「你先把房門給我安上！」

田琨慌張把房門安好，又問：「什麼事，說吧。」

呂布看著她，半天才說：「我還能有什麼事，就是叫你把門給我安上。」

田琨一聽，說：「呂嫂，你還是不饒我？」

呂布忽然就哭了，說：「我是誰，我敢不饒你！我想伺候你，還高攀不上呢，我敢不饒你⋯⋯」

田琨一時不明白呂布說什麼，不由唸叨：「伺候我？」

呂布這才聽明白了，慌忙說：「我有何德，受此厚福？」

呂布就過來捶了他一下，罵道：「你的心思就全在五爺身上！」

從此，兩人暗裡就似夫妻一樣了，不僅都安心伺候瘋五爺，這處孤島也有了生氣。但到了，終於也沒能喚回五爺的靈魂。

田琨這輩子就是伺候人的命。從今往後誰也不想伺候了，只想伺候你，還高攀不上！雖不合夫婦之道，但一同淪落天涯，遙無歸期，如此也算是一種互為扶持吧。兩人如此一來，

第八章 走出陰陽界

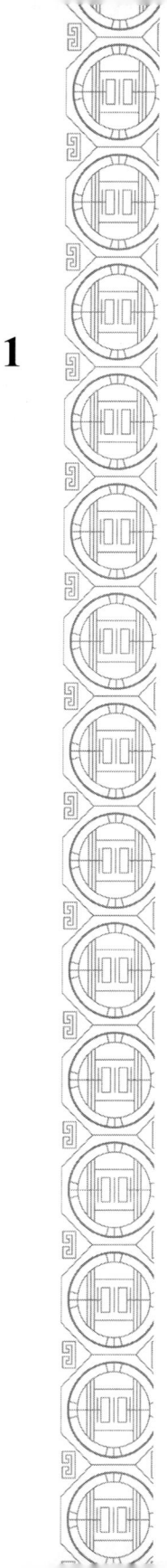

1

津號開局稍見起色後，邱泰基也才給家中寫去一信。票號駐外人員的家信，一般都是寄回老號，老號再捎話給收信的家眷，叫他們來取。邱泰基這封信自然是溫雨田從城裡的家信，自然是溫雨田從城裡的天成元老號取回來的。他見信是從天津發來，很有些奇怪，顯然，邱泰基從由西安調津時，行色匆匆，竟未寫信告家中一聲。

姚夫人見信也一驚，忙拆開看時，心裡自然又是翻江倒海！以前那樣悽苦萬分地守著，男人倒一年一個樣，一年一大變：這豈不是上天在報應她嗎？她知道，去津號做老幫，那是男人多年的願望。以前運氣好時，那還一直遠不可及；現在倒楣了，反倒一步就躍了上去：如此反常，誰又能料到？

雨田見姚夫人讀罷信就坐在那裡發呆，不敢多問，悄然走開了。自從和主家夫人有了那一層關係，雨田可不像前頭那個郭雲生，還沒幾天呢，就將得意張揚出來，再往後，更將自己看成了半個主子。他是越往前走，越感到自己罪孽深重。在那個寒冷的冬夜，是主家夫人

第八章 走出陰陽界

留住了他。但夫人是他的恩人，母親一樣的恩人，他不應該走出這一步。

夫人在相擁著他的時候，極盡了疼愛，他感到那裡面也有許多母愛。所以他不敢放縱了來享受這一份疼愛。夫人那裡溫暖之極，迷人之極，但沉重之極！他知道拒絕了這一份疼愛，也就失去了這位主家夫人，但接受了這一份疼愛，他又日夜不安。夫人對他越好，他越要想起遠在外埠的主家掌櫃。有朝一日，主家掌櫃回來時，他怎麼可能從容面對？

雨田不止一次對姚夫人說起這逃不過的難關。姚夫人總是說，你不用怕，有我呢。到時你只要聽我的，什麼事也不會有！但她有時也會說，該怎麼，就怎麼吧，誰叫我們走到了這一步？這樣說的時候，哪能不心驚肉跳！

尤其每當主家掌櫃有信寄回，夫人總是一看就發呆。雨田是個心細敏感的後生，見此情形，他心裡也會翻江倒海。夫人這樣發呆，一定是覺得對不住男人。是他連累了夫人！所以，每次主家掌櫃來信後，他總是躲避著，不願見夫人，直到夫人強行召見他。他不能不應召去見，可每次都心情沉重，要很說一番「連累了二娘，想告罪辭工」的話。

姚夫人一聽他這樣說，反而很受感動，直說：「你有這番心意，我也值得了！就是挨千刀萬剮，也值得了。」

起初，雨田見夫人這樣，還慌忙回答：「不值得，不值得！二娘是誰，我算誰？我毀了二娘，罪孽太大！二娘待我恩重如山，更不該。」

姚夫人好像更受感動，說：「你這樣有情有義，我還有什麼不值得？」說時，眼淚都下來了。

雨田他還能再說什麼？也只能一切依舊了。再說，離開邱家，他也實在無處可去的。

這一次也一樣，雨田見夫人接天津來信後神情複雜，便悄然躲避開。但也有不一樣：好幾天過去了，夫人也沒有召見他。雨田就有些坐不住了。因為在以前，最多過不了兩天，夫人準要召見他。或者，乾脆在夜半時分就會潛入他的住處。

這一次，是怎麼了？

雨田雖然希望不再往前走，可主家夫人真這樣不理他了，心裡到底還是受不了。起先，他還以為主家掌櫃在天津出了什麼事。但越看越不像。真出了事，夫人不會這樣安坐在家，一點動靜也沒有。不是出了事，那就只有一種可能：夫人真幡然悔悟了。

雨田雖未進過商號，但他自小就知道，口外是商家聖地，西安是大碼頭，天津更是大碼頭。他來邱這還不到兩年，就親見了主家掌櫃從口外調到西安，又從西安調到天津，挪動的地界一處賽一處，而且還挪動得這樣快！他從小就記得，母親一直盼望父親能挪動到離家近的地界駐字號，當然更盼望父親能改駐大碼頭。可父親熬到死，也還是沒離開遙遠的小碼頭。夫人怎麼可能為了他這樣一個卑賤的傭人，長久得罪那樣高貴的男人！現在邱掌櫃榮調天津大碼頭，夫人一定更後悔了。

不是後悔，也是害怕了。

這樣威風的掌櫃，一旦知道了夫人的這種事，哪能輕饒了她？當然也輕饒不了他這個賤僕。他死也無怨，只是連累了夫人！

夫人這樣不理他，是示意與他斷情，叫他趁早遠走嗎？

可他能往哪裡去？

第八章 走出陰陽界

失去了夫人,世界又成冰天雪地,他也只有去死。

或者,趁早求夫人把他打發到遙遠的地界,駐字號,做學徒?

雨田這樣胡思亂想著又過了幾天,仍然沒有什麼動靜。夫人一直閉門不出,令他更坐臥不安。

這天,他終於忍不住,主動叫住主家小姐水蓮,問道:「好幾天了,也不見二娘出來,是不是病了?要是病了,我得趕緊去請醫先。」

雨田很害怕看見這種燦爛,忙說:「沒病就好。我也該忙去了。」

水蓮更笑笑著攔住他:「雨田,趁媽不出門,你還不清閒幾天?今兒陪我進趟城吧!」

雨田更慌忙說:「我哪能清閒呀!我得去跑佃戶,檢視莊稼長勢。」

她依然燦爛笑著,說:「我不管莊稼不莊稼,反正雨田你得陪我進趟城!」

雨田哪能答應?只好換了央求的口氣說:「大小姐,我吃的就是伺候主家的飯,伺候你進城,哪能不願意?可莊稼是一年的事,現在佃戶又花樣多,不趁早查清長勢,等莊稼快熟了,他們先給你偷偷收割一兩成,哪能發現得了?」

「我不聽,我不聽!反正你得陪我進趟城!」

「進城做什麼?」

「逛一趟呀。」

「可誤了跑佃戶,我交代不了二娘。」

「陪我進趟城,能誤了你什麼事!」

296

「時令不等人⋯⋯」

「雨田，我就使喚不動你？」

「我是怕二娘怪罪⋯⋯」

「我去跟媽說！」

「我聽吩咐。」

見小水蓮跑走了，雨田才鬆了口氣。

小水蓮對雨田，也與對雲生不同。她分明也喜歡雨田，有事沒事，總愛跟在雨田後面跑來跑去，問長問短。而且，她也照了母親的叫法，一直堅持叫他「雨田」。母親一再要她改一種叫法，她偏不，偏「雨田，雨田」地叫。她還要雨田叫她水蓮，不要叫小姐。雨田當然不敢答應。

雨田與夫人未有私情前，見主家小姐不討厭他，當然很高興，也就極力叫她遂意，哄她喜歡。可自從與夫人有了超常關係，雨田見了小姐就心虛了，有意無意總想躲避。這一躲避，反倒引起小姐的多心⋯雨田為什麼不喜歡她了？

小水蓮就到母親那裡告了狀。姚夫人一聽就慌了，忙私下問雨田⋯你怎麼惹蓮蓮了？千萬不能惹，千萬不能惹！雨田說明了他只是想躲避，並沒有惹她。姚夫人就叮嚀⋯也不能冷落她，千萬不能冷落她！以前怎樣，還怎樣，不敢露出異常。

雨田這麼年輕一個後生，哪可能心裡藏下這等私情，外面不露一點痕跡？他雖不敢有意躲避小水蓮了，卻也很難從容依舊。而小水蓮見他這樣多了幾分羞澀，倒也很滿意⋯這樣更便於支使他。

小水蓮只是一個十一歲的女娃，她喜歡雨田，實在也只是一種純潔的感情。在長年見不到父親，又無

297

第八章 走出陰陽界

兄弟相伴的家中長大,對男性自然有種新奇感。對雲生的反感與對雨田的喜歡,原本就是這新奇感的兩面。可懷著愧疚感乃至罪孽感的雨田,怎麼也難以從容應付小水蓮?像這種叫他陪了進城一類的要求,水蓮是常提出來的。雨田是能推脫,就推脫。陪了她出去,要不冷不熱說許多話,不招她太親近,又不惹她惱怒,實在太難。所以,雨田盼望著的,是夫人不准許陪小姐進城。

可水蓮很快跑出來了,得意地對他說:「雨田,媽同意了,叫你陪我進趟城。說是正好有封信,叫你進城交給信局。快去吧,媽叫你呢!」

雨田聽了,不由一喜⋯他不見夫人已五六天,卻似相隔了多少天!今天算是沾了小水蓮的光,終於能重見夫人了。他不見夫人有多理水蓮,就跑去見夫人。

幾天不見,夫人是明顯憔悴了。他進去時,夫人未說話,也沒有抬頭看他,彷彿不知道他進來。雨田便怯怯地低聲問:

「水蓮說有封信,叫我往信局送⋯⋯」

姚夫人仍沒有看他,只是冷冷地說:「信還沒寫。去拿筆墨信箋來,我說,你寫。」

這是給誰寫信,叫他執筆?以往夫人給邱掌櫃去信,都是自己親筆寫。而寫那種不當緊的信函,夫人他只是交代一下,並不口授的。

「你沒聽見我說話?」姚夫人厲聲問了一聲。

他這才趕緊跑出去。取來後,剛舐筆鋪箋,夫人就開始口授⋯

「夫君如面——」

原來竟是給主家掌櫃寫信!雨田一聽,手都有些抖了。

「由津寄來的家書已收妥。知夫君又榮升津號老幫人位,妾甚感光耀。謹祝夫君在津號及早建功,報答東家、老號。家中一切都好,只是蓮兒、復生很思念你,妾也如是。夫君示妾,在津號恐怕要住滿三年,才可下班回來,妾無怨言。只是,俟夫君歸來時,復生已五歲矣!妾字。」

雨田在寫頭一遍時,太緊張,只顧了寫字,未及解意,幾乎未領會夫人口授了什麼。等第二遍謄清時,才知信中意思。其中,主家掌櫃要三年後才回來,最令他欣慰。近日夫人生氣,也許是怨恨男人太無情吧。

他將謄清的信箋呈給夫人過目時,見她一臉冰霜,就說了一句:「二爺也是掌櫃中的俊傑,歸化、西安、天津,一年挪一個碼頭,又一個碼頭賽一個碼頭⋯⋯」

他還沒說完呢,就忽然聽見夫人朝他怒吼起來:

「沒良心的東西,你也是沒良心的東西!你也想去駐碼頭?都是沒有良心的東西!你們都去駐碼頭吧!⋯⋯都是養不熟的東西⋯⋯」

他一邊怒吼,一邊將手中信箋撕了個粉碎。

雨田哪見過這種陣勢?慌忙跪下,卻不知自己說錯了什麼。

第八章　走出陰陽界

2

那天，姚夫人的怒罵似大雨滂沱，很持續了一陣。收場時，說了一句話，更令雨田驚駭無比：

「你也走吧，我不養活你了，走吧，走吧！」

他給嚇得懵住了，也不知如何辯解。夫人卻已將他攆出來了。慌忙問時，他也不說話。水蓮就跑進母親屋裡，很快，也灰頭土臉地出來了。

他丟了魂似的走出來，倒把等在外頭的小水蓮嚇了一跳。

水蓮又過來纏住問他，他哪有心思給這個小女子說？只應付說：「我也不知二娘為何生這麼大的氣，也許嫌我寫字寫得太難看？二娘正在氣頭上，先什麼也不要問了。」

但他想錯了。第二天，夫人屋裡的女傭蘭妮就過來說：「二娘叫傳話給你，什麼也不用你張羅了，收打發了水蓮，雨田也希望主家夫人不過一時說氣話，並不是真要攆他走。

拾起你的行李，去另尋營生吧。」

夫人當真要攆他走？他愣住，不說話。

蘭妮低聲問：「雨田，你咋惹二娘了？叫她生那麼大氣，提起你，恨得什麼似的！」

雨田才說：「我也不知道呀！昨天，二娘要給二爺回信，她說一句，叫我寫一句。寫完，就發火，真不知道是為什麼。」

「你是沒照二娘的意思寫吧？」

「我哪敢！」

蘭妮又問了些傻話，雨田也不想跟她多說，只是告她：「你給二娘回話吧，我走也無怨言。這兩天，我把佃戶跑完，查清各家莊稼長勢，就走了。」

蘭妮就說：「離開邱家，你到哪營生呀？」

打發走蘭妮，他真就出村奔佃戶的田畝去了。

帶幾分傻氣的蘭妮都知道擔心：離開邱家去哪營生？但他已不去多想。走一步，算一步吧。昨夜，他幾乎未闔眼，已反覆想過多少次，真離開邱家，也絕不回叔父家。第一選擇，就是投奔拉駱駝的，跟了去外埠碼頭。駝戶不要他，就自家往口外走，就會有生路。

一夜裡，他也細想了夫人發怒的經過。他相信，只有往口外走，就會有生路。他真該為以後著想了。他或許還真流露出了羨慕？但夫人的發怒，似乎也真正喚醒了他的夢想。總不能老這樣陪著主家夫人過一生。自家也是男人，也該到外埠碼頭去闖蕩一番吧。不能像邱掌櫃這樣駐大碼頭，至少也要像父親那樣尋一處小碼頭駐總之，因為夫人的發怒，雨田倒真嚮往起外埠碼頭來。

帶著這樣一份嚮往，雨田不但沒有了沮喪情緒，似乎還激發出一種成熟來。他馬不停蹄地跑遍了邱家的十幾家佃戶，整整在外奔忙了三天。期間，一次也沒回邱家，每夜都是就近住在佃戶到第三天傍晚，他才回到邱家。一進大門，守門的拐爺就叫了一聲：「雨田，你到底回來了！」

「怎麼了？」

「你快進去吧！」

第八章　走出陰陽界

進來碰見誰，也都是那句話：「你到底回來了！」後來碰見蘭妮，她更是驚叫了一聲，說：「雨田，你到底回來了！二娘天天罵我，嫌我放走了你！你得對二娘說清楚，是你要走，不是我叫你走……」

「到底怎麼了？」

「你一走，二娘天天罵我，一天能罵八遍！你到底回來了，我這就稟報二娘。」

「這幾天，我是去跑佃戶，跟你說過呀？」

「我說甚麼二娘也不聽。你去說吧，我這就去稟報！」

不久，小水蓮跑來，問他這幾天賭氣跑哪兒了？還低聲告他：媽的氣更大了，見誰罵誰，你得小心！蘭妮跑進去後，雨田站在院裡等了一會，見沒有動靜，趕緊跑走了。

說完，趕緊跑走了。

然而，直到天徹黑了，夫人也沒有叫他。看來，她是真動了怒。他走這幾天，她以為是跟她賭氣？蘭妮或許沒說清楚。自來邱家後，他也從未離開過一天。她有氣，也難免。他可是盡心盡職跑佃戶，一點怨氣，一點委屈也沒有。

她生這麼大氣，那就更不會收回成命，留下他了。

雖然有些捨不得，但他遲早得走這一步吧。洗涮過，倒頭睡下，很快就進入夢鄉。也不知過了多久，他依稀聽到一種哭聲，似遠又近，還有幾分熟悉，只是更清晰。

一片黑暗中，哭聲依舊，只是更清晰。

再一激靈，看見了坐在炕榻邊的夫人。

正著急尋找，猛然一激靈，醒來了。

302

他慌忙坐起來，要下地去，夫人攔住了他。

「你睡你的吧！把我氣成這樣，你倒睡得香！都是沒良心的東西……」

「我是趕著跑佃戶……」

「誰知道你跑哪兒去了，沒良心的東西！」

「眼看秋涼了，我真是……」

夫人摟住了他，不讓他再說。

這一夜，夫人感傷纏綿之極，卻不許他多問一句，更不許他多解釋一句。

第二天早飯時，夫人叫在她用餐的桌上多備了一副碗筷，並傳了話出去：「雨田雖年輕，可管家有功。從今往後，雨田就跟我們母女倆一道用膳了。都小心些，不能怠慢了他！」

這可又叫雨田吃了一驚！

主僕有別，那是大規矩。姚夫人這樣公開將他與主家同等對待，雖沒有料到，但他是知道夫人用意的……她不惜將事情公開，也要留住他吧？只是，他怎麼可能心安理得來接受這一份高待！可他也無法拒絕。正猶豫呢，水蓮過來就拉他就座。座上，夫人已無一點怨氣，從容說笑，精神甚好。水蓮也是高興異常。但他實在無法和她們一道高興。

幾天後，鄰村有廟會。三天的廟會，頭一天就熱鬧非常。這大概是因為去年有拳亂，今年前半年時局也不穩，一年多沒廟會可趕了。

姚夫人聽說廟會很熱鬧，就吩咐雨田：「你叫他們打聽一下，看寫了什麼戲。後晌，我們也套輛車，

303

第八章 走出陰陽界

看戲去。」

雨田就說：「那我去吧。順手看有值得採買的，買些回來。」

姚夫人就說：「雨田，你也得學會使喚人！不能光知道辛苦自己。我僱了這些下人，就是叫你使喚。不夠使喚，咱再僱。」

雨田就說：「採賣東西，還是我去吧。再說，我也想趕趕熱鬧。」

姚夫人說：「你願意去，那就另說了。可你得學會使喚人，哪能沒一點排場！」

要在以往，雨田聽了這番話，會淚流滿面的。現在，他卻感到了一種壓迫。

鄰村的廟會場面，果然熱鬧異常。但他打聽了幾處，都說今年只寫回一個「風攬雪」的小戲班。因為連年天旱，再加拳亂，村裡公攤回來的銀錢不多，寫不起大戲班。

「風攬雪」，是指那時代草臺野戲班的唱戲方式，也就是既唱大戲，也唱秧歌小調。大戲見功夫，有規模，但規矩也大；秧歌小調卻能即興發揮。小戲班為了謀生，也就大戲秧歌一齊來，臺下喜歡什麼唱什麼。當時祁太平一帶流行的秧歌，已自成體系，有了自創的簡單劇目。劇目雖簡單，卻因採自鄉民身邊，又以男女私情居多，所以流行甚勁。小戲班當然要搶著「風攬雪」。

但男女規矩規矩的後生，也知道「風攬雪」唱到夜裡，會攪出什麼來……冒幾句淫詞浪語，那還是好的！

所以雨田斷定，夫人大概不會來看戲了。他在會上轉了一圈，見木炭很便宜，便要了兩推車，押了回來。

姚夫人見他買回木炭來，沒問兩句呢，竟掉下眼淚來。雨田猜不出又怎麼了，夫人才說：「你剛來那年，為買木炭，都把你凍病了！你忘了？」

雨田連忙說：「那是我不會辦事，不用提它了。」

但他心裡明白，夫人想的不是這件事，而是那個寒冷的冬夜，他去添了盆木炭火，她不讓他走。可他今天買木炭，根本就沒想到這件事。

打發走賣炭的，夫人就問他：「他們寫回誰家的戲？」

雨田就說：「沒寫回正經戲班，只叫來一個『風攪雪』。」

夫人竟說：「『風攪雪』，也有它熱鬧的地界。一年多沒看戲了，不拘什麼，我們去圖個熱鬧。今晚的戲報貼出來了吧？有幾齣什麼戲？」

「戲報上寫的是，一出武秧歌《翠屏山》，一出大戲《白蛇傳》。可這種野團隊，它給你按戲報唱？還不知攪到哪兒呢！」

夫人毅然說：「不拘什麼，我們都去！後晌就套輛車去，先趕會，後看戲。」

夫人對「風攪雪」居然一點也不避諱，這叫雨田很害怕。以前，夫人在外頭面兒上那是極其謹慎的，現在這是怎麼了？夫人要真看「風攪雪」，那是一定要他陪到底的。在家與她同桌吃飯，在戲場同她一道「風攪雪」，那豈不是將他們之間的私情全公開了？她這樣不管不顧，是一時賭氣，還是真想走這一步？雨田不敢深想了。夫人對他是有恩的。他不能毀了夫人。但靠他是攔擋不住的。他一著急，才想到一個人：小水蓮。

第八章　走出陰陽界

他就趕緊把後晌要去趕會看戲的消息先告訴了水蓮。水蓮一聽，當然很高興，蹦跳著跑回去挑選衣飾去了。

好一陣，夫人也沒叫他去。說明夫人是同意帶水蓮去的。雨田這才鬆了口氣。帶水蓮去，就不會很看「風攪雪」了。

後晌出門時，一輛馬車上還真坐滿了：姚夫人，水蓮，還有蘭妮抱了小復生，另外還拉了幾條看戲坐的板凳。夫人還叫雨田陪了她們逛。雨田說，他先搬了板凳到戲場占個好地界，也沒人很注意。連跟著的水蓮、蘭妮也不在意。

等入夜進入戲場，夫人叫水蓮挨她坐一邊，另一邊就叫雨田挨住坐，蘭妮挨水蓮坐那頭。雨田有些為難，夫人卻是不容分說。他看戲場裡氣氛，似乎更寬容，誰也不管誰，才踏實了一些。

開場武戲也只是亂，不見好功夫，倒見臺上的塵土升騰著，向臺下飛揚。復生也早在夫人懷中睡去。所以等武戲收場時，水蓮和蘭妮都在打盹了。看她東倒西歪的，來受罪呀？」

雨田就說：「二娘，這戲沒看頭，我們看，我們也該回去了。」

姚夫人卻說：「叫她們坐車回吧，我們看，正經戲還沒開呢。」

說時，她就搖醒水蓮，叫醒蘭妮，交代她抱好復生，坐車回村去。並交代車馬也不用再來了，僱乘小轎就得了。雨田也只好送她們去坐車，向車倌做了交代。

好門戶。她有雨田伺候呢，散了戲，僱乘小轎就得了。雨田也只好送她們去坐車，向車倌做了交代。

回來剛挨夫人坐下，就覺得她的腳伸過來，勾住了他的腿。重新開戲後夜已深，大戲也沒正經唱，就「風攪雪」了。雨田真還沒親歷過這場面，始終覺得不自在。看到要命處，簡直覺得無地自容。

可夫人卻似一團烈火，什麼都不管不顧了，只聽任野地的風吹旺她。沒等散戲，她就拉了雨田擠出戲場。也不僱車轎，只是緊握著雨田的手，放肆地瘋說著，走進了曠野。曠野裡瘋狂的夫人，真叫雨田害怕了。

正是這一夜，使溫雨田下了一個決心。

半年後，他真的跟了一支駝隊，不辭而別，走了口外。這是他半年來暗中努力的結果。利用進城採買辦事的機會，他找到了父親的一位舊友，託人家作保，在口外謀得一學徒之差。

姚夫人在確信雨田不再回來後，幾乎瘋了。奇怪的，沒有多久，她似乎就安靜下來。而且，這一次她是重新回到以往那種苦守的日子，只等待男人下班歸來。這是後話。

3

就在那幾天，鳳山龍泉寺周圍的鄉民，為了還願謝龍王，也寫了幾臺戲唱。因有商號捐助，這裡請來的是正經戲班，廟會規模也大。

只是，康家沒有看戲的習慣，更不允許去廟會那種戲場。所以，聽說龍泉寺唱戲，康家倒也沒人把它

第八章 走出陰陽界

當回事。唯有汝梅有些心動。

時局平靜後，老太爺就放了話：趕緊給榆次常家說說，挑個日子，把梅娶過去吧。跟著，兩頭就張羅起來，吉日定在了九月初六。

對此，汝梅很有一些傷感。她感到老太爺是有些急於把她攆走！自從她在鳳山遇見那個神祕的老尼後，老太爺就和她疏遠了。父親雖沒有疏遠她，卻也告誡她不許胡思亂想，更不許打探那些不該知道的事情。她很想聽父親的話，可他們越這樣，她越放不下。

眼看要出嫁了，成為人婦，只怕出行走動更不容易。好不容易去了一趟江南，偏偏趕上老夫人去世。剛到杭州，就日夜兼程往回趕！父親多出幾趟遠門。在這樣感傷時，那個念頭又閃了出來：去年初冬剛給老夫人畫了像，臘月就病倒，今年正月就病重，二月就死了？這好像一步接一步，安排好了的？給這位老夫人畫的雖是西洋畫像，可尺寸卻是遺像的尺寸⋯⋯在從江南回來的路上，汝梅就曾給父親說過這疑問，遭到了父親的怒斥。

可現在這疑問非但未消，更變成了一種誘惑：汝梅非常想再一次私訪鳳山那座尼姑庵，看能不能碰見新逝的這位老夫人⋯⋯

在汝梅這樣的年齡，這種念頭一旦生成，那是壓不下去的⋯越壓，反而越想一試。何況她又任性慣了。在少女時代即將結束時，她更不想放過這次冒險探祕。

只是，她找不到去鳳山的藉口。那些車倌們，叫他們去哪都去，唯有去鳳山，誰都不願拉她去。她疑心這是老太爺有吩咐，誰也不敢有違。

所以，一聽說鳳山龍泉寺唱戲趕會，就想藉機去一趟。但她也只能磨纏母親。父親雖在家，卻忙得像

什麼似的，很難見到他。母親呢，不但沒鬆口，還很數說了她一氣。母親現在儼然是主家婆了，一味護著康家規矩，數落她的沒規矩。汝梅也只好死了心。

但不大一會兒，她裝著若無其事，熬到後晌，才又去見母親。母親以為她又來磨纏，已拉下臉來，她忙說：「媽，又怎麼了？我不能來見你？」

母親哼了一聲，說：「誰知你又有什麼好事！」

「那就不說了，什麼也不說了。」

「你到底又想說什麼？」

「不說了！」

「你又想說什麼？」

「死妮子，你到底要說什麼！」

「我看父親和你，打裡照外，比誰都忙，就想代你們去看看外爺外婆。不知這是懂事還是不懂事？」

「梅梅，我不是早有這意思嗎？你只是不愛去！」

「媽你總說我不懂事，我想懂點事了，你還是一臉惱！我懂事也是不懂事，我還說它做什麼？」

「現在去，不遲吧？」

「什麼話！想去，就趕緊去吧。」

汝梅的外祖父家，與京號戴掌櫃同村，就在不遠的楊邑鎮。雖也是大戶，卻無法與康家比，也沒有康家這樣太多的規矩。尤其兩位老人，對汝梅寵愛得很，什麼要求不答應？汝梅既一心謀著去鳳山探密，終

第八章 走出陰陽界

於想到了藉助這兩位老人。

第二天一早，三娘就鄭重派了車馬，帶了禮盒，送汝梅去了楊邑。

到了外爺家，汝梅又改變了主意：她不急於要求去鳳山趕會了。憑她的經驗，在趕會唱戲那樣的時候，那座神祕的尼姑庵一定是山門緊閉的。去了，也是白去。所以，她在這裡先安心住了下來，盡量討外爺外婆高興。

等龍泉寺廟會散了，她才對外爺外婆說：快出嫁了，想到龍泉寺許個願。前兩天趕會，嫌亂，現在趕完會了，正清靜。兩位老人聽了，趕緊張羅車馬，挑選僕傭，並叫她的一位表姐陪了去。

汝梅真是興奮異常。

來到龍泉寺後，她又故技重演，在大佛殿敬香許願後，就主張去爬山登高。陪她來的表姐是小腳，哪爬得了山？又見香客稀少，就怕上山有意外，不大願意由她去。汝梅早謀好了對策，就說：「表姐不放心，無非因我是個女娃吧？那我扮個男的，不就得了！」

表姐磨不過，也只好由了她。汝梅跟男傭們借了件布褂套上，又用一塊布巾包了頭。表姐說她不像男的，她說像個女傭也成，只是急著要走。

出了寺院，汝梅就健步快行，想甩開僕傭。可這兩名男僕視汝梅似公主，小心巴結，不敢有閃失。所以，無論汝梅快行慢行，總是緊隨在後頭。汝梅想了想，這兩個男僕也不是康家的，跟著就跟吧。

她拖了這兩個男僕，上山又下山，進入了那個寂靜的山谷。

兩個僕傭慌了，直問：「這是到哪兒呀？」

汝梅帶著幾分神祕口氣說：「前頭有座小寺廟，籤特別靈驗！」

310

兩個僕傭不信，就說：「怎麼沒有聽說過？」

汝梅更神祕地說：「這是女人求籤的地界，你們男人怎麼知道！女人求籤特別靈。」

僕傭才不說話了。

但趕到那座尼姑庵時，山門緊閉，四周空無一人。

一個男僕問：「就是這座小廟？」

汝梅點點頭。

另一男僕就說：「那我去敲門了？」

汝梅忙說：「千萬不能敲。越敲，人家越不開。敲開門硬闖進去，籤也不靈。」

「那我們白跑一趟？」

汝梅說：「先尋處樹蔭坐坐，我也累了。歇一會，廟門也許會開。」

看了看，不遠處有幾棵蒼勁的老松樹，就過去歇在濃蔭下。坐了很一陣，尼庵依然沒有動靜。不但不信，還要笑她罵她。汝梅又開始懷疑自己上回所見，她已經懷疑過許多次：是不是把夢境當真了？碰見一個老尼姑，臉上有美人痣，還問起六爺，這一切也許只是她做過的一個夢吧？

現在看這裡的一切，小廟倒是見過的，可它是不是尼姑庵呢？山門緊閉，什麼動靜也沒有。那她不叫男僕去敲門，那是既怕再見到那位老尼，惹出更多麻煩，又怕出來開門的不是尼姑，而是和尚！那她的夢就真破了，索然無味地破了。

這樣傻坐著，兩個男僕很快不耐煩了。一個又要去敲門，一個勸她先回龍泉寺。她耐著性子又坐了一

311

第八章　走出陰陽界

三人沿山谷走出來，快出山谷時，汝梅看見迎面有一個和尚走過來。汝梅頗感失望！這和尚進山谷，只能是去那座小廟⋯⋯它竟然不是尼姑庵？自己真把夢境當真了？

在這種心境下，汝梅也不大注意這個和尚了。只是等到走近了要錯過去的那一刻，才不經意地舉目看了一眼。看過後，她似乎也沒有特別的表情，但走了十來步後，兩個男僕才發現她不說話了！問什麼也不答腔，叫她站住也不站，就那樣直著眼往前走⋯⋯兩個男僕頓時嚇慌了。

三爺本來正在天成元老號與孫大掌櫃議論京津號事，見三娘派人來叫他回去，還有些不想推脫。家僕說是急事，務必請三爺回來。他問是什麼急事，家僕卻說三娘也沒交代。

三娘可從來沒這麼使過性子。三爺就問：「是老太爺有急事嗎？」

家僕忙說：「老太爺那裡沒事！」

這就更叫人摸不著頭緒了。三爺只好趕回康莊。進門一聽三娘告訴，三爺的臉色立刻嚴峻起來，忙問：

三娘：「這事沒張揚出去吧？」

三娘就說：「我還不知道老太爺疼汝梅？所以，還不敢言聲，怕驚動老太爺。我外爺那頭，怕這邊怪罪，只來給我報訊，也不敢送汝梅回來。我看這瘋妮子，準是衝了什麼不乾不淨的東西，中了邪！」

三爺說：「你也不用慌張，就跟沒事一樣，在家等著。這事，跟誰也先不要說。我這就去楊邑！」

4

三娘急忙說：「我不去哪成！不光汝梅呢，她外爺外婆也受了驚嚇！」

汝梅曾有鳳山遇神祕老尼那種經歷，三娘其實還並不知道。汝梅不會跟她說，三爺也沒對她說。所以，她也不知道事態的嚴峻，只想去看看中了邪的女兒，也安慰一下擔驚受怕的父母。可三爺斷然不許她回娘家，說她一走，動靜太大，驚動了老太爺，更麻煩。

三娘也只好遵命。

三爺到楊邑後，兩位老人直說道歉的話。三爺就說：「她自小就野，哪能怨你們！只是這事沒張揚出去吧？」

岳丈慌忙說：「這事著急還著急不過來呢，哪顧上張揚！」

三爺說：「就怕你們太驚慌，嚷吵得滿世界都知道了⋯⋯」

「沒有，沒有。一見梅梅成了這樣，就趕緊給你們報訊！除此，還能去給誰說？」

三爺才說：「那就好。不過小事一件，太驚慌了，叫人家笑話。」

岳母就不高興了，說：「梅梅都成了這樣，還是小事？」

「關起門來，你們說成多大的事也無妨的！」

三爺又應付了幾句，就去見汝梅。

第八章　走出陰陽界

初看，汝梅倒沒有什麼異常，但他走近，她竟像認不得似的。三爺叫一聲「梅梅」，不但不應，連看也不看她一眼。

三爺到她跟前，連著叫了幾聲，還是不答應。

兩位老人焦急萬分，連說：「自從鳳山回來，就沒見她張過嘴，說過話！這可怎麼是好？趕緊請有本事的道士吧？」

三爺叫來那兩個跟著的男僕，詳細問了問出事經過。之後就叫大家迴避了，只留他和汝梅，看能不能叫應她。

兩位老人及其他主僕，也只好都退出來。

三爺把房門閉上後，先親近和氣地叫梅梅，她不應，也依然問她話，交談似的與她說話。還特別說：「過幾天，就帶你去一趟京師！」可折騰了半天，還是不頂事，她依然直著眼，不認人。

三爺知道汝梅是驚嚇過度了。但遇見一個和尚，就嚇成這樣？她又把這個和尚看成誰了？難道是跟她的那兩個男僕有什麼非禮之舉？三爺剛才詢問他們時，遇見一個老尼姑，臉上有顆美人痣，很像死去的老夫人。一個和尚，又能像誰？以前她說三爺常跑口外，經見過驚嚇過度的人事。對嚇傻了的夥友，有時猛然給他一巴掌，倒能將其喚醒。可汝梅是個女子，更是自家的愛女，真無法下手抽她這一巴掌。可她真要嚇傻了，跟誰也不好交代。

這樣一著急，三爺那火暴強悍的脾氣又上來了，面對著汝梅，猛然大喝了一聲：「你是誰？你不要纏她——」

三爺也不知怎麼就喊了這樣一句，但這一聲喝叫，是那種在荒原練出來的吼叫，爆發慢，後勁大，給

314

憋在屋裡一迴盪，真是很可怕。這樣一喝叫，真還把汝梅震動了，眼珠先就抖了一下，跟著又轉動起來，跟著又哇一聲哭了出來，撲過來摟住了父親。

三爺就叫了聲：「梅梅——」

汝梅答應了一聲。

三爺又問：「你認得我吧？」

汝梅說：「認得，爹！」

謝天謝地，總算把她吼醒了⋯⋯三爺終於鬆了一口氣。

正想細問汝梅受驚緣由，汝梅的外爺外婆一干人都慌忙擁來。見汝梅已哭出聲來，也都長出了口氣。兩位老人聽到這邊吼叫，三爺立刻止住，說：「我也餓了，汝梅你餓不餓？快去給我們張羅吃喝吧！」

三爺把圍著的人打發開，又哄汝梅止住哭。汝梅雖能認得人了，還是有些痴呆。三爺也就不再多問，盡量說些她願意聽的。

那天天快黑時，三爺和汝梅同坐了一輛馬車，回到康莊。臨別時，三爺又特別囑咐了岳丈：汝梅鳳山受驚這件事，千萬不要張揚出去。

到家後，三爺也攔住三娘，不叫她問長問短，只說：「梅梅也沒什麼事，累了，不想多說話，俩老人就大驚小怪！」

此後幾天，三爺也不叫多說受驚的事。他也沒有怎麼外出，盡量多陪著汝梅。但汝梅分明像變了一個人，成天不大言語，那幾分痴呆氣也未消去。尤其三爺不在跟前時，更膽怯異常，像害怕什麼似的。

第八章 走出陰陽界

三娘早著急了，直對三爺說：「梅梅還是中了邪！請道士，還是請神婆，得趕緊想辦法呀！梅梅老這樣，還得了？」

三爺就瞪她：「你就想折騰得驚動了老太爺？我看梅梅是有心事，慢慢哄她說出來，就沒事了。就只想中邪！」

「她有什麼心事，能這樣重？把人都壓垮了！」

「她眼看要嫁人了，能沒心事？她去龍泉寺，就是為了許願。」

三爺這樣說，是為了穩住三娘。汝梅受驚的實情，他不想叫三娘知道。又過了幾天，三爺才把汝梅叫到自己的帳房裡。先告汝梅說，最近他想去趟京師，只是放心不下她。正經問呢。不是不想問，是想緩一緩，能問出個究竟來。而汝梅受驚的實情，他也還未正經問呢。

汝梅立刻就有些慌張，說：

「爹你去哪兒，也得帶著我，我一人可不敢在家！」

三爺就說：「我也想帶你，可你現在這樣，怎麼能出門？」

汝梅說：「我是害怕！跟著你，我才好些。」

「梅梅，你從小就是膽大的女娃，有什麼能叫你害怕？我看你是胡思亂想，自家嚇唬自家呢。要不，你是聽了誰的胡言亂語了？」

「沒有！我是碰見一個人，沒把我嚇死！」

「碰見誰了？又是一個老尼姑？你還沒忘了那件事？早跟你說了，我派人去打聽過，鳳山裡頭就沒尼姑庵！」

316

「不是老尼姑。」

「那是誰？一個和尚？」

汝梅又直著眼，不說話了。

三爺就說：「梅梅，看看你，又犯傻了！老這樣，我怎麼帶你出門？」

汝梅才說：「我在鳳山碰見一個人。」

「誰？」

「洋畫上畫的那個人。」

「洋畫？」

「給她畫了一張洋畫，也給我畫了一張洋畫。」

三爺聽明白是誰了，可他也幾乎給嚇傻了⋯新逝的老夫人？這怎麼可能！他們說你碰見的是一個和尚⋯⋯」

他努力鎮靜下來，說：「梅梅，你怎麼盡愛這樣胡思亂想？」

汝梅直著眼說：「她不是和尚，和尚就是她。剃了頭髮，一身法衣，走路輕盈，遠看像和尚，近看就是她⋯⋯」

「梅梅，你不信，親自去一趟！以前天天見她，我能認不得她？」

「梅梅，梅梅⋯⋯」

「爹，連你也不信我？」

「信你，信你！」

第八章 走出陰陽界

三爺極力安撫住汝梅，並故作神祕狀，好像要與她一道共享祕密，結成同謀，先不向任何人說出這件事。這一招，似乎還叫汝梅滿意。

但三爺心裡，卻是驚濤洶湧！

真會是她？

她真還活著？

她的喪事，那場浩大豪華的喪事，他是自始至終都參與操辦了。她怎麼可能沒有死？她入殮時，他還沒有趕回來，未見她的遺容。但別人見了！

三爺不是糊塗人。他不會輕信她一個小女子的胡思亂想。他心起驚濤，那是有更深的緣由。身在康家，他對老夫人的頻頻亡故，已是早有些影影綽綽的疑慮。但那關乎老太爺的尊嚴，他盡量不去想那種事。

六爺的生母去世時，三爺已近而立之年。他冷眼看去，已覺有幾分突然。待將杜氏續來做老夫人，三爺便更生疑惑了。杜氏那時一半京味，一半洋氣，正風靡太谷。老太爺就趕得那麼巧，正好喪婦？不過，三爺寧可相信那只是自己偏心的猜疑。那一次，杜氏也出來了，與他們談笑風生，真是明麗芳香之極。他哪裡料到，父親居然把杜氏娶了回來！這真是太叫他意外，也太叫他傷心。那時，他早有妻小，按家規他根本不可能娶杜氏的。但居然是父親把杜氏娶了回來，三爺還是太難接受！所以，他生疑惑，也許是偏心使然，妒意使然吧。

杜氏初進康家那幾年，三爺遠走口外，將這一切深埋心底，永遠不想動它了。世間除了他自己，也永

遠不會有人知道這一切。

可是，去年冬天帶汝梅下江南時，汝梅說了她在鳳山的奇遇，三爺當下就震驚了：他的猜疑原來也不謬？前頭那位老夫人難道真是明亡暗廢？可那樣浩浩蕩蕩發喪了，怎麼活下來，又怎麼藏到山中的尼姑庵？尊貴為老夫人，就那樣聽任擺布？他無法細想，只是告誡汝梅，不要胡思亂想，不要什麼都想知道。

大戶人家，宅院太深了，不要什麼都想知道。

他當然疑心過汝梅的奇遇。她自小就愛瘋跑，也愛發奇想。可她與老太爺老夫人無冤無仇，不會有什麼偏心。童言無忌，童眼也無忌！

但那一次汝梅的奇遇，三爺只是驚異，卻不想去觸動。那一位老夫人故去已經多年，也無法去觸動。

這是去觸動老太爺，三爺他怎敢！

這一次，汝梅居然又撞上了杜氏⋯⋯這個梅梅，她操了這份心，探到了更可怕隱祕，沒有把她嚇死！

可他依然不能去觸動吧，絕不能去觸動。

老太爺已經把半個家交給了他。

但她真沒有死嗎？

真沒有死，又能怎麼？

忍了幾天，三爺還是無法放下這件事，無法放下這個杜氏。在想了又想之後，他決定去做一件事：派一個可靠的人，去鳳山暗訪一次那座尼姑庵，驗證一下汝梅所說的，到底有幾分真，幾分假。他也只做這一件事，只走這一步。不管驗證的結果是真是假，他都到此為止了。他與杜氏也沒有一點情分，犯不著為了她，去觸動老太爺最要命的地界。

第八章 走出陰陽界

這件事,他也可以不做,只是按捺不下。畢竟是杜氏,一個深藏在他心底的女人,與眾不同的女人,下場太悽慘的女人。但做這件事,還是太難了。

派誰去呢?這個出面暗訪尼姑庵的人不能露出一絲與他有關的痕跡。一旦露出,必為老太爺所察,那後果不堪設想。這是與老太爺周旋!

三爺想了許多方案都覺不妥。在太谷,他可託靠的人,都是康家的熟人,老太爺的熟人,老太爺有了大的犯難事,便試探著問了一句:「三爺,遇什麼難處了?」

三爺掃了他一眼,順嘴就說:「我有什麼難處?京津剛叫人放心,我在家歇兩天吧,有什麼難處!」

剛這樣說完,忽然就閃出一個念頭來⋯⋯這件事也許該交給這個人去辦?這個叫宋永義的家僕,從小就跟了他,跑口外、下江南也跟著,常為他辦事。他對永義,也一向當心腹使喚。如果連這個人也不能託靠,那他還能成什麼大事?

這樣一想,三爺就斷然決定將這件事交永義去辦。辦成,那當然好;辦不成,甚至將自己敗露出來,倒楣也活該了!

於是,他瞅了一個單獨的機會,先對永義說⋯⋯「你能瞅出我有心事,也算沒白疼你!」

永義就跪下說:「也許我不該多嘴!」

三爺先叫他起來,才說⋯⋯「永義,我是有一件事想叫你去辦。事情也不難辦,只是除了你我,誰也不

320

永義說:「我知道了。連你三娘、老太爺也一樣。」

三爺還想想罷了,一想,罷了,就交代了要辦的事:找個可靠又與他康三爺不相干的人,最好是個老婦人,叫她去給鳳山一座尼姑庵捐一筆香火錢;然後打聽清庵裡有幾位女尼,什麼模樣。

永義聽了,就說:「這事好辦。」

三爺想問問他派誰去,也作罷了,只說了句:「小心去辦吧。」

在此後的幾天裡,三爺見了永義也沒多問。但心裡卻不平靜:他這是正式跟老太爺周旋開了。也許,老太爺會給他一個意想不到的下馬威?

五天後,永義給他回了話:「三爺交代的事已辦妥。跑了兩趟,香火錢才捐上,進去拜了佛。庵裡只有一位法號叫月地的女尼,四十多歲,面容甚清俊,只是瘸腿。」

三爺極力平靜地問了一句:「聽說原來是兩位。那一位法號名雪地,十天前雲遊外地名寺走了。」

永義說:「說是三十多歲,因未纏過足,行走方便,故外出雲遊去了。對了,還說那位叫月地的女尼臉上有顆痣。」

「十天前?那位雪地什麼模樣,問了沒有?」

「就一位女尼?」

「說是三十多歲,天足,這也像杜氏吧?可她偏偏在這個時候就雲遊走了?難道老太爺有了覺察?可十天前,他什麼動作也沒有,只在安撫汝梅,連她所見的詳情還沒問呢。

有顆痣!那汝梅所見的一切都是真的了?三十多歲,天足,這也像杜氏吧?可她偏偏在這個時候就雲遊走了?難道老太爺有了覺察?可十天前,他什麼動作也沒有,只在安撫汝梅,連她所見的詳情還沒問呢。

第八章　走出陰陽界

杜氏也認出了汝梅嗎？

杜氏真還活著？她雲遊外地名寺去了？

三爺為了使自己平靜下來，問了問永義派誰去的。永義說，是編了個理由，求他姑母託了一相知的婦人出面去給捐的香火。頭一次跑去，人家不收布施。第二次，又託說為還願，必須捐出布施，才能保她獨子長久平安。這才收了。

三爺讚揚了兩句，並叮囑說：「這事關乎汝梅，除了你我，不能再給第三人說。你姑母那裡也叮嚀一下。」

他是想將事情的嚴重性稍作化解才這樣說的。永義似乎也未生疑心，連聲應承了。

過了幾天，三爺去見老太爺，說：「西安信報說，朝廷快起蹕回京了。我想即日啟程，趕赴京師。京津兩號此次開局驚天動地，我該去親歷一番的。」

老太爺說：「那你就去吧，只是餘波了。」

「汝梅近來鬱悶不樂，我想帶她出外走走，趕九月初六，送她回來。」

「不想嫁人，是吧？一路上，你也說說她，女娃家，不能野一輩子！」

老太爺沒有一點異常，什麼都應承。三爺雖鬆了一口氣，但第二天一早，還是真帶了汝梅踏上了赴京之路。

路上，他常忍不住要想：杜氏是否也往京師雲遊去了？

5

十天前，杜筠青真是離開鳳山往京師西山雲遊去了。說雲遊，其實是下了決心，棄太谷而去，棄俗世而去。移住京師，那卻不是她自家的選擇，是隨了剃度她的法師而去。杜筠青此去，將在京師西山事佛到底，修練餘生。

她此時出走，也同汝梅沒有一絲相關，與整個康家都無一絲相關的。

那天她與汝梅迎面相遇，實在是什麼也沒有看清。不用說那天汝梅扮得不男不女，就是熟臉本相，杜筠青也不會留意到的。她真有些兩眼皆空了，俗世的一切，都視而不見。就連終日與她做伴的月地，她也越來越疏遠。因為月地到底不願捨棄俗世，雖然月地幾乎什麼也沒有了，就剩下一位六爺。

杜筠青的俗世，那是已經四大皆空，乾乾淨淨。她丟棄它，自然而然。

月地也很驚異杜氏的變化，這才幾天，她竟修煉成另外一個人，冰冷而淨潔，真如她自挑的法號：雪地。

六個月前，杜筠青知道了自己身處何處，本來想認命了，乾脆真剃度出家，與康家永處兩個世界。她比起前面兩位老夫人，畢竟有不同，她畢竟報復過老東西了，或者，她自己畢竟是有罪孽的。她真的懇請月地給自己剃度。月地先是嫌她入庵時日太短，半年以後再說此事也不遲。反正已在陽世以外了，一切都可以從容的。杜筠青疑心月地嫌她決心未下，就說：既不能立刻剃度，那她自家總可以剪去這一頭青絲，以明出家之志。

月地算是相信她了，可還是說：「我自己還未正式剃度，哪能來度妳？妳既有此決心，也得從容拜一

第八章 走出陰陽界

法師，由她來收妳入戒。」

杜筠青就說：「近處即有龍泉寺，請一法師來，也不難吧？」

月地卻說：「龍泉寺戒行也不嚴，如今那裡也沒有一位道行深厚的高僧住寺。等有法力的尼僧雲遊過來，妳再受戒剃度，不是更好嗎？」

杜筠青說：「什麼時候，才能等來這樣的高僧？」

月地說：「妳既心誠，總會有機緣的。這件事，是事佛之始，不可仍以俗事把持，操之過急。」

月地這樣說，杜筠青真也不能再說什麼了。當時她只想問一句：你至今未正式剃度，是一直沒有等到這樣的機緣嗎？她沒有問。

杜筠青雖不急於剃度，但還是毅然把自家的頭髮剪去了，雖不似剃度那樣根淨，卻與尼僧沒有太分明的差異。

「死」後的日子就這樣平靜地開始了。杜筠青以為自己已經將俗世的一切都丟棄了。那邊，已無一人值得她去牽掛，也無一人牽掛她。她才真應該心靜如死水。

可實在並非如此。

她一人獨處的時候，還會不由想到那件事：她至「死」也沒能確定，是不是真正報復了老東西？她與三喜的出格私情，老東西是不是知道？既賜她「死」去，老東西應該是動了怒。可現在她知道了，前頭兩位老夫人也是在十年左右被這樣廢了。她們沒有私通之罪吧？

她是到了被廢的年限，才被這樣賜「死」，並非因為自己的罪孽？

老東西要知道了自己的罪孽，一定不會裝得那樣從容自若吧？在最後那個冬天，老東西搬進了他的大

書房。在她眼前，他太從容自若，以王者自詡，如果知道了她的罪孽，只怕賜她一個真死也不解氣！

還有三喜。老東西要真知道了她的私情，那三喜是肯定活不成了。可三喜是死是活，她也是至「死」沒有弄清。弄清三喜的死活，也就弄清老東西的虛實了。

三喜，他到底是死是活？他要死了，那是為她而死，他若活著，那她的出格就可能是自取其辱，白折騰了一場。

三喜，三喜，她至「死」也不知他的死活！

杜筠青終於承認，自己在心底也是藏了牽掛的，未割斷的牽掛。

她靜思了幾日後，便決定去做一件事：往三喜的村子跑一趟，探明他的生死。他要真死了，她就甘心忍受一切，甘心為他剃度出家。他要活著，她也不再牽掛他了，甘心就這樣「死」去。總之，她得了結這份牽掛。

她有腿有腳，下山跑一趟，不在話下。久不走長路，只需練幾天，活動開筋骨，也就得了，不必像月地那樣苦練一年多，才能行動。

杜筠青對月地說了：她想下山走走。月地也不多問，只說那由妳。她忍不住說：「我可不去康莊！我只想往鄉間走走，學著化緣，以自食其力，不再食康家供給。」

月地也未細問，只說：「妳雖有天足，也需練練腿功吧？我說過的繞壇功課，妳不妨也練練。妳是天足，可每日加一圈，九九八十一天，即可功成。」

杜筠青含糊答應下來，但一天也未去繞花壇。她不想步月地後塵。再說，成天繞那麼一個小地界轉與康家永遠是陰陽兩界了。

第八章 走出陰陽界

圈,只是想一想,也會將人轉傻的。她自己想出了一個非常直接的練腿辦法:就直接下山沿了進城的大道走,走累了,便往回返;天天如此,天天長進,直到走到目的地。

杜筠青入住尼庵後,頭腦一清醒就恢復了洗浴的習慣。這裡條件雖簡陋,卻無須跑遠路,自家燒鍋水,就可洗浴了。加上離龍泉寺近,水質甚佳,浴後清爽似仙。所以洗浴更勤,幾乎日不間斷。如此洗浴,杜筠青便覺身體較以往更為強健輕捷了。有這樣的體質,杜筠青往山外走,真是沒往返多少天,就差不多快進城了。

三喜的村子,杜筠青曾經去過兩次。村名叫沙河,它的方位:到縣城南關,往西走,不遠就到了。為了去做這次探訪,杜筠青特意新剪了一次頭髮,顯得禿禿的,更像一個尼姑。她雖去過這個村子兩次,但都有老夏跟著,每次都不讓她下馬車,只把三喜家人叫來,由她隔簾問話。所以,估計那裡不會有人認出她來。但她還是精心將自己打扮成一個道地的尼僧,她不想被人當作鬼身來羞辱。

去的那天,她出發得很早。到南關時,才剛到早飯時候。但街面上行人已不少。她覺去沙河太早,決定先進城走一趟。於是,沉著從容,毫不露心虛之狀,大方地仰著冰冷的臉,穿城而過,居然沒有一點麻煩。誰也沒多留意她。

只是在返回南關後,她才生出一點感嘆:這些年,三天兩頭進城洗浴,現在卻要隱身而行了!市面一切依舊,可有誰會記起她的車馬已久不進城?

但她很快將這感傷驅趕走了,不必留戀,什麼都不必留戀。她從容走進沙河村時,發現自己還是來得太早。因為她不知道僧人是否會這麼早來鄉間化緣,更不知道附近是否也有尼庵。既然來了,也只好沉著應對吧。

進村後,遇到幾個男人,杜筠青都低頭而過。所以,等遇見一位婦人,杜筠青便上前合十行禮,按預先想好的說:「請問施主,貴村便是沙河嗎?」

那婦人看了她一眼,也沒異常表情,只說:「就是。」

「想向施主打聽個人,不知方便不方便指點?」

「這位師父打聽誰?」

杜筠青又合十說:「貴村一位做了善事的施主。」

「誰呀?」

「施主只說,他叫三喜,是給一家大戶趕車。」

「有這個人。」但婦人露出幾分疑問,說:「他給妳們布施過?」

杜筠青忙說:「他是代東家的一位夫人給小庵布施了一筆不菲的香資,但不肯透露東家是誰,這位夫人又是誰。小庵近來要立功德碑,貧僧專門來問問這位施主,東家仍不肯顯其名嗎?不顯真名,是否可擇一化名?」

那婦人就冒了一句:「三喜是為康家趕車!」

杜筠青故意問:「康家?哪個康家?」

婦人見追問,忙說:「我不多嘴了,想問什麼,妳去他家問吧。」

杜筠青就順嘴問了一句:「這位三喜不常回家吧?」

婦人也順嘴說:「他早駐外學生意去了,走了快兩年了。」

第八章 走出陰陽界

6

杜筠青剛才對村婦說的那一番話，倒真是她託三喜辦過的一件事。那時她心境惡劣，真想過出家為尼。所以託三喜給一處尼庵捐過香資。她也真交代了三喜，務必隱去她的身分。那時，她與三喜還沒有私情。三喜問她：「這是行善，老夫人為何不留名呀？」她說：「為善不求人知，才為真善。」

她用這件事做試探，原來還想：三喜要真活著，聽家人轉達了這件事，他就會明白來訪的尼姑是誰了。可現在，杜筠青已經有了一種預感，三喜若無其事地活著，既未受嚴懲，也不再記著她，只一心想在商號中熬出頭。所以，她還要不要說這件事？不管怎樣吧，她還是要叫三喜知道，她曾來探訪過他。如果他真活著，那他就該明白：她也沒有

他駐外學生意去了？那他沒有死？

杜筠青極力忍耐住，請這位婦人指點清三喜三喜家的宅院。不管怎樣，她得親自去探訪一次。三喜剛失蹤後，她往這裡跑了兩趟，他家人也說：東家把三喜外放了，駐外學生意。她問老夏是真是假，老夏說一個大活人不見了，也只能先這麼跟他家交代。兩年多了，三喜就是給外放到天涯海角，也該有封家信寄回吧？否則，家人怎麼能相信他真外放了？兩年多了，他家還這麼相信，村人也這麼相信。

三喜家的大門已近在眼前了。杜筠青忽然生出許多勇氣。

真死！

杜筠青平靜地敲開了三喜家的大門。出來開門的是一位老婦人，看穿戴與神態不像是僕傭。

杜筠青就行合十禮，說：「打擾了，請問這是施主三喜的府上嗎？」

老婦人見她是尼姑，似乎也不討厭，很客氣地說：「就是。三喜是老身的三子，師父問他做甚？」

「因他做過的一次善事。」

老婦人一聽，忙說：「師父快請進來說話！」

杜筠青跟著往進走時，三喜母親一路說：她信佛多年了，今有女師父光臨，很高興。見三喜母親這樣一臉喜悅，杜筠青心裡倒是涼了幾分⋯他果然什麼事都沒有？

進屋就座後，杜筠青就照剛才對村婦說的那樣又說了一遍。

三喜母親聽完，就忽然掉下幾滴眼淚來，嘆了口氣，說：「我家三喜伺候的那位老夫人已經過世了。」

杜筠青故作驚訝，說：「這位施主壽數很大了？竟升天了？」

老婦人說：「哪呀，才三十多歲吧！太可惜了。她待我們三喜很仁慈的。」

杜筠青就說：「真是太不幸了。那她的遺願更不便知道了。三喜還在那家大戶趕車嗎？」

老婦人說：「承東家器重，他已經外放學了生意。」

杜筠青故意平靜地問：「老夫人升天後，他被外放了。」

老婦人說：「不是，外放有兩年多了。」

杜筠青這才驚訝地問：「老夫人升天以前就外放了？為什麼？」

老婦人很平靜地說：「那也是老夫人仁慈！想叫他有個好前程。」

第八章 走出陰陽界

「原來這樣，我還以為出了什麼事。」

「大戶人家的下人，外放是受抬舉！做錯事，哪會受抬舉？」

杜筠青聽了，心裡雖翻江倒海，還是極力鎮靜下來，繼續探問：「三喜既榮獲外放，貧僧也只好白跑這一趟了。聽三喜說，這位大戶人家的老夫人有交代…不許顯出她的身分。也不知該不該問一句…老施主，你能告知這大戶人家是誰家嗎？」

老婦人立刻就低聲說：「康家，康莊的康家。」

杜筠青又故作驚訝，說：「原來是康莊的康家？太谷數得著的大戶，隱情太多。康家老夫人生前既不想顯身，小寺也不便去挑明了。那種大戶，三喜他學生意的地界離太谷遠不遠？」

三喜母親說：「說遠可是真遠，在甘肅的肅州駐茶莊。不過學生意，誰不是先從遠處駐起？」

杜筠青順勢又問了一句：「肅州是遠，常有書信來吧？」

老婦人還是平靜地說：「一年雖來不了幾道信，倒還是總報平安。」

杜筠青再問：「今年有信來吧？」

「有，來過兩道信了。」

「能拿一道來，我看看發信的地界嗎？為功德碑事，小寺只好修書一道，寄呈你家三喜了。」

老婦人立刻就轉身進了裡間，拿出兩封來，說：「這就是今年來的信。」

杜筠青接過，先看了看信皮，跟著就抽出信來掃了一遍。但她未看另一封，只是強作鎮靜，交還了信件，努力做了從容的道別。

但強撐著走出沙河不遠,她已經無法控制自己,倚了路邊一株老柳,癱坐下來!

一切都白做了,一切都落空了。自己出格了一回,委身於一個下人,鍾情於一個車伕,居然兩頭空,什麼也沒得到。既沒有報復了老東西,也沒有得到三喜的真情!這個小東西,小無賴,原來什麼事也沒有。看他母親那一副子榮母貴的得意之情,就知道什麼事也沒有發生。小東西寫回的家信,也是一紙春風得意。尤其信中涉及她的「死」訊,只用「康老夫人噩耗已聞」幾字一筆帶過,後面又是春風得意!

老東西要得知了她與三喜的私情,哪可能叫他這樣春風得意?榮獲外放,還住了茶莊?但這個小無賴的突然失蹤,一定與她的出格相關。不會是三喜這個小無賴告了密吧?他也不傻,不會這樣自投羅網。

杜筠青這時才想到一個人:管家老夏,管三喜的老夏。一定是這個老奴才聽到了風聲,外放了三喜,調開了呂布,暗中捂下了這件捅破天的醜事。外放三喜,調開呂布,都是在老東西南巡歸來前。為了捂嚴這件事,老奴才也不便嚴處三喜和呂布。

這個老奴才,他居然擋在老東西眼前,捂住了康家那片被捅破的天!這個老奴才,他成全了三喜這個小無賴,只是坑了她一人!這個老奴才,甚至也成全了他自己,甚至也成全了呂布。

是她先鍾情於三喜,他未因她而喪命,她本也該高興的。可他聽到她的「死」訊,竟也那樣高興!他說過情願為她而死,原來那也只是一句即興的甜言蜜語!她的真情,她的獻身,甚至都不及邊遠小商號的一個學徒之差!

第八章 走出陰陽界

正是從這一刻起，杜筠青才發現俗世於她已毫無牽掛。她不再有可牽掛的人，也沒誰還牽掛她。她的俗世已經一片空白，乾乾淨淨了。

回到鳳山後，她就像變成了另外一個人，冷漠得與月地也疏遠了，但也日漸顯出冰清玉潔。就在遇見汝梅的前幾天，原來在此住持的那位老尼，由四川返京，專門回來小住。她就是當年雨地的師父，後來移往京師西山修行去了。前年京師拳亂初起時，她即雲遊四川避亂。今聞京師已平靜，跋涉回京。聽說雨地已棄世，老尼也不勝感慨。她說佛家出家要義，在利人不在利己，是以自家的苦行苦修，為俗世眾生贖罪。不跳出一己恩怨，或只求一己解脫，終不算真出家。

杜筠青這才忽然有悟：這就是自己等待的高僧嗎？她便提出了真出家，真剃度，真受戒的請求。

老尼見她神情冰清玉潔，也未多問，便答應了。剃度受戒後，老尼聽她京音甚重，便問她願不願隨她赴京？

杜筠青恬然說：「願隨師去。」

走的那天，她也異常恬淡平靜。月地卻頗為感傷。她倒不為自己將獨守尼庵而生憂傷，只是感嘆自家終不能丟下六爺，棄俗事佛。佛與她，終還遙遠。六爺，她親生的六爺，那才是她心中的佛。

送走老尼和雪地，月地是那樣強烈地想再去一見六爺。不打擾他，只是遠遠地望他一眼。但打聽到的消息，依然是六爺還遠在西安。

第九章 謝絕官銀行

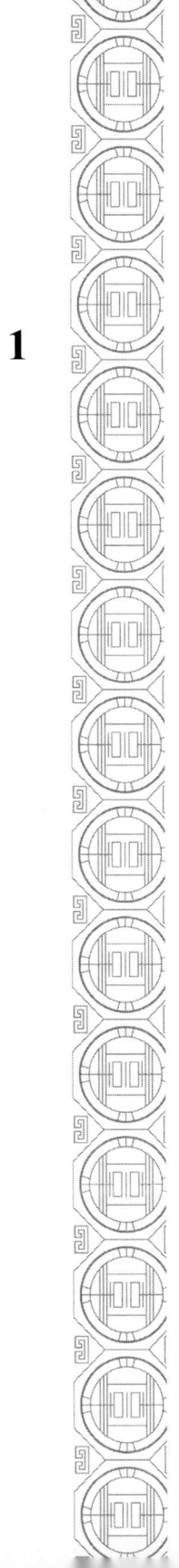

1

西幫票號重返京津復業，嚴守了「天大窟窿賠得起」的祖訓，敞開老窖積蓄，源源調運巨銀上櫃，兌現舊票，賠償損失，很快啟用了銀市。西幫的實力再次驚動天下商界，西幫信譽更是陡漲，達到歷史頂點。

歷劫遇險反能借勢出奇，這本也是西幫的本事。而這次歷庚子大劫，西幫又使自家聲譽大著，自然也驚動了京津官場。

辛丑年，也即光緒二十七年(1901)九月二十七日，朝廷外務全權大臣、北洋大臣兼直隸總督李鴻章在京病故。而此時回京的朝廷鑾輿才行至河南滎陽。朝廷行在命王文韶接任外務全權大臣，北洋大臣兼直隸總督則叫袁世凱繼任了。

袁世凱到天津上任後，很快也聽說了西幫在復興津市中的作為。此時，他正在甫任北洋大臣的興頭上，傲然做出了一個霸氣的決定：開辦一間北洋自家的官銀號，請西幫票號加入，替他經營。他親自定名為「天津官銀號」。

第九章　謝絕官銀行

天成元的津號老幫邱泰基，以及日昇昌、蔚字號、大德通、志誠信等幾家大票號的津號老幫，是在光緒二十八年（1902）春末時候，被召進北洋大臣衙門的。他們根本就沒有想到袁大人居然是為此召見他們，一時誰也不知所措，只能以「事關重大，必須請示老號和東家」作答。

但出面召見他們的直隸藩臺，卻口氣頗硬，說袁大人催辦甚急，爾等必須儘早奉命，以不負袁大人對西幫的器重。

再器重，我們也做不了主！

按西幫規矩，這樣的大事，即使老幫們有應對妙著，也得請示老號和東家的。所以也不盡是託詞。

邱泰基回到津號，就急忙將此事說給了何老爺。何老爺此時正在天津。

他為何也來到了天津？原來，朝廷離陝回京後不久，何老爺也與六爺一道返回了太谷。但這一趟西安之行，煥發了他的理商激情，回來哪還能坐得住？於是，就不斷磨纏老太爺，希望再放他去跑碼頭。何老爺這次在西安立功不小，知道他還寶刀不老，也就忽然有悟：何不以西安為例，就用出遊的名義，派何老爺去外埠有急務的莊口，協辦、督辦一些商事？此可暗比他為欽差！派一位舉人老爺去做吾家欽差，也是一件快事。

當然明面上只能是老號的欽差，不能做東家的欽差。否則，孫大掌櫃會生疑的。康笏南將此意說給孫北溟，他也很贊同，認為何開生這樣的理商高手，窩在家館，也太可惜了。只是六爺即將赴考，此時放走何老爺，合適不合適？康笏南連說：「何老爺在吧，也是瘋瘋無常，他能專心給老六備考？還是放他走吧。我們到底謀出了一個使喚舉人老爺的辦法！」

何老爺對這份「欽差」當然喜出望外了。問他第一站想去哪裡？他脫口就說出了天津。做津號老幫，

那是他近兩年來的夢想。天津商務也正較勁，而邱泰基畢竟初到京津。康笏南、孫北溟就同意派他赴津。何老爺是這年春天到天津的。剛到不久，就遇了這樣的事。

何老爺剛聽了事情的大概，就猜出了袁世凱揣的是什麼心思。但他沒有急於說出，現在與在西安不了，既為欽差，就不能太氣勢逼人，喧賓奪主。他只是問：其他大號是什麼打算？

邱泰基說：「都是大感意外，不知所措，要請示老號，尤其是東家。」

何老爺就說：「這涉及股本、人事，當然得由東家老號定奪。可邱老幫一向主意多，你總得先拿個主意，叫老號東家裁定吧？」

「我想也是。生意不似官令，成敗常在兩可間。幫他賺了錢，他當然高興；賠了呢？一賠再賠呢？他說不定會砍你的腦袋！」

「正是！我們區區民商，哪能伺候得下他？」

「我跳出江湖多年，摸熟了這等高官的脾氣，該知如何應對的。」

「此人誰又能摸準他的脾氣？戊戌年，以前的老皇曆哪還能用！袁項城這個人，近年在山東，太后的話也敢不聽，他連皇上都敢背叛⋯⋯」

何老爺見邱泰基久住京號，摸熟了這等高官的脾氣，該知如何應對的。

何老爺見邱泰基與自己看法相同，就問：「他的這間天津官銀號，打算怎麼叫我們加入，說了沒有？」

「說是要按西洋銀行的體例，叫我們出銀出人。出銀算入股，出人呢，給他們操持生意。」

「我們出銀出人，他們當東家掌櫃，賺了錢，歸他們；賠了，怨我們！我還看不出他這點心思？」

邱泰基見何老爺這樣說，也便直說了⋯⋯「那我們只好恕不奉命？只是，我們駁了袁大人的面子，在天

第九章　謝絕官銀行

何老爺斷然說：「天津商界是大頭，官場倒在其次。再說，津市劫後復興也離不開西幫的。我猜想，袁世凱想役使的幾家大號不會有一家奉命的。面子肯定要駁他的，如何駁，還可有所講究吧。」

「那我們就趕緊聯繫其他幾家大號？」

「以我之見，邱老幫你得辛苦一趟，趕快往京師見戴老幫。請他預測一下，袁世凱在北洋大臣任上能否長久？對其前程心中有底了，才好謀劃如何駁他。我呢，即刻給老號、康東去信稟報此事，請他們盡快定奪。」

「何老爺真是想得周到！」

第二天，邱泰基就啟程趕赴京師。

到京後，出乎邱泰基意料，京號戴膺老幫聽完就問：「你們回絕沒有？」

邱泰基忙說：「這麼大的事，我們哪敢擅自做主？」

戴老幫斷然說：「應該當場回絕！」

「當場回絕？」

「對，不拘尋個什麼託詞，當場回絕！」

「同去的數家大號，當時沒有一家應承，可也沒有一家回絕。」

「不管別家如何，我號也當回絕的！」

邱泰基忙說：「我初來京津，不會辦事，還望戴老幫指點。」

戴膺這才嘆了口氣，說：「邱老幫，這也不能怨你。有一件事，你大概還不知詳吧？」

「哪件事?」

「庚子年,兩宮西狩時途經徐溝,康老東臺曾陛見太后和皇上。」

「其時,我尚在口外歸化城,也只是聽說有這事,詳情實在知之不多。」

「當時,我是陪了康老太爺去徐溝的。陛見中間,太后對康老太爺說得最多的,你知是什麼?」

「是什麼?」

「就是袁世凱想要你們辦的這件事!」

「太后也想叫西幫替她開官銀號?」

「可不是呢!太后很說了一番離京逃難出來所受的種種恓惶,尤其沒帶出京餉來,想花錢,走到哪,銀子匯到哪,就跟你們山西人開的票號似的!」

「太后也知道我們票號的妙處了?」

「反正是這次逃難,叫她另眼看我們了。她一再對康老太爺說:予與皇上回京後,爾等替予挑選些賺錢好手,為朝廷開一間銀號!你想,太后真要開起銀號來,還不把我們西幫手裡的利源奪盡?官款京餉,哪還輪得上我們兜攬?所以,正盼著太后回宮後,搶先要開官銀號,辦法也與西太后相同。這消息傳進宮,能不提醒太后重溫舊夢嗎?我們如不斷然回絕袁世凱,太后一旦下旨叫我們給她開皇家銀號,那我們連託詞也尋不出了!西幫既肯伺候袁世凱,哪還敢藉故不伺候皇太后!」

「我真是不大知道這些詳情。」

第九章 謝絕官銀行

「既不知,即無過。何老爺也不贊成伺候袁世凱吧?」

「十分不贊成。我也十分不贊成。只是,袁世凱畢竟是北洋大臣,如何駁他,想聽戴老幫指點。以戴老幫眼光看,袁世凱在北洋大臣任上,能否長久?」

戴膺又斷然說:「不論能否長久,都得斷然回絕他!回津後,不管別家如何拖延,你都要及早回覆:天成元無法奉命!託詞有現成的兩條,舉出即可⋯⋯一日剛歷庚子大劫,字號虧空太甚,無力參股;一日敝號人員都係無功名的白丁,按朝廷大制,進官銀號只能做僕傭,不能主事做生意。」

邱泰基低聲說了句⋯⋯「何老爺可是有功名的。」

「何老爺也不能伺候他們!」

「那就聽戴老幫的。老號、東家那裡,不會有異議吧?」

「老號、東家那裡,我來稟報。怪罪下來,與你無關。」

「那我回津後,即刻照辦!」

邱泰基早聽說京號戴老幫作敢作敢為,卻又不貪功,不諉過,今親身領受,果然叫人欽佩。而在戴膺的印象中,邱泰基是個很自負的人,但到津以來卻全不是這樣。眼前這件事,他本可用信報、電報就商於京號的,倒親自跑一趟。這很出戴膺意料,也就更多了對邱泰基的好感。

議事後,戴膺擺了一桌很講究的酒席,招待邱泰基。席間,兩人相談甚洽。

等邱泰基返回天津,其他幾家大號也已得到指示:趕緊婉拒袁世凱,恕不能奉命。託詞與戴膺所舉出的兩條,大致相同。西幫老號一向也沒這樣痛快過,即便回絕,也是笑裡藏刀,雲遮霧罩,今次是怎麼了?除了有戴膺那種考慮,顯然還因為袁世凱人望太差,避之唯恐不及,哪裡敢與他合股!

2

於是，邱泰基與其他幾位津號老幫，分別給北洋大臣衙門遞上了婉拒的呈帖。令他們意外的是，袁世凱大人似乎並未動怒，反而又不斷派人來遊說，語氣也婉轉了許多。雖如此，邱泰基他們也只是虛以應付，老主意還是‥拒絕奉命。

京號這邊，送走邱泰基沒幾天，就見宮禁中那位小宮監二福子登門而來。櫃上夥友還以為他來存銀子，也就只殷勤伺候，不想驚動戴老幫了。

哪想，二福子剛坐下就說‥「快請你們戴掌櫃出來！」

一夥友忙說：「我們戴掌櫃……」還未等說完，二福子就厲聲說‥「不管你們戴掌櫃到了哪兒，也得趕緊給我請回來！」

「有急事？」

「可不呢，天大的急事！」

二福子還從未這麼發過威，櫃上夥友趕緊跑進去請戴老幫了。

戴膺出來，還沒說話，二福子就說：「戴掌櫃，趕緊吧，崔總管在宮門等著呢！遲了，誰也吃罪不起！」

戴膺一時摸不著頭緒，就問了一句‥「崔總管？」

第九章 謝絕官銀行

二福子卻說：「趕緊吧，跟我走，反正有好事！」

戴膺要進去更衣，二福子也不讓，只好跟著這位宮監火速去了。趕到皇城宮禁的神武門，二福子就叫戴膺遠遠站著等候，他一人跑了進去。

戴膺在京號幾十年了，還是頭一回經歷這種場面：站到紫禁城宮門之外等候！這分明是皇家大內要交辦什麼事，能是什麼好事？戴膺緊張地想了半天，才忽然有悟：只怕是皇太后想起了開銀號的事吧。老太爺在徐溝觀見兩宮時，就是大內的崔總管領進去的。一定就是這件事，可這算什麼好事呀！皇太后若真發旨叫西幫給她開銀號，那是既不能斷然回絕，又不能應承，該如何措辭？

在宮門外站了很久，想了很久，既未謀出良策，也未等來宮內動靜。戴膺正生疑呢，才見二福子跑出來，拉他走進宮門，命他跪下。他跪下低頭趴了很一陣，才聽見一個粗糙又尖厲的聲音遠遠傳過來：

「你是太谷康家的京號掌櫃嗎？」

戴膺不敢抬頭看，只低頭說：「就是。」

「聽見了沒有？怎麼不說話呀！啞巴？」

二福子忙踢了踢戴膺，低聲說：「高聲答應！」

戴膺才稍抬起頭來，大聲說：「小的就是太谷康家的京號掌櫃戴膺！」說時，向前掃了一眼，幾位小宮監簇擁著的那位大宮監，站在宮門之內。模樣沒看清楚，只看相隔二三十步遠呢，難怪得大聲說話。

「那你聽好了，本總管要傳老佛爺口諭：『庚子年在西安過萬壽，正是患難時候，難得太谷康家孝敬！所捐禮金算我們暫借，人家也不容易。再挑幅宮裡藏的稀罕畫兒，送出去借給康財主看幾天，以嘉其

忠。」戴膺趕緊高聲答應：「聽清了，謝皇太后聖恩！」那遠處的喝叫，依然嚴厲：「聽清了，就畫個押，把畫兒拿走。此為朝廷內府藏品，價值連城，記著……不可示人，更不敢毀了丟了，還要跟你們要呢！」

二福子跑過去，先拿來一個黃皮摺子，雙手抻著，另一小宮監拿來筆墨，叫戴膺畫押。翻開的那一頁，空空無一字！文字顯然折在前頭了，二福子又緊捏著，不好翻看。戴膺是商人，未見字據寫著什麼，習慣地猶豫了。正想低聲求二福子展開前頭幾頁，遠處又傳來喝叫：「怎麼了，字也不會寫？真掌櫃，還是假掌櫃？」

戴膺也只好匆匆寫下了自家的名字。

二福子收了摺子跑進去，轉眼就捧了一個尺許見方的錦匣。戴膺接住，忙高喊了聲：「謝皇太后聖恩！」喊過，才覺出這錦匣不輕，多少還有些分量。字畫，本也沒有多少分量。可這麼方方正正一個小錦匣，也不是裝一般字畫的尺寸。裡面究竟裝著什麼稀罕的字畫？

今天這樣宮門接寶，更是大出戴膺意料。威懾天下的皇太后，竟也如此不忘患難之交？回到京號，戴膺也只把副幫梁子威叫進內帳房，細說了剛才經過。梁子威聽了，也是驚詫不已。

「宮中藏品，價值連城，那會是一幅什麼畫？」梁子威不由說道，「我們先看看？」

戴膺忙說：「我們不能動！宮裡怎樣送出來，我原封不動送回太谷。」

「怕損壞？」

「怕擔待不起！這麼值錢的東西，我們開了封，萬一有個差錯，就說不清了。我們還是不動為好。崔

第九章 謝絕官銀行

總管交代了,只是暫借,還要收回呢。所以,也得趕緊往太谷送!」

「宮裡什麼時候收回,有個期限沒有?」

「沒說期限。」

「沒定期限?」梁子威頓了頓,說:「以我看,西太后是不是想以此畫抵債呀?」

「抵債?聽崔總管傳的口諭,也好像西太后在西安跟我們借過錢。借了多少錢,要拿價值連城的東西抵衝?子威,你知道借了我們多少?」

「我哪知道?兩宮在西安時,邱泰基也在西安。問問他吧?」

「我看,還是誰也別驚動。最當緊的,先趕緊往太谷送寶!這不同於平時調銀,跟鏢局交代一聲就得了。」

「此既是宮中藏品,如何平安送回太谷,那就大意不得了!」

兩人計議良久,決定由梁子威親自押了這件寶物,回太谷去。但梁子威也只是擔一個虛名兒,真東西還是暗中交給鏢局押送。交代鏢局,也只能說匣內裝的,是為康老太爺新購辦的一件古董。為了保險起見,交給鏢局的,也分成真假兩件。因此,戴膺交代梁子威辦的頭一件事,就是比照畫匣的模樣、尺寸,再暗暗買兩個回來。三個畫匣,一真二假,分別押送。

在尋訪畫匣中間,梁子威探聽到:這種畫匣是裝長卷畫的。

長卷畫?皇家內府藏的長卷能親眼一睹,只怕世間也無幾人吧。但不管誘惑多大,戴膺是絕不會開封的。倒是越知匣內東西寶貴,他越感到應盡快送出京:夜長夢多!京師這地界,什麼人沒有?

所以,在接到這件寶物四天後,梁子威及兩班鏢師都先後離京了。

梁子威走後沒幾天,戴膺就收到戶部一紙請帖,說是戶部尚書鹿傳霖大人,要親自召見西幫的京號掌

342

櫃，集議要事。

這也是破天荒的事！

戴膺在京號幾十年了，真還未受過戶部尚書的召見。以前的京號老幫，也沒聽說過曾享此種殊榮；若有，早流傳為佳話了。時至今日，官雖已離不開商，但名分上商仍居末位。官見商都在暗地裡，從不便在衙門正經召見的。尤其像戶部尚書這樣的朝廷重臣，叫他召見你？隔著千山萬水呢，想也不用想！

庚子年，兩宮逃難到太原時，戶部尚書王文韶，曾召見過西幫的京號老幫。當時的王文韶，貴為協辦大學士、大軍機、戶部尚書，是朝廷行在臣位最重的相國。他屈尊召見西幫的京號掌櫃，也算是破天荒了，可那是非常時候，兩宮窮窘之極，他出面跟西幫借錢，實在也是萬不得已了。

這次鹿傳霖下帖召見，卻是在堂堂京師！

王文韶接任外務全權大臣後，鹿傳霖繼任了戶部尚書，亦在軍機走動。鹿傳霖與西幫，倒是久有交往。他在陝西、廣東、兩江等督撫任上，都善理財、也喜歡理財，所以與西幫多有交往，互有利用。可僅憑這點，他就能不顧朝廷尊嚴，公然召見西商？不是那樣簡單！

他不敢耽擱，立刻奔草廠九條，去見平幫蔚豐厚的京號老幫李宏齡。

李宏齡也是剛收到戶部的請帖，正疑問呢，見戴膺來了，便說：「我猜著你也要來！」

戴膺就問：「你也收到戶部請帖了？」

「鹿傳霖既要集議，也不會只請你們一家！」

「你們平幫一向與鹿大人走得近，他眼裡哪有我們？叫我們去，不過是做你們的陪襯。」

第九章　謝絕官銀行

李宏齡就皺了眉說：「既是公堂召見，只怕不會是好事！」

戴膺就問：「以兄眼力看，不是好事，會是什麼事？」

李宏齡說：「只怕和袁世凱打的是一樣的主意！」

戴膺就說：「我也這樣擔心，才趕緊跑來見你！」

兩人剛說了這樣幾句，票業老大日昇昌的京號老幫梁懷文也跑來了。他聽了兩人的猜測，也斷然說：「鹿傳霖打的就是這個主意！不是想拉西幫給他開官銀號，哪會給我們公堂集議的禮遇？」

李宏齡忙問：「那你的意思，鹿傳霖也是奉旨行事？」

戴膺不便將西太后借寶出宮的事說出，只好拐了彎說：「這是關乎朝廷大禮，鹿傳霖哪敢馬虎？」

梁懷文說：「要是朝廷也動了這種心思，我們如何回絕？」

李宏齡說：「可我們也不能應承吧？」

梁懷文說：「老號、財東斷然不會應承的。」

戴膺說：「我們回絕袁世凱，找的一個藉口，就是強調我們係民商，不便入官門做事。朝廷要真打我們的主意，只下一道旨，准予封官，此藉口就沒了。」

李宏齡嘆了口氣，說：「庚子年，祁幫露富過甚了！大德恆一家就借給戶部三十萬，大德通又將老號做了皇家行宮，如此張揚露富，朝廷豈能不打西幫主意！」

梁懷文也說：「喬家兩大票號，畢竟起山晚，沉不住氣啊！」

戴膺怕再往下，就該埋怨太谷幫，忙說：「叫我看，最驚動朝廷的，只怕還是我們劫後返京的作為，

344

3

一口氣就用巨銀將京市撐起來了。劫後國庫空空，你西幫倒有運不完的銀子，源源入京，戶部也好，太后也好，能不眼熱？可我們不如此，劫後亦難復生！」

三人計議良久，也未謀出太好對策。只好議定見過鹿傳霖後再說。見鹿傳霖時，無論集議什麼事，都不能輕易應承，要以請示老號財東為由，拖延下來。

三人還議定，在鹿傳霖召見前，誰家暗中拜見了有私交的戶部官吏，打聽到重要消息，一定互作通報。

可惜，這樣的事並未發生。召見日期太緊迫了。

果然，軍機大臣、戶部尚書鹿傳霖大人，親自召見西幫票號的京號掌櫃，正是和北洋大臣袁世凱的打算一樣：邀請西幫票號選派金融高手，參與組建大清戶部銀行，並請各大票號出資入股，官商合營這間官銀行。

這間戶部銀行，也果然是奉上諭組建，不單是戶部的意思。當今上諭，還不是太后說話！

一切都如戴膺所料。

只是，召見那天，西幫駐京的四十八家票號，無一遺漏都被邀請去了。這有些出人意料。為何如此一視同仁？聽了鹿大人組建戶部銀行的設想，大家才恍然大悟！原來，戶部銀行打算集合股本四百萬兩銀子，戶部出資一半，另一半，即邀請西幫票號加入。僅以駐京四十八家票號計，每家認股五萬兩，西商的

第九章　謝絕官銀行

二百萬兩股本就富富有餘了。出區區五萬兩銀子，西幫誰家不是易如反掌？難怪鹿傳霖有善理財的名聲，這一如意算盤真也打得不錯。可惜，以此取悅西太后還成，想說動西幫的京號老幫，那是太膚淺了。

戴膺當時一聽此打算，就識破鹿傳霖的真正用心：哼，四百萬股本，戶部出一半，它眼下能出得起嗎？朝廷劫後餘生，百廢待興，尤其揹著那四萬萬五千萬的滔天賠款，戶部哪能拿得出這筆錢來開銀行？就是真能拿得出來，只怕也要仗著官勢，不肯實數拿出。銀行開張時，準是官股虛有其名，僅憑西幫這一半商股營運而已！官商合營，霸道的還是官，吃虧的還是商。

戴膺看看在場同仁，一個個雖不動聲色，但他已覺察出來：多數與自己一樣，早識破鹿傳霖暗藏的陷阱。所以，他也不動聲色。

鹿傳霖見掌櫃們一個個靜坐著，沒有什麼反響，就以為他們是怯場拘束，畢竟是面對戶部大堂！所以，他也沒有很在意。交代了戶部打算，強調了這是奉聖旨辦事，籌組銀行是奉聖旨，邀請西幫加入也是奉旨聖旨，說清了這兩層意思，也就不想多說了。然後，點名叫日昇昌、蔚豐厚兩家的京號掌櫃，說說如何奉旨行動。

梁懷文和李宏齡，面兒上倒裝得誠惶誠恐，但回答也僅是：「即刻稟報總號和財東，響應戶部諭令。」

鹿傳霖倒也未細察，就昂然退堂了，先後半個時辰不到。前年王文韶以相國之尊，在太原召見這些京號掌櫃時，只聽見一哇聲哭窮，借不到錢，尷尬之極，卻也不便憤然退堂。兩相對比，鹿傳霖今日是威嚴排場多了。

可他能比王文韶當年更有收穫嗎？

受召見後,因一切在意料之中,戴鷹也未急於再去見李宏齡和梁懷文,只是專心親筆寫了一封信報,急呈老號的孫大掌櫃。這件事,是奉旨,還是違旨,總歸得老號、東家做決。

第二天,信報才發走,就見梁懷文打發來一個小夥友,傳話請戴老幫晚間赴宴,席面設在韓家潭,務必賞光前去。

此時梁老幫設宴局,肯定還是商議戶部的諭旨,可將席面擺在韓家潭,那就有些蹊蹺了。現在也不是狎妓戲相公的時候!或許,是邀來了戶部的屬吏?

傍晚時候,戴鷹如約來到韓家潭那家相公下處。進去後,領媽正殷勤巴結,被梁懷文攆開了:「跟你說今日我們先要議事,少來打擾,記不住呀?」

戴鷹見先於他到來的,是祁幫大德通的京號老幫周章甫。剛要問梁懷文,今日擺的是什麼宴席,李宏齡也到了。梁懷文這才對大家說:「今日請三位來,雖是我做東,卻是應了一位大人的要求,祁太平三幫,各請了一位。」

周章甫便問:「這位大人是誰?」

梁懷文說:「來了就知道了,各位都認得的。」

戴鷹說:「一定是戶部的大員?」

李宏齡說:「別處大員,眼下我們也顧不上來應酬他!」

沒說幾句話,這位大員也到了。一看,當然都認得:是戶部銀庫郎中張伯訥。西幫兜攬京餉匯兌,與戶部銀庫哪能交道打得少了!銀庫郎中自然得格外巴結,請張大人在這種地界吃花酒,也就成了常有的事。只是,張伯訥今天的神色卻嚴峻異常,與這相公下處很不相稱。

第九章　謝絕官銀行

梁懷文叫先擺席開宴，他也制止了，說：「今日有要事就教各位掌櫃，先說話，再喝酒，以免誤事！」

李宏齡笑笑，說：「張大人又嚇唬我們吧？除了籌辦官銀行，還有什麼與我們相關的要事？」

張伯訥說：「就是這件事！」

戴鷹就說：「敝號已連夜寫就信報，今一早即發郵，將部旨稟報太谷老號。既受朝廷聖恩，我們哪敢怠慢？」

周章甫也說：「想老號與財東，也不敢怠慢的。」

張伯訥冷笑了一聲，說：「在這種地界，你們也不用假裝了！我還不知道你們？」

梁懷文忙說：「張大人，我們又怎麼得罪您了？」

張伯訥說：「你們給鹿大人演戲，還管些用，給我演戲，沒用！」

李宏齡也趕忙說：「張大人，是不是鹿大人誤會我們了？」

張伯訥又冷笑了一聲，說：「鹿大人很相信你們，以為他這樣出面一召喚，你們就會群起響應！」

戴鷹就說：「張大人也知道我們西幫規矩，這種大事，務必要老號、財東定奪的。我們京號，只能盡力呼籲吧。」

張伯訥說：「本官今天在這裡見各位，只想說幾句實話，也想聽你們說幾句實話。此既為朝廷著想，為鹿大人著想，也是為你們西幫著想。」

梁懷文就說：「張大人既不把我們當外人，有何指教，就儘管說吧，我們誠心恭聽就是了。」

張伯訥說：「那我先問一聲，以各位之見，西幫是參加戶部銀行好，還是不參加好？」

周章甫說：「這不是我等可拿的主意。」

348

張伯訥說：「我不是強求你們越權做主，只想聽聽各位的見識！幾位都是西幫中俊傑，駐京多年，該不乏遠見卓識的。若此事由你們做決斷，會如何行事？」

李宏齡說：「我等倒是早想將票號改制為銀行，但從未想過官商合營。官尊商卑，如何能合到一處？」

戴膺卻問：「邀西幫加入官銀行，真是皇太后的懿旨嗎？」

張伯訥說：「鹿傳霖位尊，也只有一個腦袋，他哪敢假託太后懿旨！真是太后欽點叫託靠你們。廷議時，太后幾次說：『開錢鋪，我們都不會，交山西人操辦吧。山西人很會開錢鋪，很會賺錢，予深知的。』軍機大臣瞿鴻磯極力附議，說：『山右鉅商，所立票號，法至精密，人尤敦樸，信用最著！』鹿大人當時也說：『盛宣懷辦通商銀行，已歷數年，無大起色，即因未攬得西幫中金融良才！』從太后到軍機，如此看重你們的金融本事，實在是西幫千載難逢的一個良機！」

梁懷文忙說：「得朝廷如此器重，當然是西幫大幸。只是，與西洋銀行比，西幫票號所操的體例章法，早顯陳舊了。戶部銀行既仿西洋銀行體例，我們實在也很生疏的。」

張伯訥長嘆一口氣，說：「我真是高看你們了！如此千載難逢的良機，幾位竟也視而不見？你們操辦銀行，再生疏，也比盛宣懷強吧？當今舉國之中，操持金融，誰能比過你們？所以，你們加入戶部銀行，那還不是由你們把持它嗎？再說，朝廷辦戶部銀行，也不是要取西幫票號而代之。認點股，出個把人，又有什麼不好！幾位也知道吧，在西洋，如戶部銀行者，稱國家銀行，或中央銀行，位至尊也！太后、軍機請你們操持如此位尊的官銀行，幾位居然無動於衷？真是高看你們了！」

張伯訥這一番話，倒真打動了在座的兩個人：戴膺和李宏齡。只是，他們都沒有表露出來。當時，他

349

第九章 謝絕官銀行

們與其他兩位一樣，僅虛以附和張大人，未做實質表態。這倒也不盡是信不過張伯訥，只是這等由老號做決的大事，他們絕不能擅自說三道四的。這是規矩。

張伯訥如此賣力說合，當然因為與鹿傳霖私交不錯，想幫襯一把。鹿傳霖在此事上的過分自信，很令他擔憂。不過，張伯訥也是看出了其中的歷史機遇，真想指明了給西幫看。

那晚，四位京號老幫矜持始終，不吐真言，很令張伯訥失望。所以酒席散後，他也離去了，並未久留韓家潭。

去年在上海，戴膺從容考察過西洋銀行，所以對國家銀行的厲害，已加深了認識。張伯訥將戶部銀行比作西洋國家銀行，他也就忽然有悟。張伯訥所言不差，這是西幫難得的一次變革良機。大清的國家銀行初創，即由西幫班底把持，實在不是一件壞事。尤其對日後票號轉制銀行，也大有助益吧。

在京號老幫中，對改制銀行最熱心的，還是李宏齡。所以，見過張伯訥後第二天，戴膺就又跑去找李宏齡了。

兩人倒是一拍即合，都贊成不要錯失眼前良機，應乘勢接下西太后及軍機處賜下的這杯敬酒，排排場場打入戶部銀行。當今之世，朝廷要辦官銀行已勢不可擋。尤其歷此庚子大劫後，國庫空空，財政窘迫，辦官銀行就更急迫。明知官銀行是奪西幫利源，但你不加入，它也要辦；既不可擋，何不打入其中，使之盡量利我，為我所用？

再說，現在西幫信譽大著，名聲這麼大，連朝廷也賞你吃敬酒，我們如一味冷臉回應，似乎眼裡連朝廷也沒有了，激怒那位婦道人家，只怕後患無窮的。

350

4

只是僅李宏齡與戴膺二人也左右不了西幫大局的。頭一步,他們得先說服京號老幫們。兩人計議後,列出了對付戶部銀行的上中下三策:上策,當然是阻擋其成立,仍由西幫執國中金融牛耳;下策,不阻擋,也不參加,敬而遠之,官商各行其是。上策做不到,下策不可取,只剩了中策:審勢應變,參加進去,利我護我。

說服老幫們取中策,應不太難。只是,鹿傳霖官商合股的陷阱,如何避開?兩人計議良久,認為西幫交代戶部,在出銀認股上可盡力磨減,越少越好,商股少,也才能逼出官股來;但在出人上,卻宜寬大,占他人位越多越好。在出銀出人上,持此一少一多,既不違旨,又使鹿傳霖的如意算盤不如意,可能會獲大家贊同吧。

兩人有了此番主意,便鼓動梁懷文召集了一次同業公議。果然,京號老幫們大多贊成李、戴二位的主張。公議後,都立即以此主張說服老號和東家。

梁子威押了一個假畫匣,最先回到太谷。因為他出京後,乘了一程蘆漢鐵路,即從豐臺蘆溝橋,坐火車到正定,然後才僱了標車,西行入晉。所以,他比鏢師們早到幾天。戴膺為了安全,事先未告之總號這個消息。等梁子威在密室說出他的突然歸來,先把孫北溟嚇了一跳。戴膺為了安全,事先未告之總號這個消息。等梁子威在密室說出了西太后借寶出宮之事,孫北溟更驚駭不已。連問寶物在哪兒?梁子威說明了押畫迷陣,孫北溟又要立

第九章　謝絕官銀行

即將此事稟報康莊。

梁子威忙說：「大掌櫃，還是等鏢局將寶物平安押回，再驚動康老太爺吧！寶物尚在回晉路上，實在不宜早聲張的。」

孫北溟忙說：「梁掌櫃想得周到。老太爺最喜歡金石字畫了，聽說天成元借過多少錢？」

梁子威才說：「庚子年，西太后在西安過萬壽時，跟我們天成元借過多少錢？」

孫北溟說：「現銀加銀票，總共六萬兩銀子呢！」

梁子威說：「六萬兩？那這借出宮的，該是一幅很值錢的畫了。內府藏畫，雖號稱價值連城，但現在京中古玩市面，再珍貴的東西，標六萬兩銀子，那可是天價了！」

孫北溟說：「值不值六萬，老太爺一看，就知道了。」

梁子威這才忽然似有所悟，便說：「難道皇家大內也知道老太爺的嗜好？」

孫北溟沒聽明白梁子威說什麼，說：「更值錢的東西，大內也捨不得出借吧？既是借給我們開眼，值不值六萬，倒也不關緊要了。」

孫北溟才說：「在京時，戴老幫就和我猜測過：此件宮藏古畫，只怕是給我們抵債的。雖說借，卻未定歸還期限；借我們的六萬，更未提一個還字！」

梁子威感到，與孫大掌櫃說事，好像總是隔著一層什麼，難以說透。

孫北溟卻說：「只要老太爺看著值，抵債就抵債吧。」

梁子威未走出老號一步⋯他還是怕將事情張揚出去。

在等待鏢師的那幾天，梁子威未走出老號一步。

五天後，終於將押寶鏢師平安等來。畫匣一交割，孫北溟就與梁子威一道，坐了字號自家的車馬，悄

352

然往康莊去了。

康笏南聽完梁子威的稟報，精神頓時大振。先哈哈笑了一聲，才問：「誰去宮門接的畫？」

梁子威忙說：「是戴老幫去的。」

「哪座宮門？」

「是神武門。」

「誰出來送的畫？」

「聽說是崔總管。」

「崔總管？我見過他！在徐溝見兩宮時，就是他引的路。那太監手勁還真大，死死攥住你，就往進拽！聽說在西安，也是這個崔總管到我們字號，訛了六萬兩銀子？」

孫北溟就說：「就是他。老東臺，你快啟封看看貨吧！從宮門接了畫匣，他們可是誰也不敢動，原封給你送回來了。」

康笏南又哈哈一笑，說：「孫大掌櫃，你也沉不住一點氣？我問你：西太后借畫給我，你知道為了什麼？」

孫北溟說：「京號他們估計，是為了抵債，抵在西安訛去的那六萬兩銀子。所以，才催你啟封，看東西值不值？」

康笏南就問梁子威：「你們真這樣以為？」

梁子威說：「只是一種猜測吧。或許，皇太后是真念著患難之交？」

「患難之交？」康笏南拉下臉來，哼了一聲。「舉國跟著她受難受辱，還要領她的情？」

353

第九章　謝絕官銀行

梁子威忙說：「我們也不相信那堂皇之言！」

孫北溟就說：「老東臺，是不是不想叫我們看寶吧？那我們就回字號去了，這畫匣裡裝的是什麼，是金子，還是石頭，都與我們無關了。」

康笏南說：「孫大掌櫃，就你著急！」

孫北溟說：「我們擔著責任呢！梁掌櫃這一路押寶回來，擔驚受怕，費盡心機。」

康笏南就喚過老亭來，吩咐他去把三爺和六爺請來。今年三爺一直沒有外出，所以立刻就到了。但六爺卻未到，老亭回來說：「他正念書備考呢，要是生意上的事，就不來了！」

康笏南更沉了臉問：「他說什麼？」

老亭說：「我告他，不是說生意的事。他說：那我和六娘一搭去⋯⋯」

康笏南拉下臉說了聲：「放肆，叫他來！」

老亭說：「要來，就和六娘一搭來。我說：老太爺只叫你一人，有緊要事！六爺還是說：那一搭去了，也不用太計較了。」

給老太爺問過安，六娘先回來就是了。」

康笏南忙問：「真都來了？」

老亭說：「哪敢叫他們來？我說：那得先問問老太爺！」

康笏南一臉怒氣，說：「快給我攆走！快給我攆走！」

老亭應聲出去後，孫北溟忙說：「六爺小兩口新婚燕爾，如此相敬相投，也是康家福氣。老東臺，你也不用太計較了。」

三爺也忙說：「父親有何吩咐，我代六弟領受就是了。」

354

康笏南冷冷哼了一聲：「跟他五哥一樣，沒出息！」

六爺的婚事，也是在去年九月辦的。汝梅出嫁，六爺娶親，康家連辦了兩件喜事。康家的傳統，是喪事排場，婚事簡樸。這兩件喜事，趕上動亂剛過，辦得也就更簡約。但婚後六爺和孫小姐因有西安那一次祕密的浪漫之旅，回到太谷後不免相思得厲害，可又難以再祕密相會，熬到成婚，自然就格外親密些。這就是現代很普通的戀愛，但在那時代不是常有，所以像傳奇似的。這很使康笏南想起五爺五娘，三天兩頭進城洗浴，而六爺居然每次還陪了去！這就使康笏南更不高興，婚後不久，居然就和杜筠青一樣，尤其這位新六娘，婚後不久，居然就和杜筠青一樣，三天兩頭進城洗浴，而六爺居然每次還陪了去！這就使康笏南更不高興，但又不便阻止。

這情形，孫北溟是知道的。康老太爺為此發火，在場的也只有他能說話，便說：「老東臺，你是不稀罕我們送來的大內藏畫，還是真怕我們沾光，分享了你的眼福？梁掌櫃，我們還是先走吧？」

三爺忙說：「老太爺是說我們呢！」

康笏南這才說：「梁掌櫃，去仔細洗洗手，過來開封吧。」

梁子威有些意外，慌忙說：「我可不懂……」

孫北溟立刻說：「你不動手，難道叫老太爺動手！」

康笏南忽然問：「梁掌櫃，你說裡面是長卷？」

梁子威說：「只是估摸。這種畫匣，是裝長卷的。」

康笏南就命老亭往桌上鋪了軟氈，軟氈上又鋪了軟緞。這中間，已有僕傭過來伺候梁子威洗手。洗畢，老太爺就對他說：「梁掌櫃，開封吧。」

355

第九章 謝絕官銀行

梁子威也只好捧起畫匣，輕放在軟鍛上。然後，解開外面的錦緞包袱，這層包袱是京號加的；接著，解開了黃鍛包袱，畫匣才全露出來。

屋裡頓時靜下來了。

梁子威正要去撕匣口的封條，康笏南過來擋住，說：「我來。」梁子威退後，康笏南過來倒了杯清水，含了一口，輕輕噴到封條上。片刻後，封條被完好揭起。他略挽了挽袖口，開啟匣蓋：大家不由都伸過頭來，見裡面還包著一層黃綾！康笏南小心掀開黃綾，才終於露出了畫卷，幾乎占滿了畫匣的一粗卷畫。

康老太爺出提畫卷的時候，更是極其小心。畫卷放到軟緞上，他自己慢慢往開推展。一邊展開，一邊低頭細看。

大家也早湊近了來看：畫似絹本，設淡色，幅寬一尺左右，長就不好估計了。畫捲上彷彿是一條街市，布滿茶坊，酒肆，腳店，肉舖，寺觀，其間行人車馬湧動，倒也逼真。只是，他們幾位實在也不大懂字畫，不知此畫如何寶貴，只覺展開在桌案上的，僅為極小部分，不免驚嘆此長卷之長！以前，誰也沒見過這樣規模的長卷畫。

老太爺當然是懂畫的，大家就盯了看他，想從他的表情上尋得暗示。但老太爺一臉凝重，也猜不出什麼意思來。

畫還在慢慢展開，老太爺這邊往開展，三爺那邊往裡卷。誰也不敢說話，屋裡氣氛凝重異常。

大約展開到一半，老太爺忽然頹然坐來。這是怎麼了？大家吃驚不小，尤其梁子威，更嚇了一跳⋯⋯出什麼差錯了？但又不敢開口。

孫北溟說：「老東臺，看累了吧？」

康笏南對老亭說：「你們把畫展到頭，展到頭，小心些！」

展到卷尾了，康笏南站起來看了看，並沒有什麼收藏者的跋語詩文，倒是有畫師的題款鈐印，但那是頗生疏的無名之輩。

他又頹然坐下了，帶著幾分怒氣說：「宮中也藏這種東西！」

梁子威趕緊跪了說：「老東臺，有什麼差錯嗎？」

康笏南說：「起來吧，沒有你的事！」

孫北溟就問：「這畫不值六萬？」

康笏南就著老亭遞過的銅面盆，洗了洗手，又呷了口茶，才說：「孫大掌櫃，出三萬，我就賣給你！」

孫北溟冷笑了，說：「我又不識畫，要它做甚？太后真賜下一件不值錢的東西？」

康笏南冷冷地說：「什麼賜？她這是詒我們！這樣的東西，還是內府珍品，只借給我們開眼，真把我們當成土老財了？」

孫北溟說：「能說詳細些嗎？我們可都在雲霧山中！」

康笏南又冷冷哼了一聲，說：「她還以為我也跟你們似的，什麼也不懂，只要是朝廷內府賜物，就價值連城了？我給你們說，這是一幅名畫的摹本，低劣的摹本！」

一直未說話的三爺，這才問了一句：「摹的是什麼名畫？」

老太爺說：「傳世的長卷中珍品〈清明上河圖〉，係北宋張擇端所作。入清以來，真跡即為內府收藏，太后出借，當然也只會是摹本，摹本不少，其中亦有精品流傳。金元以來，摹本難見到。但也不能拿如此低劣的摹本來戲弄人！」

第九章 謝絕官銀行

5

三爺就問梁子威：「路上沒出什麼差錯吧？」

梁子威忙說：「沒出差錯！為保險起見，此畫接出宮，就未敢在京多耽擱，路途上還布了迷陣，一真二假，同時一道上路。」

孫北溟說：「你們在京也未開封驗看吧？」

康笏南斷然說：「與京號無關！當場開封，你們也不識貨。」

三爺就說：「會不會是那位崔總管搗了鬼？」

康笏南就說：「不用多說了，這種事很像那位婦道人家的作為。梁掌櫃，你們京號辛苦了。此事到此為止，你們還是費心張羅我們的生意吧。」

梁子威才鬆了口，說：「謝老東臺明察。京號生意，就請放心！」

數天後，曹家忽然派人來請康笏南與三爺，說備了桌酒席，務必來一聚。康笏南問曹家來人，有什麼事嗎？來人也不大知道，說主家只叫轉達：貴府務必要賞光！一到曹家，就見當家的曹培德有些興奮。康笏南就說：「貴府有什麼喜事？」

曹培德忙說：「哪有什麼喜事！我是聽了你老人家的指點，也要開一家票號。起了一個字號名，叫錦

生潤。想請教你們父子,此三字,在票號業不犯忌吧?」

康筊南一聽是為這事,倒也不失望,就說:「做生意做到你們曹家這種境界,起個什麼名字都成!我早給你說了,曹家開票號、股本、信譽、碼頭,什麼都不缺,只選一個好領東,就全有了。叫什麼字號,實在很次要。」

曹培德說:「那從你們天成元借一個好手,來給我們錦生潤做領東吧?」

三爺說:「曹家帳莊的金融高手還少呀?」

康筊南卻笑了問:「你看上天成元的誰了?」

曹培德立刻說:「京號的戴掌櫃!」

三爺也立刻說:「你這是要砍我們的棟梁!還沒開張,倒謀了要拆我們的臺?」

康筊南依然笑道:「戴掌櫃過來做領東,你們曹家給頂多少身股?」

曹培德也笑了說:「頂多少身股吧,你們捨得給我?戲言爾!錦生潤初入西幫票業,初入太谷幫,只望貴府天成元大號不要欺生。」

康筊南正色說:「西幫票業有規矩,無論祁太平三小幫之間,還是各字號之間,不傾軋,不拆臺,危難時還要互相救急。爭搶生意,當然常有。但百多年來西幫一直信守:內讓外爭。天下如此之大,各幫各號盡可自闢畛域,自顯奇能,取利發財的,無須自相火拚殘殺。曹家入票業,只會壯西幫聲勢,誰會欺負你們!」

曹培德起身作了一揖,說:「有康老太爺這一席話,我們也放心了。為表謝意,請你們父子看一件稀罕的東西!」

359

一聽稀罕的東西，康笏南心裡就一動：難道曹家也得了皇家賜品？

曹培德帶他們走進一間密室，除了一主二客，跟來的只有一個男傭，就見搬出一個匣子。這匣子較那畫匣稍大，看男傭搬動的樣子，分明沉重異常。

曹培德就說：「這是朝廷內府密送出宮，暫借予我們觀賞的一件珍寶。剛從京師押運回來不久。所以敢說是一件稀罕之物。」

康笏南和三爺對望了一眼，便問：「西太后也借你們曹家的銀錢了？」

曹培德聽了一驚，也問：「難道你們康家也得了皇家賜品？」

康笏南一笑，說：「先看看這是一件什麼珍寶吧！」

曹培德說：「出宮時聽宮監交代：此為西洋貢品，除了鐘錶機器，其餘全用金子鑄成，黃金、烏金、白金都有。運回來，我們用大秤稱了稱，五十斤還多！」

男傭卸去匣子，現出來的是一件金光閃耀的西洋自鳴鐘！形狀為西洋自跑火車頭，鐘盤不大，嵌在司機樓兩側，但火車頭極其精緻，雖小，卻與真物無異。

康笏南猜想了一下，我們用大秤稱了稱，五十斤還多！」

曹培德說：「人家說是借，不是抵債。要抵債，我也不願意！這麼件東西，值不值錢吧，應該是金質無疑。他就問：「西太后借了你們多少錢，竟拿此珍寶來抵押？」

康笏南笑了笑，沒說話。

三爺就說：「我看借你們曹家的銀子不會少！」

康笏南聽出曹培德不願意說出出借御債的數目，便接了說：「庚子年兩宮過境時，也沒聽說借你們曹家的大錢呀？」

曹培德說：「是在西安借的。」

康笏南就說：「祁縣喬家也借過大錢給朝廷，不知賜了一件什麼東西給他們？」

曹培德說：「聽說那是戶部出面借的，要歸還。再說，庚子年大德通老號被賜為行宮，太后皇上住了一夜，這已是厚賞了。我倒是聽說志誠信的京號，也從宮中接了一件稀罕的東西！」

康笏南就說：「志誠信也有賜品？」

三爺不由問了一聲：「一把寶劍？」

曹培德說：「我聽孔慶豐大掌櫃說，是一件叫『穿陽劍』的寶物。」

曹培德放低聲音說：「此物只有二寸多長，粗細也僅似蘭花花莛，看似玉石般一件死物，平時卻須在小米中養著。說是男人遇有便溺不通，此物可由陽根馬口自行穿入，等它自行退出，溺即通暢矣。」

三爺說：「真有這麼神奇？」

曹培德一笑，說：「又是一件什麼稀罕東西？」

康笏南說：「誰知道呢？不過孔大掌櫃還說，所謂通溺道，也許只是遮掩，說不定是治陽根不振一類。」

康笏南立刻就說：「原來如此！孔慶豐叫你親見了此物？」

曹培德說：「我也是近日請孔大掌櫃來指點票號，才聽他說的，並未親見。不過，是否將此物交給他的財東員家，孔大掌櫃還拿不定主意。僅此一件賜品，員家子弟還不又要爭搶打鬥！你們想見此寶，趕緊

361

第九章 謝絕官銀行

去志誠信，孔大掌櫃不會悟著不叫你們看。」

康笏南哈哈一笑，沒說話。三爺卻低下頭。

曹培德忙說：「你們康家，也得了皇家賜品吧？」

康笏南收住笑，長嘆一聲，仍不說話。三爺只好說：「接是也接了一件宮中藏品，但甚為低劣！」

曹培德便問：「你們接了什麼？」

三爺說：「一件古畫長卷，可不但是後世摹本，還是無名畫手的低劣之作！」

曹培德說：「畢竟是內府藏品，皇太后所賜。有此身價，總不是常物能比的。」

康笏南打斷說：「不提它了！培德你想見識此畫，又不怕後悔，那隨時可來康莊。」

曹培德說：「不提它了。西太后如此出借宮中藏品給我們，她用意為何？培德你想過嗎？」

康笏南冷笑了，說：「我看她另有用意。」

曹培德忙問：「另有用意？願聽指點！」

康笏南說：「叫我看，這位婦道人家打的主意跟袁世凱一樣。她只是先施此小恩小惠，後使喚我們罷了！」

曹培德有些意外，說：「西太后也想叫我們給她開銀號？」

康笏南從曹家回來，是更沮喪了。

受賜皇家藏品的，原來不止他一家！僅太谷而言，就有曹家和員家的志誠信，而且受賜的東西都比他

強！金質西洋自鳴鐘，國人尚不會仿製贗品。那件神奇的穿陽劍，如果有偽，也不會收入宮中吧？誰敢拿皇上的此等要命處做偽！唯有這〈清明上河圖〉的摹本，因真跡太珍貴，畫幅又是丈五長的鉅製，摹本低劣些，也易唬人眼目，甚而混入宮中。太后叫挑幅畫兒賜他，就偏偏挑了這麼一幅低劣者？分明視西幫財主無知！

但西太后如此廣賜宮藏給西幫，康笏南更堅信了自己的猜測：這位婦道人家，一定是有求於西幫了。果然沒過幾天，康笏南接到京號信報：軍機大臣、戶部尚書鹿傳霖，已正式宣諭了朝廷聖旨及西太后懿旨，命西幫各大號出銀出人，加入籌建大清戶部銀行。如何覆命，望東家、老號儘早定奪。

讀罷此信報，康笏南長長吐了一口惡氣！如何覆命，那還不是現成一句話嗎？他立刻將三爺叫來，先給他看了京號信報，然後問：

「你說，該如何復戶部之命？」

三爺說：「父親料事如神，果然是和袁世凱打的一樣的主意！但朝廷畢竟不同於袁世凱，尤其主政的西太后，已打了西幫主意。如何覆命，事關重大，還得父親定奪的。」

三爺只好說：「奉命當然是不能奉命的，可也不便明著回絕，說：『我是問你的主見！』

康笏南就臉色不悅，說：『我是問你的主見！』

康笏南卻斬釘截鐵地說：『以我看，與袁世凱一樣對待，斷然回絕！給點小恩小惠，就想與虎謀皮，真是婦人之見！』

「父親大人⋯⋯」

「不用多說了，就這樣交代孫大掌櫃！」

第九章 謝絕官銀行

三爺不敢再說，就退出來，要了一匹馬，直奔城裡的天成元老號。

孫北溟對康笏南的決斷，似乎也不意外，說他自己也是此意。我們出錢出人，替朝廷開銀行，豈不是要自滅西幫？乘眼下西幫聲名大著，應當及早回絕。

三爺正要說話，在場的梁子威已搶先說了：「三爺，大掌櫃，此事非同尋常，恐怕還得多加斟酌。」

眼下西幫聲名大著，再公然違背朝廷聖意，只怕那是要招後禍的。」

三爺就說：「梁掌櫃說的有道理。畢竟是面對朝廷，奉命還是回絕，如何奉命，如何回絕，都該細加斟酌的！」

孫北溟說：「三爺，要細加斟酌，那你得先說動老太爺。」

三爺說：「我是父命不能違。能勸動家父者，唯有孫大掌櫃了。還望大掌櫃能辛苦一趟，見見家父，細論對策。」

梁子威也極力鼓動孫大掌櫃去見康老太爺，孫北溟也只好答應了。

但康笏南主意鐵定，不容置說；孫北溟呢，也無自己的卓見，事情就那樣定下來了：命京號盡快覆命戶部，參加官銀行，責任太大，敝號為民間小號，實在難當官家重任，乞免奉命。

對老號的此一決策，梁子威當然有些失望，但東家、老號之命不能違，也無可奈何了。孫大掌櫃已交代下來：再小住幾日，就趕緊返京吧。東家、老號意圖你也明瞭，到京後就照此意，協助戴掌櫃應付戶部。

就在他要離開太谷前，戴膺的新方略報回老號。「少出股本，多占人位，加入戶部銀行，以為今後靠山」，梁子威對此中深意當然是明瞭的。而且，這一次又挾西幫四十八家京號公議之勢，他也就試著重新

364

勸說孫大掌櫃，多多考慮京號的新建議。

三爺對這一新方略，也甚感興趣。他特意與梁子威深談了一次，便決定去說服老太爺。

無奈康笏南絲毫不為所動，甚而放言：「她就是把〈清明上河圖〉的真跡借給我，我也不能奉命！祖宗大業，豈可拱手讓給官家？尤其當今官家，連自己京城都保不住，誰敢指望他們！要做這種事，等我死後吧。」

事已如此，梁子威也無心打聽別家態度，匆匆離開太谷赴京去了。

京號戴膺先接到老號的指示，雖然大失所望，還想繼續說服的。他已經給漢口的陳亦卿和滬號的孟老幫，發去求助信報，動員他們也出面說服老號和東家。但等梁子威回來一說詳情，他也長嘆一聲，心涼了。

梁子威說：「早知這樣，我們還不如將那畫匣暫留京號，不先惹康老太爺生氣。老太爺一向還是願聽進言的，這次卻是誰的話也不聽。宮裡賜了這樣一件爛畫給他，很有受辱之感。」

戴膺說：「我看真賜一件珍品出宮，只怕老太爺也不會奉命。罷了，罷了，我們所能做的，就是回絕得不要太生硬，佯裝尚可商量，討價還價，盡力拖延吧。」

梁子威說：「這事還要看別家態度，尤其是平幫的兩家老大。還有祁縣的喬家，近年很受戶部器重。這三大號如與我們不同，康老太爺也許還會改變主意？」

戴膺又嘆了口氣說：「別家也不樂觀，拖延觀望者多，做出決斷的很少。我聽李宏齡說，平幫那頭連個正經回話還沒等來呢！他也打發了副幫專門回晉說服，不知結果會怎樣？」

後來的結果，還真如戴膺預料，各家陸續得到的老號指示，都是不想與官家合股共事，怕商家終究惹

第九章　謝絕官銀行

不起官家。最好的指示，也只是命自家京號跟隨大號走，或進或退，都不要孤單行事⋯這顯然是較小的字號。

既如此，在覆命戶部時，大家也就聽從了李宏齡、戴膺的主張：佯裝討價還價，先提出了「少出股本，多要人位」的請求。戶部當然沒有痛快答應，但經磨纏，居然也鬆了口。磨到後來，居然同意了「不出銀，只出人，凡進銀行者，即封官品」。京號將此意向傳回老號，終也未獲准許。

這次歷史機遇，西幫就這樣放棄了。

西太后出借給西幫大戶的一些宮廷藏品，直到大清垮臺，也未曾索要過。

袁世凱的天津官銀號，是在光緒二十九年（1903）開張的；大清戶部銀行，則到光緒三十年（1904）才組建完成，但都與西幫無關了。鹿傳霖求西幫合股不成，轉而求諸浙江綢緞商幫，後者踴躍響應，加入了初創的國家銀行。到光緒三十四年（1908），戶部銀行改為大清銀行時，戶部曾再次邀請西幫選派金融人才加入，竟仍不應召。只有西太后以皇上名義欽點的一個人不得不遵旨應召。此人即祁縣喬家大德恆票號的賈繼英，庚子年一出手就借給戶部三十萬兩銀子的那位年輕的省號老幫。他後來做到大清銀行行長的高位。這都是後話了。

第十章 尾聲

光緒二十八年（1902）八月，六爺赴西安參加借闈鄉試，延遲兩年後，終於走進了貢院文場。新婚後，六爺赴陝時，他要帶了六娘同往，老太爺斷然不允。只是召回了何老爺，陪六爺赴陝趕考。一直廝守著孫氏，備考哪能十分專注得了？但進入考場，倒也真做到了何老爺教誨的「格外放得開」，三場考下來，也一路無阻攔。考完出來，尚有幾分不夠過癮似的。

何老爺見六爺有此種神態，便說：「六爺，保你高中無疑！」

六爺也不大在乎何老爺說什麼，考完便放他去了西安字號。他自己則出城去遊玩，尋找當年與六娘浪漫蜜旅的舊跡。可沒走幾處，便失去了耐心，匆忙回城叫了何老爺，離陝返晉。他只覺與六娘分別太久了。

放榜時，果然如何老爺所料，六爺高中了壬寅科鄉試舉人，名次雖居中吧，畢竟金榜題名了。西安字號剛發來報喜的電報，也不等官衙正式報喜了，康老太爺就擺了一次隆重異常的慶賀家宴。他雖看不起讀書入仕，但自家出了一個正經舉人，還是令他高興的。尤其是這個老六，自己鐵了心要做這件事，竟也終於做成。有此志氣和心勁，何事不能成！他不忘母志，也難得了。康笏南覺得自己還是沒有看錯，老六到底是個可造就之才。眼看朝局一天不如一天，老六雖中舉了，倒也不必擔心會陷進官場太深

第十章 尾聲

就只怕他步老五的後塵，只迷著媳婦，將才志都廢了！所以，他想藉此中舉，激勵他存大志，立宏圖。

不過，此次家宴並未請外間賓客，只限本家族人。可算賓客的，僅幾位康家商號的領東大掌櫃，還有一位應坐上座的貴賓，就是六爺的老師何老爺。可惜他未等發榜，就急著遠赴上海，做他的「欽差」去了。全國的庚子賠款，都要匯往上海，交外國銀行匯出。所以上海更成金融重鎮，天成元的滬號一向就弱，所以將何老爺派到滬上。

但席上，還是給何老爺留了上座，虛位敬之。開席後，康笏南還命六爺給何老爺的虛位行了禮。待族人賀過酒後，康笏南就問六爺：「京師也是禁考之地。明年的會試，移往何處借闈開考？」

六爺說：「聽說是河南開封府。」

「你有大志，明年三月也要赴開封參加朝廷會試吧？開封也有咱家字號。」

「父親大人，明年會試，我不赴考了。」

「怎麼了？」

「在西安，我聽說此兩科被延誤的大考，補過之後，科考即要廢了，將改辦洋式學堂。我要早知如此，連這次鄉試也不會參加的。苦讀多少年，熬到考期了，竟一再延誤；終於開考，也終於中舉，卻是中了一個末科舉人；才中舉，即成明日黃花！我還去受會試那一份罪做甚？即便高中進士，也還不是明日黃花？」

「後年的確還有一科會試，但我也不考了。」

「那是推到後年？這次科考，聽說是補一個恩科，再補一個正科，連著考兩年，後年依然有會試吧？」

「你可沒攔你走科考之路。你拿了功名，我一樣給你慶賀，也一樣是光宗耀祖。」

康笏南聽老六能這樣說，當然喜出望外：他終於看清了科考的迷陣。但受此打擊，從此更迷媳婦，

不圖有為，甚而玩世不恭，也是敗家子了。所以，便說：「末一科會試，也該參加的。中一個進士，即便不做官，也叫人家知道你不是庸常之才。再說，千年科考，就此收尾，能親歷者，也算難得的一份閱歷吧。」

六爺卻說：「已親歷末科鄉試，足矣。我反正不想赴會試了。」

「那你今後有何打算？」

「先與六娘一道，出外遊歷一番，看看天下勝景。」

祖宗，他真是要步老五後塵？康笏南聽後，心中大不悅，但在此賀喜場合，也不便發作。只好不動聲色，再問：「你不能以遊歷天下為業吧？」

六爺說：「遊歷一二年，等京師辦起洋式大學堂，再進去親歷一番。」

有如此打算，倒也罷了。康笏南也不再多問。喜慶氣氛也因此未被打斷。

但六爺的中舉，卻送走了兩個人。一個是他的生母，即早已「死」去的孟老夫人，現在唯一留在鳳山尼庵中的月地。

六爺中舉的消息，沒幾天就「傳」到了月地耳中。這當然是有人有意安排，用意也是給她一點慰藉吧。但月地聽到這個消息，就終於覺得什麼都可放下了。去年九月，聽到六爺成親的消息，她就覺得卸下了一份很重的牽掛。現在好了，什麼牽掛也沒有了。俗世對於她，也真是一切都了斷了。

但有了此種徹悟，她卻覺得自己忽然渾身軟塌下來，彷彿體內的力氣，正開始一縷一縷的散發而去。

茶飯也食之無味了，夜裡更不再能安睡。

驚異之後，她才意識到：自己真正的大限要到了。

第十章　尾聲

意識到此，她也平靜下來。想了想，在真正下墜陰間之前，她還要做一次「鬼」，去跟六爺告別。她不求再見六爺了，只要康家再鬧一次鬼，六爺就知道是她來告別。這是最後一次了。

在六爺中舉七天後，康家果然又鬧了一次鬼。淒厲的鑼聲，在夜半響了很久。這一次，他和六娘去了一次前堂，祭奠了先母的遺像。母親來給他賀喜了，跪在她的牌位前，淚流不止。第二天，他和六娘去了一次前堂，祭奠了先母的遺像。他們也在杜老夫人的遺像前做了祭拜。

月地這次下山回來，沒出三天，就悄然圓寂。但她是被太重的悲苦壓倒的，只是不想說出罷了。

月地圓寂沒幾天，四爺竟也重病臥床。對月地的圓寂，康家沒幾人知道，但對四爺的忽然臥床，卻叫全家上下驚異不已！四爺是康家最默默無聲的人了。四爺的病體，一天不如一天了。

康笏南請來城中名醫，診斷後也總說無大毛病。但他至死也不會說出其中緣由。

四爺也知道自己的大限將臨，但他至死也不會說出其中緣由。

康笏南身後的六子，老大和二爺係原配所生，三爺和四爺則是續絃的第二任夫人所出。原配和這位續絃的第二任夫人都是真的早逝了。尤其第二任夫人與康笏南只做了七年夫妻，但他對這一位又最是喜愛。第三任夫人，也就是五爺的生母朱氏，便是比照著第二任夫人，挑選出來的。可娶回來沒過多久，就發現一切都是枉然！這位新婦，哪有前頭愛妻的一點影兒！於是便越來越不喜她，忽然撒手，他真是悲痛萬分。

愛，後來終於謀出了那樣一個「廢舊立新」的祕密手段。

三爺、四爺，因是他最喜愛的女人所生，康笏南也就格外器重。將外務、家政交給這二位，這也是其中一大原因吧。

三爺處處爭先出風頭，四爺卻如此默默不出聲，好像是天性使然。其實，內中是有緣由的，只是四爺發誓不說出就是了。

原來，四爺在二十歲那年，康笏南將老院裡一位失寵的「老孋」外放到四爺院裡，改派她做雜活。那時候，老院那裡，第三任老夫人朱氏已經成功「病逝」，第四任老夫人孟氏續絃還沒幾年。這位老孋在老院受寵時，曾偶然聽得朱老夫人「病逝」的內情，當然不敢聲張。但失寵後被逐出老院，又改做雜活，心裡就憋了氣。有一次，可能憋氣不過，竟對四爺說出了老院的那個最高機密！四爺當時也沒信以為真，只以為這位老孋是在說氣話，她一定是在朱老夫人生前受了委屈，才編了此奇聞洩憤。不料，這事發生後沒過幾天，那位老孋忽然不見了。四爺問時，管家老夏說她瘋了，已送出康家。

瘋了？四爺左思右想，覺得那老孋也不像瘋子。再說，要早是瘋子，老院也不該把她打發到他這裡來。來他這裡才幾天，也沒罵她氣她，怎麼能忽然瘋了？想來想去，四爺才懷疑到⋯⋯老孋那次給他說的奇聞可能是真事？

從此，這個疑心就壓在四爺心頭，再也沒有釋化過。只是，壓在心頭的這一疑團，他對誰都沒有說出，也無法說出。就是對四娘，也未吐露過一字。但他的性格卻漸漸變了，變成了這樣終年默默不出聲。他也沒有什麼志向了，只是喜愛習醫，更愛給鄉人施醫送藥。其實在他心底裡，是想以自己的行善，來為

371

第十章　尾聲

父親贖罪！因為他本來是十分崇敬父親的。

他習醫，也還有一更隱祕的目的：想探明是否真有那樣一種迷魂藥，可使人暫如斷氣魂離。但隨著孟老夫人的「去世」和家宅的鬧鬼，四爺已不再暗訪此種迷魂藥了，只一心一意施醫行善。在主持家政後，也是忍讓一切人，聽命於一切人，甘願負重行善。但願此生能為父親多贖幾分罪，別的再無所求了。

他知道自己隨時都會被它壓死的，如果他的死能為父親贖罪，可壓在他心頭的疑團早已凝結為巨石。他不怕被壓死。

杜老夫人「去世」時，四爺已覺得自己快支撐不住了。所以，他是真心想給杜老夫人做哭喪的孝子，就在哭靈時當場死去，以贖父罪！可惜，三哥搶在了他前頭，做了孝子。三哥能如此，實在叫他震驚，也實在叫他感動。但他什麼都不能表示。

這一次，月地來告別六爺時，那凄屬的鑼聲，終於最後擊倒了四爺。因為在康宅的老院之外，唯有四爺能聽懂這凄屬的鑼聲！他就是在那一夜病倒的。

四爺的死，很叫康笏南傷心。葬禮自然也是十分浩大豪華的。但康笏南永遠也不知道，四爺是為他而死。

康笏南一直活到大清垮臺，進入民國。即便到晚年高齡時，他也不糊塗，尤其對商事，依然出神入化，爐火純青。在內室，他似乎終於度過了青春期，不再有興頭玩「廢立」。四爺死後第二年，康笏南續絃了第六任老夫人。不過，那是一個很普通的中年女人，他們也過著很普通的居家日子。

四爺死後，康家的外務家政都集於三爺一身，他也漸成大器，漸入佳境。可惜他竟也先於老太爺去世，雖然那已到宣統年間。三爺終日勞累異常，但也未顯病態。那日赴本地商會的一個應酬，就在酒桌

上，一口氣沒上來，竟升天了。他一直暗中尋訪出家的杜老夫人，終無結果。這件事，隨著他的去世，也永遠無人知曉了。

三爺死後，只剩了一位六爺可出來繼任。但六爺攜了六娘，終年流連於京師，無心回來當家理政。康笏南只好叫他的長孫，即三爺的長子出來接手主政。這位大少爺，未曾到口外歷練，對商事也無十分的敬仰。但有老太爺做靠山，還算能應付下來吧。

由於康笏南的高壽，孫北溟也一直不被准許告老還鄉。京號老幫戴膺，眼看升任領東大掌櫃無望，在京師幾次呼籲改制銀行又無結果，終於也先於孫北溟告老還鄉了。

他離任後，京號老幫由副幫梁子威接任。

由於三爺的去世，邱泰基也無法走向領東大掌櫃的高位，他只熬到漢號老幫的位置。漢號的陳亦卿老幫，也先於孫北溟退休回來。

不過，自辛丑年重返京津後，雖有皇家銀行成立，西幫票號還是很做了幾年好生意。直到辛亥革命發生，大清垮臺，西幫也才隨之盛極而衰。康家的天成元，自然也跳不出這個大勢。倒是早已冷落了的天盛川茶莊，卻還多支撐了一些年頭。當然，也只是多支撐了一些年頭。

——全書完

第十章 尾聲

後記

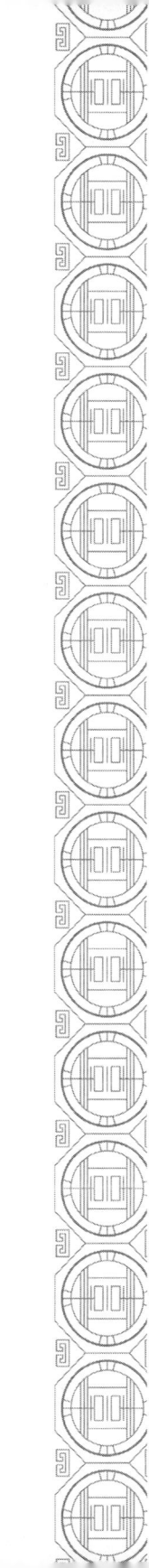

寫完最後的章節，如釋重負，也有一點悵然若失。寫這部長卷，比預想的要累人，卻也比預想的要「迷人」。兩年多時間，全身心陷在這「白銀谷」中，幾不知外間正「跨世紀」。除非不得已了，每日都要寫兩三千字，時有倦意，卻也常有走筆生趣的愉快。如此曠日持久地寫作，倦意竟有快意相伴始終，這樣的經歷，以前不多，以後怕也不會多。

當今是小說的淡季，曠日持久寫這樣一部長卷，起因其實也十分簡單：想努力寫一部好看的小說。

明清時代的西幫商人，是未被彰顯過的商界傳奇。尤其是他們獨創的票號，更是清代的一個金融傳奇。胡雪巖因仿辦票號，成就了他個人傳奇的一生，成也票號，敗也票號。在西幫的大本營祁太平，似胡雪巖這種等級的富商財主，那是一個群體。但我這部小說，不是寫一個富商群體，也不是寫一個地域傳奇，而是取了一個廣角式的視角：將票號作為一個帶傳奇色彩的金融制度、商業制度來寫。

票號是中國土生土長的金融行業，它視同時期的東西洋銀行為異類。但它在自己生存的社會裡，又屬異質。朝廷的道統歷來就輕商，士、農、工、商的尊卑秩序，千古不易。西幫自己呢，因為生意做大了，

後記

影響所及，居然將神聖的儒學價值觀「學而優則仕」，變成了「學而優則商」，一流俊秀子弟，都爭入票莊；末流子弟，才讀書求仕。這對封建道統的瓦解，是很可怕的。但它藏鋒不露，在明清那樣的封建集權社會中，居然成就了一種全國性的事業。西幫以「博學，有恥、腿長」面世，以「賠得起」聞名，將智慧與德性化做它最大的商業資本，在最需信用的金融行業中，獨執全國牛耳百多年。它瓦解著那個社會的道統和禮教，卻推動著那個社會的經濟發展。這當是傳奇。

不過，我做的是小說，並不是要講上面那番道理。小說，先要好看。歷史小說要好看，主要得靠歷史的魅力，史實的魅力，而不能只靠令人「戲說」。這是歷史小說的規矩。事實上，沒有足夠的史實做依據，今人也是很難將西幫的傳奇，「戲說」出來的。

我在蒐集相關素材時，找到一本《山西票莊考略》，初版於民國二十六（1937）年。作者陳其田先生，是當時輔仁大學的社會學教授。為寫這本《考略》，他訪問過北平那時尚殘存的票號，也到「祁太平」做過實地調查。還利用訪問日本，向彼國的各種經濟調查所收集相關文獻。但他在《考略》末尾，卻寫了這樣幾句話：「山西票莊材料的貧乏，達到極點。最奇怪的是《山西省志》，太原、祁縣、平遙及太谷的地方志，沒有一字提到票莊。」他訪問票莊遺老所得到的材料，也僅是「一些零碎的傳聞及片段的記憶」。在日本所得也不多。

官修的正史，不收票莊一字，可見官家輕商也達到極點。而票號自己為了「藏富」、「藏勢」，以及為了保守商業祕密，也不輕易留存文字遺世。因此票號史就真成了祕史。關於票號的起源，有一種流播很廣的傳說，便很富祕史色彩。據此傳說，明末李自成從北京敗走時，攜帶了掠獲的鉅額金銀財貨，逃經山西，一路散失。「山西人得其資，以設票號」。票號規則極其嚴密，係由顧炎武、傅山兩位名士所訂立，故能長

376

盛不衰。甚至說，票號還負有為反清復明聚財的祕密使命。經陳其田先生和其他學者的辨析證偽，這一類傳說也只是民間的傳說、演義。

不過，西幫票號的這種傳奇性和祕史性，倒是很適宜做小說的。將淹沒了的祕史發掘出來，再現它曾有的傳奇本相，這對寫小說的人來說，是太有誘惑力了。但這也有些像考古發掘，得小心，耐心，曠日持久才成。不像「戲說」、演義，那是做仿古製品，不必守太多的規矩。

我二十歲以前，一直生活在「祁太平」中的太谷縣城，祖、父兩代都在那裡經商，當然也只是很小很小的商人。1986年，我決定「棄農從商」，由農村題材轉向晉商題材寫作後，先到「祁太平」的祁縣跑了三年。從那以後，即開始留意一切與西幫商人、票號相關的史料、文獻。這期間，學術界、金融界、史志工作者及其他文史工作者，對晉商、票號的研究也日漸深入，碩果纍纍。這使我受益匪淺，極大地豐富了創作素材，也開闊了思路。

經過這十五年小心、耐心的掘進和累積，對西幫商人及其所創票號，總算剝去了一些遮蔽它的迷障，摸到了它的一些筋骨。對於做小說來說，這似乎也夠了。賦予這些筋骨血肉，乃至靈魂，那就是做小說的工夫了。我想說的只是，因此部小說的素材來得不易，所以進入寫作時也就不敢馬虎草率。

小說本應該是引人入勝的。票號的傳奇，本也提供了許多的勝景，本也提供了許多的勝景、勝境，如何「引」得好，我也不得不用心。既不能似坐電動軌道，使勝景來得太容易；也不能因勝境在前，走去的一路就太枯索。當然，這也都是做小說的規矩，我只是不敢偷懶罷了。

以今天的眼光看，百年前的西幫票號，當然已經是很落後、很腐朽的一種金融制度了。但它對「商」的理解，對「商」的敬畏，用我們自己的文化資源，對「商」的滋養，在那樣一個受主流文化歧視的社會環

後記

境中，將「商」推到的成熟程度，似乎也還值得今人回首一望的。1986年，我開始關注西幫商人時，「商」似乎還居於各行之末；今日，已是無人不言商了。我在寫這部小說中間，常發痴想：如果今日我們的商品經濟，是在百年前西幫商人所達到的高度，往前推進，那爭一個世界商貿的「五百強」，或掃除市場的假冒偽劣，也許不會像現在這樣難吧。

總之，希望於這部小說的，首先是好看，其次讀後也還有益。如此而已。

是為記。

作者

白銀谷──西幫之實力，動天下商界

作　　　者：	成一
發 行 人：	黃振庭
出 版 者：	複刻文化事業有限公司
發 行 者：	複刻文化事業有限公司
E - m a i l：	sonbookservice@gmail.com
粉 絲 頁：	https://www.facebook.com/sonbookss
網　　　址：	https://sonbook.net/
地　　　址：	台北市中正區重慶南路一段 61 號 8 樓 8F., No.61, Sec. 1, Chongqing S. Rd., Zhongzheng Dist., Taipei City 100, Taiwan
電　　　話：	(02)2370-3310
傳　　　真：	(02)2388-1990
印　　　刷：	京峯數位服務有限公司
律師顧問：	廣華律師事務所 張珮琦律師

-版權聲明

本書版權為北嶽文藝所有授權崧博出版事業有限公司獨家發行電子書及繁體書繁體字版。若有其他相關權利及授權需求請與本公司連繫。

未經書面許可，不得複製、發行。

定　　價：520 元
發行日期：2024 年 11 月第一版
◎本書以 POD 印製
Design Assets from Freepik.com

國家圖書館出版品預行編目資料

白銀谷——西幫之實力，動天下商界 / 成一 著 . -- 第一版 . -- 臺北市 : 複刻文化事業有限公司, 2024.11
面 ;　公分
POD 版
ISBN 978-626-7595-80-0(平裝)
857.7　113016615

電子書購買

爽讀 APP　　臉書